BASTEI LÜBBE

Über die Autorin:

Eva Völler, Jahrgang 1956, war Richterin beim Landgericht Darmstadt. Heute arbeitet sie als selbstständige Rechtsanwältin – wenn sie nicht gerade Bücher oder Drehbücher schreibt. Ihr viel gelobter Roman *Wenn der Postmann nicht mehr klingelt* erhielt den FRAUENGESCHICHTEN-PREIS 1996.

Von Eva Völler sind bei BASTEI LÜBBE TASCHENBÜCHER u.a. *Neulich im Bett* (16205), *Vollweib sucht Halbtagsmann* (16211), *Beiß mich* (16216), *Das Chaosweib* (16221) und *Hauptsache untreu* (16226), *Ich schnapp mir einen Mann* (16234) und *Kurz und herzlos* (16243) erschienen.

Eva Völler

Wenn Frauen Männer buchen

ROMAN

BASTEI LÜBBE

BASTEI LÜBBE TASCHENBUCH
Band 16250

1. Auflage: November 2003

Die Namen aller im Roman mitwirkenden Personen sowie der Restaurants und sonstigen Lokale sind wie immer frei erfunden. Ähnlichkeiten mit tatsächlich existierenden Menschen und/oder Etablissements wären rein zufällig!

Vollständige Taschenbuchausgabe

Bastei Lübbe Taschenbücher ist ein Imprint
der Verlagsgruppe Lübbe

Originalausgabe

Umschlaggestaltung: Herrlich und Stark, Berlin
Titelbild: Ryuichi Sato, Photonica
Druck und Verarbeitung: Nørhaven Paperback A/S, Viborg
Printed in Denmark
ISBN 3-404-16250-1

Sie finden uns im Internet unter
http://www.luebbe.de

Der Preis dieses Bandes versteht sich einschließlich
der gesetzlichen Mehrwertsteuer.

Für Lisi, meine wunderbare Tochter.
Danke, dass du dich so oft um die
blöde Waschmaschine kümmerst.
Und für dein herrlich ansteckendes Lachen.
hdl, mein Schatz!

Samantha schwelgte im duftenden Schaum des Badewassers und genoss die vielen winzigen sprudelnden Luftbläschen, die wie kleine Finger über ihre Haut krochen und sie am ganzen Körper streichelten.

»Aaahhh«, machte sie, die Augen geschlossen. Als die Tür aufging und jemand hereinkam, sagte sie mit heiserer Stimme: »Ich habe dich schon erwartet.«

»Dann sind wir uns ja einig«, sagte Eros Ramazzotti.

Samantha war einigermaßen überrascht, ihn hier zu sehen. Eigentlich hatte sie mit Ben Affleck gerechnet. Allenfalls noch mit William Baldwin. Aber Eros Ramazzotti? Normalerweise hatte sie mit Musikern nicht viel am Hut. Hollywoodschauspieler waren eher ihr Ding.

Nun ja. Eros war nicht gerade einer von den Typen, die frau unbedingt von der Badewannenkante schubste. Und wenn weder Ben noch William sich blicken ließen, war er gut genug.

»Ich bin verrückt nach dir«, bekannte Eros.

»Wirklich?«, fragte Samantha zweifelnd.

»Aber hundertpro«, versicherte Eros. »Was glaubst du, woher ich meinen Namen habe?« Er kam näher und tauchte die Hand ins warme Badewasser. »Passen hier auch zwei Leute rein?«

»Das ist das Modell *King Henry*«, sagte Samantha stolz. »Mit zwanzig ergonomisch angeordneten Düsen, die vorgewärmte Luft ins Wasser pressen. Vom Boden her wird der Luft Wasser beigemischt. Dadurch werden Millionen winziger Bläschen erzeugt. Man badet wie in sprudelndem Champagner.« Samantha zeigte Eros die Infrarotbedienung. »Mit diesem Gerät hier werden die unterschiedlichen Leistungen des Whisperwhirlsystems von *King Henry* gesteuert. Es ist natürlich wasserdicht.«

»Schläfst du etwa?«

»Was?«, stammelte Samantha.

»Es sah für einen Moment so aus, als wärst du eingeschlafen.«

Eros klang auf einmal nicht mehr nach Eros, sondern genau wie Onkel Herbert.

Samantha riss die Augen auf. Richtig. Da war er. Nicht Eros, sondern Onkel Herbert. Und *King Henry* befand sich nicht in einem Badezimmer, sondern in einer Messehalle von riesigen Ausmaßen.

»Ich habe mich nur der meditativen Umgebung von *King Henry* angepasst«, sagte Samantha ächzend. Sie quälte sich aus der wasserlosen Wanne hoch und setzte sich auf den emaillierten Rand.

»Ich könnte ehrlich gesagt auch ein Schläfchen vertragen«, meinte Herbert.

»Deswegen bin ich ursprünglich gar nicht reingestiegen. Herr Dützelbacher wollte sich ein Bild von den Proportionen machen.«

»Ich kann mir schon denken, von welchen.«

»Wir haben einen großen Auftrag bei ihm laufen«, gab Samantha zu bedenken. »Also habe ich ihm den Gefallen getan und hab mich reingesetzt. Er machte einen sehr interessierten Eindruck.«

»An dir oder an der Wanne?«

»Schwer zu sagen«, gab Samantha zu. »Jedenfalls wollte er wissen, ob auch zwei Leute in die Wanne passen.« Sie massierte ihre nackten Füße und überlegte, was weiter passiert war, während um sie herum beständig das sanfte Stimmengewirr der Sanitär- und Bädermesse auf- und abwogte. Sie hatte tatsächlich tief und fest geschlafen und lebhaft geträumt. »Äh ... Ach ja, er wollte zu mir in die Wanne steigen, um die Platzverhältnisse und die Rutschfestigkeit des Emails zu testen. Ich sagte zu ihm, er müsse zuerst die Schuhe ausziehen. Woraufhin er meinte, er wolle sich rasch etwas frisch machen und wäre gleich wieder da.«

Samantha hob den Kopf. »O je. Da kommt er. Was mach ich jetzt?«

Heinz Dützelbacher näherte sich aus der Richtung der Herrentoiletten. Er umrundete ein paar Besuchergruppen, passierte einen Stand der Konkurrenz und erreichte den Ausstellungsbereich von *Bruckner-Bad.* Sein feistes Gesicht leuchtete auf, als er Samantha erspähte.

»Da bin ich wieder, Frau Kästner. Wir können.« Dann sah er Samanthas Onkel, und sein Enthusiasmus legte sich schlagartig. »Ach. Sie sind auch da? Ich dachte, Sie hätten sich zur Ruhe gesetzt und der nächsten Generation das Geschäft übergeben.«

»Davon kann keine Rede sein! Wie schön, Sie wieder mal hier auf der Messe zu treffen!« Herbert Bruckner grinste faunisch, während er dem Inhaber des Armaturengroßhandels Dützelbacher & Co. die Hand schüttelte. »Meine Nichte erzählte mir, dass Sie sich mit unserer neuen Produktlinie vertraut machen wollen.« Er wies über seine Schulter. »Da ist mein Neffe. Sie kennen sich ja. Er wird Ihnen alle Fragen zur Belastbarkeit des Materials beantworten. Für den Zwei-Personen-Test eignet er sich besser als meine Nichte. Er ist viel dicker. Sie werden staunen, was alles in diese Wanne passt. Komm mal her und setz dich rein, Georg. Herr Dützelbacher möchte gerne die Proportionen sehen.«

Georg, der gut und gerne seine zwei Zentner schieres Fett auf die Waage brachte, rückte würdevoll sein Sakko zurecht. »Selbstverständlich, Herr Dützelbacher. Wie laufen übrigens die Geschäfte?«

»Danke der Nachfrage. Nächste Woche geht's mit dem Corelli-Auftrag los.«

»Wir stehen in den Startlöchern«, sagte Georg. »Und wegen der Wanne …«

»Also, es ist wirklich nicht nötig …«, hob Heinz Dützelbacher irritiert an, doch Georg hatte sich bereits seiner Schuhe entledigt.

»Kein Problem«, versicherte er Herrn Dützelbacher mit zuvorkommendem Lächeln.

»Die Socken solltest du besser auch ausziehen«, sagte Samantha. »Es ist zu rutschig auf Strümpfen.«

»Wer bist du? Meine Cousine oder meine Mutter?«, fragte Georg, während er einen bestrumpften Fuß in die Wanne setzte. Prompt rutschte er aus und verlor den Halt.

»Ach du lieber Himmel«, sagte Herbert entnervt. »Dieses Trampeltier.«

Georg knallte in die Wanne, und Samantha hörte ein hässliches, knackendes Geräusch. Während sie noch überlegte, ob vielleicht das Email unter der plötzlichen Zwei-Zentner-Belastung entzweigesprungen war, fing Georg an zu kreischen.

»Mein Arm! O Gott, mein Arm! Er ist gebrochen!«

»Mein Neffe ist manchmal ziemlich wehleidig«, sagte Samanthas Onkel zu Heinz Dützelbacher.

»Einen Notarzt!«, brüllte Georg mit überkippender Stimme. »Es ist ein komplizierter Splitterbruch!«

»Übertreib doch nicht immer so«, rügte Herbert.

Samantha setzte sich in Bewegung, um die Sanitäter zu rufen.

*

Die Aufregung und das schlechte Gewissen hingen ihr den ganzen Tag nach. Obwohl sie sich sagte, dass Georg mit seiner besserwisserischen Art und seiner Tollpatschigkeit selbst an allem schuld war, blieb ein ungutes Gefühl zurück. Wäre sie nicht so bereitwillig auf Onkel Herberts Plan, Georg als Ersatzmann vorzuschieben, eingegangen, hätte der arme Kerl sich nicht den Arm gebrochen. Allerdings hätte er sich wahrscheinlich auch dann nicht den Arm gebrochen, wenn er die Socken ausgezogen hätte. Alles in allem war es sowieso eine Schnapsidee gewesen, diesen penetranten Dützelbacher so zu hofieren. Zugegeben, er war der größte Armaturenhersteller weit und breit, und er hatte ihnen einen ziemlich großen Auftrag verschafft – immerhin ein kleiner Trost für Georgs wahrhaft Knochen brechenden Einsatz. Doch wie man es auch drehte und wendete, es blieb dabei, dass Georg mit seinem Armbruch für die nächsten Wochen ausfallen würde und Samantha seine Arbeit mit erledigen konnte. Trübe Aussichten für den Rest des Sommers.

Als sie abends nach Hause kam, war Hans nicht da. Er hatte einen Zettel hinterlassen, der auf dem antiken Rosenholzsekretär in der Diele lag.

Muss noch für das Turnier am Wochenende trainieren. Bis später. Bussi, H.

Auf dem Anrufbeantworter waren Nachrichten von Samanthas Bruder und ihrer Freundin.

»Ich wollte nur Bescheid sagen, dass es Samstag definitiv klappt«, sagte Benedikts Stimme. »Ich komme auf jeden

Fall vorbei. Irgendwann muss man ja einen auf Familie machen. Ach, noch was: Ich habe diese entzückende Tiffanylampe bei Ebay bestellt, von der ich dir erzählt habe.«

»Ja, von dem Geld, das ich dir gepumpt habe«, murmelte Samantha, während sie zu Babettes Nachricht weiterschaltete.

»Für den Fall, das Hans mal wieder an seinem Handicap arbeitet und du alleine zu Hause herumsitzt – in der Goethestraße hat ein neuer Italiener aufgemacht«, verkündete Babette. »Das *Battista*. Man kriegt dort erstklassige Spaghetti arrabiata. Komm rüber, wir machen uns einen schönen Abend.« Pause, dann: »Bitte komm. Ich bin am Ende.«

Mit anderen Worten, der Typ, von dem Babette letzte Woche noch vollmundig behauptet hatte, er wäre der Vater ihrer künftigen Kinder, hatte sich in Luft aufgelöst. Samantha seufzte. Sie hatte sich auf einen entspannten Abend gefreut. Ein gemeinsames Abendessen mit Hans. Ein wohliges Massagebad im Modell *Rainbow* und anschließend vielleicht eins von diesen aufschlussreichen Videos, die sie gestern besorgt hatte … Nach dem ganzen Messestress und der anstrengenden zweistündigen Rückfahrt hatte Samantha sich mehr vom Rest des Tages erhofft als einen von diesen dämlichen Bussi-Zetteln oder eine Heulattacke beim Italiener. In der letzten Zeit hatte sie nicht besonders viel von Hans gehabt.

Unentschlossen schaute Samantha in den Dielenspiegel. Nach einem Vierzehnstundentag fühlte sie sich nicht nur ausgelaugt, sondern sah auch so aus. Die Idee, einfach ins Bett zu gehen, war verlockend. Doch im Grunde gab es nichts zu überlegen. Babette war ihre beste Freundin und hatte Samantha bisher noch in jeder Lebenskrise den Rücken gestärkt. Es kam nicht infrage, sie im Stich zu lassen.

Samantha wählte Babettes Handynummer, doch es ging nur die Mailbox dran.

»Ich bin um halb neun da«, sagte Samantha, nachdem die Automatenstimme ihr Sprüchlein abgespult hatte. »Ich dusche noch rasch und ziehe mich um, dann schwinge ich mich ins Auto und fahre los. Bestell schon die Spaghetti, ich habe einen Wahnsinnshunger.« Sicherheitshalber schickte sie Babette noch eine gleich lautende SMS, dann ging sie ins Bad. Hans hatte es letzten Sommer neu einbauen lassen, obwohl die sanitäre Ausstattung alles andere als renovierungsbedürftig gewesen war. Allein die Tatsache, dass Samantha in einer Firma arbeitete, die Badezimmer einrichtete, hatte ihn zu dem spontanen Entschluss bewogen, ein brandneues Luxusbad mit allen nur denkbaren Schikanen bei ihr persönlich zu ordern.

»Lass mich doch, Liebling«, hatte er gesagt. »Ich liebe hübsche Dinge um mich herum! Ich kann es mir leisten, und eurer Firma tut ein Auftrag von der Größenordnung doch ganz gut, oder?«

In diesem Punkt konnte Samantha ihm schlecht widersprechen. Hans' neues Bad war sündhaft teuer gewesen – für seine finanziellen Verhältnisse ein Klacks, aber für Bruckner-Bad zu dem Zeitpunkt eine Finanzspritze, die durchaus gelegen kam. Letztes Jahr war die Auftragssituation nicht besonders ergiebig gewesen, und die Investitionen hatten die Einnahmen überstiegen. Die betrieblichen Modernisierungen, zu denen Samantha ihrem Onkel geraten hatte, waren mehr als überfällig gewesen. Neue Badezimmer wurden heutzutage nicht mehr am Reißbrett, sondern mit speziellen Programmen am Computer entworfen. Außerdem mussten die Ausstellungsräume umgebaut und den Bedürfnissen einer veränderten Wohn- und Badekultur angepasst werden. Das Angebot wurde um teure Designerlinien erweitert und die Werbung auf einen vergrößerten, internationalen Kundenstamm zugeschnitten. All das hatte eine Menge Geld verschlungen.

Samantha gönnte sich eine ausgedehnte Dusche in der mitten in dem weitläufigen Bad aufragenden Arcylvorrichtung, ein Modell mit dem aussagekräftigen Produktnamen *Wet Fun*, das in Form einer futuristischen Säule vom Boden bis zur Decke reichte und bei dem das Wasser sprudelnd von allen Seiten in die Kabine prasselte.

Bevor sie zu dem Abendessen mit Babette aufbrach, hinterließ sie Hans eine Nachricht, die sie neben seinem Zettel deponierte.

Bin mit Babette aus. Männerkrise. Warte nicht auf mich. Kuss, S.

*

Das *Battista* war in einem dieser hypermodernen, auf Bauhaus getrimmten Glas- und Marmorbauten untergebracht, die in den letzten Jahren überall in der Innenstadt aus dem Boden gewachsen waren. Die Einrichtung des Restaurants war der minimalistisch-funktionellen Architektur des Gebäudes angepasst und in etwa so anheimelnd wie ein ärztliches Untersuchungszimmer. Es gab jede Menge Stahl vor weißen Wänden. Nach einem Blick in die Runde hoffte Samantha nur, dass das Essen nicht ebenso spartanisch daherkam wie das Ambiente.

»Ich hab schon was getrunken«, wurde sie von Babette empfangen, die mit rot geschwollenen Augen zu Samantha aufblickte. »Willst du auch einen Prosecco?«

»Du weißt doch, dass ich nichts vertrage.« Samantha küsste Babette auf die Wange. »Hast du meine SMS bekommen?«

Babette nickte und winkte dem Kellner. »Bitte ein Wasser für meine Freundin!«

»Wie fühlst du dich?«, fragte Samantha.

»Grässlich«, meinte Babette mit hohler Stimme.

»Wieso treffen wir uns dann hier? Wir hätten bei dir zu Hause reden können.«

»Da würde ich nur flennen«, sagte Babette. Sie beugte sich über ihre Handtasche, zerrte ein Taschentuch heraus und tupfte sich die Augen ab.

»Hier weinst du aber auch«, stellte Samantha überflüssigerweise fest.

»Ich dachte, an einem neutralen Ort hätte ich die Kraft, Wolfi schneller zu vergessen«, erklärte Babette. »Außerdem hatte ich tierischen Hunger. Glaubst du vielleicht, ich kann gleichzeitig heulen und essen?«

»Soweit ich weiß: ja. Außerdem habt ihr euch doch sowieso nie bei dir getroffen, sondern im Hotel. Und wenn ich richtig mitgezählt habe, war das nur zweimal.«

Babette nickte leidend. »Du hast Recht. Er hat sogar darauf bestanden, dass wir getrennte Zimmer buchen. Nur für alle Fälle.«

»Äh … wirklich? Wieso eigentlich?«

»Er ist verheiratet. Heute habe ich ihn zur Rede gestellt und wollte wissen, wieso er noch eine Kerbe an seinem Ringfinger hat, wenn er doch angeblich schon seit fünfzehn Jahren geschieden ist. Da hat er dann zugegeben, dass die von damals bloß seine erste Frau war. Er hat längst wieder eine andere. Die hat er gleich nach der Scheidung geheiratet.«

»Mein Gott. Schon wieder so einer.« Samantha lächelte mitfühlend. »Mach dir nichts draus, Liebes.«

»Ich soll mir nichts draus machen?«, jammerte Babette. »Seit Anfang des Jahres habe ich fünf Männer kennen gelernt. Und wie viele davon waren verheiratet? Na? Na? Wie viele?«

Samantha dachte kurz nach. »Fünf«, räumte sie dann widerstrebend ein.

»Eben.«

»Wir haben erst August«, meinte Samantha tröstend. »Kommt Zeit, kommt Kerl.«

»Ich weiß nicht. Eigentlich dachte ich daran, mal eine Weile abstinent zu leben. So wie in dem Film *Vierzig Tage, vierzig Nächte.*«

»Der hat mich ehrlich gesagt nicht besonders vom Hocker gerissen«, sagte Samantha, während sie zerstreut den großen, blonden Muskelprotz betrachtete, der eben das Lokal betreten hatte.

»Mich auch nicht«, sagte Babette matt. »Aber was soll ich denn tun? Anscheinend passiert mir immer dasselbe. Wie soll ich das ändern? Wenn ich nicht irgendwelche Maßnahmen ergreife, ist der Nächste garantiert auch wieder eine Niete!«

»Warum lässt du es nicht einfach auf dich zukommen? Wenn du so krampfhaft Ausschau hältst, ist die Gefahr viel größer, wieder auf den Falschen reinzufallen. Geh das Ganze doch mal etwas entspannter an!«

»Du hast gut reden«, sagte Babette niedergeschlagen. Sie schniefte kurz und wischte sich abermals die Augen ab. »Du hast ja einen super Typ gefunden. Er ist steinreich, hat eine Wahnsinnsvilla, sieht gut aus, liest dir alle Wünsche von den Augen ab. Und ich? Ich kriege von Januar bis August fünf Kerle ab, die allesamt verheiratet sind. Jemand wie du, der seit fast zwei Jahren in einer glücklichen Beziehung lebt, kann so ein Trauma doch gar nicht nachvollziehen!«

»Ich weiß nicht, ob ich wirklich so glücklich bin«, meinte Samantha. Der große Typ mit den Angebermuskeln hatte am Nachbartisch Platz genommen und studierte die Speisekarte.

»Wieso? Was stimmt nicht in deiner Beziehung?«, wollte Babette wissen.

Samantha zuckte die Achseln. »In der letzten Zeit ist Hans mehr auf dem Golfplatz als zu Hause.«

»Sam!« Babette machte große Augen. »Meinst du, er geht vielleicht fremd?«

»Auf keinen Fall«, sagte Samantha sofort.

»Wie kannst du da so sicher sein?«

»Ich würde es merken.«

»Den neuesten Umfragen zufolge merken es achtzig Prozent aller Frauen, wenn ihre Männer fremdgehen. Bleibt ein Risiko von zwanzig Prozent.«

»Ich gehöre zu den achtzig Prozent«, sagte Samantha überzeugt. »Hans interessiert sich nur für seine Turniere.«

»Dabei hat er das überhaupt nicht nötig«, sinnierte Babette. Sie nickte dem Kellner zu, der ihr einen neuen Prosecco und für Samantha ein Mineralwasser brachte. »Hans hat endlos viel Geld, wozu muss er unbedingt bei all diesen Wettkämpfen antreten?«

»Weil es ihm Spaß macht. Und die Preisgelder stiftet er für wohltätige Zwecke. Letztes Jahr waren das knapp hunderttausend.«

Babette seufzte. »So viel möchte ich einmal im Leben verdienen.«

»Du verdienst ungefähr doppelt so viel – pro Jahr.«

»Richtig«, sagte Babette griesgrämig. »Aber frag mal das Finanzamt, was mir davon übrig bleibt.«

Der Kellner brachte die Spaghetti, und Babette fing unverzüglich an, die langen Nudeln mit affenartiger Geschwindigkeit in sich hineinzuschaufeln.

»Guten Appetit«, sagte Samantha.

»Danke, gleichfalls«, nuschelte Babette mit vollem Mund.

Samantha lugte irritiert über Babettes Schulter. Der Muskelmann am Nachbartisch hatte Gesellschaft bekommen. Ein überirdisch schönes, überirdisch schlankes Wesen mit dunklen Locken und in einem Nichts von Sommerkleid hatte sich zu ihm gesetzt. Die beiden knutschten derart hingebungsvoll herum, dass Samantha das Schmatzen förmlich zu hören glaubte. Der Typ schaute aus den Augenwinkeln zu ihr herüber, und rasch senkte Samantha die Blicke, verärgert, weil er sie beim Starren ertappt hatte. Als sie vorsichtig wieder aufschaute, sah er sie direkt an. Grinsend hob er die Brauen und kniff ein Auge zu. Gleichzeitig ließ er seine Hand unterm Tisch wandern und schob seine Finger unter das Kleid der Brünetten.

»Abartig«, murmelte Samantha entrüstet.

»Schmeckt's dir nicht?«, wollte Babette wissen. »Ich finde, es ist echt gut! Die beste Pasta seit langem.«

»Scharf«, sagte Samantha, nachdem sie eine Gabel voll probiert hatte.

Das war das falsche Stichwort. Babette ließ ihr Besteck sinken und verzog wehleidig das Gesicht. »Ach, Sammy. Dasselbe hat Wolfi auch gesagt, als er das erste Mal mit mir essen war.«

»Hattet ihr auch Spaghetti arrabiata?«

»Nein, es war in einem anderen Zusammenhang.« Babette seufzte abgrundtief. »Herrgott, wie ich es hasse, bei jeder Gelegenheit an den Kerl denken zu müssen.«

»Du warst nicht lange mit ihm zusammen und wirst ihn daher genauso schnell vergessen«, prophezeite Samantha. Dann behauptete sie kühn: »Statistischen Erhebungen zufolge dauert der Trennungsschmerz niemals länger als die Beziehung selbst.«

»Woher hast du das?«

»Äh … ich hab's irgendwo im Internet gelesen.«

Babette wiegte den Kopf. »Es könnte hinkommen. Besonders lange hat es nie gedauert. Der Trennungsschmerz, meine ich.« Nachdenklich fing sie wieder an zu essen, wobei sie zügig das Tempo steigerte.

»Gott«, sagte Babette angewidert. »Siehst du, wie ich fresse, Sam?«

»Äh … ja.«

»Ich kann nicht anders«, sagte Babette wütend. »Ich weiß, dass ich wieder fett werde, wenn ich aus lauter Kummer alles in mich reinschlinge. Aber ich kann mich nicht zurückhalten!«

»Du nimmst doch auch genauso schnell wieder ab.«

»Aber erst, wenn wieder ein neuer Kerl auftaucht. Je nachdem, wie lange das dauert, sehe ich bis dahin aus wie Roseanne im neunten Monat!« Unerbittlich rückte sie dem Rest ihrer Spaghetti zu Leibe und verspeiste die letzte Gabel voll. »Wenn ich nicht wüsste, wie ungesund es ist, hätte ich gern Bulimie.«

»Du spinnst.«

»Ja, das kommt erschwerend hinzu.« Babette klappte die Speisekarte auf. »Wie wär's mit einem Nachtisch?«

»Für mich nicht. Ich bin pappsatt.«

»Da sieht man mal wieder den Unterschied zwischen uns. Du isst diszipliniert, trinkst nur Wasser, lebst in einer intakten, glücklichen Beziehung mit einem Multimillionär. Und ich bin nur …«, Babette wedelte verzweifelt mit den Händen, »fett.«

»Du bist eine sehr attraktive, sehr erfolgreiche Anwältin«, sagte Samantha.

»Eine *fette* Anwältin«, meinte Babette. »Eine megafette Anwältin mit Steuerklasse eins. Eine essgestörte, trunksüchtige, einsame Kuh ohne Kerl.«

»Du armes Rindviech«, sagte Samantha gutmütig.

»Um noch mal auf den Nachtisch zurückzukommen«, meinte Babette, während sie den Kellner mit nachdenklichen Blicken verfolgte. »Schau mal. Wie findest du ihn? Netter Hintern, oder? Er heißt übrigens Giovanni.«

»Ich weiß nicht, Babette.« Samantha senkte die Stimme zu einem Flüstern. Sie wurde den Verdacht nicht los, dass der dreiste Kerl am Nebentisch mit einem Ohr lauschte, obwohl er auf den ersten Blick ausschließlich damit beschäftigt zu sein schien, in aller Öffentlichkeit seine Freundin zu befummeln.

»Was hast du an Giovanni auszusetzen?«, wunderte Babette sich.

»Er sieht irgendwie … schwul aus.«

»Echt? Wie kommst du darauf?«

»Nur so ein Eindruck.«

»Na ja, du hast da sicher mehr Erfahrung. Schließlich hast du einen schwulen Bruder. Obwohl ich finde, dass man es Benedikt nicht auf den ersten Blick ansieht. Bei ihm fällt es erst auf, wenn er anfängt zu reden.«

»Hm«, machte Samantha unverbindlich. Der Bursche von nebenan steckte seine Zunge so weit in den Schlund seiner Freundin, dass es nur noch Sekunden dauern konnte, bis das arme Ding erstickte.

»Manchen Kerlen sieht man auf den ersten Blick an, dass sie strikt hetero sind«, murmelte sie ärgerlich.

Babette folgte ihrer Blickrichtung und verdrehte den Kopf.

»Wow«, sagte sie bewundernd. »Der ist allerdings 'ne Sünde wert. Wieso hab ich den nicht reinkommen sehen? Normalerweise habe ich eine Antenne dafür.«

»Wofür? Für gebundene Männer?«, fragte Samantha grinsend.

Babette nahm es mit Humor. Anscheinend hatte sie ihr Kontingent an Tränen für diesen Abend verbraucht. Kichernd meinte sie: »Kann es sein, dass du manchmal ein richtiges Miststück bist?«

*

Mit der Einschätzung könnte diese Babette durchaus Recht haben, dachte Eddie missmutig. Obwohl er ziemlich viel Zeit in dröhnenden Discos verbrachte, hatte er sehr gute Ohren. Er hatte so ziemlich jedes Wort der Unterhaltung am Nebentisch verstanden, obwohl die beiden Frauen sich bemüht hatten, leise zu reden. Zumindest die große Blondine, die ihn ständig mit ihren moralinsauren Blicken traktierte.

Sie war ihm sofort aufgefallen, als er vorhin hereingekommen war. Für eine Frau war sie ungewöhnlich groß, was sogar ins Auge stach, wenn sie saß. Abgesehen davon hatte sie etwas an sich, das ihn reizte, obwohl er eigentlich nicht allzu sehr auf Blondinen stand. Schon gar nicht auf solche, die entrüstet die Lippen zusammenkniffen, nur weil zufällig ein paar Leute in ihrer Nähe sich küssten. Er mochte eher zierliche, dunkelhaarige, leidenschaftliche Frauen, solche wie Valerie, die sich gerade nach Kräften abmühte, sein Hemd aus der Hose zu ziehen, um an seinen nackten Rücken zu gelangen.

»Du machst mich ganz verrückt«, flüsterte sie in sein Ohr.

Eddie hatte den vagen Verdacht, dass sie möglicherweise ein wenig übertrieb. Hin und wieder sang sie in dem Nachtclub, in dem Eddie arbeitete. Sie kannten sich schon länger, aber Valeries Leidenschaft für Eddie war erst vor ein paar Wochen erwacht, als sie von irgendjemand aufgeschnappt hatte, dass er vorhatte, eine eigene Musikproduktion in Angriff zu nehmen.

»Vielleicht sollten wir mit dem Ausziehen bis später warten«, schlug er vor, während er die Blondine beobachtete, die gerade aufstand, um zur Toilette zu gehen. Diese Sam oder Sammy (vermutlich hieß sie richtig Samantha) war noch größer, als er zunächst gedacht hatte, nämlich mindestens einsachtzig. Mit hohen Absätzen würde sie ihm vermutlich direkt ins Auge schauen können. Vorausgesetzt, er käme jemals in die Verlegenheit, ihr gegenüberzustehen, was wohl eher unwahrscheinlich war – sie spielte, wie man so schön sagte, in einer anderen Liga als er. Allein ihr perfekt sitzendes, dunkelblaues Schneiderkostüm und die eleganten Designerpumps hatten vermutlich mehr gekostet, als er in einem Monat verdiente. Von der Armbanduhr und dem hochkarätigen Brillantring an ihrer linken Hand ganz zu schweigen. Davon abgesehen war sie auch ohne ihr Outfit eine spektakuläre Erscheinung. Sie war ungefähr acht bis zehn Kilo von den Idealmaßen eines Models entfernt, aber jedes Gramm davon verteilte sich auf eine Figur, die alle im Restaurant anwesenden Männer dazu brachte, mit dem Reden aufzuhören und ihr hinterherzustarren. Wie Blumen auf beweglichen Stängeln wandten sich alle Köpfe in ihre Richtung, als wäre gerade vor der Damentoilette die Sonne aufgegangen.

Sie bewegte sich locker und anmutig, mit federnden, ausgreifenden Schritten. Ihr honigblondes Haar war zu einem dicken, langen Zopf geflochten, der bei jeder Bewegung auf ihrem Rücken hin und her schwang.

Soweit Eddie es beurteilen konnte, achtete sie überhaupt nicht darauf, dass ihr jede Menge Blicke folgten. Vermutlich war sie daran gewöhnt, ständig begafft zu werden.

»Gehen wir nachher noch zu mir oder lieber wieder zu dir, Eddie?«, fragte Valerie in schmachtendem Tonfall – laut genug, um die Blondine zu veranlassen, Eddie über die Schulter einen giftigen Blick zuzuwerfen, bevor sie um die Ecke verschwand.

Valerie war nicht entgangen, dass Eddies Aufmerksamkeit für einen Moment nachgelassen hatte. Mit geschlitzten Augen folgte sie seiner Blickrichtung. »Was findest du an der? Glaubst du, ich merke nicht, wie du sie schon die ganze Zeit anglotzt? Die ist doch uralt. Mindestens siebenundzwanzig, wetten?«

Eddie hielt sie eher für dreißig, aber das machte für Valerie sowieso keinen Unterschied. Sie war letzten Monat neunzehn geworden. Jemand, der sich den Dreißig näherte, war für sie praktisch im Greisenalter.

»Ich werde auch siebenundzwanzig«, meinte er.

»Ja, aber erst nächstes Jahr im Mai. Und außerdem bist du ein Mann.« Sie trommelte mit zwei langen, perfekt lackierten Nägeln auf dem Rand ihres Pizzatellers herum. »Du hast meine Frage nicht beantwortet. Was törnt dich an der alten Kuh an?«

Er zuckte nichts sagend die Achseln. »Sie ist ziemlich groß für eine Frau, nichts weiter.«

Valerie rückte ein Stück von ihm ab. »Ich bin dir wohl zu klein?«

»Hab ich das gesagt? Du bist genau richtig.«

»Wenn du mich fragst, wiegt sie mindestens siebzig Kilo. Wenn nicht achtzig. Ich finde, sie sieht aus wie eine von diesen … wie nennt man sie?«

»Wie nennt man was?«

»Diese großen, fetten Wikingerbräute. Die mit den langen blonden Zöpfen und den gehörnten Helmen auf dem Kopf.«

Eddie wusste, dass es einen speziellen Ausdruck dafür gab. Ihm fiel auch ein, wie die Wikinger ihr Paradies nannten – Walhalla. Der Begriff, den Valerie suchte, hörte sich so ähnlich an. Eddie war sicher, ihn schon gehört oder gelesen zu haben, aber er konnte sich nicht daran erinnern. Unbestimmter Ärger machte sich in ihm breit.

»Sie hat keine zwei Zöpfe, sondern nur einen«, meinte er, bloß um etwas zu sagen.

»Sie könnte sich aber zwei machen«, gab Valerie spitz zurück.

»Das interessiert mich ehrlich gesagt nicht die Spur.«

»Wieso hast du ihr dann hinterhergeglotzt?« Valerie war offenbar nicht bereit, die Sache auf sich beruhen zu lassen.

»Das bildest du dir doch nur ein, Kleines.«

»Sag nicht *Kleines* zu mir. Ich bin nicht klein. Außerdem hab ich's gesehen. Du hast sie angestarrt, genau wie alle anderen Blödmänner hier in dem Laden!«

»Musst du so schreien?«, gab Eddie verärgert zurück. »Warum steigst du nicht auf den Tisch und hältst ein Schild hoch, damit auch ja alle es mitkriegen!«

»Ich wette, es waren ihre Titten«, zischte Valerie. »Ich wusste doch, dass meine dir zu klein sind! Du stehst darauf, wenn eine Frau so große Dinger hat wie diese Wikingertussi!«

»Dein Busen ist perfekt«, meinte Eddie besänftigend.

»Wirklich?«

»Hab ich mich je beschwert?«

»Nein, aber du hast auch nicht gesagt, dass er toll ist.«

»Er ist toll.«

Valerie war anscheinend nicht überzeugt. »Das sagst du jetzt nur so. Du hättest es vorher schon sagen können, jederzeit. Zum Beispiel im Bett. Oder wenn ich unter der

Dusche stehe oder wenn ich mich ausziehe. Aber du hast es *nie* gesagt. Ich weiß genau, dass es einzig und allein daran liegt, dass ich nur B-Körbchen habe. Und du hast diese alte Scharteke angeglotzt, weil sie D-Körbchen hat!«

»Woher willst du das wissen?«

»Dafür habe ich einen Blick«, behauptete Valerie halsstarrig.

Eddie seufzte entnervt. Valerie konnte Minuten lang vor dem Spiegel stehen und aus allen Blickwinkeln ihre Brust betrachten. Sie investierte ein kleines Vermögen in BHs mit Gel-Einlagen und Push-up-Effekt, und nach allem, was Eddie bis jetzt so mitgekriegt hatte, besaß sie mehr von den Dingern, als er Socken im Schrank hatte.

Er würde nie verstehen, warum die meisten Frauen ein solches Getue um ihre Figur machten. Entweder fanden sie sich zu fett oder ihren Busen zu klein. Oder die Beine zu kurz, den Bauch zu dick, die Haare zu dünn.

»Könnten wir vielleicht über was anderes reden?«

»Wenn ich meinen ersten Hit lande, lasse ich mir sofort den Busen machen«, verkündete Valerie.

Eddie hatte keine Lust, das Thema weiter zu vertiefen. »Okay«, sagte er friedfertig.

»Das hättest du jetzt nicht gesagt, wenn du meinen Busen *wirklich* gut finden würdest«, fauchte Valerie anklagend.

»Meine Güte, es ist doch *dein* Busen, oder? Mach damit, was du willst. Und wenn du streiten willst, such dir gefälligst jemand anders!«

Er stand auf.

Valeries Ärger verrauchte augenblicklich. Sie erhob sich ebenfalls. »Wo willst du hin?«, rief sie betroffen.

»Pinkeln«, sagte Eddie lakonisch. »Setz dich wieder hin. Oder willst du mitkommen und mir Beistand leisten?«

Die rothaarige Anwältin vom Nachbartisch warf ihm unter ihren perfekt gezupften Brauen einen spekulativen Blick zu. Sie sah gut aus, und unter anderen Umständen hätte Eddie ihr sicher aufmunternd zugelächelt – allein schon deshalb, weil sie von ihrem Lover abgelinkt worden war und eine schwere Zeit durchmachte. Doch im Moment hatte er nur das Bedürfnis, für ein paar Minuten zu verschwinden. Valeries unaufhörliches Genörgel ging ihm auf die Nerven, obwohl ihn sonst weder ihre Eifersüchteleien noch ihre ewige Besorgnis wegen ihres Äußeren sonderlich störten. Normalerweise ließ er sie plappern und tat so, als würde er zuhören. Die meisten Frauen legten Wert darauf, dass man ein offenes Ohr für sie hatte und sie verständnisvoll behandelte. Damit hatte Eddie bis jetzt kaum ein Problem gehabt.

Heute allerdings lief es nicht besonders. Er hatte sich auf eine heiße Nacht mit Valerie gefreut, doch irgendwie war ihm die Lust vergangen. Der Abend hatte viel versprechend angefangen, aber seit er ins Visier der einzopfigen Blondine geraten war, hatte seine Laune sich aus unerfindlichen Gründen rapide verschlechtert.

Als er in den Gang einbog, der zu den Toiletten führte, tauchte sie urplötzlich wie aus dem Nichts auf, und es passierte genau das, was Eddie sich vorhin vorgestellt hatte: Sie stand ihm Auge in Auge gegenüber.

Eddie hielt unwillkürlich die Luft an, denn im nächsten Augenblick machte er drei erstaunliche Entdeckungen: Erstens war sie mit Schuhen exakt genauso groß wie er, und zweitens waren ihre Augen von dem unglaublichsten Blau, das er je gesehen hatte. (Eddie wusste, dass es einen Edelstein von dieser Färbung gab, doch zu seinem Ärger fiel ihm der Name nicht ein.) Und drittens roch sie gut. Nein, das traf es nicht. Sie roch betörend. Eddie blähte unbewusst die Nüstern, um mehr von diesem unglaublichen Duft einzufangen. Er war ganz sicher, dieses Parfum noch nie vorher gerochen zu haben, und ebenso sicher war er, dass ihm noch nie eins untergekommen war, das diese Wirkung auf ihn gehabt hatte. Er verlor beinahe das Gleichgewicht, als er sich instinktiv vorbeugte, um noch eine Nase voll davon zu erhaschen, während Samantha sich an ihm vorbeiquetschte.

»Sorry«, sagte Eddie betreten und wich ein Stück zur Seite.

Samantha würdigte ihn keines Blickes. Hocherhobenen Hauptes ließ sie ihn stehen und ging zurück ins Lokal.

»Blöde Gans«, brummte Eddie.

*

»Blöder Kerl«, murmelte Samantha. Was bildete dieser Idiot sich eigentlich ein, sich einfach breitbeinig dort aufzubauen und den Weg zu versperren? Er war von einem Moment auf den nächsten vor ihr aufgetaucht und hatte mit seinen lächerlich breiten Schultern den Gang blockiert. Ob er ihr absichtlich gefolgt war?

Komisch, als sie vorhin zur Toilette gegangen war, hatte sie seine ungenierten Blicke deutlich in ihrem Rücken gespürt. Normalerweise machte es ihr nicht viel aus, wenn Männer ihr hinterherschauten. Sie hatte sich schon vor vielen Jahren angewöhnt, nicht darauf zu achten, und verschwendete keinen Gedanken an all die neugierigen Blicke. Doch bei diesem Eddie (Wie er wohl richtig hieß? Edgar? Edmund?) war es ihr so vorgekommen, als ob ein paar riesige, heiße Scheinwerfer auf ihrer Rückseite brannten. Ganz offensichtlich war er ein notorischer Aufreißer. Es reichte ihm nicht, dass er ein süßes junges Ding an seinem Tisch sitzen hatte, das ganz wild darauf war, mit ihm ins Bett zu steigen. Nein, er musste jede Gelegenheit ausnutzen und alle Frauen anbaggern, die sich in seiner unmittelbaren Reichweite befanden. Wahrscheinlich war er sexsüchtig.

Jede Wette, dass er es ist, dachte Samantha. Sie seufzte, während sie zu ihrem Tisch zurückkehrte. Bei den einen war es im Übermaß vorhanden, bei den anderen gab es zu wenig davon. Das Leben war manchmal alles andere als gerecht.

»Was ist?«, wollte Babette wissen. »Hast du Sorgen?«

»Ich musste nur gerade an Hans denken.«

»Du machst dir Gedanken, weil er so viel Golf spielt, stimmt's?«

»Ach, es ist eher allgemein«, sagte Samantha vage.

Im Grunde war es nicht allgemein, sondern sehr speziell, und es gehörte zu jenen Dingen, von denen Samantha glaubte, dass man sie einfach nicht mit anderen Leuten besprach, nicht einmal mit der besten Freundin.

Als Samantha später im Bett lag, grübelte sie eingehend über das Problem nach, während sie das Video zu einer besonders interessanten Stelle zurückspulte. Die Handlung war eigentlich immer dieselbe. Sie dauerte meist zwischen drei und fünf Minuten und schien einer genau vorgegebenen Dramaturgie zu folgen. Nur die Akteure wechselten ab und zu. Einer von ihnen, ein großer Typ mit übertriebener Muskulatur, ähnelte auf den ersten Blick dem Angeber, den sie heute beim Italiener gesehen hatte. Der Kerl auf dem Video war vielleicht eine Idee grobschlächtiger, aber wenn man nur den Körper betrachtete … Samantha entdeckte auf Anhieb eine Menge Parallelen. Natürlich gab es ein gewisses anatomisches Detail, von dem unmöglich zu sagen war, ob auch hier eine Ähnlichkeit vorlag. Meine

Güte, existierten im echten Leben wirklich Männer, die so großzügig ausgestattet waren? Die arme Schauspielerin hatte alle Hände voll zu tun. Buchstäblich.

Samantha kniff die Augen zusammen und versuchte, sich den Aufreißer aus dem Restaurant bei derselben Aktion vorzustellen, die gerade auf dem Bildschirm ablief.

»Lieber Himmel«, flüsterte sie, fasziniert und wider Willen erregt. Beinahe war sie so weit, die andere Neuerwerbung zu testen, die sie unten in ihrem Kleiderschrank versteckt hatte. Sie stand dicht davor, das Ding aus der Tüte zu holen und es auszuprobieren. Nur mal so, um zu sehen, ob es überhaupt funktionierte.

»Zum Teufel«, sagte sie, während die Hauptdarsteller stöhnend und unter größtmöglichen Verrenkungen zu einer ihr völlig unbekannten Variante übergingen.

Samantha war so sehr in das Video vertieft, dass sie um ein Haar die Bewegung an der Schlafzimmertür übersehen hätte.

»Hans!«, rief sie überrascht, während sie hektisch unter der Bettdecke nach der Fernbedienung tastete. Gerade eben war das blöde Ding doch noch in ihrer Hand gewesen!

»Hallo, Liebes«, sagte Hans. »Ich dachte, du schläfst schon.« Er hob die Brauen, als er sah, was auf dem Bildschirm passierte. »Du liebe Zeit, was ist denn *das* da?«

Samantha gab ihre Suche nach der Fernbedienung auf und stellte sich tapfer der Frage ihres Lebensgefährten.

»Es ist das, was du vermutest. Ein Pornovideo.«

»Tatsächlich.« Hans schaute kurz hin, dann wandte er sich achselzuckend ab. »Eine ziemlich fantasielose Sache, wenn du mich fragst. Erinnert mich lebhaft an gewisse Vorgänge auf einem Bauernhof.« Er kam zum Bett und küsste Samantha auf die Stirn. »Wie war dein Tag, Liebes?«

Die Protagonisten auf dem Bildschirm kamen keuchend zum großen Finale des gerade laufenden Aktes. »Ja, ja, jaaa«, schrie die Frau. »Gib's mir!«

»Es war sehr anstrengend«, sagte Samantha höflich. »Wir haben ein paar sehr viel versprechende Aufträge an Land gezogen. Leider hat mein Cousin sich den Arm gebrochen.«

»Du geiles Biest!«, grunzte der Mann in wilder Wollust.

»Ach«, meinte Hans bedauernd. »Wie ist das denn passiert?«

»Er ist in der Wanne ausgerutscht.«

»Das tut mir Leid.«

»Mir auch. Wie war es bei dir? Hast du viele Bälle eingelocht?«

»Jaaa«, brüllte der männliche Darsteller auf dem Bildschirm.

»Es hätten mehr sein können. Ich muss noch viel trainieren, wenn ich am Wochenende einen der vorderen Plätze belegen will. Vor allem das Putten, das lief heute ganz schlecht.«

»Großer Gott, ich komme!«, kreischte die Frau.

»Warum hat das so lange gedauert?«, wollte Samantha wissen.

»Was denn, Liebes?«

»Na, dein Training. Du kannst doch unmöglich den ganzen Tag geputtet haben, oder?«

»Ach, ich war noch eine Weile im Clubhaus. Es war eine Menge organisatorischer Kram zu besprechen.«

Samantha fand endlich die Fernbedienung und schaltete das Video aus. »Wir sollten wieder mal was zusammen unternehmen.« Mit lockendem Augenaufschlag lehnte sie sich zurück und präsentierte Hans ihr brandneues Negligé. Sie hatte es im selben Laden gekauft wie das Video und das kleine Geheimnis, das unten in ihrem Schrank ruhte. »In der letzten Zeit haben wir wirklich wenig voneinander gehabt, findest du nicht?«

»Du hast Recht.« Hans setzte sich auf die Bettkante und zog die Schuhe aus. »Komm doch morgen wieder mal mit auf den Platz. Du musst sowieso noch an deinem Abschlag arbeiten.«

»Ich dachte eigentlich an einen anderen Sport.« Samantha kroch näher zu Hans und schmiegte sich an seinen Rücken. Mit beiden Armen umschlang sie seine Mitte und küsste ihn auf den Nacken. Um ihrer Absicht Nachdruck zu verleihen, ließ sie eine Hand etwas tiefer wandern, bis sie seine Gürtelschnalle ertasten konnte. »Ich habe dich vermisst, weißt du das?«

»Ich war doch gar nicht weg«, sagte Hans. Er drehte sich zu Samantha um, küsste sie auf die Nasenspitze und schob gleichzeitig sanft ihre Hände weg. »Lass mich das eben ausziehen und unter die Dusche springen. Ich bin total verschwitzt.«

»Na gut«, hauchte Samantha. »Wenn du dich beeilst …«

»Klar. Wird sowieso Zeit, dass ich ins Bett komme. Du kannst dir nicht vorstellen, wie müde ich bin.«

Samantha sank frustriert auf ihr Kopfkissen, während Hans fröhlich pfeifend in Richtung Bad verschwand. Sie wartete eine Zeit lang, doch er kehrte nicht zurück. Wahrscheinlich war ihm unter der Dusche eingefallen, dass er noch ein paar Schläge an seinem Hometrainer absolvieren könnte, bevor er ins Bett kam. So hatte er in den letzten Wochen meist seine Abende beschlossen.

Hans war liebenswürdig, immer gut gelaunt und geradezu vorbildlich höflich. Aber wann hatte er das letzte Mal Lust gehabt? War es drei Wochen her? Oder doch schon vier? Es lag schon so lange zurück, dass sie nicht einmal mehr wusste, wann genau es gewesen war. Und ganz sicher hatte nicht Hans den ersten Schritt dazu getan, sondern Samantha, immerhin *daran* erinnerte sie sich genau. Ebenso wie die anderen Male davor in den vergangenen Monaten. Und dabei waren sie sich mehr oder weniger einig darin gewesen, dass sie es darauf ankommen lassen wollten. Mit anderen Worten: Falls Samantha schwanger wurde, wären sie beide damit einverstanden. Hans wurde nicht jünger, und sie auch nicht. Wann sollten sie es in Angriff nehmen, wenn nicht jetzt? Die ganzen Umstände waren ideal. Hans hatte von seinen Eltern so viel Geld geerbt, dass er bequem bis ans Ende seiner Tage sehr luxuriös davon leben konnte. Außer Golf spielen hatte er nichts zu tun. Er würde sich wunderbar um das Kind kümmern können, während Samantha weiter an ihrer Karriere stricken konnte.

Doch seit einiger Zeit war die stillschweigend in Angriff genommene Familienplanung offenbar ins Stocken geraten. Man konnte den Zustand ihrer Beziehung im Prinzip mit wenigen Worten beschreiben: Golf ja, Sex nein.

Mit einiger Verbitterung gestand Samantha sich ein, dass ihre Beziehung zu etwas mutiert war, von dem sie bisher geglaubt hatte, dass es nur zwischen älteren Leuten üblich war. Zwischen *sehr* viel älteren Leuten, wohlgemerkt. Leute, die zudem fünfzig Jahre oder länger zusammen waren.

Dabei sind wir nicht mal verheiratet, dachte Samantha niedergeschlagen.

Nicht, dass sie Wert darauf gelegt hätte. Ein Reinfall reichte ihr völlig. Ihre Ehe hatte nur knappe zwei Jahre gedauert, und die Scheidung lag schon fünf Jahre zurück, aber diese Geschichte war ein Kapitel in ihrem Leben, das sie nicht unbedingt wiederholen wollte. Sie hatte ihren

Mädchennamen wieder angenommen, den Ring weggeworfen und auch den ganzen Rest so schnell wie möglich vergessen.

Hans hatte ebenfalls Federn gelassen. Er hatte vor zehn Jahren einen ziemlich harten, sehr unerfreulichen Scheidungskrieg hinter sich gebracht und schien nicht sonderlich erpicht auf neues Eheglück. Wozu auch, wenn doch alles ohne Trauschein hervorragend zwischen ihnen klappte? Zumindest das erste Jahr über war es so gewesen. Dann hatte es im Laufe der letzten paar Monate schleichend, aber unübersehbar nachgelassen – jedenfalls, was den erotischen Aspekt betraf.

Fand Hans sie körperlich nicht mehr anziehend? Gut, sie hatte im Laufe der beiden Jahre, die sie jetzt zusammenlebten, vielleicht drei oder vier Kilo zugenommen, aber Hans betonte regelmäßig, dass er jedes einzelne Pfund an ihr vergöttere.

Wurde er vielleicht allmählich zu alt? Nein, unmöglich, entschied Samantha sofort. Er war erst einundvierzig. Die meisten Männer drehten in diesem Alter richtig auf. Sie gingen ins Bräunungsstudio und ins Fitnesscenter, kauften sich ein Motorrad und legten sich eine junge Geliebte zu. Einundvierzig war mit Sicherheit kein Alter. Jedenfalls keins, um in plötzliche Abstinenz zu verfallen.

Hans war dank zahlreicher Stunden auf dem Golfcourt auch ohne Sonnenbank und Fitnesscenter braun gebrannt und in jeder Hinsicht topfit. Genauer gesagt, in *fast* jeder …

Ein hässlicher Gedanke schoss Samantha durch den Kopf: Vielleicht bin ich selbst zu alt!

Bis jetzt war sie sich eigentlich noch nie allzu alt vorgekommen, aber wer war sie, das zu beurteilen? Schließlich war sie kein Mann, nicht wahr?

Zwischen Ärger und Unsicherheit schwankend, boxte Samantha sich ihr Kopfkissen zurecht.

Unwillkürlich musste sie an das zierliche, brünette Püppchen denken, das wie eine Napfschnecke an diesem Don Juan namens Eddie geklebt hatte. Wie alt mochte die Kleine wohl sein? Neunzehn? Zwanzig? Viel älter bestimmt nicht. Für Männer in mittleren Jahren sicher ein magisches Alter. Eine einzige, wandelnde Versuchung, sich auf diesem Wege ein Stück der eigenen, verlorenen Jugend zurückzuholen.

Eine Frau von fast zweiunddreißig Jahren musste da im direkten Vergleich natürlich wie eine Matrone wirken.

Das war Samanthas letzter düsterer Gedanke, bevor sie einschlief.

*

»Du machst ja Sachen«, sagte Samantha besorgt. Sie stand neben Onkel Herberts Krankenbett und hielt seine Hand.

»Mir geht's ausgezeichnet«, knurrte er. »Die Ärzte erzählen einen Haufen Quatsch, nichts weiter.«

»Du hattest wieder einen Infarkt, das werden sie sich wohl kaum ausgedacht haben. Was glaubst du, wieso du hier auf der Intensivstation liegst, mit all den Schläuchen und Drähten an deinem Körper?«

»Die wollen bloß ihre Betten voll kriegen«, behauptete Herbert. Sein Gesicht war blass und eingefallen nach den Aufregungen der letzten Nacht. Er war mit Brustschmerzen ins Krankenhaus gebracht worden, wo ein leichter Infarkt festgestellt worden war – der zweite innerhalb von sieben Jahren.

»Wie geht es deinem missratenen Cousin?«, wollte er wissen.

»Tante Elfriede meint, er würde sich langsam wieder erholen. Aber er hat noch Schmerzen.«

»Mit anderen Worten: Er jammert den ganzen Tag. Das muss er von seinem Vater haben. In unserer Familie kam das nicht vor, so viel steht fest. Wir waren immer hart im Nehmen. Deine Mutter, Elfriede und ich waren nicht so schnell kleinzukriegen.«

»Irgendwann ändert sich das«, sagte Samantha. »Was hältst du davon, ein bisschen kürzer zu treten?«

»Ich denke gar nicht dran«, polterte Herbert.

»Wenn ich das vorhin richtig verstanden habe, hat der Arzt gesagt, du könntest jederzeit tot umfallen, wenn du dich nicht endlich schonst.«

»Ich lasse mich nicht zum alten Eisen schmeißen, falls es das ist, worauf du hinauswillst.«

»Ich will auf gar nichts hinaus«, sagte Samantha. »Die Sache ist nur die: Wenn du tot umfällst, kommst du nicht zum alten Eisen, sondern zwei Meter unter die Erde.«

»Deinen Sinn für Offenheit habe ich schon immer geschätzt«, meinte Herbert grantig. »Er ist fast so ausgeprägt wie dein Sarkasmus.«

Dann räusperte er sich. »Wie lange bist du jetzt schon in der Firma?«

Samantha zuckte die Achseln. »Das weißt du doch. Im Oktober sind es sieben Jahre.«

»Ja«, sagte Herbert nachdenklich. »Damals hatten wir sechs Angestellte und zweihundert Quadratmeter Ausstellungsfläche. Ein kleiner lokaler Badezimmerausstatter. Und jetzt beschäftigen wir dreiundzwanzig Leute und stellen auf fast tausend Quadratmetern in zwei Filialen aus. Unsere Kunden sitzen in ganz Deutschland. Wir haben zusammen viel auf die Beine gestellt, nicht wahr?«

Samantha nickte. »Es ist ganz gut gelaufen.«

Herbert hatte es nicht direkt ausgesprochen, aber sie wussten beide, dass es die Firma in der heutigen Form nicht geben würde, wenn Samantha nicht gewesen wäre.

»Jetzt ist nur wichtig, dass du schnell wieder gesund wirst«, meinte Samantha. »Dann fährst du erst mal in Kur und lässt es dir richtig gut gehen.«

»Das wollte ich schon immer ausprobieren. Ich meine, die Sache mit den Kurschatten.«

»Soll nicht das Schlechteste sein«, stimmte Samantha zu. Tränen traten ihr in die Augen, während sie seine Hand fester hielt. Sie hing an dem alten Knaben, obwohl er ein Despot war, wie er im Buche stand. Er scheuchte alle Angestellten herum, raunzte Georg bei jeder Gelegenheit an und putzte auch Samantha hin und wieder runter. Doch alle Welt wusste, dass unter seiner harten Schale ein butterweicher Kern steckte. Die Leute, die bei Bruckner-Bad arbeiteten, legten für ihren Chef die Hand ins Feuer. Für Samantha galt dasselbe. Ihn hier so elend und krank liegen zu sehen, schnitt ihr ins Herz. Er tat immer so, als wäre er unverwüstlich, aber im grellen Licht der Intensivstation war seine Hinfälligkeit nicht zu übersehen. Sein Gesicht war wachsbleich, und unter der dünnen Haut traten die blauen Venen wie dicke Stricke hervor.

Samantha konnte sich Bruckner-Bad ohne Onkel Herbert nicht vorstellen. Ursprünglich war der Job, den sie nach dem BWL-Studium dort angenommen hatte, nur eine Art Verlegenheitslösung gewesen. Eigentlich hatte sie eine Stelle in einer Fabrik antreten sollen, die Betonfertigteile herstellte. Den Arbeitsvertrag hatte sie bereits in der Tasche gehabt – zu Konditionen, die sich für ein Anfängergehalt sehen lassen konnten. Dann hatte der Betrieb eine Woche, bevor sie anfangen sollte, Konkurs angemeldet. Ungefähr um dieselbe Zeit hatte Herbert den ersten Herzinfarkt gehabt. Er hatte Samantha gebeten, für ein paar Wochen in der Firma einzuspringen. Samantha hatte sich mit Feuereifer in die Arbeit gestürzt und alles gelernt, was es über Badezimmer zu wissen gab. Aus den geplanten paar Wochen waren zuerst Monate geworden und dann Jahre. Inzwischen war die Firma Samanthas zweites Zuhause.

»Der Arzt hat Recht«, riss Herbert sie aus ihren Gedanken. »Ich werde aufhören.«

Samantha wusste nicht, was sie sagen sollte. Sie hatte ihren Onkel noch nie so ernst erlebt. Er erwiderte ihren Blick.

»Das bedeutet, ich muss einen Nachfolger in der Firma bestimmen.«

Samantha schwieg abwartend. Es galt von jeher als ausgemachte Sache, dass Georg die Firma übernehmen würde. Es gab immer wieder Unterhaltungen zwischen ihm und Samantha, die mit den ominösen Worten begannen: *Wenn Onkel Herbert erst im Ruhestand ist* …

Natürlich hatte Samantha sich über diesen Punkt schon oft genug den Kopf zerbrochen. Es war kein Geheimnis, dass sie mit Georg nicht sonderlich gut klarkam. Er hatte ihre Arbeit in der Firma von Anfang an mit Neid und Missfallen verfolgt und jeden einzelnen ihrer Erfolge beargwöhnt.

Samantha sah dem Zeitpunkt, in dem Herbert sich aus der Geschäftsleitung zurückziehen würde, mit gemischten Gefühlen entgegen. Sie hing mit allen Fasern ihres Wesens an Bruckner-Bad. Die Firma war in gewisser Weise ihr Baby, und wenn Georg es in die Finger kriegte …

»Die Sache ist die.« Herbert räusperte sich, als wollte er eine längere Rede halten. »Du bist kaufmännisch und betriebstechnisch unschlagbar. Aber Georg ist auch nicht schlecht.«

Samantha stöhnte innerlich.

»Er ist vielleicht nicht so ein Ass mit dem ganzen technischen Computerkram wie du, aber er versteht was von Badezimmern. Und er ist kein übler Akquisiteur. Bei den Großkunden hat er bisher immer einen guten Eindruck hinterlassen.«

Zähneknirschend musste Samantha ihm Recht geben. Georg mochte zuweilen eine tölpelhafte Art an den Tag legen, aber er hatte etwas an sich, das bei den Geschäftspartnern von Bruckner-Bad Vertrauen hervorrief. Georg schien bei Kunden besser anzukommen als sie selbst, obwohl er lispelte, zwanzig Kilo Übergewicht hatte und ständig diese unmöglichen Anzüge trug, in denen er aussah wie eine Wurst in einer zu knapp geratenen Pelle. Und dabei tat Samantha alles, um seriös und kompetent zu wirken. Sie bevorzugte formelle Kostüme und elegantes, aber schlichtes Schuhwerk. Niemals trug sie ihr Haar offen, und ihr Make-up war unaufdringlich und sparsam. Trotzdem hatte sie zu ihrem tiefen Verdruss häufig den Eindruck, dass die Leute sie auf den ersten Blick für inkompetent hielten.

»Georg ist noch jung, und er ist in der Lage, zu lernen«, sagte Herbert. »Wenn er es nur erst hinkriegen würde, endlich bei seinen Eltern auszuziehen und vielleicht eine eigene Familie zu gründen, würde er sicher noch an Selbstsicherheit gewinnen. Die Routine in der Geschäftsführung käme mit den Jahren bestimmt von allein.«

»Dann hast du dich also entschieden, dass er deinen Posten übernehmen soll«, stellte Samantha mit unbeteiligter Stimme fest.

»Das habe ich nicht gesagt, Kind.« Herbert schüttelte schwach den Kopf. »Am allerliebsten wäre es mir, ihr könntet euch die Geschäftsführung teilen. Aber ich weiß genau, dass das in die Binsen gehen würde. Ihr würdet euch schon nach drei Wochen die Köpfe einschlagen.«

Samantha zwang sich, möglichst gelassen dreinzuschauen.

»Also habe ich beschlossen, einem von euch beiden die Alleingeschäftsführung zu übertragen.«

Samantha starrte ihn überrascht an. »Du meinst – entweder er oder ich?«

Herbert nickte. »Es geht nicht anders. Zusammen seid ihr beiden wie Hund und Katze.« Er hielt inne und sammelte sich. »Schau, es ist so. Grundsätzlich halte ich dich für die bessere Aspirantin, jedenfalls aus betrieblicher Sicht. Aber es fragt sich, ob du auf lange Sicht in der Lage bist, gute Kunden an Land zu ziehen. Davon lebt letztlich das Unternehmen.«

Samantha gestattete sich ein halbes Aufatmen. Wenn es nur daran lag – das würde sie schon irgendwie hinkriegen!

»Aus diesem Grund habe ich mir eine Feuerprobe überlegt.«

»Feuerprobe?«

Herbert nickte. »Wenn du sie bestehst, geht die Geschäftsleitung an dich. Wenn nicht, bekommt Georg sie.«

*

»Und jetzt hängt meine ganze Zukunft in der Firma von diesen Russen ab«, sagte Samantha zu Hans. Sie stand schon seit über einer Stunde in der sengenden Sonne und feilte nach seinen Anweisungen an ihrer Schlagtechnik. Von zehn Bällen brachte sie höchstens einen in die Luft, doch Hans bewies eine Engelsgeduld.

»Nimm lieber wieder das Fünfer-Eisen«, empfahl er.

»Und denk dran: Der Schläger kommt flach abwärts zum Ball. Dafür musst du im entscheidenden Augenblick dein Körpergewicht nach links verlagern. Dann kommt dein Schwung zum Ball flacher an, damit bringst du mehr Backspin rein.«

Samantha verstand kein Wort, gab sich aber redlich Mühe. Schließlich wollte sie etwas von Hans.

»Was ist denn jetzt mit morgen Abend?«, fragte sie.

»Was soll da sein?«

»Ich sagte dir doch, dass da das Essen mit den Russen stattfinden soll.«

»Von einem Essen hast du nichts gesagt.«

»Na ja, ob es ein Essen wird, muss ich noch sehen. Es war nur die Rede von einem unterhaltsamen Abend. Aber ich denke, dass ein anständiges Geschäftsessen auf jeden Fall dazugehört. Und für hinterher dachte ich an einen Besuch in der Oper. Ich will später noch Karten besorgen. Und zum Abschluss ein Absacker in einer netten Musikkneipe, quasi als kultureller Kontrapunkt.«

»Du wirst das schon schaffen. Nein, nicht so. Du musst dein Gewicht mehr auf die Fußballen verlagern und leicht in die Knie gehen. Die linke Hüfte leicht erhöht.«

Samantha ließ den Schläger gegen den Ball sausen und traf mit voller Wucht in den Boden. Erdbrocken lösten sich aus dem Rasen und flogen meterhoch durch die Luft. Nur der Ball blieb liegen, wo er war.

»Schon wieder«, seufzte Hans. »Ich sehe, was du falsch machst, aber ich kann dir anscheinend nicht vermitteln, wie es richtig geht. Komm, wir üben ein bisschen Putten, vielleicht klappt das besser.«

»Natürlich kann ich unmöglich allein da hingehen«, sagte Samantha, während sie mit dem Golfwagen zum nächsten Grün fuhren.

»Warum schaust du mich so an? Du weißt doch, dass ich morgen zu dem Turnier muss. Das steht schon seit Wochen fest. Wenn du mich eher gefragt hättest … Aber so kurzfristig kann ich mich unmöglich freimachen, Schatz. Warum hat Herbert dir nicht schon früher Bescheid gesagt?«

»Weil er ursprünglich selbst zu dem Treffen gehen wollte«, erklärte Samantha mit wachsender Ungeduld. »Das Turnier dauert doch nicht den ganzen Tag. Ihr seid bestimmt vor sechs Uhr fertig, oder nicht?«

»Wir sind wahrscheinlich schon um drei oder halb vier fertig, aber danach finden im Clubhaus die Versammlung und die Tombola statt, da kann ich unmöglich fehlen.«

»Kannst du nicht ausnahmsweise jemand anderen für dich einspringen lassen?«

»Nicht so kurzfristig. Was genau hindert dich denn daran, dieses Geschäftsessen alleine wahrzunehmen? Du sagtest doch, dass die Leute einen Dolmetscher dabeihaben.«

Samantha hörte dem elektrischen Summen des Golfkarrens zu und zählte im Geiste bis fünf, bevor sie antwortete: »Weil zu viel für mich davon abhängt. Ich will diesen Posten, verstehst du? Ich habe die Firma zu dem gemacht, was sie heute ist. Da stecken fast sieben Jahre meiner Arbeit drin, und ich liebe das, was ich da tue! Ich kann nicht dabei zusehen, wie Georg sich alles unter den Nagel reißt!«

»Du siehst das Ganze viel zu pessimistisch.« Hans brachte den Wagen vor dem Grün zum Stehen und stieg ab. »Auch Russen sind heutzutage sehr zivilisiert und essen mit Messern und Gabeln.«

Sein Versuch, Samanthas Bedenken mit einem Scherz auszuräumen, kam nicht gut an.

»Du willst mich nicht verstehen«, sagte sie.

»Nun, *was* ich verstanden habe, ist die Tatsache, dass sie in erster Linie Geschäftsleute sind.«

Natürlich waren es Geschäftsleute, so schlau war Samantha selbst. Und zwar eine Gruppe von vier mit allen Wassern gewaschenen russischen Investoren, die ein fünfstöckiges Luxushotel mit mindestens hundert Luxusbädern bauen wollten. Und Bruckner-Bad konnte mit von der Partie sein – vorausgesetzt, es gelang Samantha, den Auftrag an Land zu ziehen. *Das* war die Feuerprobe, von der Onkel Herbert gesprochen hatte. Schaffte Samantha es, die Russen zu überzeugen, blieb sie im Geschäft. Wenn nicht, war sie draußen und würde sich bald nach einer anderen Arbeitsstelle umschauen können. Sie hatte keine Lust, unter Georg die zweite Geige zu spielen.

Anscheinend war Hans nicht gewillt, es zu begreifen. Oder er hatte einfach nur keine Lust, ihr zuliebe sein ungeheuer wichtiges Wohltätigkeitsturnier sausen zu lassen.

»Versteh doch«, sagte sie verzweifelt, während sie vom Wagen kletterte und ihm aufs Grün folgte. »Es ist ja nicht so, als würde ich mir nicht zutrauen, über geschäftliche Dinge mit ihnen zu reden. Aber es ist nun mal so, dass es … Männer sind. Onkel Herbert meinte, sie seien zwar sehr interessiert an der deutschen Kultur, aber auch … ähm … nun, etwas grobschlächtig. Und ich … na ja, ich habe oft den Eindruck, dass eine gewisse Sorte von Männern, die mich zum ersten Mal sehen, mich … wie soll ich es ausdrücken?«

»Dich attraktiv finden?«, fragte Hans zerstreut, während er in die Knie ging und eine Reihe von Bällen in unterschiedlicher Entfernung zum Loch platzierte.

»Das ist nicht genau das, was ich meinte. Ich wollte eigentlich *flachlegen* sagen.«

Hans blickte erstaunt auf. »So ein minderwertiges Bild hast du von dir?«

»Nicht ich«, sagte Samantha. »Aber die Männer. Vor allem Männer aus fremden Kulturkreisen, wenn du verstehst, was ich meine. Und deshalb brauche ich zu diesem Treffen einen männlichen Begleiter. Einfach irgendeinen Mann, nicht mehr und nicht weniger.«

»Als eine Art Kulisse, vor der du diese Leute ungeachtet deiner Weiblichkeit von deiner Geschäftstüchtigkeit überzeugen kannst?«

»Du hast es genau auf den Punkt gebracht. Wenn es klappt, werden sowieso weitere Treffen folgen, die kann ich dann alleine managen. Es wäre nur der eine Abend.«

Hans drückte ihr einen Golfschläger in die Hand. »Hier, fang mit den kürzeren Distanzen an, das bringt mehr Selbstvertrauen.«

Samantha schlug den Ball meterweit am Loch vorbei. Nur ihre gute Erziehung verhinderte, dass sie den Schläger wütend auf den Rasen warf. Ihr Bedarf an Golf war für heute gedeckt.

»Was ist nun, überlegst du es dir?«, fragte sie mit beherrschter Stimme.

»Dein Problem ist längst gelöst«, sagte Hans fröhlich. »Warum hast du nicht gleich gesagt, dass es einfach nur irgendein Mann sein muss? Nimm doch Benedikt mit, der wollte sowieso morgen vorbeikommen.«

*

»Natürlich gehe ich mit«, sagte Benedikt begeistert, als Samantha ihn noch am selben Abend anrief und ihm ihr Dilemma schilderte. »Das klingt ja richtig aufregend!«

»Schön, dass du der Sache was abgewinnen kannst«,

meinte Samantha resigniert. »Wir machen es so: Du kommst um fünf Uhr her, wir trinken kurz Kaffee zusammen und fahren anschließend gemeinsam los. Wir treffen uns mit den Russen im *Chez Ludovic*, ich habe einen Tisch bestellt. Danach dann die Oper, und zum Abschluss ein Stündchen ins *Alte Bergwerk*.«

»Was soll ich anziehen? Einen Anzug?«

»Natürlich. Aber auf keinen Fall dieses giftgrüne Ding, mit dem du neulich auf Babettes Geburtstagsparty warst.«

»Das war ein echtes Designerstück von Vivienne Westwood«, sagte Benedikt beleidigt. »Und kein Mensch sieht dem Teil an, dass ich es für ein paar Piepen bei Ebay ersteigert habe.«

»Stimmt«, sagte Samantha. »Aber es sieht schwul aus.«

»Wenn du Schwierigkeiten damit hast ...«

»Ich habe nicht die geringsten Schwierigkeiten damit, und das weißt du genau. Aber vom Erfolg dieses Abends hängt meine berufliche Zukunft ab. Mit einem tuntigen Outfit könntest du mir alles verderben. Deshalb möchte ich, dass du dich ebenso bieder anziehst wie ich. Gedeckte Farben, und auch keine schrillen Accessoires. Du hast doch einen tadellosen Smoking. Zieh den an, ja? Und keine Ringe.«

»Ein bisschen klarer Nagellack? Ganz dünn aufgetragen?«

»Auf keinen Fall«, sagte Samantha unerbittlich.

Benedikt lachte herzlich. »Das war ein Scherz, Schwesterchen. Wann hast du eigentlich das letzte Mal so richtig gelacht, hm? Wusstest du nicht, dass jeder Mensch mindestens einmal am Tag laut lachen sollte, um gesund zu bleiben?«

Samantha schwieg für ein paar Sekunden. Wann hatte sie das letzte Mal laut gelacht? Sie konnte sich nicht erinnern. Heute nicht, und gestern auch nicht. Und wahrscheinlich auch vorgestern und die ganze vergangene Woche nicht.

»Ich lache, wenn ich den Posten habe. Dann habe ich einen Grund dazu. Zieh dich anständig an und guck nicht dem Kellner hinterher. Alles andere wird sich schon finden.«

Was den Rest betraf, so wusste Samantha, dass sie sich voll und ganz auf ihren Bruder verlassen konnte. Benedikt war kultiviert, intelligent, eloquent, gebildet und charmant – kurz: Einen besseren Tischgenossen als ihn konnte man sich für ein Geschäftsessen kaum vorstellen. Davon abgesehen würde er mit seiner netten, unangestrengten Art ganz zwanglos dafür sorgen, dass Samantha nicht die ganze Zeit im Mittelpunkt der Aufmerksamkeit stand. Jedenfalls nicht in der Art von Aufmerksamkeit, von der sie nichts wissen wollte. Onkel Herbert hatte ausdrücklich gesagt, dass dieses erste Treffen nur zum gegenseitigen Beschnuppern dienen sollte.

»Wie seid ihr überhaupt an die Leute gekommen?«, wollte Benedikt neugierig wissen.

»Übers Internet. Sie sind auf unsere Homepage gestoßen und haben sich von uns ein Angebot erstellen lassen.«

»Ah, ich sage es doch immer wieder«, schwärmte Benedikt. »What a brave new world! Tausende von Kilometern verschwinden auf einen Tastendruck hin, ohne dass der Mensch auch nur einen Schritt vor die Tür tun muss!«

»Dieses Geschäft lässt sich aber nicht wie ein Einkauf bei Ebay abwickeln«, warnte Samantha ihren Bruder. »Glaub ja nicht, dass Bruckner die einzige Firma ist, die in die nähere Auswahl gezogen wird. Bei einem Auftrag dieser Größenordnung werden diese Leute sich auf jeden Fall ein persönliches Bild machen. Und zwar gründlich.«

»Keine Sorge, ich werde mein Bestes geben.«

»Sei pünktlich.«

»Versprochen.«

Als es am nächsten Nachmittag drei Minuten vor fünf an der Haustür läutete, atmete Samantha erleichtert auf. Aus nicht nachvollziehbaren Gründen hatte sie schon den ganzen Tag über ein ungutes Gefühl gehabt, was die Teilnahme ihres Bruders an diesem Unterfangen betraf, doch sie hatte sich schlicht geweigert, über ein mögliches Misslingen des Abends nachzudenken. Stattdessen hatte sie Stunden darauf verwendet, sich für das Treffen angemessen herzurichten, und sich so von ihrer wachsenden Aufregung abgelenkt. Sie hatte ein Kleid gewählt, das sie sowohl zu einem gepflegten Dinner als auch in der Oper tragen konnte, ein Modell, das sie letztes Jahr gekauft hatte, als sie zusammen mit Hans ein Wochenende in Mailand verbracht hatte. Zu der Zeit war er noch öfter mit ihr irgendwohin gejettet. Nach Rom, Paris, London, New York – worauf sie gerade Lust hatten.

Das Kleid lag ziemlich eng an und modellierte jede Einzelheit ihrer Figur. Es war aus schwarzem seidigen Stretchmaterial und ziemlich weit ausgeschnitten, so tief, dass es fast ein bisschen unanständig aussah. Aber das kleine Bolerojäckchen, das darüber getragen wurde, vervollständigte das Ensemble zu einem Musterbeispiel zeitloser, edler Eleganz und betonte ihre Figur nicht mehr als nötig. Man sah kaum mehr als ein paar Quadratzentimeter Ausschnitt, und das war auch gut so. Schließlich wollte sie nicht mit ihrem Busen glänzen, sondern mit ihrer geschäftlichen Kompetenz.

Sie fühlte sich einigermaßen für den bevorstehenden Abend gewappnet, als sie zur Haustür ging, um Benedikt zu öffnen.

Zu ihrer Überraschung stand jedoch nicht ihr Bruder vor der Tür, sondern Babette.

»Was machst du denn hier?«, fragte Samantha.

»Wow, du hast dich ja in Schale geworfen. Du siehst toll aus. Ein bisschen bieder, wenn du mich fragst. Aber sonst richtig gut. Geht ihr noch aus?«

»Ich muss zu einem Geschäftsessen und hinterher in die Oper. Eigentlich habe ich Ben erwartet. Er will mich begleiten.«

»Was ist mit Hans?«

»Ist auf einem extrem wichtigen Golfturnier.«

»Schon wieder? An deiner Stelle würde ich allmählich anfangen, mir darüber Gedanken zu machen.« Babette ging an Samantha vorbei in den Salon. »He, ihr habt ein neues Bild. Ich werde verrückt. Ein echter Miró!«

»Pass auf, nicht anfassen. Sonst geht die Alarmanlage los.«

Babette zog die Finger zurück. »Ich vergesse immer, dass ihr hier einen richtigen Hochsicherheitstrakt habt. Aber so ist das eben bei den reichen Leuten.«

»Hans ist reich, ich nicht. Was treibt dich her?«

Babette wurde rot. »Ich muss mit dir über etwas reden. Es geht um Giovanni.«

»Wer ist Giovanni?«

»Der Kellner aus dem *Battista*.«

»Ach so. Was ist mit ihm?«

»Ich … na ja, ich bin mit ihm ins Gespräch gekommen.«

»O nein!«, rief Samantha aus.

»Ich war einsam und hatte Liebeskummer«, verteidigte Babette sich.

»Und jetzt? Bist du geheilt? Was ist mit Wolfi?«

»Wer ist Wolfi?«, fragte Babette unschuldig. Dann breitete sie die Arme aus. »Es ging mir mies, und ich konnte ein bisschen Ablenkung brauchen. Und Giovanni war da. Eine ganz einfache Angelegenheit also.«

»Na, wenn das so ist, dann ist doch alles bestens. Wo ist das Problem?«

»Es hängt mit der Sache zusammen, die du erwähnt hast.«

»Dass er ein bisschen schwul aussieht? Wenn du ihn näher kennen gelernt hast – ich meine, *kennen gelernt* in dem Sinne, wie du es anscheinend meinst –, trifft das doch wohl nicht zu.«

»Das weiß ich ja eben nicht genau. Klar, er war wirklich süß, und im Bett klappte es gleich ganz prima. Also ist er auf jeden Fall schon mal gut auf Frauen zu sprechen. Aber ich konnte nicht vergessen, was du gesagt hast. Es gibt schließlich jede Menge Männer, die zweigleisig fahren. Du weißt schon, was ich meine.«

»Lieber Himmel, wie kommst du denn darauf? Kann ich mich nicht einfach mal geirrt haben? Ich bin schließlich nicht unfehlbar.«

»Wir waren bei ihm zu Hause, und da hab ich so ein bisschen bei ihm rumgeschaut.« Babette holte Luft. »Er hat mehrere CDs von Cher, und er hat Nagellack. Na gut, es war nur Klarlack. Aber Lack ist Lack.«

»Den könnte eine frühere Freundin von ihm dort gelassen haben. Und die CDs auch.«

»Das könnte rein theoretisch sein«, räumte Babette ein. »Allerdings hat er die CDs abgespielt. Und den Nagellack hatte er auf den Fingernägeln.«

»Oh«, sagte Samantha.

»Ja, oh«, wiederholte Babette.

»Ich sehe immer noch kein Problem«, meinte Samantha. Sie schaute ungeduldig auf die Uhr. Wo blieb nur Benedikt?

»Selbst wenn – ich meine, lass ihn doch bi sein. Es ist doch nicht tragisch, oder? An einen One-Night-Stand kannst du keine großen Ansprüche stellen.«

»Und wenn ich ihn gerne wiedersehen würde?«, fragte Babette kläglich.

Samantha seufzte. »Du *hast* ihn schon wiedergesehen.«

Babette nickte mit gesenkten Blicken.

Samantha kannte Babette lange genug. Sie zog sofort die richtigen Schlüsse.

»Sag nur, du hast dich in den Typ verknallt!«

»Und wenn? Wäre das so schlimm?«

Samantha hob die Schultern. »Was soll ich dazu denn noch sagen?«

»Du könntest wenigstens aufhören, so mitleidig zu gucken.«

»Im Moment habe ich wirklich andere Sorgen. Ich muss zu diesem Essen, und mein Bruder ist noch nicht da.«

»Wenn es dir irgendwie hilft, komme ich gerne mit. Ich müsste nur noch mal schnell heim, mich umziehen, dann kann's losgehen.«

»Du bist eine Frau«, sagte Samantha.

»Das will ich doch hoffen.«

»Und du siehst zu gut aus.«

Babette strich sich geschmeichelt das Haar aus der Stirn. »Befürchtest du, dass ich dich in den Schatten stelle?«

»Wenn ich etwas befürchte, dann nur, dass du mein Problem verdoppelst.« Sie setzte Babette über die näheren Umstände des Deals, den Onkel Herbert ausgeheckt hatte, ins Bild.

»So ein alter Gauner«, meinte Babette bewundernd.

Samantha begann, unruhig auf und ab zu gehen. »Ich frage mich, wo Ben bleibt!«

»Nimm es mir nicht übel, wenn ich das so sage, aber

dein Bruder ist schon öfter zu spät gekommen. Bei meiner Party letztens …«

»Das würde er mir niemals antun. Nicht heute. Er weiß genau, was für mich davon abhängt.«

In diesem Moment läutete es an der Haustür, und Samantha seufzte erleichtert auf. »Siehst du, ich wusste, dass man sich im Zweifel auf ihn verlassen kann!«

Sie ging in die Diele, um ihm zu öffnen. Diesmal war es wirklich Benedikt. Aber er sah völlig anders aus als erwartet. Samantha gab einen erschreckten Aufschrei von sich. Es war völlig ausgeschlossen, dass er mit zu dem Essen ging!

»Ich weiß, es ist schrecklich, und es tut mir auch wahnsinnig Leid«, sagte er.

»Warum bist du überhaupt hergekommen?«, wollte Samantha wissen.

»Damit du siehst, dass es stimmt. Sonst hättest du vielleicht gedacht, es wäre eine faule Ausrede, weil ich keine Lust habe oder so.«

»Was ist denn?« Babette kam näher, und als sie sah, was mit Benedikt los war, pfiff sie lautlos durch die Zähne. Samantha und Benedikt waren Zwillinge. Er war ein paar Zentimeter kleiner als seine Schwester, und sein Haar war eine Spur dunkler, aber die Familienähnlichkeit war frappierend – normalerweise. Heute war davon keine Spur zu entdecken.

»Du hast diese komische Allergie«, stellte Babette mitleidig fest. »Das sieht ja wirklich schlimm aus. Wie Quasimodo mit Windpocken. Ich wusste gar nicht, dass du es auch kriegst, du Ärmster. Liegt es in der Familie?«

»Musstest du dir das unbedingt heute zulegen?«, fragte Samantha verzweifelt. »Es hätte doch auch noch einen Tag länger Zeit gehabt!«

»Glaubst du vielleicht, ich suche mir das aus?« Leidend legte Benedikt beide Hände auf sein schmerzhaft angeschwollenes Gesicht, das mit dicken, dunkelroten Pusteln übersät war. »Du weißt doch selbst am besten, dass es einen immer dann erwischt, wenn man nicht damit rechnet!«

»Da hat er Recht«, mischte sich Babette ein. »Bei dir ist es auch jedes Mal so. Es kommt angeflogen – und *peng*.«

»Das stimmt nicht«, widersprach Samantha. »Es geht immer heftiger Stress voraus, sonst tritt diese Allergie nicht auf.«

»Stimmt«, sagte Babette nachdenklich. »Ich kenne dich seit … warte mal, seit sechs Jahren. In der Zeit hattest du es zweimal. Beim ersten Mal ist dieser komische Harald mit … wie hieß die platinblonde Friseuse gleich, die sich auf Intimfrisuren spezialisiert hatte?«

»Irene.«

»Richtig, er hat es mit dieser Irene getrieben. Und beim zweiten Mal … Ähm, war das nicht damals, als du Jochen mit der fetten Schlampe vom Autohaus Hergenbrecht im Bett erwischt hast?«

Samantha ersparte es sich, darauf einzugehen. »Bei Benedikt ist es jedenfalls genauso wie bei mir. Wir kriegen es nur in schlimmen Beziehungskrisen. Sonst nie.« Streng blickte sie ihren Bruder an. »Also versuch jetzt nicht, mir zu erzählen, es wäre diesmal von ganz allein gekommen. Stress kann man vermeiden!«

»Das sagst du so«, meinte Benedikt betreten. Vorsichtig betastete er eine besonders dicke Pustel an seinem Kinn. »Mein Gott, ich fühle mich wie eine picklige Tomate.«

»Hör auf zu kratzen, du weißt, dass es davon nur schlimmer wird.«

»Welchen Stress hattest du denn?«, wollte Babette wissen.

»Es ist ein Beziehungsproblem«, meinte Samantha entnervt.

»Ich wusste gar nicht, dass du einen festen Freund hast«, sagte Babette zu Benedikt.

»Man kann auch mit Männern Beziehungsprobleme haben, wenn man nicht fest mit ihnen zusammen ist«, erklärte Benedikt.

»Wem sagst du das«, stimmte Babette zu. »Wenn du willst, können wir gerne drüber reden.«

»Dazu ist jetzt keine Zeit.« Samantha klopfte restlos entnervt mit dem Fuß auf das spiegelblank polierte Tropenholzparkett des Salons, was Benedikt dazu veranlasste, sich eilig zu verabschieden.

Samantha tigerte mit Riesenschritten durch den Salon.

»Was soll ich nur tun? Ich kann doch den Termin nicht einfach platzen lassen!«

»Wie viel Zeit hast du noch?«, fragte Babette.

»In einer Stunde muss ich da sein. Spätestens!«

»Das reicht.« Babette nestelte eine Visitenkarte aus ihrer Handtasche. »Gib mir mal das Telefon.«

»Was hast du vor?«

»Lass mich nur machen.« Babette wählte und wartete auf das Rufzeichen.

Samantha nahm ihr die Karte aus der Hand und las den Aufdruck.

Claire Weber

Begleitservice für gesellschaftliche Anlässe – Personenschutz.

Darunter folgte die Anschrift sowie Telefon- und Faxnummer.

»Was soll das werden?«, wollte sie irritiert wissen.

»Ja? Guten Abend. Mein Name ist Babette Stegmann. Ich bin die Sekretärin von Samantha Kästner. Ist da der

Begleitservice? Können Sie auch in dringenden Fällen einspringen? Sagen wir, so in einer Stunde?«

»Babette, ich glaube nicht, dass …«

»Wunderbar«, sagte Babette. »Wir bräuchten jemanden, der sich hervorragend auf gesellschaftlichem Parkett bewegen kann. Gute Tischmanieren, anständiges Benehmen – all diese Dinge eben. Es geht um ein Geschäftsessen mit russischen Investoren.« Pause. »Nein, keine Sorge, es ist ein Dolmetscher dabei, Russischkenntnisse sind nicht erforderlich. Und noch etwas: Es ist jemand erwünscht, der sich nicht in den Vordergrund spielt. Ein unauffälliger, korrekter Herr.« Pause, dann: »Zuerst ein Dinner, danach ein Opernbesuch, dann ein Besuch in einem Tanzclub.« Abermals Pause, dann: »Nein, das ist völlig in Ordnung, es bewegt sich durchaus in dem preislichen Rahmen, den wir uns vorgestellt hatten. Ja, natürlich können Sie mich zurückrufen, um alles bestätigen zu lassen.« Babette nannte ihre Telefonnummer. »Also, in exakt einer Stunde im *Chez Ludovic*, ja?« Noch eine Pause, und schließlich: »Sehr schön! Vielen Dank auch. Wiederhören!«

Sie legte auf und lachte triumphierend. »Na, bin ich eine tolle Freundin?«

»Soll das heißen, sie schicken da jemand hin, der alle Anforderungen erfüllt?«

»Klar. Ist natürlich nicht ganz billig, aber gemessen daran, wie wichtig es dir ist, finde ich es durchaus erschwinglich.« Sie kniff ein Auge zu. »Und wer weiß – vielleicht kannst du diesen Service ja auch noch für andere Zwecke einspannen!«

»Was meinst du damit?«

»Na, dreimal darfst du raten.«

»Vergiss es. *Diese* Art von Begleitung schwebt mir nicht vor.«

»Du kannst überhaupt keinen Spaß verstehen«, sagte Babette beleidigt. »Natürlich musst du keine Dienstleistungen in Anspruch nehmen, die du nicht brauchst. War ja auch nur so eine Idee. Vielleicht führen sie *das* ja gar nicht im Programm.«

Samantha wusste nicht recht, was sie von der ganzen Sache halten sollte, doch in Anbetracht der Umstände hatte sie wohl keine andere Wahl – außer, allein zu dem Treffen zu erscheinen, und das kam für sie nicht infrage. Die Russen waren mit Abstand die wichtigsten Kunden in ihrer bisherigen Karriere, und sie dachte gar nicht daran, irgendeinen Aspekt dieser bahnbrechenden ersten Begegnung dem Zufall zu überlassen. Also blieb ihr wohl keine andere Wahl. Sie würde sich wohl oder übel auf den Begleitservice verlassen müssen. Davon abgesehen gab es nur zwei Optionen, wie dieser Abend ablaufen würde: Entweder, sie kriegte es hin – oder sie versiebte es.

»Na gut. Dann erzähl mir bitte mal genauer, wie das Ganze ablaufen soll.«

*

Joe gab ein unflätiges Wort von sich, nachdem er den Ausknopf von seinem Handy gedrückt hatte. Dieser Auftrag kam alles andere als gelegen, und am liebsten hätte er abgesagt. Doch das war natürlich völlig ausgeschlossen. So verrückt war er nicht. Von irgendetwas musste er ja schließlich leben.

»Was ist los?«, fragte Eddie. Er lag rücklings auf der Hantelbank und keuchte, als das schwere Gewicht zurück in die Halterung sank. Sein Oberkörper war schweißüberströmt, und das Haar klebte ihm in feuchten Strähnen am Kopf.

Joe schob sein Handy zurück in die Gürteltasche. »Ich bin geliefert, das ist los.«

Eddie richtete sich auf, griff sich ein Handtuch und hängte es um seinen Nacken.

»Wer hat angerufen?«

»Das war Claire.«

»Welche Claire?«

»Meine Chefin vom Begleitservice. Sie hat einen Eilauftrag für mich.«

»Für heute Abend? Da bist du doch mit Jenny verabredet.«

»Eben. Und Jenny hat gesagt, es wäre meine letzte Chance. Eine andere wird es nicht geben.«

»Warum hast du denn dann eben zugesagt?«

»Weil ich nicht absagen konnte«, sagte Joe. »Wer einmal absagt, ist weg vom Fenster. Da draußen warten Dutzende gut aussehender, cleverer Burschen, die einen töten würden, um diesen Sahnejob zu kriegen.«

Eddie stand von der Bank auf und streckte sich.

»Du kannst dich nicht gleichzeitig mit Jenny treffen und diesen Sahnejob erledigen.«

»Ein echtes Dilemma«, bestätigte Joe.

»Ich nehme an, dieses Wort bedeutet, dass du in der Klemme steckst.«

»Genau.«

Eddie las Joes Gedanken. »Schlag dir das lieber gleich aus dem Kopf.«

»Du bist mein bester Freund.«

»Was hat das damit zu tun?«

»Ich brauche deine Hilfe, Eddie! Du hast doch mitgekriegt, wie fertig ich wegen Jenny war. Dass sie mir jetzt noch eine Chance gibt, reißt mich aus einem monatelangen Tief. Sie ist die Frau meines Lebens. Und es ist die letzte Gelegenheit, sie noch mal zu sehen. Ihr Flieger geht morgen früh um sechs, und dann ist sie für die nächsten vier Wochen weg. Wenn ich heute die Verabredung mit ihr absage, ist es gelaufen. Dann sehe ich sie nie wieder.«

»Frauen gibt's wie Sand am Meer«, sagte Eddie. »Wieso suchst du dir nicht einfach 'ne Neue?«

»Du hast zu diesen Dingen eine andere Einstellung als ich. Nicht, dass ich etwas gegen deine Promiskuität hätte – es ist ja dein Leben –, aber mir liegt das nicht. Jenny ist was ganz Besonderes. Sie ist nicht einfach nur eine heiße Nummer. So eine Frau trifft man nur einmal. Sie ist ... die Richtige. Verstehst du?«

»Ich versteh's nicht, aber ich glaube dir.«

»Also gehst du an meiner Stelle hin?«

»Das habe ich nicht gesagt«, wehrte Eddie ab. »Ich eigne mich nicht für diesen Quatsch, Mann.«

»Es ist gar nichts dabei. Claire hat gesagt, es ist jemand erwünscht, der nur unauffällig daneben sitzt.«

»Wobei daneben sitzt?«

»Bei einem Abendessen. Danach geht's in die Oper und hinterher noch in die Disco. Das ist doch dein Revier.«

»Ich war noch nie in der Oper.«

»Dafür bist du quasi in der Disco zu Hause. Und überhaupt, warum solltest du nicht mal in die Oper gehen? Du weißt gar nicht, was dir da bisher entgangen ist. Probier es aus, du wirst sehen, es lohnt sich. Jemand wie du, der so ein Talent für Musik hat, sollte diese Bildungslücke wirklich schließen.«

»Ich dachte schon ab und zu, dass es nichts schaden könnte«, gab Eddie zu, während sie gemeinsam zurück in die Umkleideräume gingen.

»Ich glaube, sie geben heute *Rigoletto*.«

»Von wem ist das?«

»Giuseppe Verdi.«

»Aha.« Eddie überlegte trübsinnig, dass er von manchen Dingen einfach keine Ahnung hatte. Vielleicht hätte er doch nicht nach der zehnten Klasse die Schule schmeißen sollen. Fragt sich nur, ob er für den Fall, dass er damals weitergemacht hätte, eine Vorliebe für Opern entwickelt hätte. Eddie bezweifelte das.

»Du musst dich ein bisschen beeilen, sonst kommst du zu spät«, sagte Joe. Er stand in der Tür zum Duschraum, ein Handtuch um die magere Taille geschlungen. Sein nasses dunkles Haar stand in borstigen Stacheln vom Kopf ab.

Eddie ließ sich ungerührt Wasser aufs Gesicht prasseln. »Habe ich gesagt, dass ich da hingehe? Wo ist das überhaupt?«

»Im *Chez Ludovic.*«

Eddie kannte das Restaurant, wenn auch nur von außen. »Der Schickimickiladen? Ach du Schande.«

»Du musst dich noch umziehen«, meinte Joe. Seine Miene drückte Verzweiflung aus. »Lass mich nicht hängen, Eddie! Ich revanchiere mich auch. Versprochen. Und das Geld für den Auftrag kriegst du natürlich.«

Eddie drehte seufzend das Wasser ab. »Ich weiß nicht, warum ich es tue. Vielleicht sind es deine großen blauen Augen.«

»Sie sind braun. Komm jetzt, leg mal einen Zahn zu. Wir müssen noch zu mir fahren.«

»Wieso das denn?«

»Na, du brauchst natürlich Berufskleidung.«

*

»Ich sehe unmöglich aus«, befand Eddie. Er drehte sich vor dem Spiegel in Joes Schlafzimmer hin und her, aber das änderte nichts daran, dass ihm Joes Sachen nicht passten. Die Smokingjacke war ihm an den Ärmeln mindestens zehn Zentimeter zu kurz, und die Hose ging kaum zu. Auch das Hemd hatte er nur mühsam zuknöpfen können, doch sobald er richtig Luft holte, würden die Knöpfe vermutlich reihenweise abplatzen.

»Ich hätte nicht gedacht, dass es so sehr auffällt«, meinte Joe betroffen. »Ich dachte eigentlich, dass …« Er verstummte lahm.

»Was dachtest du? Dass ich über Nacht geschrumpft bin oder was?«

»Eher umgekehrt«, meinte Joe kläglich. »Ich meine, wozu renne ich eigentlich seit einem halben Jahr fast jeden Tag in dieses blöde Fitnesscenter?«

Eddie zuckte die Achseln. Irgendwo an seinem Rücken knirschte eine Naht. »Soll ich jetzt, oder soll ich nicht? Es ist dein Job. Du musst entscheiden.«

Joe dachte fieberhaft nach, dann nickte er entschieden. »Es muss gehen. Was ist mit den Schuhen?«

Eddie trat von einem Fuß auf den anderen. »Sind ungefähr eine Nummer zu klein, aber ich muss ja keine Wanderung machen.«

»Du darfst nicht so viel essen.«

»Wieso? Wäre das kein guter Ton?«

»Nein, aber dann platzt dir das Hemd auf.«

»Gibt es sonst noch was, worauf ich achten soll?«

»Warte.« Joe legte die Finger an die Schläfen. »Du musst der Lady aus dem Mantel helfen. Das ist ein absolutes Muss, hörst du.«

»Okay, ist gebongt. Was sonst noch?«

»Halt ihr die Tür auf.«

»Welche Tür?«

»Jede, durch die sie gehen will«, sagte Joe. »Auch die von dem Wagen, mit dem ihr fahrt.«

»Mit welchem Wagen fahren wir denn?«, wollte Eddie misstrauisch wissen. »Etwa mit meinem?«

»Nein, wahrscheinlich nehmt ihr ein Taxi.«

»Aha. Was muss ich noch beachten?«

»Wenn die Dame bei Tisch aufsteht, stehst du ebenfalls auf.«

»Und dann?«

»Kannst du dich wieder setzen.«

Eddie nahm es stirnrunzelnd zur Kenntnis. »So ein Quatsch. Wozu soll ich aufstehen, wenn ich mich gleich wieder setze?«

»Weil es höflich ist. Und wenn sie sich hinsetzt, rückst du ihr den Stuhl zurecht. Und du übernimmst die Bestellung bei Tisch.« Joe schaute auf die Uhr. »Du musst los, in zehn Minuten fängt es an. Rede in Gemeinplätzen und nicke höflich, dann kann nichts schief gehen.« Er raufte sich die Haare. »Hoffentlich klappt es.«

»Du willst ja unbedingt, dass ich da hingehe«, sagte Eddie ungerührt. »Wenn du von vorneherein der Meinung bist, dass ich es versaue, kann ich es auch lassen.«

»Nein, nein, du schaffst das schon«, widersprach Joe.

Eddie fand, dass es sich nicht so anhörte, als sei Joe hundertprozentig davon überzeugt, aber das war Joes Problem, nicht seins.

»Eins ist jedenfalls klar«, meinte Joe. Es klang fast so, als wolle er sich selbst trösten. »Du bist ein cooler Typ. Selbstsicher und gelassen. Überlegen und locker. Und du siehst klasse aus, auch wenn dir dieses Mistding von Smoking nicht passt. Alle Leute mögen dich, vor allem Frauen.«

»Mit anderen Worten, ich liege voll im Trend«, grinste

Eddie. »Also dann. Ich melde mich, wenn's vorbei ist. Und viel Spaß mit Jenny.«

*

Das *Chez Ludovic* war ein Nobelrestaurant am Rande der Innenstadt, das vor kurzem seinen ersten Stern erhalten hatte. Jeder, der etwas auf sich hielt, versuchte einen Tisch zu ergattern, und Samantha hatte nur deshalb eine Reservierung erhalten, weil sie noch vor acht Uhr mit dem Essen fertig sein wollte, um rechtzeitig zu der Opernaufführung zu kommen.

Samantha hatte zwei-, dreimal mit Hans hier gegessen und wusste daher, dass die Küche exquisit war. Der Koch war Franzose, aber anders als bei der klassischen Haute Cuisine waren die Portionen nicht so winzig, dass man nach dem Dessert mit knurrendem Magen vom Tisch aufstand.

Samantha wartete an dem bestellten Tisch, mittlerweile ein einziges Nervenbündel. Es war zwanzig nach sechs, und von dem bestellten Begleiter war weit und breit nichts zu sehen. Immerhin waren die Russen auch noch nicht eingetroffen. Samantha begann gerade zu hoffen, dass ihnen vielleicht – nur für diesen Abend – etwas dazwischengekommen war, als die Türe aufging und die ganze Schar auf einmal hereinplatzte. Samantha starrte die vier Männer an, die der Oberkellner nach einem kurzen prüfenden Blick in ihre Richtung zu ihrem Tisch dirigierte. Die ganze Zeit über hatte sie sich gesagt, dass die Vorstellung, die sie von ihren russischen Geschäftspartnern hegte, nichts weiter war als ein dummes Klischee. Ihre Fantasie hatte ihr Bilder vorgegaukelt, die vom bäuerlichen, rotwangigen, trinkfest daherkommenden Kolchoskumpel mit Kordjacke bis hin zum smarten, coolen, Brilli tragenden Neurussen alles beinhalteten.

Als sie genauer hinsah, stellte sie fest, dass von allem etwas dabei war. Ein großer Dicker, ein kleiner Dicker, ein kleiner Dünner, ein großer Dünner. Der große Dünne und der kleine Dicke waren eher von der smarten Sorte. Sie trugen teure Anzüge und noch teurere Uhren, und mit all dem Wet Gel in ihren Haaren sahen sie aus wie Mafiabosse in alten Spielfilmen. Der kleine Dünne trug Rolli und Jeans und derbe Schuhe. Alle vier waren in den Dreißigern, bis auf den großen Dickwanst mit Kordjacke und Halbglatze. Er war schätzungsweise Ende vierzig und allem Anschein nach der Dolmetscher und Sprecher der Truppe.

Er trat als Erster an Samanthas Tisch und übernahm die Vorstellung. »Mein Name ist Dmitri Michailowitsch Pirogow. Hier haben wir Alexej Iwanowitsch Jelisejew, hier Wassili Alexandrowitsch Jewseniuk und hier Sergej Davidowitsch Goljadkin.«

Na toll, dachte Samantha. Jetzt brauchte sie nur noch jemanden, der das mindestens zehnmal wiederholte, bis sie es sich gemerkt hatte.

»Angenehm, Samantha Kästner von der Firma Bruckner-Bad. Ich komme anstelle meines Onkels. Er ist zu seinem größten Bedauern heute Abend verhindert. Ein kleines gesundheitliches Problem. Aber ich bin persönlich bestens mit allen Einzelheiten des Geschäfts vertraut und hoffe, dass wir heute gemeinsam einen unterhaltsamen Abend erleben.« Samantha schüttelte reihum Hände, während sie ihr einstudiertes Sprüchlein aufsagte und sich gleichzeitig verzweifelt fragte, was die vielen guttural klingenden Bemerkungen, die auf sie hereinprasselten, wohl bedeuten mochten. Die Blicke, mit denen sie von allen Seiten bedacht wurde, waren dagegen leichter zu verstehen. Nicht, dass dieser Umstand Samantha beruhigt hätte. Ganz im Gegenteil. Sie kam sich vor wie eine preisgekrönte Kuh im Sonderangebot des Viehmarkts. Wo blieb nur der Bursche von der Begleitagentur?

»Da bin ich«, sagte eine Stimme hinter ihr, die ihr vage bekannt vorkam. Irritiert fuhr sie herum und hätte um ein Haar entsetzt aufgeschrien.

*

Sie hatte sich nicht getäuscht. Es war tatsächlich der Kerl, den sie diese Woche im *Battista* gesehen hatte. Wie hieß er gleich? Eddie. Mit diesem Mann hatte sie hier am allerwenigsten gerechnet!

Samantha schluckte, weil sie vergessen hatte, wie umwerfend er aussah. Der Smoking war mindestens eine Nummer zu klein, aber das tat seiner Attraktivität keinen Abbruch. Kein Wunder, dass er für diese Begleitagentur jobbte. Wahrscheinlich war er jeden Tag ausgebucht. Sicher gab es eine ganze Reihe von Kundinnen, die verrückt nach ihm waren. Nun, sie gehörte nicht dazu, obwohl sie nicht leugnen konnte, dass sie bei seinem Anblick gehörige Erleichterung verspürte. Er hatte etwas an sich, etwas Solides, Kraftvolles, Bezwingendes, das die Aufmerksamkeit der Russen auf beruhigende Art und Weise von ihr ablenkte.

»Schön, dass du da bist«, sagte Samantha, während sie ihn angestrengt anlächelte.

»Ganz meinerseits«, meinte Eddie höflich, in der Hoffnung, dass das eine passende Bemerkung war.

Samantha räusperte sich und wandte sich an die Russen. »Das ist Eddie … Eddie …«

»Eddie Konstantin«, meinte Eddie verbindlich, während er nacheinander die ausgestreckten Hände ergriff.

Samantha starrte ihn ungläubig an. Ob das sein Künstlername war? Oder hieß er wirklich so wie dieser Schauspieler, der in den Sechzigerjahren mit Actionrollen bekannt geworden war?

Der große Dünne fragte etwas auf Russisch, worauf Dmitri sich an Eddie wandte.

»Was machen Sie?«, fragte Dmitri.

»Er ist mein … mein …« Samantha überlegte blitzartig, wofür sie sich entscheiden sollte. Mitarbeiter? Angestellter? Assistent?

»Verlobter«, sagte Eddie aufs Geratewohl. Er warf ihr einen fragenden Blick von der Seite zu und zuckte die Achseln, als er sah, dass sie entsetzt nach Luft schnappte. Was hätte er denn sonst sagen sollen? Freund? Lover? Sie konnte unmöglich von ihm erwarten, dass er das von allein wusste. War er ein Gedankenleser oder was? Eddie schaute Samantha an und zuckte kaum merklich die Achseln. *Pech gehabt, Süße.*

Doch Dmitri hatte offenbar gar nicht wissen wollen, in welchem Verhältnis Eddie zu Samantha stand, sondern wollte auf etwas anderes hinaus. Er deutete auf Eddies unleugbar athletischen Körper. »Sergej will wissen, welchen Sport er macht. Fußball?«

Aha, dachte Samantha. Der große Dünne war also Sergej. Gut zu wissen.

»Kraftsport«, sagte Eddie. »Außerdem ein bisschen Karate und Boxen.«

Sofort wurde er von Sergej und einem der beiden anderen (entweder Alexej oder Wassili, Samantha wusste immer noch nicht, wer von beiden welcher war) mit einer Reihe von Fragen auf Russisch bestürmt, und ehe

Samantha richtig wusste, was los war, steckte die ganze Männerrunde in einem angeregten Gespräch über Sport im Allgemeinen und Boxen im Besonderen. Zwei der Russen fingen an, Englisch und Französisch durcheinander zu radebrechen, und zu Samanthas Überraschung antwortete Eddie in beiden Sprachen, wenn auch etwas holprig. Binnen kürzester Zeit hatte er sich mit den Russen bekannt gemacht.

»Setzen wir uns doch«, rief Samantha dazwischen.

Eddie musterte sie stirnrunzelnd, und ehe Samantha erkannte, was er vorhatte, packte er ihr Jäckchen und zerrte es ihr von den Schultern. Dann nahm er den nächstbesten Stuhl und rammte ihn ihr in die Kniekehlen.

Samantha plumpste auf die Sitzfläche und dankte dem Himmel dafür, dass der Stuhl gepolstert war, während sie strahlend in die Runde lächelte und so tat, als wäre Eddies Aktion das Natürlichste von der Welt gewesen. Die Russen schienen es völlig in Ordnung zu finden. Nein, das traf es nicht: Sie waren restlos begeistert und sparten nicht mit bewundernden Blicken und Bemerkungen, als sie sahen, was sich unter dem Bolerojäckchen verborgen hatte. Samantha wäre am liebsten unter den Tisch gekrochen, um sich zu verstecken. Was war los mit diesem Typ? Hatte er sie noch alle? Es lag auf der Hand, dass er von den allgemein gültigen Benimmregeln ungefähr so viel Ahnung hatte wie ein Elefant vom Seiltanzen. Wie er wohl an den Job in der Agentur gekommen war? Über Vitamin B? Oder ging es dabei weniger um gutes Benehmen als um andere Fähigkeiten?

Der Oberkellner erschien und brachte die Menü- und die Weinkarte, anschließend zündete er die in Kristallhaltern steckenden Kerzen an, die zur Tischdekoration gehörten. Ein romantisches Licht erhellte die Nische, in der sie saßen, und Samantha wurde sich auf unangenehme Weise der Tatsache bewusst, dass das schattige Tal zwischen ihren Brüsten für alle Männer am Tisch bestens zu sehen war. Sie lehnte sich unauffällig zurück und stützte die Hände unter ihrem Kinn auf, um die tiefen Einblicke etwas abzudecken.

»Du sehr schöne Frau«, meinte der kleine Dicke (Wassili?) bewundernd zu Samantha. Sie nickte höflich, obwohl sie eindeutig das Gefühl hatte, dass er eher mit ihrem Busen gesprochen hatte als mit ihr. »Danke«, sagte sie.

Dmitri wies auf Eddie. »Netter Verlobter«, sagte er grinsend zu Samantha.

Sie zwang sich zu einem breiten Lächeln. »Ja, er ist sehr nett.«

Sergej fragte etwas, und Dmitri übersetzte. »Ihr seid ein schönes Paar. Ihr müsst sehr verliebt sein.«

»Natürlich sind wir das«, sagte Samantha mit schmalen Lippen.

Eddie hatte den deutlichen Eindruck, als würde etwas mehr Herzlichkeit von ihm erwartet, um der ganzen Angelegenheit einen glaubhaften Anstrich zu verleihen. Klar, sie waren ja verlobt. Und er hatte sie nicht mal zur Begrüßung geküsst. Ein dummes Versäumnis. Ohne großes Getue legte er den Arm um Samanthas Schultern und gab ihr einen Kuss auf die Wange.

»Ich bin ganz verrückt nach ihr. Sie ist eine klasse Braut.«

Er schaute ihr tief in den Ausschnitt.

Wahnsinnsmöpse, dachte er ehrfürchtig. Valerie würde grün werden vor Neid, wenn sie das jetzt sehen könnte.

Er merkte, wie ihr Geruch ihm blitzartig zu Kopf stieg. Es war genau dasselbe wie vor ein paar Tagen im *Battista*.

Du liebe Zeit, dachte er, während er versuchte, die Tatsache zu ignorieren, dass ihm in ihrer Nähe heiß wurde. Diese Samantha hatte wirklich eine Menge zu bieten. Der Job gefiel ihm nicht schlecht. Er saß neben einer gut aussehenden Lady und unterhielt sich mit wirklich interessanten, witzigen Typen, die eine Menge vom Boxen verstanden. Wassili war sogar mal Mittelgewichtsmeister bei irgendeinem überregionalen Kampf gewesen – wo und wann, hatte Eddie zwar nicht genau verstanden, aber darauf kam es schließlich nicht an. Alexej hatte den Schwarzen Gürtel in Judo, Sergej spielte Fußball, und sogar Dmitri, der Älteste in der Runde, war ein Sportfanatiker: Er war ein begeisterter Tourenwagenfahrer. Dmitri erzählte, dass er irgendwo in der Nähe von St. Petersburg eine Rennstrecke betrieb und davon träumte, noch zu seinen Lebzeiten die Formel Eins nach Russland zu holen. Fürs Erste begnügte er sich jedoch damit, dem Tourismus auf die Beine zu helfen, indem er zusammen mit seinen Geschäftspartnern diverse Hotels in der Gegend hochzog. Auf diesem Wege erfuhr Eddie auch, wie Samantha mit den Russen ins Geschäft gekommen war. Oder besser, dass sie vorhatte, mit ihnen ins Geschäft zu kommen.

Die Russen rätselten über das Was und Wie auf der Speisekarte, und Dmitri wollte von Eddie wissen, was *Feine Consommé mit Sommergemüsen* und *Pflaumenparfait* bedeutete.

Eddie starrte die Speisekarte an und ließ sich seine Ratlosigkeit nicht anmerken. »Davon wird man nicht richtig satt«, behauptete er ungerührt. »Ich schlage vor, wir nehmen alle Mann das Pilzragout und hinterher ein anständiges Steak. Na ja, zu dem Steak noch einen Salat.«

Aus den Augenwinkeln warf er einen Blick auf Samantha. Ihr Gesichtsausdruck war zu einer Maske der

Verbindlichkeit erstarrt, sodass Eddie unmöglich sagen konnte, ob seine Auswahl ihr gefiel. Er selbst fand, dass er sich bis jetzt sehr gut geschlagen hatte. Er hatte alles erledigt, was Joe ihm erklärt hatte. Jacke ausziehen, Stuhl zurechtrücken, Essen bestellen. Und er hatte sogar an den Salat gedacht. Alle Frauen, die er kannte, wollten im Restaurant Salat essen. Es hing natürlich damit zusammen, dass sie Angst hatten, fett zu werden.

Ein elegant gekleideter Typ erschien, und Eddie hielt ihn auf den ersten Blick für den Geschäftsführer, doch dann zeigte sich, dass der Mann nur so eine Art Weinkellner war.

»Muss ich noch fahren?«, wollte Eddie von Samantha wissen.

»Nein, wir können alle Wege zu Fuß oder mit dem Taxi erledigen«, sagte sie pikiert. Hatte er vor, sich zu betrinken?

»Dann nehme ich ein Bier. Was wollt ihr, Jungs?«

Alle vier bekundeten lautstark, dass sie auch Bier wollten.

Wassili küsste schwärmerisch seine Fingerspitzen. »Deutsches Bier – mhm.«

»Wir bekommen fünf anständige Halbe«, sagte Eddie zu dem Weinkellner.

Dieser nahm die Bestellung mit stoischer Miene entgegen.

»Was wünscht die Dame?«, fragte er Samantha.

»Prosecco«, sagte Eddie, der sich gerade noch rechtzeitig an Joes Ermahnung erinnerte. Mit Prosecco konnte man nichts falsch machen. Alle Frauen mochten Prosecco.

Samantha kochte vor Wut, doch sie versuchte, sich nichts davon anmerken zu lassen. Eddie hatte immer noch seinen Arm um ihre Schultern gelegt, und diese körperliche Nähe versetzte sie in eine Art elektrische Dauerspannung. Nicht nur, weil er mit den Fingerspitzen unablässig über ihren nackten Arm streichelte, sondern auch, weil er sich ständig dreiste Blicke erlaubte. Samantha hatte noch lebhaft vor Augen, wie er mit dieser Dunkelhaarigen herumgeknutscht hatte. Abgesehen davon war ihr inzwischen so heiß, dass sie fürchtete, in Schweiß auszubrechen. So gesehen war es sicher nicht schlecht, dass sie das Bolerojäckchen nicht mehr anhatte. Wo war es überhaupt? Verstohlen schaute Samantha sich nach dem guten Stück um und entdeckte es schließlich als unordentliches Knäuel zwischen zwei Blumenkübeln auf der Fensterbank.

Sie fragte sich ernsthaft, wie lange sie diese Farce noch durchhalten würde. Dieser Eddie war mit Abstand der schlimmste Prolet, den sie je getroffen hatte, doch es ließ sich nicht leugnen, dass die Russen sehr von ihm angetan waren. Nein, das war nicht der richtige Ausdruck: Sie waren hingerissen. Und irgendwie hatte Eddie es sogar geschafft, das Gespräch in einen Bereich überzuleiten, auf den Samantha später unbedingt noch zu sprechen kommen wollte: das wichtige Feld der Sanitärinstallationen. Eddie erzählte auf Englisch einen schlüpfrigen Witz über ein Pissoir, und die Männer fielen fast unter den Tisch vor Lachen.

»Der war gut«, brüllte Wassili.

Immerhin hatte Samantha inzwischen herausgefunden, wer von den Männern welchen Namen trug. Wassili war der kleine Dünne mit dem Rolli. Die beiden anderen – Sergej und Alexej – waren eher von der smarteren Sorte. Wenn ihre Anzüge und Uhren Rückschlüsse auf ihre Finanzkraft zuließen, mussten sie schwer bei Kasse sein.

Der Sommelier brachte das Bier und den Prosecco, und

Samantha machte notgedrungen gute Miene zum bösen Spiel. Zuerst befeuchtete sie sich mit dem prickelnden Getränk nur die Lippen, aber als die Männer ihr reihum zuprosteten, musste sie hin und wieder einen Schluck nehmen, weil es sonst aufgefallen wäre. Sie merkte sofort, wie ihr der Alkohol zu Kopf stieg.

Der Kellner brachte Teller mit winzigen, hübsch angerichteten Amuse-gueules – eine zarte Gänseleberterrine auf hauchdünnen Toaststreifchen.

Eddie betrachtete das Häppchen stirnrunzelnd von allen Seiten, und Samantha hatte den Eindruck, dass er drauf und dran war, den Kellner zurückzurufen, um sich zu beschweren.

»Das ist nur eine kleine Vorspeise vor der eigentlichen Vorspeise«, sagte sie eilig, bevor er sich bis auf die Knochen blamieren konnte.

»Natürlich«, sagte Eddie lässig. Er nahm den Arm von Samanthas Schulter und winkte dem Keller. »Bringen Sie bitte noch eine Runde.«

»Sie wünschen?«, fragte der Kellner höflich.

»Getränke«, sagte Eddie. »Wir sitzen auf dem Trockenen.«

»Sehr wohl, der Herr. Ich schicke Ihnen gleich den Sommelier.«

Eddie fragte sich, wer zum Teufel das schon wieder war. Vermutlich der Bursche, der ihnen vorhin schon das Bier gebracht hatte. Es sah ganz so als, als ob einer nur fürs Essen und der andere fürs Trinken zuständig war. Nun, ihm konnte es egal sein. Hauptsache, es klappte alles weiterhin so gut wie bisher.

»Auf ex«, sagte er, während er sein Glas hob.

Die Russen stimmten begeistert ein. Anscheinend war das ein Trinkspruch, den sie schon kannten. Sergej stieß mit seinem Bierglas aufmunternd gegen Samanthas halb volles Proseccoglas. »Ex«, sagte er, während er von einem Ohr bis zum anderen lächelte und dabei jede Menge Goldzähne entblößte.

Was blieb Samantha übrig?

»Auf ex«, stimmte sie zu und trank tapfer ihr Glas leer. Sie hatte seit dem Frühstück nichts gegessen und merkte, wie ihr allmählich schwummrig wurde. Das Amuse-gueule war kaum größer gewesen als ihr Daumen. In Samanthas Magen blubberte und knurrte es, und in ihrem Kopf fing es an zu summen. Normalerweise trank sie nie Alkohol, höchstens einen winzigen Schluck an Silvester. Es lag nicht daran, dass ihr Wein oder Sekt nicht schmeckten. Der Grund war, dass sie einfach nichts vertrug. Irgendetwas stimmte mit ihrem Metabolismus nicht. Ein Glas reichte, und sie war beschwipst. Jetzt wurde ihr schon das zweite serviert, und wieder wurde sie mit allen möglichen Trinksprüchen und aufmunternden Ausrufen dazu genötigt, es leer zu trinken. Doch inzwischen machte ihr das nichts mehr aus. Der Prosecco war hervorragend, und die Stimmung großartig. Sogar dieser komische Typ, den sie ihr von der Begleitagentur geschickt hatten, war gar nicht so übel. Er kannte unglaublich viele Witze, und die Russen fuhren total auf ihn ab.

Dmitri zwinkerte ihr zu und hob ihr sein Glas entgegen. »Prost«, tönte er leutselig.

»Auf viele, viele Pissoirs«, sagte Samantha grinsend, bevor sie einen großzügigen Schluck nahm. Das brachte die Männer dazu, in grölendes Gelächter auszubrechen. Die Gäste an den umliegenden Tischen bedachten sie mit pikierten Blicken, und Samantha fragte sich mit einer kurzen Aufwallung von schlechtem Gewissen, ob es wirklich so eine gute Idee gewesen war, dieses Treffen hier im *Chez Ludovic* zu veranstalten.

Immerhin war das Essen ausgezeichnet. Das Pilzragout zerging auf der Zunge, und die Steaks kamen frisch vom Grill und hätten nicht besser schmecken können. Der Salat hatte einen Hauch zu viel Himbeeressig abgekriegt, weshalb er auch allgemein verschmäht wurde.

»Wenn du willst, kannst du meinen Salat auch noch haben«, sagte Eddie großzügig zu Samantha. »Ich steh nicht auf dieses Grünfutter.« Er winkte dem Ober. »Bringen Sie der Dame noch ein Gläschen.«

Samantha stellte fest, dass sie inzwischen schon bei der dritten Runde angelangt waren, und das in knapp anderthalb Stunden.

Als Dmitri zwischendurch mal zum Telefonieren verschwand und Sergej, Wassili und Alexej in eine eigene Unterhaltung vertieft waren, nutzte Samantha die Gelegenheit, gewissermaßen unter vier Augen mit Eddie zu sprechen,

»Eigentlich vertrage ich überhaupt nichts«, vertraute sie ihm an.

Das hatte er auch schon festgestellt. Nach dem zweiten Glas hatte sie angefangen, über jede seiner Bemerkungen zu kichern, und sie hatte endlich aufgehört, ständig mit den Händen ihren Ausschnitt zuzuhalten.

»Darüber würde ich mir an deiner Stelle keine Gedanken machen«, beruhigte Eddie sie. »Diese Typen sind ganz locker. Wenn du richtig mit ihnen becherst, hast du schon gewonnen. Bist jetzt hat doch alles super geklappt, oder?«

Samantha hob die Hand vor den Mund, um ein dezentes Aufstoßen zu verbergen. »Meinst du?«

»Hundertpro. Übrigens – du siehst spitzenmäßig aus in dem Kleid. Erste Sahne.«

Samantha wurde rot. »Es ist von Issey Miyake.«

»Echt? Passt dir aber wie angegossen.«

Samantha spielte mit ihren Spaghettiträgern. »Findest du es nicht zu gewagt?«

Eddie grinste. »Deswegen sieht es ja so gut aus.«

»Oh.« Samantha dachte nach. Sie hatte ihm noch eine Frage stellen wollen, aber die war ihr entfallen. Dafür fiel ihr etwas anderes ein. »Machst du das eigentlich öfter?«

»Was?«

»Diesen Job.«

»Du meinst, mit Frauen ausgehen?«

Samantha nickte.

»Ja«, sagte Eddie wahrheitsgemäß. Er hatte Joe sein Wort geben müssen, bloß nicht zu verraten, dass er für ihn eingesprungen war. Claire sollte auf keinen Fall davon erfahren, sonst war Joe seinen Job los.

»Das Mädchen von vorgestern – war das auch so ein Auftrag?«

»Äh … nein. Das war privat.«

»Ach so.«

Eddie fragte sich, woran sie wohl dachte. Ob sie davon ausging, dass Knutschereien bei diesen Agentur-Arrangements inklusive waren? Er hatte keine Ahnung, ob das so war. Dabei war das ein wichtiger Punkt. Er hätte Joe danach fragen sollen. Eddie verwünschte sich, weil er nicht daran gedacht hatte. Möglicherweise hatte die Kundin später noch Lust, ihre Bekanntschaft zu vertiefen. Er würde nicht Nein sagen, so viel stand fest.

»War das Mädchen deine Freundin?«, bohrte Samantha. Sie wusste selbst nicht, wieso sie das so genau wissen wollte, aber irgendetwas trieb sie zu der Frage.

»Wir sehen uns ab und zu.«

Jetzt erinnerte Samantha sich auch wieder daran, was sie ursprünglich hatte fragen wollen.

»Heißt du eigentlich richtig so, oder ist das ein Künstlername?«

Eddie erinnerte sich gerade noch rechtzeitig daran, was Joe ihm eingeschärft hatte. »Eigentlich heiße ich Joseph Scheuermann.«

»Also doch ein Künstlername«, sagte Samantha. »Das habe ich mir schon gedacht.«

Eddie hatte nicht die geringste Vorstellung, wovon sie redete, aber das konnte ihm egal sein, solange sie keine blöden Fragen stellte.

»Wieso nennst du dich denn wie der Schauspieler?«, wollte sie wissen.

Eddie dachte fieberhaft über eine passende Antwort nach, aber auf die Schnelle wollte ihm nichts einfallen. Er hätte ihr natürlich sagen können, dass er wirklich so hieß und dass er sich den Namen nicht ausgesucht hatte, sondern dass ihm der von seinem Vater verpasst worden war, der nicht nur ein eingefleischter Fan des gleichnamigen Filmschauspielers gewesen war, sondern zufälligerweise mit Nachnamen so ähnlich hieß wie der alte Knabe.

»Ich finde nicht, dass du viel von diesem Typen hast«, sagte Samantha. »Ich habe als Kind mal ein oder zwei Filme mit ihm gesehen. Uralte Wiederholungen. Die haben einen nicht vom Hocker gerissen. Außerdem fand ich den Kerl hässlich wie die Nacht. Du siehst ganz anders aus.«

Eddie hob die Schultern. »Manche fahren auf ihn ab. Findest du den Namen Eddie blöd?«

Samantha dachte nach. »Nicht so blöd wie Edgar«, sagte sie dann. »Edgar find ich echt dämlich.« Sie wusste zwar immer noch nicht, wieso Eddie diesen blödsinnigen Künstlernamen angenommen hatte, aber die Leute kamen ja manchmal auf komische Ideen.

Ihr fiel noch eine Sache ein, die sie loswerden wollte. »Dieser Smoking – nimm's mir nicht übel, wenn ich dir das so direkt sage: Er ist viel zu klein.«

»Das kommt von dem vielen Krafttraining«, behauptete Eddie. »Dadurch bin ich mit der Zeit etwas rausgewachsen.«

Samantha betrachtete seinen Bizeps, über dem sich der Stoff seines Jacketts hoffnungslos spannte. »Du bist sehr athletisch gebaut«, sagte sie, ganz versunken in den Anblick.

»Danke«, sagte Eddie, für den dieses Kompliment nichts Besonderes war. »Soll ich noch einen Nachtisch bestellen?«

Samantha leckte sich die Lippen. Eigentlich war sie mehr als satt, aber es war so nett hier, und sie fühlte sich so wohl wie schon lange nicht mehr. Und die Karamell-Beerentorte, die sie im *Chez Ludovic* servierten, war geradezu legendär.

Doch dann fiel ihr Blick zufällig auf ihre Armbanduhr. »Du liebe Zeit, wir müssen sofort los! Die Vorstellung fängt gleich an!«

Sie winkte dem Ober wegen der Rechnung, aber Dmitri, der in diesem Moment vom Telefonieren zurückkam, bestand darauf, diese »Kleinigkeit« zu übernehmen. Samantha dankte ihm kichernd. »Sie sind toll, wissen Sie das? Ich hätte vorher nicht gedacht, dass Sie so nett sind! Sie und Alexej und Wassili und Sergej! Ich hoffe, wir werden uns noch oft und ausführlich unterhalten. Auch geschäftlich.«

»Natürlich«, sagte Dmitri, dann lachte er und sagte etwas auf Russisch zu den anderen, die Samantha beifällig zulächelten. Sie lächelte zurück und klemmte sich ihr zerknittertes Abendjäckchen unter den Arm. Es war viel zu warm, um es wieder anzuziehen. Fröhlich folgte sie den Männern nach draußen und verkündete dort, dass sie nun noch in die Oper gehen würden. Damit sorgte sie für gemischte Reaktionen. Dmitri und Wassili waren begeisterte Opernfans, während Alexej und Sergej eher auf anständige, harte Rockmusik standen. Sie hatten aber nichts dagegen, mitzugehen und sich die Aufführung anzusehen.

Eddie fragte Sergej und Alexej auf Englisch nach ihren Lieblingsgruppen, und sofort redeten sie alle drei mehrsprachig über U2, Metallica, Kurt Cobain und die Rolling Stones.

Als sie das Opernfoyer betraten, gab Eddie sich betont lässig, obwohl er keine Ahnung hatte, was ihn erwartete. Er fühlte sich umzingelt von Leuten, die zu viel Geld hatten und zu gut angezogen waren. Es war die reinste Modenschau. All der Schmuck und die vielen Jacketkronen leuchteten mit dem Kristall, das von der Decke hing, um die Wette. Eddie kam sich gründlich fehl am Platze vor. Während sie die Treppe zu den Logen hinaufgingen, bemerkte Eddie, dass Sergej sich auf ziemlich eindeutige Art an Samantha heranmachte. Er hatte seinen Arm um ihren Rücken gelegt und tat so, als wollte er sie stützen. In Wahrheit suchte er nur nach einer Gelegenheit, sie zu betatschen. Eddie zögerte keine Sekunde.

»Pfoten weg von meiner Braut«, sagte er gebieterisch.

Sergej nahm es ihm nicht übel. Grinsend wich er ein paar Schritte zur Seite und überließ Eddie das Feld.

»Kann es sein, dass du schon ziemlich blau bist?«, flüsterte Eddie Samantha zu.

Samantha blinzelte vorwurfsvoll. »Ich habe dir doch gesagt, dass ich nichts vertrage.«

»Warum hast du dann das letzte Glas auch noch leer getrunken?«

»Weil es so gut geschmeckt hat«, meinte Samantha, allem Anschein nach erstaunt über diese dumme Frage. Eddie nahm es achselzuckend zur Kenntnis. Er wurde nicht recht schlau aus ihr. Vor ein paar Tagen im *Battista* war sie ihm wie eine unnahbare, überhebliche Zicke vorgekommen, die meilenweit über allen Normalsterblichen wie ihm und Valerie stand. Auch heute Abend hatte sie diese hochnäsige Tour draufgehabt, jedenfalls zu Anfang. Jetzt war sie ganz anders. Locker, lustig und sogar fast ein bisschen anschmiegsam. Eddie drückte sie ein bisschen fester an sich, und sie ließ es sich offensichtlich nicht ungern gefallen. Er lachte leise. Wozu ein paar Gläser doch manchmal gut waren.

»Was ist?«, wollte Samantha wissen.

»Hab ich dir schon gesagt, dass du gut riechst?«

»M-m.«

»Na, dann sag ich es dir jetzt. Was ist das für ein Parfum?«

»Gar keins. Ich benutze nie Parfum.«

Das gab ihm für eine Weile zu denken.

*

Er sorgte dafür, dass er in der Loge neben ihr saß. Dmitri saß zu seiner Rechten, und die drei anderen hatten die Stuhlreihe hinter ihnen belegt.

»Es ist sehr schön hier«, sagte Dmitri begeistert. Die Bierchen, die er zum Essen verkonsumiert hatte, ließen sein rundes Gesicht leuchten wie eine Laterne. »Ich gehe oft in die Oper. Ich liebe Verdi!«

Eddies bisherige Vorstellungen von einer Oper waren mehr als dürftig. Im Fernsehen kamen sie höchstens mal im dritten Programm, und dahin verirrte er sich selten.

Falls es doch passierte, dann nur aus Versehen, und dann zappte er gleich weiter, weil dieser Kram niemanden vom Hocker riss. Eine Menge übergewichtiger Leute, die mit unnatürlichen Stimmen unnatürliche Töne von sich gaben und sich dabei den Bauch oder den Busen hielten.

Er ließ die Blicke durch den Opernsaal wandern. Dafür, dass es niemanden vom Hocker riss, war es ziemlich voll. Die unteren Ränge und auch die Logen waren voll besetzt. Ringsum war Stimmengewirr zu hören, das aber größtenteils übertönt wurde durch das Gedudel aus dem Orchestergraben, wo die Musiker damit beschäftigt waren, ihre Instrumente zu stimmen. Die Bühne war herausgeputzt wie ein Palast, mit Festbeleuchtung und prunkvoller Einrichtung.

Unvermittelt klopfte der Dirigent mit dem Taktstock gegen sein Pult, und schlagartig verstummten die Instrumente. Im nächsten Augenblick begann das Vorspiel, und Eddie war gefangen genommen von der Wucht des Klangs. Er beugte sich gebannt vor und war ab sofort blind und taub für seine Umwelt, bis zu dem Moment, als die erste Szene begann. Eine Menge altertümlich kostümierter Leute betraten die Bühne. Sie lachten und liefen durcheinander, und Eddie betrachtete den Aufzug fasziniert, aber auch irritiert, bis zwei prachtvoll gekleidete Männer anfingen, abwechselnd zu singen. Eddie verstand kein Wort, bis ihm klar wurde, dass die Arie auf Italienisch vorgetragen wurde. Er schloss die Augen und überließ sich einfach dem Klang der Stimmen und der perfekt eingespielten Musik. In seinem Inneren rührte sich etwas, und Eddie spürte, wie etwas Wildes, Unbezähmbares in ihm aufbrach. Natürlich hatte er Musik immer gemocht, sie war ein Teil von ihm. Er war ein passabler Keyboarder, aber er hatte nie Gelegenheit gehabt, richtigen Unterricht zu nehmen. Er hatte sich alles mehr oder weniger unbekümmert selbst beigebracht. Seine Musiklehrerin hatte einmal zu ihm gesagt, dass er das absolute Gehör hatte. Das war in dem Jahr gewesen, bevor er von der Schule abgegangen war, weil es ihn angekotzt hatte, sich von Leuten schikanieren zu lassen, die keine Ahnung vom Leben hatten.

»Nur einer von zehntausend hat es«, hatte seine Lehrerin gesagt.

Eddie hatte später darüber im Internet gelesen und ihre Angaben bestätigt gefunden. Es war eine genetische Sache, man konnte nichts dafür. Es war nichts, was man lernen konnte. Entweder man hatte es oder man hatte es nicht. Abgesehen davon war es nicht immer angenehm. In Eddies Ohren hörten sich viele Lieder auf Live-Veranstaltungen schlichtweg falsch an. Ein halber Ton daneben oder einfach nur eine andere Tonhöhe reichten aus, um ihm den ganzen Spaß an der Musik zu verderben.

Hier war das anders. Es war alles so live wie nur irgendwas, aber jeder Ton saß. Es war einfach perfekt. Und es war von einer so unbeschreiblichen, makellosen Schönheit, dass es Eddie die Tränen in die Augen trieb – schon allein deshalb, weil er sechsundzwanzig Jahre alt geworden war, ohne zu wissen, dass es so etwas wie das hier gab.

Eddies angespannte Haltung lenkte Samanthas Aufmerksamkeit auf ihn. Erstaunt beobachtete sie, wie es in seinem Gesicht arbeitete. Seine Hände öffneten und schlossen sich, und sein linker Fuß klopfte im Takt der Musik. Sein Mund stand halb offen, und seine Lippen bewegten sich unbewusst, als würde er mit sich selbst reden. Die Augen hatte er geschlossen, und als er sie wieder öffnete, leuchteten sie in stummer Faszination. Er wirkte völlig entrückt.

Sein Gesichtsausdruck offenbarte etwas an ihm, das Samantha vorher nicht gesehen hatte: eine hilflose, verletzliche Seite, die sie auf seltsame Weise anrührte.

Wie ein Kind an Weihnachten, dachte sie.

Sie selbst ging ganz gern in die Oper, aber es versetzte sie nicht in einen Rausch des Entzückens. Eddie musste ein echter Fan klassischer Musik sein.

In der Pause wurde Wassili von Dmitri losgeschickt, um eine Runde Sekt an der Bar zu besorgen. Samantha wollte kein Spielverderber sein und trank ihr Glas zügig leer. Anschließend trällerte sie die Arie des Herzogs aus dem dritten Akt, *La donna è mobile*, und sofort fielen Wassili und Dmitri brummend ein.

»Der Song kommt mir bekannt vor«, sagte Eddie.

Samantha kicherte haltlos. Der Bursche hatte definitiv Sinn für Humor.

Eddie selbst fand es weniger komisch, erst recht, als er kurz darauf das Lied in voller Länge hörte. Doch er hatte nicht viel Zeit, sich zu ärgern. Dafür war die Musik zu gut.

Bis zum Ende des dritten Akts erwachte er nicht aus seiner Versunkenheit, und erst als Rigoletto besinnungslos über dem Leichnam seiner Tochter zusammensank und das Orchester zu grandiosen Schlussakkorden ansetzte, fand er langsam in die Wirklichkeit zurück. Er gab einen lang gezogenen Seufzer von sich.

»Wow«, sagte er leise.

»Hat's dir gefallen?«, wollte Samantha lächelnd wissen.

Eddie nickte scheu, dann suchte er ihren Blick. »Ich war vorher noch nie in der Oper.«

Samantha war verblüfft. »Wirklich?«

Sofort setzte er wieder seinen gewohnt nonchalanten Gesichtsausdruck auf. »Hatte bis jetzt einfach keine Zeit für diesen Kram.«

Samantha wusste nicht, was sie dazu sagen sollte.

Dmitri und Wassili wollten nach der Aufführung nicht mehr mit ins *Alte Bergwerk*, weil sie morgen noch einen wichtigen Geschäftstermin hatten.

Samantha hoffte, dass dieser Termin nicht bei der Konkurrenz stattfand. Es war Wochenende, aber das wollte nichts heißen. Samstagabend ein Geschäftsdinner, Sonntagfrüh ein Geschäftsbrunch – was sprach dagegen? In der näheren Umgebung gab es einen oder zwei Sanitärfachhändler, die ebenfalls gut im Geschäft waren und Bruckner-Bad schon den einen oder anderen Auftrag weggeschnappt hatten.

»Wir melden uns«, sagte Dmitri, bevor er mit Wassili im Schlepptau zu dem Hotel aufbrach, in dem sie abgestiegen waren. »Danke für das Essen und die Oper. Es war sehr nett!«

Hoffentlich nett genug, dachte Samantha. Schließlich wollte sie jede Menge Luxusbadezimmer an den Mann bringen. Doch sie war zu gut drauf, um sich großartige Sorgen ums Geschäft zu machen. Sie hatte sich seit langem nicht so beschwingt gefühlt. Zugegeben, sie war etwas wacklig auf den Beinen, und wenn sie nicht genau hinschaute, bewegte sich die andere Straßenseite vor und zurück, als wäre sie irgendwie ausgeleiert. Aber Eddie hielt zuverlässig ihren Arm fest und verhinderte, dass sie allzu viel Schlagseite kriegte.

Sergej und Alexej waren der Meinung, dass der Abend noch jung war. Eddie bestellte per Handy ein Taxi, und zu viert fuhren sie in bester Laune die paar Kilometer zu der aufgelassenen Zeche, die vor ein paar Jahren in ein hippes Nachtlokal verwandelt worden war. Das *Alte Bergwerk* war ein Mittelding aus Disco und Kneipe, mit einer sehenswerten Laseranlage, einem angesagten DJ, zwei großen Tanzflächen und einer Bühne für Livebands. Eddie hatte selbst schon hin und wieder hier Scheiben aufgelegt. Der DJ war ein guter Bekannter von ihm.

Samantha hätte sich in einem ersten Impuls am liebsten die Ohren zugehalten. Die Musik dröhnte von allen Seiten auf sie ein, und die Laserblitze zuckten auf sie nieder wie bei einem verrückten bunten Gewitter. Doch dann fühlte sie, wie der Tanzrhythmus sich auf sie übertrug, und sie begann, in den Knien zu wippen.

»Geil«, brüllte Sergej begeistert. Ein paar Wörter hatte Eddie ihm schon beigebracht, und Sergej benutzte sie bei jeder Gelegenheit.

Alexej verschwand sofort in Richtung Bar, um für flüssigen Nachschub zu sorgen, und Sergej pflügte seinen langen, dünnen Körper durch die Menge der zuckenden, hüpfenden Partyfreaks, um einen freien Tisch zu suchen.

»Tanzen wir?«, fragte Eddie, während er ein paar Leuten zuwinkte, die er kannte.

Samantha warf einen unschlüssigen Blick auf die Tanzfläche. Die Leute, die sich da austobten, trugen weder Abendkleid noch Smoking. Eher ultrakurze Minis, nabelfreie Tops und knallenge Lederhosen. Doch dann kam Alexej mit einer Runde Wodka zurück, und Samantha spülte ihre Bedenken mit zwei Schlucken runter. Sie folgte Eddie auf die höher gelegene Tanzfläche und tat das, was alle dort taten. Sie wand und drehte sich, hüpfte, wippte und warf ihren Kopf nach hinten – je nachdem, was ihr die Musik gerade eingab. Ihre kunstvolle Frisur löste sich auf, und die schwere Masse ihres Haars wallte wie ein Vorhang um ihr Gesicht und über ihre Schultern. Samantha lachte, ergriff es mit beiden Händen und warf es übermütig nach hinten. Sie fühlte sich großartig! Wann war sie das letzte Mal tanzen gewesen? Ein- oder zweimal hatte sie mit Hans getanzt, aber nicht in der Disco, sondern im Großen Saal des Stadtschlosses, letztes Jahr, anlässlich der Goldenen Hochzeit seines Onkels. Sie hatten einen Cha-Cha-Cha und einen Wiener Walzer zusammen aufs Parkett gelegt, und Samantha hatte ihr Haar dabei züchtig hochgesteckt getragen.

Eddie bewegte sich ähnlich schwungvoll wie Samantha. Er war ein guter Tänzer, der Rhythmus steckte ihm im Blut. Aber anders als sie konnte er sich nicht richtig aufs Tanzen konzentrieren. Er machte es rein automatisch, so ähnlich wie im Fitnesscenter, wenn er Gewichte stemmte. Um seine Bewegungen zu koordinieren, brauchte er nur einen kleinen Winkel seines Gehirns. Der Rest war bis in den letzten Zipfel damit ausgelastet, Samantha anzuglotzen. Sie sah plötzlich völlig anders aus. War sie vorher schon eine wirklich scharfe Braut gewesen, so kam sie ihm auf einmal vor wie eine Göttin. Oder wie eine von diesen wilden Amazonen aus den Weltraumcomics, auf die er als Junge so abgefahren war. Ihr Kleid war praktisch bis zum Nabel ausgeschnitten, und was da auf- und abhüpfte, ließ Eddie alles vergessen, was er bis jetzt an Brüsten zu Gesicht bekommen hatte. Und das war wirklich nicht wenig gewesen. Er fluchte unterdrückt vor sich hin, als er erkannte, dass er einen Wahnsinnsständer hatte. Es war nicht zu fassen. Er war hart geworden, nur weil sie ihr Haar herumschlenkerte und mit ihren Titten wackelte. Um sie herum waren mindestens hundert andere Hühner, die nur halb so alt waren und auch nicht schlecht bestückt. Woran lag es also, dass sie ihn schon den ganzen Abend so antörnte? Hatte es etwas damit zu tun, dass sie einen Kopf größer war als die meisten anderen Frauen? Oder lag es an ihrem Geruch? Plötzlich drängte es ihn, herauszufinden, was es damit auf sich hatte. Er glaubte keine Sekunde, dass sie kein Parfum benutzte. Spätestens dann, wenn sie frisch gewaschen aus der Dusche stieg, würde er es genau wissen. Blieb nur die Frage, ob er je erleben würde, wie sie aus der Dusche kam. Er räusperte sich, dann sagte er mit rauer Stimme: »Gehen wir noch woanders hin?«

»Was ist los?«, brüllte Samantha, die wegen der lauten Musik kein Wort verstanden hatte.

»Nichts«, brüllte Eddie zurück. Ihm war gerade wieder eingefallen, worüber Samantha im *Battista* mit der Rothaarigen gesprochen hatte. Wenn er sich nicht sehr täuschte, war dabei auch die Rede von einem Kerl gewesen, mit dem Samantha zusammen war.

Dann spielte die Band plötzlich einen Tusch, und unter lautem Hallo wurde ein Geburtstagskind präsentiert, ein Typ mit schwarzer Haartolle und weißer Lederhose, der heute zwanzig wurde und sich zur Feier des Tages einen Song wünschen durfte.

»Love me tender«, brüllte der Typ mit der Haartolle.

»Yeah«, sagte der Bandleader mit rauchiger Stimme. »Der King lebt, und er ist nicht kaputtzukriegen. Haltet euch fest, Leute.«

Eddie nahm das wörtlich. Endlich hatte er einen guten Grund, das zu tun, wonach es ihn schon den ganzen Abend gelüstete. Als die Band die ersten Takte von Elvis' Schmusesong spielte, trat er dicht an Samantha heran und legte die Arme um sie. Nicht ganz standfest auf den Füßen, stolperte sie leicht gegen ihn, aber dann gewann sie ihr Gleichgewicht zurück und kicherte ihm ins Ohr, als er sie fester an sich presste.

»Das fühlt sich gut an«, sagte sie. »Ist das eine Erektion?«

»Ich glaube, ja«, sagte Eddie. »Aber genau wissen kann man es nie.«

Samantha griff nach unten und vergewisserte sich. »Es ist eine. Jedenfalls fühlt es sich wie eine an.«

Eddie spürte ihre Hand und glaubte, auf der Stelle zu explodieren. Er kam sich vor wie mit sechzehn, als dieses rothaarige Biest aus der Parallelklasse ihn in der kleinen Pause vor der Herrentoilette abgefangen hatte und ihn ins Mädchenklo gezerrt hatte.

»Wir könnten noch zu mir gehen«, flüsterte Eddie ihr ins Ohr.

Samantha runzelte die Stirn. »Meinst du?«

»Klar.«

»Wenn du denkst, dass es eine gute Idee ist – wieso nicht.«

Damit war es also abgemacht. Eddie brachte Samantha zur Tür, befahl ihr, dort zu warten, und kämpfte sich zurück ins Gewühl, bis er den Tisch erreicht hatte, den Sergej für sie ergattert hatte.

»Ich hab noch was vor, Jungs«, sagte er, während er sich Samanthas Handtasche und ihr Jäckchen unter den Arm klemmte. Er untermalte seine Absicht mit einer internationalen Geste, woraufhin seine neuen Freunde verständnisvoll zwinkerten und ihm alles Gute wünschten.

Eddie fragte sie nicht, ob sie alleine klarkämen, denn es lag auf der Hand, dass sie sich für den Rest des Abends auch ohne ihn und Samantha prächtig amüsieren würden. Zwei Mädchen saßen am Tisch, mit rotgeschminkten Schmollmündern, Stilettoabsätzen und keinen Tag älter als zwanzig. Außerdem sprachen beide fließend Russisch.

»Tatjana und Svetlana«, stellte Sergej die beiden brüllend vor. »Kommen aus Kasachstan!«

»Na, wenn das nicht echt international ist.« Eddie klopfte ihm zum Abschied auf die Schulter, dann zwängte er sich durch die Menge zurück zum Ausgang, wo Samantha auf ihn wartete. Sie hielt sich mit einer Hand an der Wand fest und schwankte sacht von einem Fuß auf den anderen, während sie lauthals die letzten Takte von *Love me tender* mitsang.

Das kannst du haben, Baby, dachte Eddie. Ihm war ganz heiß vor Vorfreude.

»Kommen Alexej und S-Sergej nicht mit?«, wollte Samantha mit schwerer Zunge wissen, nachdem Eddie sie ins Taxi befördert hatte.

»Nein, die haben vorhin in der Disco noch andere Leute kennen gelernt.«

Samantha fluchte undamenhaft. »Hatten die irgendwelche Prospekte dabei?«

»Was für Prospekte?«

»Von W-Wasserhähnen oder Kacheln oder so.«

»Nicht dass ich wüsste.«

»Gott sei Dank«, sagte Samantha und lehnte sich schwer gegen Eddie.

Eddie hatte keine Ahnung, wovon sie redete, aber es interessierte ihn auch nicht sonderlich. Er war beschäftigt.

»Eddie, es ist dir vielleicht nicht aufgefallen, aber deine H-Hand ist unter meinem Kleid«, flüsterte Samantha.

»Das ist Absicht. Du willst es doch auch, oder?«

»Der Taxifahrer guckt schon die ganze Zeit.«

Eddie zog die Hand zurück und versuchte, die Tatsache zu ignorieren, dass er gerade versucht hatte, auf dem Rücksitz eines Taxis einer Frau an die Wäsche zu gehen. Er hatte es schon an allen möglichen abenteuerlichen Orten getan, aber noch nie in einem Taxi.

Sie waren vor dem Haus angekommen, in dem er wohnte.

Der Taxifahrer starrte Eddie im Innenspiegel an. »Zwanzig Euro.«

Eddie zog sein Portemonnaie aus der Brieftasche und drückte dem Fahrer einen Zwanziger und einen Fünfer in die Hand. »Stimmt so.«

Samantha hatte ein paar Probleme beim Aussteigen, weil die Straße wieder angefangen hatte, sich zu bewegen, aber dann hielt Eddie sie fest, und sie kam ganz gut damit klar, einen Fuß vor den anderen zu setzen.

Er wohnte in einem komischen Haus, fand sie. Es war ein ziemlich vergammelt wirkendes, riesiges Ziegelgebäude mit teils blinden, teils eingeschlagenen Fenstern. Ein paar der Öffnungen waren auch mit Brettern vernagelt. Nur die Fenster im ersten Stock sahen neu aus. Vor dem rostigen Stahltor lag haufenweise Schutt herum. Geborstene Betonklötze, verbogene Eisenträger und zerfetzte Wellpappe gaben sich im Vorhof des Gebäudes ein trostloses Stelldichein.

»Hier liegt eine Menge Zeug rum«, meinte Samantha.

»Das war mal eine Fabrik«, sagte Eddie. »Hab ich vor vier Jahren von einem alten Kerl übernommen. Wir haben ab und zu zusammen Musik gemacht.« Er machte eine Geste, mit der er das ganze Gebäude umfasste. »Unten stehen noch die ganzen Geräte, damit hat er bis zuletzt seine Lattenroste gezimmert. Den ersten Stock hab ich mir zum Wohnen ausgebaut. Hier draußen muss noch ein bisschen aufgeräumt werden, und die Maschinen muss ich irgendwann mal verkaufen. Aber oben ist alles tipptopp.«

»Cool«, murmelte Samantha. »Ein Loft. Wollte ich schon immer mal sehen.«

Sie fühlte sich merkwürdig. Ihre Füße waren schwer wie Blei, aber dafür war ihr Kopf leicht wie ein Ballon. Es kam ihr so vor, als würde Eddie sie mehr schleifen, als dass sie aus eigener Kraft ging. Er führte sie durch eine

Seitentür und zog sie eine breite, ziemlich neu wirkende Stahltreppe hoch.

»Da sind wir.«

Samantha kniff die Augen gegen die plötzliche Helligkeit zusammen und betrachtete ihre Umgebung. Auf den ersten Blick sah sie nur blendendes Weiß. Auf den zweiten auch. Die Wohnung war riesig. Genau genommen bestand sie nur aus einem einzigen Raum. Alle Wände waren weiß gestrichen. In einer Ecke lag eine Matratze, in einer anderen stand ein Schreibtisch und daneben eine Hantelbank mit verschiedenen Gewichten. Von der Decke hing ein Sandsack für Boxübungen. Mitten im Raum gab es außerdem ein knallgelbes Sofa und einen knallrot lackierten Schaukelstuhl, grelle Farbkleckse vor den strahlend weißen Wänden. Irgendwo in weiter Ferne glaubte Samantha so etwas wie eine Küchenzeile zu erkennen. Das heißt, sie hätte sie vielleicht erkennen können, wenn die Wand nicht plötzlich angefangen hätte, sich zu bewegen. Samantha blinzelte und hielt sich an Eddie fest. »Schöne Wohnung. Bisschen unruhig. Wo ist das Bad?«

Eddie deutete auf eine nackte, weiße getünchte Wand. »Da.«

Samantha setzte sich schlingernd und summend in Bewegung, um das Geheimnis der fehlenden Badezimmertür zu ergründen. Gleich darauf stellte sie fest, dass man um die Wand herumgehen konnte und praktisch mitten im Bad stand, das nur durch eine einzige, zwei Meter hohe Mauer vom Rest des Raums abgeteilt war.

»Du darfst aber nicht gucken«, rief Samantha in Eddies Richtung, bevor sie sich auf dem Klo niederließ.

»Keine Sorge.« Eddie legte eine Kuschelrock-CD ein und dimmte das Licht auf Kerzenstärke. Er überlegte kurz, ob er noch eine Flasche Prosecco köpfen sollte – für solche

Fälle hatte er immer eine Flasche im Kühlschrank –, entschied sich aber dann dagegen. Sie war auch so schon reichlich abgefüllt. Am Ende schlief sie ihm noch mittendrin ein.

Samantha wusch sich unterdessen die Hände und begutachtete das Badezimmer aus professioneller Sicht. Jedenfalls so weit sie dazu noch imstande war. Irgendwie hatte das Licht nachgelassen, sodass man nicht mehr allzu viel sah. Aber Samantha hatte ein unbestechliches Auge für alles, was mit Badezimmern zusammenhing. Auch für dieses, ob es nun schummrig war oder nicht. Dusche, Waschbecken und Toilette stammten samt und sonders aus dem Baumarkt, waren aber von guter Qualität und fachmännisch installiert. Die Leitungen verschwanden hinter einer vorgemauerten Wand, wie es sich gehörte. Die Fliesen waren Designerware. Samantha fuhr mit dem Zeigefinger über die Fugen. Sauber verlegt, in einem anständigen Mörtelbett. Die Kacheln waren hier und da schadhaft, wahrscheinlich ein günstiger Restposten. Alles in allem ein nettes, solides Bad für wenig Geld. Hätte sie selbst nicht besser einrichten können. Zufrieden umrundete sie die Wand.

»Hast du das Badezimmer selbst gemacht?«, fragte sie, während sie sich nach Eddie umsah. Er war nirgends zu sehen.

»Klar«, sagte Eddie. Er lag auf der Matratze, die Hände hinterm Kopf verschränkt. »Komm her.«

Folgsam ging Samantha zu ihm und blieb neben der Matratze stehen. »Da bin ich.« Sie fragte sich, ob ihre Stimme tatsächlich so nuschelig klang oder ob sie sich das nur einbildete. Wie viel hatte sie überhaupt getrunken? Vier Gläser? Fünf? Auf jeden Fall waren auch ein oder zwei Gläser Wodka dabei gewesen, daran erinnerte sie sich genau. Plötzlich waren ihre Füße nicht mehr so schwer wie vorhin. Sie fühlte sich eigentümlich leicht, am ganzen Körper. Fast so, als könnte sie abheben, wenn sie nur einmal tief richtig Luft holte. Probeweise atmete sie tief ein, aber es passierte nichts, außer dass ein Träger von ihrem Kleid abriss. Ihr Oberteil rutschte auf einer Seite runter, und ihre rechte Brust kam zum Vorschein. Samantha kicherte. »He, sieh dir das an! Ohne Netz und doppelten Boden! Dieses Kleid muss man ohne BH tragen, weißt du.«

»Ich sehe es«, sagte Eddie mit belegter Stimme.

»Blöder Träger. Hält nichts aus. Wahrscheinlich hab ich zu viel gegessen.« Samantha drehte sich einmal um die eigene Achse. »Findest du mich sehr fett?«

»Nein.«

Samantha sah ihn an und zwinkerte erstaunt. Hatte er nicht eben noch einen Smoking angehabt? Im Moment trug er jedenfalls keinen. Er war splitterfasernackt. Sie schluckte.

»Du hast dich ausgezogen.«

»Ja, stimmt. Und ich warte darauf, dass du dasselbe tust. Den Anfang hast du ja schon gemacht. Ich sehe dir gerne zu, wenn du willst. Oder soll ich den Rest erledigen? Das mache ich mindestens genau so gerne.«

Samantha war ziemlich betrunken, aber nicht so sehr, um nicht zu wissen, was das zu bedeuten hatte. Sie legte sich die Hand gegen die Stirn und rieb dort einen Punkt, von dem sie hoffte, dass dahinter ihr Denkvermögen lag.

»Du willst mit mir schlafen«, sagte sie schließlich verblüfft. »Klar«, fügte sie dann hinzu. »Und ich hatte mich schon gewundert, wieso wir beide alleine noch mal in das Taxi gestiegen sind!«

Eddie sprang auf. »Du willst es doch auch, oder nicht?

Ich meine, du kannst unmöglich so blau sein, dass du nicht gepeilt hast, wieso wir zu mir gefahren sind!«

Samantha starrte ihn an. Von oben bis unten. Sehr gründlich. Und dann wieder langsam zurück. Genau in der Mitte blieben ihre Blicke hängen.

»Oh«, sagte sie mit ersterbender Stimme.

»Was ist?« Eddie trat vor sie hin. »Gefalle ich dir?«

Er wusste, dass es so war. Diesen Gesichtsausdruck hatte er schon mehr als einmal gesehen. Natürlich war sie betrunken. Aber nicht *zu* betrunken. Darauf hätte er sein letztes Hemd verwettet. Er streckte die Hand aus und zog auch noch den anderen Träger des Kleides runter. Das Oberteil fiel komplett bis zur Taille herab.

»Wahnsinn«, sagte er leise. Sein Finger kreiste um ihre linke Brustwarze.

Samantha gab ein undefinierbares kleines Geräusch von sich, irgendwo zwischen Seufzen und Stöhnen.

»Komm«, sagte Eddie. Dann zog er sie auf die Matratze.

*

Als Samantha aufwachte, war ihr Kopf mindestens einen Kilometer dick. In ihrem Mund befand sich eine aufgequollene, scheußlich schmeckende Gummimatte, die in einem früheren Leben wohl eine Zunge gewesen sein musste.

Sie lag auf dem Bauch und konnte nur auf einem Auge sehen, weil das andere von Haaren bedeckt war. Auf ihrem Rücken und über ihren Beinen lag ein schweres Gewicht. Samantha hatte nicht die geringste Ahnung, woher das kam.

Dann war rechts neben ihr ein leises Schnarchen zu hören. Das musste Hans sein. Komisch, auf die Art schnarchte er sonst nie. Bei ihm klang es eher rasselnd. Dieses hier war eher sägend.

Was war überhaupt los mit ihr? Wieso tat ihr der Kopf so weh, und warum schnarchte Hans so merkwürdig? Außerdem war die Bettwäsche eigenartig. Sie war weiß. Als die Putzfrau vorgestern Samanthas Bett frisch bezogen hatte, war die Bettwäsche noch dunkelblau gewesen. Samantha stöhnte leise. In ihrem Kopf tobte ein Presslufthammer, und ein Teil ihres Erinnerungsvermögens hatte sich in eine Art löchrigen Käse verwandelt.

Und dann, mit einem Schlag, fiel ihr das Wichtigste wieder ein.

Samantha gab einen leisen Jammerlaut von sich und kroch unter dem schweren Männerbein hervor, das auf ihren Oberschenkeln lag. Der dazugehörige Arm hing immer noch über ihren Schultern, aber Samantha machte sich entschieden los und robbte vom Bett.

Eddie brummelte verschlafen, den blonden Schopf halb unters Kopfkissen geschoben und den Rest seines Körpers bis auf einen Arm und ein Bein unter einem Haufen zerwühlter Laken vergraben.

Samantha zwang sich dazu, nicht auf das Gehämmer in ihrem Kopf zu achten. Sie zwinkerte heftig, um ihre verklebten Augen richtig aufzukriegen, und machte sich dann umgehend daran, ihre Sachen vom Boden aufzusammeln.

Da war ihr Kleid, da drüben ein Schuh. Verflixt, wo steckte der andere? Und wo zum Teufel war ihr Slip?

Aus dem tiefen See ihrer versunkenen Erinnerungen kam plötzlich ein Fetzen an die Oberfläche getrudelt. Eddie, wie er vor ihr auf dem Bett kniete und ihren Slip um den Zeigefinger kreisen ließ. Dann war das Ding durch die Luft geflogen wie ein kleines seidenes Segelflugzeug und irgendwo gelandet. Aber wo?

»Shit«, flüsterte Samantha. Peinlich berührt blickte sie zur Matratze hinüber. Wenn er jetzt aufwachte, würde sie einen Nervenzusammenbruch kriegen. Garantiert.

Nur schnell raus hier, dachte Samantha verstört.

Wozu brauchte sie einen Slip, wenn sie ein langes Abendkleid hatte? Für den Anfang musste das reichen. Sie schüttelte es aus und streifte es über. Die Handtasche fand sie ebenfalls. Sie lag unter Eddies Smokingjacke. Samantha nahm ihr Handy raus und überlegte geschlagene drei Minuten, wie die Nummer des Taxidienstes war. Schließlich entschied sie sich, die Auskunft anzurufen, diese Nummer hatte sie wenigstens dank massiver Werbung in allen nur denkbaren Medien im Kopf.

»Da werden Sie geholfen«, murmelte Samantha.

Die nette Dame von der Auskunft nannte ihr die Nummer eines örtlichen Taxiservices und verband sie gleich weiter.

»Können Sie mir ein Taxi schicken?«, bat Samantha flüsternd.

»Wie bitte?«

»Ein Taxi«, sagte Samantha.

»Gerne. Wohin?«

Samantha starrte ihren nackten rechten Fuß an. Wo zum Teufel war sie hier überhaupt? Sie waren mit einem Taxi hergekommen, aber an die Adresse konnte sie sich beim besten Willen nicht erinnern. Sie war zusammen mit ein paar anderen Einzelheiten im selben See versunken, in dem auch andere Teile des vergangenen Abends ruhten.

Eddie regte sich unter den Laken. »Was ist los? Wen rufst du an?«

»Schlaf weiter«, sagte Samantha forsch.

Doch Eddie machte Anstalten, sich aufzusetzen.

»Wo wohnst du eigentlich?«, fragte sie ihn spontan, während sie mit der Hand ihr Telefon zuhielt.

Eddie blickte sie verständnislos an. »Na, hier, oder nicht?«

»Ja, klar. Aber wie ist die Adresse? Ich hab sie mir gestern nicht gemerkt.«

Eddie sagte sie ihr, und Samantha wiederholte es für die Frau vom Taxidienst.

»Fünf Minuten«, sagte die Taxidame.

»Du bist ja schon angezogen«, sagte Eddie. Er dehnte sich, und Samantha schloss die Augen, weil mit einem Mal eine Flut überwältigender Bilder auf sie einstürmte.

Eddie lächelte sie an. Er sah aus wie ein großer, satter, zufriedener Tiger.

»Denkst du auch gerade an das, woran ich denke?«, wollte er wissen. »Es war wahnsinnig geil, oder? Vor allen Dingen, wie du …«

»Wie spät ist es?«, fiel sie ihm ins Wort. Nein, dachte sie. Sie hatte das nicht getan. Nicht das, woran sie sich gerade eben erinnerte.

»Keine Ahnung.« Er blinzelte und betrachtete die Sonnenstrahlen, die durch die Jalousettenschlitze an den Fenstern fielen und dünne, staubig flimmernde Linien durch den großen weißen Raum zogen. »Auf jeden Fall Tag, würde ich sagen. Aber du hast doch selbst 'ne Uhr an.«

»Richtig«, sagte Samantha. Sie warf einen Blick auf ihr Handgelenk und erstarrte. Halb zwölf. Es war fast Mittag.

»Komm doch noch für 'ne Runde ins Bett«, sagte Eddie aufmunternd.

»Gleich«, flötete Samantha. Sie schnappte sich ihre Handtasche und huschte hinter die Badezimmerwand, wo sie sich schwer atmend am Waschbecken festklammerte und auf ihre Uhr schaute. Zwei Minuten. Drei Minuten. Wieso brauchte der blöde Sekundenzeiger so lange?

»Wieso brauchst du so lange?«, rief Eddie.

Samantha saß auf dem zugeklappten Toilettendeckel und klickte hektisch auf ihrem Handy herum. Während der Opernaufführung hatte sie die Stummschaltung aktiviert und hinterher vergessen, wieder auf laut zu stellen. Es waren zehn Nachrichten in der Mailbox. Zwei davon waren von Hans, sechs von Babette, zwei von ihrer Mutter.

Sie hörte den ersten Anruf von Hans ab. »Es ist jetzt schon fast eins, und du bist noch nicht zu Hause. Ich nehme an, du bist mit zu deinem Bruder gefahren, um da zu übernachten. Oder zu Babette. Sie wohnt ja in der Nähe der Oper. Ich hatte versucht, sie anzurufen, aber es geht niemand dran. Und dein Bruder hebt auch nicht ab. Hat er vielleicht den Apparat abgeschaltet?«

Von draußen war ein Hupen zu hören. Erlöst sprang Samantha vom Klo hoch und stakste mit nur einem Schuh rasch in Richtung Ausgang.

»He, wo willst du hin?«, rief Eddie erstaunt. »Du kannst doch nicht so einfach abhauen! Wir haben noch nicht gefrühstückt!«

Samantha warf einen Blick über die Schulter zurück. Er war aufgestanden und folgte ihr. Und gewisse Anzeichen deuteten unzweifelhaft darauf hin, dass er mehr im Sinn hatte als Kaffeekochen. Dieser Anblick war zu viel für Samantha. Sie schloss erneut die Augen.

»Ich muss weg«, sagte sie. »Dringende Termine.« Sie packte die Klinke und riss entschlossen die Tür auf.

»He, warte mal.« Eddie kam näher und legte ihr die Hand in den Nacken. Sein Daumen bewegte sich hypnotisch hinter ihrer Ohrmuschel auf und ab. »Hast du nicht was Wichtiges vergessen?« Er beugte sich zu ihr und hauchte einen Kuss auf die Stelle, die er gerade gestreichelt hatte.

»Oh.« Samantha nestelte in ihrer Handtasche herum und fand, was sie gesucht hatte. »Hier, ich hoffe, das reicht. Ich meine, ich weiß ja, dass ich eine Rechnung von der Agentur kriege, aber da ist ja die … die Zusatzleistung bestimmt nicht mit drin.« Sie drückte Eddie einen Fünfhundert-Euro-Schein in die Hand, dann duckte sie sich unter seiner Hand hindurch und raste die Treppe runter. Ihr Abgang wurde ein bisschen dadurch beeinträchtigt, dass sie nur einen Schuh anhatte, aber sie war unten, bevor Eddie irgendwas sagen konnte.

Sie umrundete ein paar schmutzige Betonbrocken und stolperte anschließend über einen Stapel vergammelter Verschalungen.

Lauthals fluchend ließ sie sich auf den Rücksitz des Taxis fallen.

Der Taxifahrer starrte sie mit offenem Mund an. »Ihr Kleid ist kaputt.«

Samantha zerrte das Oberteil wieder an Ort und Stelle. »Konzentrieren Sie sich bitte aufs Fahren.«

*

Eddie zerknitterte den Geldschein in seiner Hand und warf ihn als kleinen, zerknüllten Ball gegen die Wand. Das, was vorhin noch eine viel versprechende Morgenlatte gewesen war, hatte sich beim Anblick des Geldes in ein Anhängsel verwandelt, das er zuletzt an sich gesehen hatte, als er fünf gewesen war. Damals hatte seine Schwester ihn bei zehn Grad Minus in einen Teich geschubst.

Er stieg in seine Boxershorts, um den Anblick nicht länger ertragen zu müssen, dann prügelte er auf den Sandsack ein und versuchte dabei, einfach die letzte Minute zu vergessen und sich nur an den guten Teil zu erinnern.

»Mann«, sagte er kopfschüttelnd. Er vergrub den Kopf in den Händen. Im Moment wusste er nicht, was er denken sollte. Dafür war alles noch zu frisch.

Das Telefon läutete. Es war Joe.

»Wie war's? Hast du alles gut hingekriegt?«

»Hm«, sagte Eddie. Er klemmte sich den Hörer zwischen Ohr und Schulter und setzte sich auf das zerwühlte Bett.

»Was ist? Ihr wart doch aus, oder?«

»Ja.«

»Essen? Und hinterher in der Oper?«

»Ja«, meinte Eddie wortkarg.

»Lass dir doch nicht alles aus der Nase ziehen! Wie war es?«

»Es war ganz okay.«

»Shit«, fluchte Joe. »Da war doch was. So, wie du redest, hast du es versiebt. Sie war unzufrieden. Gib's zu.«

»Wenn sie unzufrieden gewesen wäre, hätte sie mir vorhin wohl kaum fünfhundert Mäuse gegeben, oder?«

»Wieso hat sie dir Geld gegeben? Es wird nie direkt abgerechnet. Das macht Claire.«

Eddie gab keine Antwort, und Joe brauchte nur eine Sekunde, um die richtigen Schlüsse zu ziehen. »Warte mal. Du hast gesagt, sie hat dir *vorhin* das Geld gegeben … Du hast sie mit zu dir nach Hause genommen!«

Eddie runzelte die Stirn. »Ja, und?«

»Das ist gegen die Richtlinien der Agentur.«

»Sie wollte es aber zufällig.«

»Und sie wollte dir zufällig hinterher auch Geld dafür geben, oder was?«, rief Joe. Gereizt fügte er hinzu: »Seit wann nimmst du Geld *dafür*?«

»Das fragst du ja wohl nicht ernsthaft«, versetzte Eddie grollend.

»Nein«, räumte Joe ein. »Aber sieh zu, dass es nicht rauskommt, ja?« Er schwieg für ein paar Atemzüge, dann fragte er: »Wie war sie denn?«

Eddie schloss die Augen.

»Bist du noch da?«, wollte Joe wissen.

»Hm«, machte Eddie. Etwas lag unter seinem Hintern. Er fasste unter sich und zog Samanthas Slip hervor.

»Also?«

»Also was?«

»Wie war sie?«

Wie letzte Nacht ließ Eddie das Höschen um seinen Finger kreisen. »Sie war … irgendwie anders.«

Mehr fiel ihm auf die Schnelle dazu nicht ein. Er hätte natürlich sagen können, dass sie sensationell gewesen war, aber das traf es nicht mal annähernd. So kurz nach dem Aufstehen fehlten ihm die Worte, um die letzte Nacht zu beschreiben. Es lag nicht daran, dass sie sich grundlegend von anderen Frauen unterschied. An ihr war nichts Exotisches oder Ungewöhnliches. Sie hatte einen fantastischen Körper und unglaubliches Haar, aber das hatten die meisten anderen Frauen, mit denen er geschlafen hatte, auch. Im Augenblick wusste er selbst nicht, was den entscheidenden Unterschied ausmachte. War es ihr Geruch? Die Art, wie sie ihn angesehen hatte? Oder die besinnungslose Leidenschaft, mit der sie sich ihm hingegeben hatte? Eddie hatte keine Ahnung. Vielleicht war es einfach von allem etwas. Aber egal, was es war – es drängte ihn geradezu schmerzhaft, alle diese Möglichkeiten genauer zu ergründen. Doch mehr als alles andere wollte er ihr den Hals umdrehen. Unvermittelt kochte Wut in ihm hoch. Dieses Miststück glaubte allen Ernstes, er hätte hier letzte Nacht eine bezahlte Nummer abgezogen! Eddie packte den Slip fester und zerknüllte ihn in der Hand wie vorhin den Geldschein. Nur, dass das Ding hier aus Seide war und immer wieder die ursprüngliche Form annehmen wollte.

»Was ist los?«, fragte Joe.

»Nichts«, sagte Eddie wortkarg. Er wechselte das Thema. »Wie war's mit Jenny? Alles im grünen Bereich?«

Joe seufzte verzückt. »Eddie, du hast mir das Leben gerettet. Ich bin ein glücklicher Mann.«

Na, wenigstens einer, dachte Eddie. Dann hörte er, wie draußen ein Auto vorfuhr. Er stand auf und ging zum Fenster. Als er sah, wer gekommen war, wusste er, dass dieser Tag wahrscheinlich noch ziemlich stressig werden würde.

»Ich muss aufhören«, sagte er. »Gerade kommt Besuch.«

Als es läutete, überlegte er für einen Moment, ob er so tun sollte, als wäre er nicht zu Hause. Den Wagen hatte er in der Stadt stehen lassen, es deutete also nichts darauf hin, dass er hier war.

Aber er kannte die Person da unten gut genug, um zu wissen, dass sie auf jeden Fall raufkommen würde, ob er nun da war oder nicht. Sie hatte einen Hausschlüssel und würde davon Gebrauch machen.

Also fügte er sich seufzend ins Unvermeidliche und drückte den Türsummer.

*

Während der Taxifahrt hörte Samantha die übrigen Nachrichten auf ihrer Mailbox ab.

»Jetzt ist es halb zwei«, sagte die Stimme von Hans. »Babette habe ich vorhin doch noch erreicht, sie war ausgegangen. Du bist nicht bei ihr.« Ein Räuspern, dann: »Sie meinte, du bist bei deiner Mutter. Ich denke mal, dass dem so ist. Natürlich kann ich da jetzt nicht mehr anrufen, es ist ja viel zu spät. Mein Golfturnier ist übrigens sehr gut verlaufen. Ich habe den zweiten Platz belegt. Mit nur zwei Punkten Unterschied. Wenn dieser Hackenhaus nicht am achten Loch einen Birdie hingelegt hätte, wäre es für mich kein Problem gewesen.«

Dann kam eine Nachricht von Babette. »Du bist mir eine. Wo steckst du denn, hm? Keine Sorge, ich hab Hans gesagt, dass du bei deiner Mutter bist. Vergiss nicht, das morgen entsprechend zu regeln. Und ruf mich sofort an, wenn du fertig bist. Mit was auch immer.«

Dann noch mal Babette: »Ich platze vor Neugier. Was ist los mit dir? Melde dich!«

Und dann: »Hier ist deine Mutter. Heute Morgen hat dein Lebensgefährte hier angerufen und sich erkundigt, wann du nach Hause kommen würdest. Offenbar ging er davon aus, dass du bei mir übernachtet hast, da du nicht nach Hause gekommen bist und auch nicht bei Babette warst. Falls du dir deswegen Gedanken machst – keine Sorge. Ich habe dich gedeckt.« Kurze Pause, gefolgt von der strengen Aufforderung: »Allerdings erwarte ich eine Erklärung. Und zwar bald.«

Samantha unterdrückte ein entsetztes Stöhnen. Das Ganze entwickelte sich anscheinend zu einem mittelschweren Fall von Täuschung, Schande und Familiendrama.

»Außerdem hat Herbert aus dem Krankenhaus angerufen und wollte wissen, wie du dich geschlagen hast. Er hat mir erzählt, worum es ging. Ich muss sagen, mir ist nicht wohl bei dem Gedanken, dass du allein mit einer Horde Russen ausgehst. Du hast es nicht nötig, dich so zu prostituieren. Ich habe Herbert schwere Vorwürfe gemacht. Er war schon immer ein bisschen wirr im Kopf. Wusstest du, dass er Elfriede und mich mal an einen Zuhälter verkauft hat? Einer davon war auch ein Russe. Oder ein Pole, ich weiß es nicht mehr so genau. Aber das macht wohl keinen großen Unterschied.«

Samantha traute ihren Ohren nicht und hörte die Nachricht ein zweites Mal ab. Tatsächlich, ihre Mutter hatte Zuhälter gesagt. Eindeutig.

»Da sind wir«, sagte der Taxifahrer. Er kassierte den Fahrpreis und ein saftiges Trinkgeld und verdrehte anschließend den Kopf, um nicht zu verpassen, wie Samantha auf einem Schuh und mit ständig rutschendem Abendkleid über die Straße stakste.

*

Babette pfiff durch die Zähne, als sie Samantha die Tür öffnete. »Da hat aber jemand die Nacht durchgesumpft. Ist das Ding da auf deiner Brust ein Knutschfleck? Wieso läufst du überhaupt oben ohne rum? Komm rein und erzähl.«

Samantha schleuderte den verbliebenen Schuh vom Fuß, stieg aus dem zerfetzten Abendkleid und ging in Babettes Bad. »Sobald ich geduscht und ein paar Klamotten von dir angezogen habe.«

»Du hast nichts drunter!«, rief Babette sensationslüstern aus. »Wo ist dein Slip? Ach ja, und wo wir schon dabei sind – dir fehlt ein Schuh.«

Ohne ein Wort stellte Samantha sich unter die Dusche und ließ Wasser auf ihren Kopf prasseln. Babette stand derweil mit verschränkten Armen vor der Kabine und wartete.

»Du könntest Kaffee machen!«, rief Samantha.

»Das könnte ich. Aber erst will ich das Wichtigste wissen: Hast du oder hast du nicht?«

Zuerst war nur das Rauschen des Wassers zu hören. Dann ein unwilliges Schnauben. Dann: »Ja, verdammt noch mal.«

»Der Kaffee kommt sofort!«, rief Babette frohlockend

Zehn Minuten später saß Samantha auf Babettes Sofa, eine Tasse mit dampfend heißem Kaffee vor sich. Sie trug eins von Babettes Kleidern und ein Paar Sandaletten, in denen ihre großen Zehen vorn ein Stück herausstanden.

»Du siehst total groggy aus«, befand Babette. »Bevor du nach Hause fährst, brauchst du noch eine Ladung Farbe im Gesicht. Und jetzt leg endlich los. Wie war er?« Sie saß Samantha gegenüber, in einem Schaukelstuhl, wie Eddie ihn auch besaß. Bis auf den Umstand, dass das Rattanholz nicht knallrot lackiert war, sondern mit Naturlack überzogen. Doch allein der Anblick, wie Babette in dem Stuhl auf- und abwippte, reichte aus, um Samantha die Schamröte ins Gesicht zu treiben.

»Du wirst rot«, sagte Babette überrascht. »Er muss also gut gewesen sein!«

Samantha betrachtete ihre vorstehenden Zehen und zuckte die Achseln. Dann blickte sie auf und seufzte tief.

»Es war Wahnsinn, Babette. So was habe ich vorher noch nie erlebt. Ich meine, ich hatte …« Sie schloss die Augen und zählte im Stillen. »Vier. Es waren vier.«

»Nein«, sagte Babette erschüttert.

»Doch.«

»Echte?«, vergewisserte Babette sich argwöhnisch.

Samantha nickte.

»Wahnsinn«, meinte Babette neidisch.

»Sag ich doch.«

»Und er?«

»Auch. Mindestens. Er konnte die ganze Zeit. Stundenlang.«

»Wie alt ist er? Achtzehn?«

»Ich habe ihn nicht gefragt«, sagte Samantha erschöpft. »Aber jünger als ich ist er auf jeden Fall. Vielleicht so fünfundzwanzig, sechsundzwanzig. Höchstens.«

»Wie heißt er überhaupt?«

»Joseph Scheuermann.«

»Na ja. Würde mich irgendwie an Maria und Joseph erinnern, glaube ich. Außerdem hatte ich mal einen Erdkundelehrer, der hieß auch Joseph. Stank fürchterlich aus dem Hals.«

»Für mich ist der Name nicht negativ besetzt«, sagte Samantha.

»Das kann ich mir lebhaft vorstellen. Wie sieht dieser Joseph aus?«

»Göttlich«, sagte Samantha schlicht.

»Mensch, hast du ein Glück! Welche Musik hört er?«

»Keine CDs von Cher, falls du darauf hinauswillst. Und seine Nägel sind garantiert nicht lackiert, ich hab gestern beim Essen extra einen Blick drauf geworfen. Hast du dich wieder mit Giovanni getroffen? Ist er nicht auch ein paar Jahre jünger als du?«

»Lenk nicht vom Thema ab. Erzähl mir mehr. Alle schmutzigen Einzelheiten.«

Samantha nippte an ihrem Kaffee. Was sollte sie darauf antworten? Dass sie Probleme beim Laufen und Sitzen hatte? Dass sie und Eddie es auf einem Schaukelstuhl getan hatten? Und unter der Dusche? Dass sie Muskelkater an Stellen hatte, von denen sie nicht geahnt hatte, dass es da überhaupt Muskeln gab?

»Es war so gut mit ihm, weil es sein Beruf ist«, sagte sie schließlich. »Für ihn war es nichts Besonderes. Einfach eine bezahlte, gut ausgeführte Dienstleistung.«

Babette starrte sie an. »War das etwa inklusive?«

»Nein, natürlich nicht. Es ging extra. Ich habe ihm fünfhundert gegeben.«

»Du meinst … *dafür*?«

Samantha nickte mit abgewandtem Gesicht.

»Augenblick.« Babette runzelte die Stirn. »War das vorher ausgemacht? Oder kam er hinterher an und wollte Kohle von dir?«

»Ich kann mich nicht an alles erinnern«, gab Samantha zu. »Kann sein, dass wir vorher drüber geredet haben. Als ich heute Morgen gehen wollte, meinte er, ob ich nicht was vergessen hätte. Ich gab ihm also das Geld, und es war okay.« Sie räusperte sich. »Meinst du, dass fünfhundert genug waren?«

»Grob geschätzt – nein«, sagte Babette grinsend. »Eine Liebesnacht wie diese gibt's sonst nur im Kino. Oder im Roman. Das ist unbezahlbar, wenn du mich fragst. Für zwei Tage auf der Beautyfarm musst du mehr hinblättern, und es bringt meiner Meinung nach nicht annähernd so viel wie eine einzige gute Nummer. Andererseits – er hat sich nicht beschwert, oder? Das ist im Übrigen auch der Unterschied zwischen Männern und Frauen. Wenn Frauen Geld dafür nehmen, haben sie nichts von der Sache außer ein paar Scheinen. Männer, die Geld dafür nehmen, haben die Scheine *und* den Spaß.«

Samantha stellte die Tasse weg und rieb sich die Schläfen. Ihr Kopf tat immer noch weh, aber das Hämmern war allmählich in ein stetiges Dröhnen übergegangen. »Hast du ein Aspirin?«

Babette stand auf, um Kopfschmerztabletten zu holen.

»Hast du dir schon überlegt, was du Hans erzählen willst?«, fragte sie, als sie mit Aspirin und Mineralwasser wiederkam.

»Wenn es nur Hans wäre«, sagte Samantha. Sie schluckte eine Tablette und spülte mit viel Wasser nach. »Viel wichtiger ist es, dass ich was für meine Mutter erfinde. Vielleicht erzähle ich ihr ja einfach, dass ich von einem Zuhälter verschleppt worden bin.«

»Hast du eben Zuhälter gesagt?«

»Ja. Nein. Ach, vergiss es.« Samantha stand auf und zerrte das viel zu knappe Kleid über die Hüften. »Ich muss jetzt los. Danke für den Kaffee und für die Klamotten.«

»Gern geschehen. Hast du vielleicht die Telefonnummer von dem Typ?«

»Wieso?«

»Blöde Frage«, sagte Babette.

Samantha starrte sie an und widerstand dem plötzlichen und unerklärlichen Impuls, ihre Freundin vom Balkon zu stoßen. »Ich habe seine Nummer nicht.«

»Na ja, ich kann ihn ja bei Bedarf über die Agentur buchen. Nur für den Fall, dass es mit Giovanni mal nicht so läuft. Ich wollte schon immer gern wissen, wie es mit einem Callboy ist.«

»Tu, was du nicht lassen kannst«, sagte Samantha, bevor sie die Wohnungstür hinter sich zuschmetterte.

*

Benedikt sah nicht viel besser aus als gestern. Sein Gesicht war immer noch hochrot und verschwollen. Er ließ Samantha kommentarlos ein. Anscheinend wunderte er sich nicht darüber, dass sie unangemeldet bei ihm hereinschneite.

»Du musst mir einen Gefallen tun«, sagte Samantha, während sie an ihm vorbei in sein Wohnzimmer ging und sich in einen Sessel fallen ließ. »Ich brauche ein Alibi.«

»Für Mama?«

Samanthas Schultern sackten herab. »Sie hat dich schon angerufen.«

»Mindestens zehnmal seit gestern Abend.«

»Warum so oft?«

»Sie wollte wissen, ob du schon wach bist. Ich hab ihr nämlich gesagt, dass du bei mir übernachtest und dass du noch schläfst. Hans hat übrigens auch hier angerufen. Aber ich habe seine Nummer auf dem Display gesehen und bin gar nicht erst drangegangen. Ich nehme an, es ist in deinem Sinne.«

»Du bist ein Schatz«, sagte Samantha mit tief empfundener Erleichterung.

»Da bin ich nicht so sicher. Mama hat mir kein Wort geglaubt. Ich rechne damit, dass sie gleich vorbeikommt, um mich der Lüge zu überführen.«

»Dann sollte ich wohl besser vorher abhauen.« Samantha stand auf und stieß sich den Kopf an einer Lampe, die bei ihrem letzten Besuch noch nicht hier gehangen hatte. »Ist das deine neue Lampe? Ganz nettes Teil. Hängt nur ein bisschen tief.«

Benedikt zuckte die Achseln. »Es ist eine Couchtischlampe. Ich brauche noch den passenden Tisch zum Drunterstellen.«

Er musterte seine Schwester mit wissendem Blick. »Du hast ein spezielles Fluidum an dir.«

»Was meinst du damit?«

»Es lässt sich ganz einfach mit drei Worten ausdrücken: Du – hattest – Sex.«

»Ich lebe in einer Beziehung. Da ist das normal.«

Benedikt ließ sich nicht täuschen. »Wie war er?«

Samantha schwieg verstockt.

»Ich schließe daraus, dass es zumindest außergewöhnlich war. Übrigens – was ist mit deinem Kleid passiert? Und wieso hast du diese komischen Sandaletten an?«

»Ein blödes Missgeschick. Ich bin … gefallen.«

»Nett ausgedrückt«, meinte Benedikt grinsend. Samantha sah ihm an, dass er darauf brannte, mehr zu erfahren. Wenn sie das umgehen wollte, war es höchste Zeit, wieder zu verschwinden. Doch sie war nicht schnell genug. Als sie die Tür aufmachte, war ihr der Weg versperrt.

»Du hast ja doch die Wahrheit gesagt«, sagte ihre Mutter zu Benedikt. »Ich war schon so gut wie überzeugt davon, dass in dieser Familie jeder jeden anlügt.« Zu Samantha sagte sie: »Dieses Kleid steht dir nicht. Es ist viel zu eng.«

»Ich hab ein bisschen zugenommen.«

»Ein Grund mehr, es nicht anzuziehen.«

»Es soll mich daran erinnern, dass ich abnehmen muss.«

»Gib es weg. Dieses Grün hat dir noch nie gestanden.« Ihr Blick fiel auf die Sandaletten, und sie erstarrte. »Was sind das für Schuhe?«

Samantha räusperte sich. »Du hast mir nie die Geschichte von den Zuhältern erzählt.«

»Welche Zuhälter?«, fragte Benedikt interessiert.

»Das ist vierzig Jahre her. Manche Dinge vergisst man lieber.« Seine Mutter musterte ihn aus verengten Augen. »Benedikt, du hast wieder diese scheußliche Allergie. Was ist passiert?«

»Darüber möchte ich nicht reden.«

»Sag nicht, dass es wieder eine deiner schrecklichen Männergeschichten ist! Junge, wann wirst du dir das endlich abgewöhnen!«

»Ich bin dann weg«, verkündete Samantha, während sie sich eilig an ihrer Mutter vorbeidrückte und die Treppe runterlief.

»Wir sprechen uns noch!«, rief ihre Mutter.

*

Samantha hatte den Eindruck, dass sich an diesem Tag alles gegen sie verschworen hatte.

Sie hatte vor, nach ihrer Heimkehr rasch und lautlos in ihr Schlafzimmer zu huschen, um so schnell wie möglich Babettes Klamotten loszuwerden. Hans war zu Hause, sein Porsche stand in der Einfahrt vor der Garage. Doch die Villa hatte vierzehn Zimmer, er würde gar nicht mitkriegen, dass sie da war. Er merkte es nie, wenn sie nach Hause kam. Die Wahrscheinlichkeit, dass er sich ausgerechnet an diesem Mittag in ihrem Schlafzimmer aufhielt, war verschwindend gering. Er hatte sein eigenes Schlafzimmer. Sie schliefen zwar meist zusammen in Samanthas Schlafzimmer, aber tagsüber legte er sich nie zum Schlafen hin. Wenn er überhaupt irgendwo war, dann in seinem Arbeitszimmer, wo er häufig im Internet auf allen nur denkbaren Golfseiten des World Wide Web surfte. Oder im Fernsehzimmer, für den Fall, dass ein wichtiges Golfspiel im Sportkanal übertragen wurde. Eventuell auch in der Bibliothek, wo es jede Menge Sachbücher über die richtige Schlagtechnik gab. Natürlich bestand auch die Möglichkeit, dass er sich in der Küche befand, um sich mit den Vorbereitungen des Abendessens zu befassen. Hans war ein begeisterter und begabter Koch. Oder er war in den Weinkeller gegangen, da hielt er sich auch sehr gerne auf. Er hatte fast so viele Weinflaschen wie Golfbälle und kannte jede einzelne davon. Zu seinem Leidwesen verschmähte Samantha sogar die edelsten Tropfen, weshalb er oft gezwungen war, die Reste in den Ausguss zu schütten.

Samantha schloss die Haustür auf und erstarrte. Hans hielt sich in keinem seiner zahlreichen Lieblingsräume auf, sondern stand mitten in der Halle.

»Ich habe deinen Wagen gehört«, sagte er. »Da bist du ja endlich. Ich habe mir schon Sorgen gemacht! Wo warst du denn nun? Ich blicke ehrlich gesagt nicht mehr durch. Deine Mutter sagte, dass du bei ihr schläfst. Deine Freundin meinte, du schläfst bei deinem Bruder.«

»Äh ... und was hat der gesagt?«, fragte Samantha vorsichtshalber.

»Den habe ich vorhin erst erreicht. Er meinte, du hättest bei ihm übernachtet, wärst aber auf dem Heimweg. Dann hörte ich die Stimme deiner Mutter im Hintergrund. Sie wollte wissen, wer dran ist, und dann rief sie, dass alles gar nicht stimmt, du seiest bei ihr gewesen, wie sie es schon vorher gesagt hätte. Dann wurde aufgelegt.« Hans lächelte sie an. »Und? Wo warst du denn nun? Oder ist es geheim?«

»Ich war ...« Samantha überlegte krampfhaft. »Wir haben durchgemacht. Danach war einer von meinen Schuhen hinüber und mein Kleid ruiniert. Also bin ich heute Morgen erst mal zu Babette und habe mich da umgezogen, und dann war ich noch kurz bei Benedikt. Er hat Liebeskummer.«

Von alledem, so überlegte sie düster, war genau genommen nichts gelogen. Wie tief war sie doch gesunken! Sie verschleierte die Tatsachen, ohne direkt die Unwahrheit zu sagen. So etwas nannte man einen perfekten Betrug.

Hans lachte herzlich. »Das ist ein Ding! Deine Mutter,

deine Freundin und dein Bruder – sie alle geben dir unabhängig voneinander ein Alibi! Wahrscheinlich dachten sie, du hättest dir einen jüngeren Liebhaber zugelegt!« Er nahm sie in die Arme und drückte sie an sich. Samantha gab ihm einen Kuss auf die Wange, zauste ihm kurz durchs Haar und fühlte schmerzhaft ihr schlechtes Gewissen. Während sie sich hemmungslos mit einem Callboy der Fleischeslust hingegeben hatte, war Hans vor Sorge um sie fast vergangen! Der liebe, gute Hans!

Sein schütteres Haar stand auf nette, jungenhafte Art vom Kopf ab, wenn Samantha, so wie eben, mit den Fingern hindurchfuhr. Er hatte sich frisch rasiert und trug seine Lieblingskluft: elegante, lässige Bundfaltenhose und das unvermeidliche Poloshirt, diesmal eins von Ralph Lauren. Dazu bequemes, fußfreundliches Schuhwerk von Tod's.

»Ich war schon um halb zehn zu Hause«, sagte er. »Theoretisch hätte ich es noch zum zweiten Teil der Vorstellung geschafft. Wie war es übrigens?«

»Was?«, stammelte Samantha.

»Na, die Oper.«

»Ähm … gut«, sagte Samantha. »Sehr, sehr gut.«

»Und danach? Habt ihr noch ordentlich einen draufgemacht?«

Samantha wich einen Schritt zurück. »Wie meinst du das?«

»Na, ihr wolltet doch noch in diese Tanzbar … Wie heißt sie gleich?«

»*Altes Bergwerk.*«

»Richtig. Wart ihr da?«

Samantha nickte. »Ich geh mich mal eben umziehen.«

»Ich will heute etwas Besonderes kochen«, sagte Hans eifrig. »Ein neues Lachsrezept.«

Samantha spürte den Kaffee in ihren Eingeweiden gluckern. Allein der Gedanke an Essen drehte ihr den Magen um.

*

»Hör mal, du kannst unmöglich erwarten, dass ich drei Wochen lang auf ihn aufpasse«, sagte Eddie entnervt. »Und vielleicht könntest du ihm verbieten, ständig an meinem Computer rumzufummeln. Das Ding war echt teuer.«

»Du bist sein Onkel. Sogar sein Patenonkel. Zu wem soll ich ihn sonst bringen? Und drei Wochen sind in null Komma nichts vorbei.«

Diana drehte sich zu Andi um, der gerade im Begriff war, einen Gegenstand in das Laufwerk von Eddies PC zu schieben.

»Nicht dein Bubu«, rief sie. »Der PC frisst dein Bubu, und du kriegst es dann nie wieder!«

Eddie eilte zu seinem Neffen und riss ihm das vollgesabberte Nuckeltuch aus der Hand. »Das lassen wir lieber, Kumpel.«

Andi schob bedenklich weit die Unterlippe vor. »Andis Bubu. Will haben.«

Eddie nahm den Kleinen kurzerhand auf den Arm und drückte ihm das zerfledderte Mulltuch in die Hand. »Kannst du ihn nicht bei einer Freundin lassen? Und erzähl mir bloß nicht, dass du keine Freundinnen hast. Ich weiß zufällig ganz genau, dass es jede Menge davon gibt. Du verbringst ungefähr den halben Tag damit, sie anzurufen.«

»Woher willst du das wissen?«

Eddie hatte bis vor drei Jahren mit seiner Schwester zusammen gewohnt und wusste es daher genau. Sie hatte ständig das Telefon blockiert, um mit allen möglichen Weibern zu tratschen.

»Was ist mit Claudia?«, wollte er wissen. »Oder mit Ella? Oder Jeanette?«

»Janine.«

»Meinetwegen auch die. Und war da nicht auch noch eine Iris, mit der du immer ganz dicke warst? Wozu sind Freunde in der Not da?«

»Sie können sich nicht um Andi kümmern, weil sie berufstätig sind.«

»Und was ist mit mir? Ich bin auch berufstätig!«

Diana musterte ihren Bruder mit unverhohlenem Missfallen. »Du jobbst nur zwischendurch, das ist etwas völlig anderes.«

»Und was soll ich deiner Meinung nach mit dem Kleinen machen, wenn ich arbeite? Ihn mit in die Disco schleppen? Ihn bei den Aufnahmen irgendwo im Tonstudio festbinden?«

»Das ist kein Problem. Wenn du nachmittags auf Achse bist, kannst du ihn bei Ella unterbringen. Über Nacht kannst du ihn im Bedarfsfall bei Iris lassen.«

Eddie setzte den Kleinen wieder ab und tigerte durch den Raum. »Wie stellst du dir das vor? Ich bin nicht der Typ, der so lange auf ein Baby aufpassen kann!«

»Andi ist kein Baby mehr«, sagte Diana. »Er ist zwei.«

»Andi ssswei«, sagte Andi. »Andi Debutstag.«

»Ja, du hattest Geburtstag«, stimmte Diana mit stolzem Mutterlächeln zu. »Ist er nicht süß? Seit ein paar Wochen redet er wie ein Buch. Er kann sogar schon Fünf-Wort-Sätze.«

»Er scheißt noch in die Windel!«

»Bitte verwende nicht solche Ausdrücke, wenn er es hören kann!«

»Ssseiß«, sagte Andi.

»Das sagt man nicht, Schatz«, rief Diana. Verärgert wandte sie sich an ihren Bruder. »Siehst du! Das kommt davon.«

»Niemand zwingt dich, ihn in schlechte Gesellschaft zu geben«, hob Eddie hervor.

»Du kannst dich sehr gut benehmen, wenn du dir Mühe gibst«, wehrte Diana sofort ab. »Und außerdem liebt er dich heiß und innig. Ich weiß auch nicht warum, aber es ist so. Er ist verrückt nach dir. Und du nach ihm. Du willst es nur nicht zugeben.«

»Na schön, ich hab die kleine Nervensäge gern.« Eddie machte einen letzten Versuch. »Aber das bedeutet nicht, dass ich ihn drei Wochen nonstop um mich haben will. Für einen Tag, ja. Oder meinetwegen auch für zwei. Aber so lange – das geht einfach nicht. Ich habe ... Verpflichtungen.«

»Sssuh«, sagte Andi. Übers ganze Gesicht strahlend kam er auf seinen kleinen dicken Beinchen angewackelt und überreichte seinem Onkel einen eleganten Damenschuh.

Diana nahm ihn Eddie weg und drehte ihn hin und her.

»Ja«, sagte sie. »Einundvierzig. Wirklich große Verpflichtungen.« Sie stand auf und warf den Schuh nachlässig auf den Boden. »Auf diese Art von Verpflichtungen wirst du ja wohl für ein paar Wochen verzichten können.« Sie schnappte sich Andi, küsste ihn gründlich ab und setzte ihn dann in den Schaukelstuhl.

»Du wirst mir fehlen, mein Kleiner.« Ihr war anzusehen, dass sie mit den Tränen kämpfte und sich nur zusammenriss, weil sie Andi nicht durcheinander bringen wollte. Eddie hatte sie immer schon dafür bewundert, wie sie sich in Krisensituationen beherrschen konnte. Doch im Augenblick überwog sein Ärger die Bewunderung bei weitem.

»Du kannst doch nicht einfach jetzt abhauen«, sagte er, fassungslos, dass sie tatsächlich Ernst machte.

»Natürlich kann ich das. Es ist alles da, was du brauchst.« Diana wies in eine Ecke, wo sie vorhin bei ihrer Ankunft unter Eddies verschreckten Blicken nacheinander ein Kinderreisebett, eine Windelbox und eine Tasche mit Kleidung, Spielsachen und anderem Kram deponiert hatte. »Den Kindersitz habe ich unten an der Treppe stehen lassen. Und stell dich nicht so an. Schließlich hast du ihn nicht zum ersten Mal hier.« Sie warf ihrem Sohn eine Kusshand zu, verpasste ihrem Bruder eine liebevolle Kopfnuss und ging zur Tür.

»Diana«, rief Eddie kläglich.

»Mama«, echote Andi noch kläglicher.

Doch da war die Tür schon hinter ihr ins Schloss gefallen. Andi fing prompt an zu heulen.

Er versuchte, aus dem Schaukelstuhl zu klettern, und wäre um ein Haar runtergefallen. Eddie nahm ihn auf den Arm und ließ ihn ein bisschen auf- und abhopsen, damit er sich beruhigte. »Tja, Kumpel. Da haben wir wohl beide Pech. Deine Mama haut ab nach Italien, und ich bin am Arsch.«

»Arsss«, sagte Andi unter Tränen.

»Das habe ich jetzt nicht gehört.«

*

Eddies Tag hatte mies angefangen, und es war keine Änderung dieses Zustands in Sicht. Andi gewöhnte sich schnell ein und fing an, in der Toilette zu planschen. Dann entdeckte er die Spültaste und zog mit großer Begeisterung ab.

»Wasser«, sagte er dabei jedes Mal.

Eddie ließ ihn gewähren. Er hatte nach dem ersten Dutzend Mal den Haupthahn zugedreht, sodass nur noch ein schmales Rinnsal aus dem Spülkasten floss. Auf diese Art war Andi bestens beschäftigt, zumindest fürs Erste. Eddie saß derweil vor dem PC und brütete über einem neuen Stück. Das Programm, das er sich neulich zu diesem Zweck zugelegt hatte, war wirklich erstklassig. Man konnte damit richtige Partituren schreiben, wenn man erst raushatte, wie es ging. Noten waren für Eddie kein Problem. Soweit er in der Schule überhaupt jemals ein Fach interessant gefunden hatte, war es Musik gewesen. Vielleicht auch noch Mathematik. Dabei hatte ihm so schnell keiner etwas vorgemacht.

Nach einer Weile wurde es Andi am Spülkasten langweilig, und er kam zu Eddie an den PC.

»Eddie tomm«, sagte er, während er mit beiden Händchen auf die Tastatur patschte. Ein quietschender Missklang tönte durch den Raum. Eddie fügte sich in sein Schicksal. Er betrachtete seinen Neffen nachdenklich. »Es nervt dich ganz schön hier, oder? Kann ich verstehen. Wenn ich zwei wäre und den ganzen Tag mit dem Klo rumspielen müsste, würde es mir auch stinken. Wollen wir 'ne Runde raus? Leute besuchen? Oder wollen wir dich für ein Stündchen zu dieser Iris bringen?«

»Pielpatz«, sagte Andi. »Eimer. Sssippe. Sand. Rutssse.«

»Wow«, sagte Eddie bewundernd. »Das waren ja wirklich fünf Worte!«

Andi grinste ihn an und zeigte dabei all seine Milchzähne, ungefähr ein knappes Dutzend.

Damit war die Sache entschieden. Das Komponieren musste warten. Seine Schwester hatte ihm oft genug eingeschärft, dass kleine Kinder frische Luft brauchten. Und zwar sehr viel davon. Möglichst täglich.

Er hatte den Kleinen hin und wieder für ein paar Stunden oder auch mal für einen oder zwei Tage bei sich gehabt, wenn Diana zu irgendwelchen Auslandsshootings musste. Sobald sie erst anfing, wegen ihres Kindes wichtige Aufträge sausen zu lassen, wäre sie in der Branche bald out. Obwohl sie seit der Geburt für bestimmte Aufnahmen nicht mehr uneingeschränkt infrage kam – etwa für Dessous- oder Bademoden –, war sie immer noch ein recht gut gebuchtes Model. Sie hatte eine wunderbare Haut, tadellose Zähne und zart geformte Hände und Füße. Eddie hatte einen ganzen Stoß von Illustrierten herumliegen, in denen es großformatige Anzeigen gab, auf denen Dianas Hände oder ihre blitzenden Zähne zu sehen waren. Irgendjemand musste schließlich für all die Zahnpasta- und Nagellacksorten Modell stehen. Auf diese Weise hatte Eddies Schwester ein geregeltes, wenn auch nicht unbedingt regelmäßiges Auskommen. Vor etwa drei Jahren hatte sie bei einem ihrer Shootings einen Fotografen kennen gelernt und eine kurze, aber heiße Affäre mit ihm gehabt. Ein paar Monate später war er bei einem Autounfall ums Leben gekommen. Er und Diana hatten sich auf das Kind gefreut und wollten heiraten. Sie hatten bereits eine gemeinsame Wohnung gemietet und einen Termin für die Hochzeit geplant. Eddie hatte es fast das Herz zerrissen, als seine Schwester damals auf der Beerdigung neben ihm gestanden hatte, bleich, stumm, mit umschatteten Augen.

Er hatte für sie getan, was er konnte, obwohl er zu jener Zeit selbst ziemlich abgebrannt gewesen war, weil er das Loft ausgebaut hatte. Doch es war irgendwie weitergegangen. Es hatte Monate gedauert, bis Diana wieder in der Lage gewesen war, zu arbeiten. Irgendwann hatte sie wieder kleinere Jobs angenommen, meist für Fotos in Elternzeitschriften – Umstandsmode, Schwangerschaftsgymnastik und Säuglingsnahrung. Nach einer Weile hatte sie sich wieder gefangen und ihr eigenes Leben weitergelebt. Heute ging sie sogar hin und wieder mit Männern aus, auch wenn bisher noch nichts Festes dabei gewesen war.

Eddie verpasste seinem Neffen eine frische Windel, dann verfrachtete er ihn mitsamt einer Garnitur Eimerchen und Schippchen ins Auto und fuhr zu einem Spielplatz in der Nähe.

Während Andi sich nach Herzenslust im Sandkasten vergnügte, saß Eddie müßig in der Sonne und betrachtete die jungen Muttis auf den umliegenden Bänken. Ein paar von ihnen waren wirklich sehenswert. Aber keine von ihnen war auch nur annähernd mit einer gewissen langmähnigen, langbeinigen Walküre zu vergleichen. Eddie hatte im Internet bei *google.de* unter *Walhalla* gesucht und dann über einen Link das Wort gefunden, das ihm neulich nicht hatte einfallen wollen. Bei der Gelegenheit hatte er sich gleich die dazu passende Oper angehört. Nicht schlecht, dieser Wagner, und seine *Walküre* erst recht nicht.

Es wurmte ihn immer noch maßlos, wie Samantha ihn behandelt hatte. Als er heute Morgen aufgewacht war, hatte er sich gefreut wie ein kleines Kind, dass sie noch da war. Er war ziemlich durcheinander gewesen nach dieser Nacht, die für ihn zu den aufregendsten Erfahrungen seines bisherigen Lebens gehörte, und er hatte es nicht erwarten können, sie wieder ins Bett zu kriegen. Er wollte sie nicht nur einfach vögeln, sondern sie ansehen. Mit ihr reden. Alles Mögliche über sie erfahren. Und dann zog sie fünfhundert Mäuse aus ihrer Tasche und drückte sie ihm in die Hand!

»Dämliches Weib«, murrte Eddie.

»Ich kann mich auch woanders hinsetzen«, sagte eine verschüchterte Stimme neben ihm.

Eine junge Frau mit kurzen Haaren stand vor der Bank, im Schlepptau einen Buggy mit einem Knirps in Andis Alter. Und einem gewaltigen Bauch, der aussah, als wollte sie gleich hier auf dem Spielplatz entbinden.

»Sorry, das war eben ein Selbstgespräch«, sagte Eddie.

Die junge Frau hob ihren Sohn aus dem Buggy, drückte ihm sein Buddelset in die Hand und schickte ihn zum Sandkasten. Andi blickte kurz auf, nahm den Neuankömmling dann gnädig in Empfang und fing an, ihm Sand über den Kopf zu schaufeln.

»Ach du meine Güte«, sagte Eddie.

»Lassen Sie ihn nur. Ich muss ihn nachher sowieso in die Wanne stecken.« Sie setzte sich neben Eddie und drückte sich die Hand ins Kreuz. »Ganz schön heiß heute, oder?«

Er nickte. »Haben Sie noch lange bis zum Termin?«

»Noch drei Tage.«

Eddie musterte sie besorgt. Sie hatte doch wohl keine Wehen?

Als hätte sie seine Gedanken gelesen, deutete sie auf ihre Handtasche. »Keine Sorge. Hab mein Handy immer dabei. Im Fall des Falles ist mein Mann in zehn Minuten hier.«

»Sehr praktisch.«

»Klar. Schließlich will er die Geburt nicht verpassen. Er fand es schon bei Tobi so toll. Waren Sie auch bei der Geburt dabei?«

»Äh … nein.«

»Schade. Es ist so ein unvergessliches Erlebnis. Auch für die Väter.« Neugierig schaute sie zum Sandkasten hinüber. »Der Kleine ist süß. Er ist Ihnen wie aus dem Gesicht geschnitten.«

»Das liegt daran, dass ich meiner Schwester so ähnlich sehe«, erläuterte Eddie.

»Wie bitte?«

»Er ist mein Neffe.«

»Ach so.« Die Frau lachte. »Ich hab gerade auf der Leitung gestanden.«

Im Sandkasten gab es Streit. Andi und Tobi zerrten an einem Gegenstand und brüllten dabei aus Leibeskräften.

»Was haben die beiden denn da?«

»Ich seh's nicht«, sagte Eddie. »Anscheinend haben sie was gefunden.«

Andi gewann und riss den Gegenstand der Auseinandersetzung an sich, dann beäugte er ihn von allen Seiten, roch daran und biss schließlich hinein.

Eddie sprang auf und legte die schätzungsweise zwanzig Meter bis zum Sandkasten in weniger als drei Sekunden zurück. »Was hast du da, Andi?«

Sein Neffe blickte vergnügt zu ihm auf, den Mund voller Sand und matschiger Apfelbrocken.

Eddie nahm ihm das vergammelte, angegessene und gründlich mit Sand panierte Ding weg und warf es ins Gebüsch. »Das ist *pfui.* Hat jemand hier vergessen.«

»Essen«, heulte Andi anklagend.

Eddie schaute auf die Uhr. »Scheiße. Du hast Recht, es ist schon Nachmittag, und du hast noch nichts zwischen die Kiemen gekriegt.«

»Ssseiß«, bestätigte Andi.

*

An diesem Abend brauchte Samantha weder ein Video noch sonstige Hilfsmittel, um ihre Fantasien anzuregen. Sie musste nur die Augen schließen und an letzte Nacht denken. Den ganzen Tag über hatte sie es mit einiger Mühe geschafft, ihren Seitensprung zu verdrängen, doch in dem Moment, als sie ins Bett stieg, war es damit vorbei.

Diesmal trug sie kein neckisches, durchsichtiges Nachthemdchen, sondern ein schlichtes, altmodisches Bustier und einen Slip im Liebestöterformat. Rein äußerlich war ihr sicher nicht viel anzusehen, aber in ihrem Inneren herrschte der reinste Aufruhr.

Ihr wurde kochend heiß, als sie daran dachte, was Eddie mit ihr angestellt hatte. Je länger sie darüber nachdachte, umso mehr Einzelheiten fielen ihr wieder ein. Sie hatte ihn Dinge tun lassen, die sie nie einem Mann erlaubt hatte. Und sie wäre dabei fast vergangen vor Wollust! Anscheinend steckte in ihr eine gewisse lasterhafte Ader, von der sie vorher nie etwas bemerkt hatte. Oder lag es am Alkohol? Vielleicht sollte sie einfach nur öfter ein Gläschen Sekt trinken. Oder Wodka?

Nein, dachte sie dann. Es hatte nicht am Alkohol gelegen, sondern an Eddie. Er hatte etwas an sich gehabt, das sie nicht benennen konnte. Etwas Betörendes war von ihm ausgegangen, eine Art magnetischer Sog, der sie völlig mitgerissen hatte. Samantha erinnerte sich plötzlich auch wieder, wie aufgewühlt er in der Oper ausgesehen hatte. Wie jemand, der gleichzeitig Schmerzen und große Freude fühlt. Samantha hatte das noch nie bei einem anderen Menschen gesehen. Hinterher hatte er es lässig abgetan, aber Samantha begriff auf einmal, dass diese Opernvorstellung für ihn eine Offenbarung gewesen sein musste.

So wie sie selbst ebenfalls eine erlebt hatte – später bei ihm zu Hause.

Samantha schloss die Augen und stöhnte, weil die Bilder der vergangenen Nacht so hartnäckig in ihrem Kopf kreisten.

Ausgerechnet an diesem Abend hatte Hans sich vorgenommen, ihr Liebesleben aufzufrischen.

Er hatte geduscht und sich rasiert, bevor er ins Bett kam, für gewöhnlich ein sicheres Zeichen, dass er amouröse Absichten hegte. Samantha versteifte sich, als er sich unter der Decke an sie kuschelte.

»Das Essen war ausgezeichnet«, sagte sie, weil ihr gerade nichts Besseres einfiel. »Besonders der rote Pfeffer in Kombination mit dem Dill. Sehr ausgefallen und pikant. Wo hast du das Rezept her?«

»Aus dem Internet.« Hans schmiegte sich eng an ihren Rücken und umfasste ihre Brust. »Mhm, was haben wir denn da? Na so was, da ist ja noch eine! Du liebe Zeit, es kommt mir so vor, als wäre es Monate her!«

Es *war* Monate her.

»Ich habe letzte Nacht nicht geschlafen. Und morgen muss ich schon um halb sieben raus.«

Hans ließ ihre Brüste los. »So früh? Warum denn?«

»Ich muss auf eine Baustelle.«

»Schade. Aber du hast Recht, es war ein langer Tag für dich. Na, dann halt ein andermal.«

Samantha entschlüpfte ein erleichterter Seufzer. Glücklicherweise schien Hans nicht besonders enttäuscht zu sein. »Wenn du wieder so ein wichtiges Geschäftsdinner hast, gehe ich auf jeden Fall mit«, versicherte er. »Du musst das nicht noch einmal alleine durchstehen.«

»Das ist lieb von dir.«

Samantha war davon überzeugt, dass ihr schlechtes Gewissen sie noch stundenlang wachhalten würde, doch schon nach einer Minute wurde sie vom Schlaf übermannt.

*

Als sie am nächsten Morgen zu der Baustelle fuhr, goss es wie aus Kübeln. Über Nacht hatte sich das Sommerwetter verflüchtigt und dicken Regenwolken Platz gemacht. Die Temperaturen waren auf einen Schlag um mehr als fünfzehn Grad gesunken, und Samantha fand, dass ihr Gefühlsleben eine perfekte Kongruenz mit dem derzeit aktiven atlantischen Tiefausläufer aufwies. Mit anderen Worten: Sie war exakt so mies drauf wie das Wetter.

Das Haus, in dem sie heute zu tun hatte, war fast fertig. Das Dach war gedeckt, es war innen und außen verputzt, die Fenster waren eingebaut, der Estrich aufgebracht, die Elektroinstallationen fix und fertig. Es war ein sechsstöckiges Apartmenthaus mit zehn Wohneinheiten, und den Auftrag zum Einbau der Bäder und Toiletten hatte Bruckner-Bad über Georg bekommen. Das Corelli-Projekt war eine ziemlich teure Angelegenheit; konzipiert war es als Abschreibungsobjekt eines Konsortiums deutscher und italienischer Investoren, die immer noch dem Irrglauben anhingen, dass man mit Immobilien Geld verdienen konnte. Samantha hatte da so ihre Zweifel. Es konnte gut sein, dass dem Bauträger die Luft ausging, bevor genug Einheiten verkauft waren. Kein Mensch legte sich heutzutage noch eine Luxuseigentumswohnung zu.

Davon abgesehen war sie der Meinung, dass das Angebot, mit dem Georg an der Ausschreibung teilgenommen hatte, im Grunde ruinös war, doch Georg hatte Onkel Herbert eine Aufstellung über Material und Arbeitsstunden vorgelegt und dabei behauptet, er hätte mehrmals alles durchkalkuliert, und die Gewinnspanne sei im grünen Bereich. Samantha hatte sich der Entscheidung ihres Onkels gefügt und mit einer gewissen Schadenfreude darauf gewartet, dass Georg mit seinem tollen neuen Auftrag auf die Nase fallen würde. Nun sah es so aus, als wäre sie selbst diejenige, die den ganzen Ärger am Hals hatte. Und dabei war völlig klar, dass alle Welt hinterher ihr allein die Schuld geben würde, wenn Bruckner-Bad beim Corelli-Auftrag drauflegen musste. Georg musste dazu lediglich behaupten, dass alles glatt gegangen wäre, wenn er sich selbst darum hätte kümmern können.

Heute sollten die Fliesenleger mit der Arbeit anfangen, und gleich an diesem ersten Tag deutete alles darauf hin, dass dieser Auftrag für die Firma ein Minusgeschäft werden würde. Bruckner-Bad bediente sich für gewöhnlich bei Aufträgen dieser Größenordnung diverser Subunternehmer. Das war völlig normal, denn um so viele Bäder innerhalb einer Woche einzubauen, waren dutzende von Handwerkern nötig. Gebraucht wurden Spediteure, Maurer, Elektriker, Fliesenleger und Installateure, manchmal sogar Schreiner und Maler. Die Sanitärfachleute kamen dabei meist von Bruckner-Bad, sodass es nicht allzu negativ ins Gewicht fiel, wenn sie umständehalber mal für ein paar Stunden nicht ausgelastet waren. Was die anderen betraf, so war es schlichtweg eine Katastrophe, wenn sie wegen fehlenden Materials oder mangelhafter Vorinstallationen untätig herumsaßen. Jede einzelne Stunde, die auf diese Weise verging, kostete Bruckner-Bad ein Heidengeld. Samantha brauchte nur auf die Uhr zu sehen, um den rapiden Schwund der angeblichen Gewinnspanne verfolgen zu können.

Die Fliesenleger von der Firma, die Georg beauftragt hatte, hockten zu einem runden Dutzend im Erdgeschoss auf ein paar Zementsäcken und frühstückten. Samantha erfuhr vom Vorarbeiter der Truppe, dass das Frühstück nun schon seit zwei Stunden im Gange war, weil die Spedition, die ebenfalls von Georg beauftragt worden war, die falschen Kisten angeliefert hatte. In den Kisten waren zwar Fliesen, aber die waren für die Küchen. Und die sollten erst nächste Woche eingebaut werden – zwar von denselben Arbeitern, aber im Auftrag einer anderen Firma.

»Anscheinend hat da der Fliesenlieferant was verwechselt«, sagte der Vorarbeiter. »Das war am Freitag auch schon so. Da brachten sie die Bodenfliesen für den Keller. Sind Sie denn hier überhaupt zuständig, junge Frau? Ich dachte, das macht der Juniorchef.« Er wickelte ein Schinkenbrot aus und hielt es einem seiner Kollegen hin. »Hier, kannst du haben, wenn du willst. Ich krieg beim besten Willen nix mehr rein.«

»Ich bin nicht so jung, wie ich vielleicht aussehe, und er ist nicht der Juniorchef.«

Die Männer tauschten hinter vorgehaltener Hand Bemerkungen über Samanthas Körbchengröße aus, ohne sich dabei allzu viel Mühe zu geben, ihre Stimmen zu dämpfen.

Samantha überlegte nur kurz, dann ging sie vor die Tür und blieb unter dem Vordach stehen, wo sie ihr Handy aus der Handtasche zog und einen Anruf tätigte.

Eine Minute später hatte sie den zuständigen Mann an der Strippe, machte ihm einen Vorschlag und wurde kurz darauf mit ihm handelseinig.

Sie ging zurück in die Eingangshalle und scheuchte die Männer hoch. »Ich darf Sie bitten, sofort mit der Arbeit anzufangen«, sagte sie knapp.

»Aber die Badezimmerfliesen sind nicht da«, beschwerte sich der Vorarbeiter. »Sollen wir etwa die Küchenfliesen nehmen?«

»Genau«, sagte Samantha freundlich. »Sie fangen mit den Küchen an. Ich habe das gerade geklärt. Sie können gern zurückrufen, wenn Sie mir nicht glauben. Sehen

Sie zu, dass Sie heute so weit kommen wie möglich. Ich sorge dafür, dass morgen die richtigen Fliesen da sind, dann machen Sie mit den Badezimmern weiter. In einer Stunde kommt übrigens jemand von der Küchenfirma und kontrolliert die Fortschritte.« Sie schenkte den Männern ein strahlendes Lächeln, dann empfahl sie sich.

Auf der Fahrt zur Firma bedachte sie Georg mit allen möglichen stummen Flüchen. Okay, er hatte sich den Arm gebrochen. Aber ein paar Anrufe hätte er doch wohl noch hingekriegt, oder? Normalerweise wurde bei Lieferungen in dieser Größenordnung frühzeitig überprüft, ob alles reibungslos klappte, vor allem dann, wenn terminlich am Bau alles Hand in Hand gehen musste.

Natürlich konnte es auch sein, dass er sie bewusst auflaufen lassen wollte. Herbert hatte ihrer Mutter von dem Deal mit der Firmenübernahme erzählt – was sprach also dagegen, dass er es auch Tante Elfriede erzählt hatte? Sie war schließlich genauso eng mit ihm verwandt wie Samanthas Mutter. Onkel Herbert hatte immer schon auf gutem Fuße mit seinen beiden Schwestern gestanden.

Wenn Elfriede es wusste, wusste es natürlich auch Georg. Fragte sich nur, wie er damit umging. Soweit Samantha es beurteilen konnte, war er nicht der Typ, der sich zum sportlichen Verlierer eignete. Eher schrie er laut um Hilfe, so wie bei seinem Crash mit *King Henry*. Oder er tat irgendetwas Gemeines, um Samantha rauszudrängen.

Sie beschloss, sich in Acht zu nehmen. Und vor allem würde sie heute noch daran arbeiten, wieder mit den Russen ins Gespräch zu kommen. Der erste Abend war viel versprechend verlaufen. Sie hatten sich gut amüsiert und waren voll auf ihre Kosten gekommen.

Es war vielleicht ein wenig bedauerlich, dass sie kein Wort übers Geschäft geredet hatten, aber das hatte Samantha ja von Anfang an einkalkuliert. Erst das Vergnügen, dann die Arbeit – so lautete schließlich die Devise, mit der sie an den Auftrag herangegangen war.

In ihrem Büro ging der Stress dann weiter. Sie hatte ein stundenlanges Gespräch mit einer Frau, die sich für ihre Villa ein neues Bad in japanischem Stil in den Kopf gesetzt hatte und bereit war, ohne mit der Wimper zu zucken, hunderttausend Euro auszugeben. Sie hieß Erika von Sontenburg und war Anfang vierzig. Samantha hatte sie ein paar Mal im Golfclub gesehen – eine ziemlich versnobte Zicke, die zwei bestens betuchte Ehemänner überlebt hatte und trotz zahlreicher Privatstunden bei einem gut aussehenden jungen Trainer so erbärmlich schlecht Golf spielte, dass sogar Samantha im Vergleich zu ihr daherkam wie Tiger Woods.

Es stellte sich rasch heraus, dass das zur Verfügung stehende Budget für alle Sonderwünsche, mit denen Erika von Sontenburg Samantha im Laufe des Vormittags nervte, bei weitem nicht ausreichen würde. Allein die versenkte Wanne mit dem doppelten Whirlsystem und der Spezialtiefe von 90 Zentimetern war nicht unter zehntausend zu haben. Dazu kamen eine Dusche, ein Kaltwasserbecken, zwei Waschtische mit umfangreichem Kirschbaumdekor, eine Kunstheizung in Form einer schwimmenden Lotusblüte und ein Kristallspiegel, der über eine ganze Wand reichen sollte. Ganz zu schweigen von dem Designerklo, dem Bidet, dem Urinal, der komplizierten Beleuchtungsanlage sowie den Tonnen von edelstem dunklen Marmor, der nur über eine Spezialfirma im Ausland zu beziehen war. Die ganzen Kleinigkeiten wie Armaturen, Bordüren und Accessoires waren dabei noch gar nicht mitgezählt. Und eine Sauna sollte, wenn möglich, auch noch dabei sein.

Samantha redete sich den Mund fusselig, aber irgendwie kriegte sie es nicht hin, der Kundin den Unterschied zwischen Wollen und Haben begreiflich zu machen.

»Also hören Sie«, sagte Erika von Sontenburg verärgert. »Ich werde doch wohl für die hunderttausend ein anständiges Bad kriegen! Das ist eine Menge Geld!«

Samantha lächelte verbindlich. »Schauen Sie, das Bad, das wir für Sie einrichten sollen, ist dreißig Quadratmeter groß. Das ist eine sehr ungewöhnliche Fläche, sogar für ein Luxusbad. Aber keine Sorge. Das kriegen wir schon hin. Wir planen einfach etwas um. Es gibt auch sehr hübsche Sanitärmodelle in anderen Preiskategorien. Beim Holz und beim Marmor können wir auch ein paar Abstriche machen, das fällt in der Optik überhaupt nicht auf. Ich werde Ihnen bis nächste Woche einen Entwurf erarbeiten. Was halten Sie davon?«

Erika von Sontenburg erklärte sich fürs Erste einverstanden und rauschte davon.

Samantha schlug im Geiste drei Kreuze. Sie fühlte sich völlig erledigt und hätte jetzt gern ein schönes heißes Bad genommen. Normalerweise duschte sie lieber, aber hin und wieder kam es auch vor, dass sie badete. Sie brauchte dazu kein Luxusmodell mit tausend rotierenden Düsen, sondern einfach nur richtig heißes Wasser und duftenden Schaum. Vielleicht ein paar Erdnüsse und eine Tafel Schokolade. Und William Baldwin und Ben Affleck, die zu ihr ins Wasser stiegen.

Samantha stellte es sich bildlich vor und seufzte. Das heiße Bad musste warten, und weder William noch Ben standen zur Verfügung, aber Schokolade konnte sie hier und jetzt haben. Sie zog die unterste Schublade ihres Schreibtischs auf und holte ihre Notration Mandelschokolade heraus.

Während sie kaute, surfte sie im Internet. Eine nette Freizeitbeschäftigung. Wenn man badezimmermäßig *up to date* bleiben wollte, gab es nichts Besseres. Man reiste virtuell auf der ganzen Welt herum und konnte die ultimativen Neuigkeiten auf dem Sanitärsektor bewundern, und es kostete keinen Pfennig, abgesehen von den Telefongebühren.

Sie hatte nicht sonderlich darauf geachtet, wie es geschehen war, aber plötzlich war sie auf einer Suchseite gelandet, wo es einen Link zu einer bestimmten Begleitagentur gab. Von da aus war es nur ein Klick zu Claire Weber. Sie wusste selbst nicht, was sie erwartet hatte. Es gab weder Fotos von den Begleitpersonen noch von den Geschäftsräumen der Agentur. Nicht mal von der Chefin selbst war eine Aufnahme ins Netz gestellt worden. Es war eine ganz normale, schlichte, konservative Hompage, ohne Gimmicks, Bannerwerbung oder sonstigen Schnickschnack. Samantha erfuhr nichts, was sie nicht schon wusste.

Sie starrte auf die Telefonnummer im Display und dachte: Ich muss nur ein paar Knöpfe drücken. Was sind schon fünfhundert Euro?

Wie in Trance ergriff sie den Telefonhörer, tippte die Nummer ein, hörte das Freizeichen und dann eine weibliche Stimme. »Begleitagentur Claire Weber. Guten Tag. Was kann ich für Sie tun?«

Samantha schrak zusammen und legte auf.

Ich bin verrückt geworden, dachte sie verstört. Wieso hatte sie das getan? Es gab nur einen Grund! Sie war mannstoll, notgeil, sexsüchtig.

Sie hatte erst vorletzte Nacht ihren wunderbaren, zuverlässigen, liebenswerten und treuen Lebensgefährten betrogen und wollte es wieder tun. Am liebsten gleich heute. Sie sollte einen Therapeuten aufsuchen. Möglicherweise konnte der noch etwas ausrichten.

»Vielleicht habe ich einfach bis heute nicht gemerkt, dass ich sexsüchtig bin«, überlegte sie.

Die Tür ging auf, und Georg kam hereinspaziert, den Arm in Gips und ein leidendes Lächeln im Gesicht. »Das hätte ich gar nicht von dir gedacht«, meinte er. »Ich meine, wenn man dich so anschaut, wirkst du schon relativ sinnlich, versteh mich nicht falsch. Du hast irgendwie so ... rassige Formen. Und dann dieser Schmollmund ... Aber dass du nymphomanisch veranlagt bist, sieht man dir nicht direkt an. Was sagt denn Hans dazu?«

Samantha stand kurz davor, ihren Kopf auf den Schreibtisch zu donnern. Sie verfluchte ihre blöde Marotte, hin und wieder laut zu denken.

»Was machst du überhaupt im Büro?«, wollte sie wissen. »Ich dachte, du kannst noch nicht wieder arbeiten?«

»Ich kann doch die Firma nicht vor die Hunde gehen lassen, jetzt wo Onkel Herbert im Krankenhaus liegt.«

»Die Firma geht nicht vor die Hunde, solange ich hier sitze und alles unter Kontrolle habe.«

»Ich weiß nicht, ob man das so sagen kann«, sagte Georg. »Ich habe gehört, dass diese Russen heute Morgen einen Termin bei Breumüller hatten.«

Breumüller war einer ihrer schärfsten Konkurrenten in der Region. Er arbeitete schneller und billiger als Bruckner-Bad und hatte ihnen schon den einen oder anderen Auftrag bei Ausschreibungen weggeschnappt.

»Hier geht es um einen Auftrag im Luxussektor«, sagte Samantha. »Da hat Breumüller nun wirklich nicht viel zu bieten. Die machen doch nur einfache, preiswerte Sachen.« Sie gab sich betont zuversichtlich, aber sie konnte nicht verhindern, dass Unsicherheit und Sorge aus ihrer Stimme klangen.

»Ich werde mal sehen, was da noch zu retten ist«, sagte

Georg großmütig. »Es ist sowieso besser, wenn jemand mit ihnen spricht, der vom Fach ist.«

Samantha starrte ihn an. Wusste er von dem Arrangement, das Onkel Herbert mit ihr getroffen hatte, oder nicht? Falls er keine Ahnung hatte, würde sie womöglich mehr verderben als gewinnen, wenn sie jetzt davon anfing. Sollte er aber doch bereits davon erfahren haben, würde er alles Mögliche unternehmen, um ihr in die Suppe zu spucken, und das konnte sie nicht einfach hinnehmen. Sie war immer noch der Ansicht, dass die Geschäftsführung bei ihr besser aufgehoben war als bei Georg. Blieb die Frage, ob Herbert das auch noch dachte. Vielleicht hatte er in der Zwischenzeit seine Meinung geändert und Georg durchs Hintertürchen ebenfalls ins Rennen geschickt.

Nun, sie würde es heute noch herausfinden.

Sie hatte ohnehin vor, heute Nachmittag bei ihrem Onkel im Krankenhaus vorbeizuschauen und mit ihm zu reden. Falls Georg tatsächlich aktiv an diesem Spiel beteiligt war, dann musste sie eben besser sein als er. Wenn jemand diesen Auftrag eindockte, dann sie. In diesem Fall würde sie keine Zeit verlieren, sich an Dmitris Fersen zu heften. Er war der Sprecher der Finanzierungsgruppe, und wenn sie ihn erst in der Tasche hatte, war die Sache geritzt. Sie würde noch mal an der Präsentationsmappe feilen, die sie zusammengestellt hatte, und sie ihm dann ins Hotel bringen. Zusammen mit den ebenfalls vorbereiteten Auftragsunterlagen. Dagegen sollte Georg erst mal anstinken.

*

Auf dem Weg zum Hotel kam sie auf die Idee, einen kleinen Abstecher zu unternehmen. Es war nicht weit, nur zwei oder drei Straßenzüge. Na gut, vielleicht auch drei oder vier. Doch was spielte das schon für eine Rolle. Sie hatte ja keinen festen Termin mit Dmitri, also kam es auf zehn Minuten mehr oder weniger auch nicht an.

Die alte Fabrik lag in einem kaum noch genutzten Industriegebiet, das seine Blütezeit lange hinter sich hatte. Samantha hatte gehört, dass der größte Teil des Geländes von einer Bauträgergesellschaft aufgekauft worden war, die beabsichtigte, die alten Gebäude abzureißen oder, je nach Erhaltungszustand, in Wohneinheiten oder Bürofläche zu verwandeln. Ein ganzer Komplex moderner Geschäfts- und Wohngebäude war für dieses Gebiet in Planung. Die erforderlichen Planänderungsverfahren liefen bereits, und die Erschließung sollte noch in diesem Jahr stattfinden. Eddie wusste es vielleicht noch gar nicht, aber er würde bald in einer sehr lukrativen Gegend wohnen. Wie er wohl das Geld aufgebracht hatte, um die Fabrik zu kaufen? Samantha fing automatisch an zu rechnen. Fünfhundert Euro pro Nacht, und das bei vielleicht drei Einsätzen pro Woche, machte summa summarum im Monat mindestens sechstausend, plus die normalen Einnahmen aus dem seriösen Teil des Begleitservice ... Nicht übel und auf jeden Fall mehr als genug, um eine fette Hypothek zu bedienen.

Sie schluckte bei dem Gedanken, dass er Jahr für Jahr mit unzähligen fremden Frauen ins Bett stieg. Ob er es mit allen auf dem Schaukelstuhl tat? Und wie er wohl an diesen Beruf gekommen war? Wie wurde man überhaupt Callboy?

Schon von weitem sah sie, dass er zu Hause war. Genauer gesagt, war er im Begriff, gerade wegzufahren. Er stand draußen bei seinem Auto – einem ziemlich zerbeulten, angejahrten Jeep Cherokee – und hatte ein kleines, blondes Kind auf dem Arm, das er gerade in den hinteren Teil des Wagens verfrachtete.

Samantha bremste scharf, wendete und fuhr mit Vollgas zurück in die Richtung, aus der sie gekommen war. Um keinen Preis durfte er sie sehen. Es fehlte noch, dass sie sich auf diese Weise lächerlich machte!

Das Kind hatte dieselbe Haarfarbe gehabt wie Eddie. Eine Spur heller vielleicht. Aber an den Spitzen kringelten sie sich auf dieselbe Art wie bei ihm.

Nein, dachte Samantha. Es konnte unmöglich sein Kind sein!

Sie dachte angestrengt nach. Eddie lebte zweifellos mit einem gewissen Berufsrisiko. Kondome konnten jederzeit kaputtgehen. Rein theoretisch wäre es also durchaus möglich. Vielleicht wohnte das Kind bei der Mutter und besuchte Eddie nur hin und wieder – zum Beispiel gerade eben.

Samantha beschloss, nicht länger darüber nachzudenken, sondern fuhr auf direktem Weg weiter zu dem Hotel, in dem die Russen logierten. Sie konnte kaum glauben, was für ein Glück sie hatte, als sie in der Lobby Dmitri in die Arme lief. Sie hatte sich schon alle möglichen Peinlichkeiten ausgemalt. Etwa, dass er gerade duschte. Oder sich zu einem verfrühten Mittagsschläfchen hingelegt hatte. Oder mit einem der Mädchen zugange war, welche die Russen im *Alten Bergwerk* kennen gelernt hatten. Ach nein, das waren ja Sergej und Alexej gewesen. Oder nicht? Dieser Teil des Abends gehörte zu den Bereichen, die nur noch nebelhaft in ihrem Gedächtnis vorhanden waren.

»Wie schön, dass ich Sie gleich hier treffe«, rief sie erleichtert aus.

Dmitri zog die Brauen hoch, und sofort hatte Samantha

die Schreckensvision, dass er sie nicht wiedererkannte. Doch dann lächelte er sie an und begrüßte sie freundlich.

»Ich war nur rein zufällig in der Gegend, und da dachte ich, dass ich einfach kurz reinschaue, um Ihnen die Mappe vorbeizubringen.« Samantha improvisierte munter drauflos. »Ich wollte die Unterlagen eigentlich an der Rezeption hinterlassen, aber da Sie nun schon mal hier sind …«

»Ich habe keine Zeit«, sagte Dmitri bedauernd. »Ich habe noch einen Termin am … Wie heißt es gleich? Friesenplatz?«

»Friedensplatz?«, fragte Samantha verschreckt. Am Friedensplatz hatte Breumüller seine Geschäfts- und Ausstellungsräume!

»Richtig«, sagte Dmitri.

Samantha hätte ihn am liebsten beim Kragen gepackt und geschüttelt. Stattdessen sagte sie mit ihrem lieblichsten Lächeln: »Ich halte Sie nicht auf. Nehmen Sie einfach nur die Mappe, und blättern Sie alles in Ruhe durch. Sicher werden Sie mein Konzept sehr interessant finden.«

Er zog abermals die Brauen hoch. »Gerade hat mich ein Mann angerufen. Von Ihrer Firma. Er hat gesagt, dass er der Juniorchef ist.«

»Hat er das?«, rief Samantha erbost. Sofort besann sie sich und strahlte ihn an. »Er ist nur ein entfernter Verwandter. Ich bin viel besser in den Fall eingearbeitet als er.«

»Ich rufe Sie an. Später.«

»Bitte sehr, die Unterlagen!« Samantha hielt ihm die Mappe mit ihren Vorschlägen und Berechnungen hin. Dabei hatte sie allerdings nicht einkalkuliert, dass er sich schon wieder in Bewegung gesetzt hatte. Sie stieß ungeschickt gegen seinen Ellbogen und ließ den Ordner fallen. Prospekte, Tabellen, Preislisten und Produktbeschreibungen segelten wild durcheinander und bedeckten mindestens fünf Quadratmeter Fußboden in der Hotelhalle.

»Du lieber Himmel«, sagte Samantha. Sie und Dmitri bückten sich gleichzeitig, um die Blätter aufzusammeln – und prallten prompt mit den Köpfen zusammen.

Hochrot und mit brummendem Schädel richtete Samantha sich wieder auf. »Entschuldigung!« Sie rieb sich die Stirn und schaute betreten zu, wie Dmitri stöhnend die Hand auf sein linkes Auge presste. Anscheinend war er weniger glimpflich davon gekommen.

»Das tut mir Leid!«, rief sie bestürzt. »Soll ich ... Vielleicht ein wenig Eis ...«

Dmitri war sichtlich entnervt. Samantha hatte den deutlichen Eindruck, dass er alles andere als erbaut war, sich hier schon seit bald fünf Minuten mit ihr herumplagen zu müssen. Und jetzt hatte sie ihm auch noch ein blaues Auge verpasst!

»Wir könnten wieder in die Oper gehen«, schlug sie hektisch vor. »Oder wir treffen uns privat bei mir zu Hause. Beziehungsweise in der Villa meines Lebensgefährten. Er hat ein großes Haus, müssen Sie wissen. Da können wir ganz in Ruhe reden.«

Samantha hatte das Gefühl, von Anfang bis Ende nur Schwachsinn zu faseln, doch irgendwie schwante ihr, dass sie das Russengeschäft in den Schornstein schießen konnte, wenn sie Dmitri jetzt entwischen ließ. Oder noch schlimmer: Georg würde ihm einen Termin aus den Rippen leiern und den Deal einfädeln. Dann war sie endgültig draußen und würde künftig für ihren aufgeblasenen Cousin die Ablage erledigen können. Sie *musste* Dmitri einfach auf einen Termin festnageln, hier und jetzt!

Zu ihrer Überraschung hatte sich seine Miene sichtlich aufgehellt, seit sie Eddie erwähnt hatte. »Eddie hat ein großes Haus? So ein junger Mann?«

»Na ja«, stammelte Samantha. »Er ist … sehr erfolgreich. Und … ähm, geschäftstüchtig.«

Dmitri nickte langsam, während er sein lädiertes Auge massierte. »Ja, man merkt, dass er … wie sagt man? Er ist tüchtig. Sein Smoking passt nicht, und er benimmt sich wie ein Bauer. Aber er hat … Wie nennt man das?« Dmitri schlug sich mit der Faust in die Handfläche und sagte dabei ein russisches Wort.

Samantha schluckte. »Power?«

»Genau. Ein wunderbares, internationales Wort. Was macht er?«

Samantha starrte blicklos auf einen Punkt über Dmitris Kopf. »Er produziert … ähm … Lattenroste.«

»Lattenroste?« Dmitri runzelte fragend die Stirn. »Was ist das?«

»Eine Vorrichtung aus Holz. Für Betten.« Samantha spürte, wie sie glühend rot wurde. »Man legt die Matratzen darauf. Dann federn sie schön. Es ist … weich. Und … uhhh … elastisch. Sehr gut gegen Rückenschmerzen. Man hat einen wesentlich besseren … hm, Liegekomfort.«

»Interessant«, sagte Dmitri nachdenklich. Er lächelte Samantha an. »Ich möchte mit Eddie sprechen. Bald.«

Samantha starrte ihn konsterniert an. »Ja«, sagte sie schwach. Sie atmete durch, dann räusperte sie sich entschieden. »Und was unseren Auftrag betrifft …«

»Wir reden, wenn Eddie dabei ist«, beschied Dmitri sie. »Am Samstag?«

»D-diese Woche?«, stotterte Samantha.

»Ja. In Eddies Haus. Wir reden über Lattenroste.«

Samantha setzte ein starres Lächeln auf. »Und über die Bäder, nicht wahr? Wunderbar. Ich freu mich!«

Dmitri nickte ihr lächelnd zu, dann ging er mit energischen Schritten zu der Drehtür, die aus der Halle nach draußen führte. Samantha starrte seiner massigen, von robustem Tweed umhüllten Gestalt hinterher, bis er außer Sicht war, dann taumelte sie rückwärts zu der Ledergarnitur, die ein paar Meter von ihr entfernt zum Ausruhen einlud. Mit einem lauten Ächzen ließ sie sich hineinfallen und vergrub ihr Gesicht in den Händen.

Vom Empfangstresen kam eine Angestellte herüber. »Ist Ihnen nicht gut?«

»Nein«, sagte Samantha.

Die junge Frau fing an, die immer noch herumliegenden Blätter aufzusammeln. »Soll ich Ihnen ein Aspirin holen?«

»Gegen dieses Problem hilft kein Aspirin.«

»Ich hätte auch Migränezäpfchen da.«

»Hilft leider auch nicht.« Samantha stand auf und nahm die eingesammelten Unterlagen entgegen. »Ich brauche einen Mann.«

Die junge Angestellte wurde rot. »Ach so. Na ja. Ähm … Es kommt gelegentlich vor, dass allein reisende Damen, die hier im Hotel logieren, danach fragen … Wir haben da die Nummer einer sehr guten Agentur …«

»Ich glaube, ich werde sie benutzen«, sagte Samantha niedergeschlagen. »Vielen Dank für Ihren guten Rat.« Sie klemmte sich die Mappe unter den Arm und marschierte davon.

Die Angestellte blickte ihr verwirrt nach. »Aber die Nummer …«

»Die kenne ich schon.«

*

Im Krankenhaus fühlte sie sich immer noch völlig konfus. Bis jetzt hatte sie keinen klaren Gedanken fassen können.

Heute machte Onkel Herbert einen besseren Eindruck als bei ihrem letzten Besuch. Er war nicht mehr so blass, und auch sein Gesicht wirkte nicht mehr so eingefallen und verzerrt. Man hatte ihn von der Intensivstation auf die normale Station verlegt. Es gab noch ein zweites Bett im Zimmer, doch den Patienten, der darin lag, hatte Samantha bisher nicht zur Kenntnis genommen. Er schnarchte mit offenem Mund vor sich hin.

»Das ist Willi«, sagte Herbert. »Er ist an der Prostata operiert worden. Hör ihn dir an! Ich frage mich, wozu ich all die Jahre die teure private Zusatzversicherung bezahlt habe, wenn ich mir dieses Schnarchen anhören muss!«

»Wie fühlst du dich?«, fragte Samantha.

»Hervorragend.«

»Das freut mich. Hast du hier alles, was du brauchst?«

»Unten in der Halle gibt es einen Kiosk«, sagte Herbert. »Kannst du mir da was besorgen?«

»Klar. Was denn?«

»Ein Päckchen Zigarillos.«

»Ich glaube nicht, dass man hier rauchen darf«, sagte Samantha.

»Unfug. Hier auf der Station paffen sie alle.«

»Ich habe kein Raucherzimmer gesehen. Und ich bin ziemlich sicher, dass es auch keins gibt.«

»Dann schnüffle mal, wenn du nachher zum Aufzug zurückgehst«, empfahl Herbert ihr.

»Ich kann mir nicht vorstellen, dass hier geraucht wird. Wo denn auch?«

»Auf dem Klo«, sagte Herbert. »Willi tut es auch. Aber er raucht diese ekelhaften nikotinarmen Weiberzigaretten.

Da kommt es mir hoch, wenn ich die nur sehe. Ich brauche Dannemann.«

»Das ist sicher nicht gut für deine Werte«, meinte Samantha. »Du hattest letzte Woche einen Herzinfarkt.«

»Ich kriege noch diese Woche einen Bypass. Der Arzt meinte, dann wäre ich quasi wieder zehn Jahre jünger.«

Samantha ließ sich auf den Besucherstuhl fallen. »Ich muss mit dir über Georg reden. Es kommt mir so vor, als wüsste er über unsere Abmachung Bescheid. Er hat schon versucht, sich bei den Russen einzuschleimen.«

Herbert schaute zerknirscht drein. »Das ist meine Schuld. Ich habe es deiner Mutter erzählt. Die hat es wahrscheinlich Elfriede gesagt.«

Samantha dachte nach. Zuzutrauen wäre es ihrer Mutter. Ihr war alles Mögliche zuzutrauen. Sie arbeitete mit ihrer ganzen Kraft darauf hin, dass Samantha das tat, wovon sie glaubte, dass es das allein selig Machende im Leben einer Frau sei: heiraten und Kinder kriegen. Möglichst in dieser Reihenfolge. Es durfte aber auch ruhig die umgekehrte sein. Hauptsache, es passierte endlich. Und zwar möglichst bald.

Samanthas Karrierebestrebungen waren ihrer Mutter ein Dorn im Auge. Sie fand, dass Hans mehr als genug Geld hatte, und dass es für eine Frau bessere Dinge gab, als sich das Leben mit einem Beruf zu versauen.

»Was wird denn dann jetzt?«, wollte Samantha von ihrem Onkel wissen. »Ich meine, wegen Georg.«

Herbert zuckte die Schultern. »Mach es wie beim Golf: Betrachte es als Handicap.«

Samantha fühlte sich wie auf hoher See. Ohne Schiff, wohlgemerkt. Wenn es ja nur Georg gewesen wäre – das könnte sie mit ein bisschen Geschick schon hinbiegen. Aber dieses Treffen am Samstag … das war sozusagen der Hammer. Wie sollte sie das nur auf die Reihe bringen?

»Was ist mit meinen Zigarillos?«, wollte Herbert wissen.

Samantha stand auf. Sie hatte noch viel zu erledigen.

»Was ich schon immer wissen wollte – diese Geschichte mit Mama und Tante Elfriede und den polnischen Zuhältern …«

»Na gut, dann eben keine Zigarillos«, knurrte Herbert.

»Wiedersehen.« Samantha verkniff sich ein Grinsen und ging zur Tür. Bei manchen Fragen war es ganz nützlich, sie offen zu lassen, denn dann konnte man sie in den passenden Momenten immer wieder stellen.

*

Iris wohnte im vierten Stock eines Mietshauses ohne Aufzug. Sie war eine gestresst wirkende Frau Ende zwanzig mit schlecht gefärbten roten Haaren und tiefen Ringen unter den Augen. Als sie Eddie die Tür öffnete, brüllte sie: »Wenn du ihr noch mal was von der Knete in den Mund steckst, zähle ich bis drei!«

Eddie prallte zurück. »Hallo«, sagte er.

»Eins«, schrie Iris über die Schulter. »Zwei …«

Sie sah ganz anders aus als in Eddies Erinnerung. Möglicherweise lag es daran, dass er sie seit ungefähr fünfzehn Jahren nicht gesehen hatte. Damals war sie mit seiner Schwester zur Schule gegangen. Später hatten sie und Diana sich aus den Augen verloren und erst wieder Kontakt aufgenommen, als sie erfuhren, dass sie beide Kinder im selben Alter hatten und die dazugehörigen Väter verschwunden waren. Was Iris betraf, so hatte sich der Vater ihres Sohnes auf Nimmerwiedersehen nach Australien verdrückt. In ihrem Kummer hatte Iris etwas mit einem pakistanischen Studenten angefangen und sich von ihm trösten und gleichzeitig schwängern lassen, woraufhin er unverzüglich und ebenfalls auf Nimmerwiedersehen nach Pakistan verschwunden war. Jetzt hatte Iris zwei Kinder, einen Sohn von zwei Jahren und eine Tochter von sechs Monaten.

Diana hatte vorhin von unterwegs angerufen und Eddie stichwortartig die wichtigsten Details erzählt. Sie hatte ihm eingeschärft, dass er Iris' Gutmütigkeit nicht über Gebühr ausnutzen dürfe, weil die mit ihren zwei Kindern selber genug Stress am Hals hätte. Davon abgesehen müsse er Iris natürlich für ihre Betreuungsdienste angemessen bezahlen. Oder wahlweise im Austausch ihre Kinder betreuen. Die müsse er unabhängig davon natürlich auch in Notfällen mal für ein paar Stunden zwischendurch nehmen. Das jedenfalls war Dianas und Iris' Übereinkunft in dieser Angelegenheit, die für die nächsten drei Wochen folgerichtig auch für Eddie galt.

»Ich bin Eddie«, sagte er,

»Ich weiß«, antwortete sie verdrossen.

»Woher?«, fragte er verblüfft.

»Du hast Andi auf dem Arm. Außerdem kenne ich dich von früher. Komm rein.«

Eddie stieg über einen leeren Windelkarton, ein halb volles Nuckelfläschchen und Unmengen von Spielzeug. Als er Iris in die Wohnung folgte, kam er an der offenen Badezimmertür vorbei und sah Berge dreckiger Wäsche auf dem Boden vor der Waschmaschine liegen. In der Küche türmten sich Babygläschen, Fläschchen und Tellerchen auf der Ablage neben der Spüle. Auf dem Herd stand ein Kochtopf, dem blubbernde Dämpfe und undefinierbare Essensgerüche entstiegen.

Eddie starrte auf den leise vor sich hin stinkenden Windeleimer, der neben der Wohnungstür darauf wartete, dass ihn jemand nach draußen zur Mülltonne beförderte. Er fragte sich bange, ob es bei ihm in drei Wochen genauso aussehen würde. Schon vorhin hatte das reinste Chaos im Loft geherrscht. Binnen kürzester Zeit hatte Andi es geschafft, zwei Windeln vollzukacken, seine kleine Latzhose mit Marmeladentoast einzusauen, eine Rolle Klopapier in der Toilette einzuweichen und sein Bubu in den CD-Player zu stecken. Das blöde Ding hatte sich irgendwo hinter der Klappe in der teuren Elektronik verhakt, sodass Eddie die Schere zu Hilfe nehmen musste. Jetzt war das Bubu kaputt und Andi untröstlich. Der CD-Player war ebenfalls hinüber, aber das interessierte Andi nicht die Spur. Er hatte so laut gebrüllt, dass Eddie jetzt noch die Ohren klingelten. Zum Glück hatte er irgendwo ganz unten in der von Diana mitgebrachten Tasche Andis Schnuller gefunden. Eigentlich sollte der Kleine ihn nur noch zum Einschlafen bekommen, aber das wiederum interessierte Eddie nicht.

Eddie trug Andi ins Kinderzimmer, wo sich das Chaos der übrigen Wohnung auf extreme Weise zu verdichten schien. Man konnte keinen Schritt tun, ohne auf irgendwelche Dinge zu treten. Inmitten des ganzen Tohuwabohu saß ein kleiner Junge auf dem Boden, der mit Duploklötzen spielte. Auf einer Krabbeldecke lag ein Baby auf dem Rücken, die Beinchen in die Luft gereckt und die Fäustchen am Mund. Es brabbelte und krähte leise vor sich hin.

»Das sind Leon und Evita«, sagte Iris stolz. »Kinder, das ist Eddie. Er ist der Onkel von Andi.«

»Onkel«, sagte Leon. Er trug die gleiche Latzhose wie Andi. Anscheinend herrschte auch unter Kleinkindern bereits Markenzwang.

»Hallo, Leon, hallo, Evita«, sagte Eddie höflich.

»Andi kennt sich hier aus«, sagte Iris. »Er versteht sich super mit Leon. Stimmt's, Andi?«

Andi holte aus und warf Leon seinen Schnuller an den Kopf. Leon hob ihn kommentarlos auf und schob ihn seiner Schwester in den Mund, die begeistert daran nuckelte. Andi fing augenblicklich an zu brüllen. »Mein Nulli! Mein! Nich Evita haben!«

Andi strebte mit Macht erdwärts. Eddie setzte ihn eilig ab. »Ich muss heute den ganzen restlichen Tag arbeiten, einschließlich heute Nacht. Ich hole ihn dann morgen Vormittag wieder ab. Ist das okay?«

»Kein Problem«, sagte Iris. »Bist du noch DJ in der Disco?«

Eddie nickte und beobachtete beklommen, wie sein Neffe dem Baby den Schnuller aus dem Mund zerrte und ihn sich wieder selbst zwischen die Kiemen klemmte, worauf Evita sofort ein ohrenbetäubendes Kreischen anstimmte. Leon pulte einen Klumpen Kinderknete aus einem bunten Töpfchen und warf ihn auf die Krabbeldecke. Evita verstummte, rollte sich auf den Bauch und kriegte die Knete zu fassen. Eine Sekunde später kaute sie darauf herum. Andi hockte sich neben Leon und grabschte sich eine Ladung Bauklötze.

Iris nahm das Baby auf den Arm und klaubte ihm das matschige Zeug aus dem Mund. Die Kleine starrte Eddie aus großen, kugelrunden Augen an. Sie hatte pechschwarze Löckchen und rosige Wangen. Eddie lächelte sie beruhigend an, worauf die Kleine ihren mit Knete verschmierten Mund zu einem Grinsen öffnete und dabei zwei blitzende Milchzähne entblößte.

»Ich war schon lange nicht mehr in der Disco«, sagte Iris. »Vielleicht gehe ich ja mal wieder hin, wenn ich einen Babysitter finde.«

Eddie zuckte zusammen. »Äh … klar«, sagte er, während er sich eilends in Richtung Tür verdrückte.

»Willst du mit uns zu Abend essen? Es gibt Gemüsesuppe.«

»Nein danke, ich habe vorhin erst eine Kleinigkeit gegessen«, log Eddie.

»Und Andi?«

»Der könnte vielleicht was vertragen.« In der Tür blieb Eddie kurz stehen. »Tschüs, Andi!«, rief er über die Schulter zurück. »Viel Spaß noch! Bis morgen!«

»Du kannst den Windeleimer mit runter nehmen«, sagte Iris. »Die Tonne steht gleich neben der Haustür. Den leeren Eimer kannst du einfach unten im Flur stehen lassen.«

Eddie nahm den Eimer und hielt ihn mit weit ausgestrecktem Arm von sich weg, während er die Treppe runterrannte. Es kam ihm so vor, als sei er gerade noch mit knapper Not einem schlimmen Unglück entronnen. Gleich darauf war er nicht mehr so sicher, als er den Inhalt des Windeleimers in die Mülltonne kippte. Anschließend wankte er zurück zum Wagen und fragte sich, wieso die meisten Frauen dieses Planeten sich das immer wieder freiwillig antaten.

Während der Fahrt drehte er das Fenster herab und atmete tief durch. Die Unterbringung des Knirpses bis morgen Mittag würde ihn eine nette Stange Geld kosten, aber noch mehr würde es ihn kosten, selbst auf Andi aufzupassen, weil er nämlich in diesem Fall die Einnahmen einer ganzen Nacht in den Wind schreiben konnte. Abgesehen davon brauchte er auch mal zwei, drei Stunden für sich, sonst wäre er bis heute Abend garantiert dem Wahnsinn nahe. Andi hatte heute Nachmittag genau fünfundvierzig Minuten geschlafen. Das hatte Eddie kaum zum Duschen,

Rasieren und Umziehen gereicht. Geschweige denn zum Aufräumen. Wie schaffte Diana das bloß alles?

Eddie tröstete sich damit, dass Frauen für diese Dinge wahrscheinlich besser geeignet waren. Sie hatten eine Art eingebauten Kompass, der ihnen dabei half, solche Dinge wie Bubus, Nullis und Windeleimer zu koordinieren und womöglich nebenher noch das nächste Kind zu planen.

Er schaffte es gerade noch, den defekten CD-Player beim Elektrohandel in Reparatur zu geben, bevor der Laden zumachte. Anschließend überlegte er müßig, wie er die drei Stunden verbringen sollte, die ihm noch blieben. Das *Blue Gate* machte um neun Uhr abends auf, aber Eddie war meist schon etwas früher da, um die Anlage auszusteuern und die Musik auszusuchen.

Valerie oder Fitnesscenter? Eddie konnte sich nicht recht entscheiden. Er kurvte unschlüssig durch die Stadt und merkte nach einer Weile, dass er in einer Gegend gelandet war, in die er sich noch nie verirrt hatte.

Da drüben war die Straße. Eddie starrte auf das Schild, dann bog er ab und suchte nach der Hausnummer. Die Adresse hatte er vorhin aus dem Telefonbuch herausgesucht.

Sie wohnte natürlich in der teuersten Gegend der Stadt. Eine Villa reihte sich hier an die nächste, die meisten hinter meterhohen Mauern und Hecken verborgen.

Ihr Haus befand sich am Ende der Straße, an einem Wendehammer. Es gab keine Mauer, sondern einen zwei Meter hohen Zaun mit kunstvoll gedrechselten Spitzen. Von dem, was dahinter zu sehen war, blieb nichts der Fantasie des Betrachters überlassen. Stumm musterte Eddie die akkurat gestutzten Büsche, den gepflegten englischen Rasen, den mit Marmor ausgekleideten Springbrunnen und die kunstvoll angelegten Rosenbeete. In der Einfahrt vor der Garage standen ein Porsche und ein BMW Z-3. Das Haus selbst war eine Villa von enormen Ausmaßen. Keine Frage, das hier war mit Abstand der prachtvollste Schuppen in der ganzen Gegend. Es war ein Walmdachbungalow mit weißem Zierputz und hohen Fenstern, alles sehr gediegen und bis ins Detail geschmackvoll gestaltet. Und vor allem gut abgesichert. Unter der Dachtraufe gab es an jeder Ecke eine Videokamera, und die Fenster waren mit schmiedeeisernen Gittern bewehrt.

Ob sie den BMW oder den Porsche fuhr? Oder gar beide Wagen? Und der Kerl, mit dem sie zusammenlebte – was für ein Typ er wohl sein mochte? War sie glücklich mit ihm?

Eddie ärgerte sich, weil er Fragen in seinem Kopf herumwälzte, die ihn nicht das Geringste angingen. Er hatte eine heiße Nacht mit einer heißen Braut verbracht, das war alles. Für sie war es eine geschäftliche Vereinbarung gewesen, nichts weiter.

Eddie fuhr davon, ohne zurückzublicken.

*

Samantha und Babette trafen sich, um gemeinsam zu sündigen. Es passierte nicht oft, dass sie sich dazu hinreißen ließen, denn die Konsequenzen konnten grausam sein, wenn sie es öfter als ein-, zweimal im Monat taten.

»Gott, ist das lecker«, stöhnte Babette. »Ich glaube, ich schaffe noch ein Stück.«

»Das ist doch schon dein zweites«, sagte Samantha. Ihr selbst reichte heute ein Stück Torte, obwohl sie vorhin beim Betreten der Konditorei noch das Gefühl gehabt hatte, eine ganze Orangen-Marzipantorte auf einmal verschlingen zu können. Normalerweise schaffte sie locker zwei Stückchen, vor allem, wenn sie starke Frusterlebnisse bewältigen musste.

»Wenn das Wetter wieder besser wird, könnten wir uns zum Joggen verabreden«, sagte Babette.

»Das hast du beim letzten Mal auch gesagt, und das Wetter war zwei Wochen lang spitze. Und du hast praktisch pausenlos gejammert, wie fett du schon wieder bist.«

Babette seufzte. »Na gut. Dann eben nicht.« Sie vertilgte den letzten Bissen ihrer Schoko-Eierlikörtorte und bestellte noch einen Cappuccino mit einer Extraportion Sahne.

»Jetzt kommt's auf die vierhundert Kalorien auch nicht mehr an«, sagte sie.

Samantha beschränkte sich auf Mineralwasser. Sie hatte kurz überlegt, ob sie nicht vielleicht ein klitzekleines Gläschen Prosecco vertragen konnte – beim letzten Mal hatte sie so ungeheuer gute Laune davon bekommen, die ganze Welt hatte plötzlich in einem rosa Licht geleuchtet –, doch da sie inzwischen wusste, welche Tücken sich außerdem im Alkohol verbergen konnten, hatte sie Abstand davon genommen.

»Im Prinzip bin ich also in dreifacher Hinsicht geliefert«, beendete sie ihre Zusammenfassung, mit der sie Babette einen Überblick über ihre katastrophale neue Situation verschafft hatte.

»Ich finde nicht, dass das Problem unlösbar ist«, meinte Babette. »Es ist im Grunde nicht so schwierig.« Sie zählte die einzelnen Punkte an den Fingern ab. »Erstens musst du dafür sorgen, dass Hans übers Wochenende verschwindet, damit du freie Bahn hast, um bei euch zu Hause ein nettes Dinner steigen zu lassen. Zweitens engagierst du noch mal diesen Joseph Scheuermann für das Event. Und drittens besorgst du dir auf die Schnelle ein Angebot für einen Sonderposten Lattenroste im Möbelmarkt, dann hast du was in der Hand, wenn die Russen deswegen fragen.«

»Ich habe nicht die geringste Ahnung von Lattenrosten.«

»Musst du ja auch nicht. Zieh dir aus dem Internet ein paar Beschreibungen und trichtere sie diesem Joseph ein. Er ist ja derjenige, der sie angeblich produziert. Außerdem geht es nicht um die Lattenroste, sondern in erster Linie um die Bäder, also musst du möglichst schnell auf dieses Thema überleiten. Das kriegst du schon hin.«

»Und wie stellst du dir vor, dass ich Hans mal eben übers Wochenende wegschicke? Wohin denn – und mit welcher Begründung?«

»Er könnte zum Beispiel seine Mutter besuchen.«

»Die ist vorletztes Jahr gestorben.«

»Ach so.« Babette überlegte angestrengt, während sie die Sahne von ihrem Cappuccino löffelte. »Ich hab's. Er muss zu einem Golfturnier fahren.«

So schlau war Samantha auch schon gewesen. Sie hatte sich erkundigt. Fehlanzeige.

»Im Moment finden keine statt. Erst wieder nächsten Monat. Das wird nichts. Ich kann also einpacken.«

»Du gibst viel zu schnell auf. Überlass das mir. Ich werde mich darum kümmern. Mir wird schon etwas einfallen.«

»Und was?«

»Vertrau mir einfach, Sam. Habe ich dich je im Stich gelassen?«

Samantha dachte nach, dann nickte sie. »Vor drei Jahren, als wir in Badgastein Skilaufen waren. Du hast diesen windigen Klaus-Peter kennen gelernt und bist mit ihm nach Berlin abgerauscht. Und ich musste eine Woche allein auf die Piste.«

»Das waren hormonelle Ausfallerscheinungen, so was kannst du nicht mitzählen.«

»Ich kann nicht kochen«, sagte Samantha. »Wie soll ich ein Dinner geben, wenn Hans nicht da ist?«

»Bestell etwas. Es gibt Restaurants, die bieten als Service an, bei dir zu Hause zu kochen und zu servieren. Es nennt sich *Dinner-at-home*. Nicht ganz billig, aber superb. Warte mal. Ich hatte doch da irgendwo noch eine Karte ...« Babette wühlte in ihrer Handtasche.

»Du hast anscheinend für jede Gelegenheit eine Karte«, sagte Samantha verdrossen.

Babette grinste. »Sei einfach froh, dass es mich gibt.«

»Bin ich ja auch. Aber irgendwie kann ich mir nicht vorstellen, wie das alles klappen soll.«

»Gerade die Sachen, die man sich vorher nicht vorstellen kann, klappen dann richtig gut«, behauptete Babette.

»Was mache ich, wenn der Typ am Samstag keine Zeit hat?«

»Das wäre natürlich ein Problem«, räumte Babette ein. »Das erledigen wir am besten gleich.« Sie holte ihr Handy hervor und zückte die Visitenkarte der Begleitagentur. Während sie die Telefonnummer eintippte, lächelte sie Samantha verschwörerisch an.

»Ja, hier ist die Sekretärin von Samantha Kästner«, sagte sie dann. »Wir hatten neulich schon mal das Vergnügen, mit Ihrer Agentur zusammenzuarbeiten.« Sie kniff ein Auge zu. »Ja, meine Chefin war sehr zufrieden. Sie war sogar begeistert von diesem netten jungen Joseph Scheuermann. Nun, wir möchten ihn wieder buchen. Und zwar diese Woche noch. Es muss allerdings wieder er sein. Ein anderer Herr kommt nicht infrage.« Pause. »Warum? Nun, es muss derselbe sein, damit bei den Geschäftspartnern meiner Chefin kein falscher Eindruck aufkommt, wenn Sie verstehen, was ich meine. Also, wie ist es, geht das wohl klar? Es wäre am kommenden Samstagabend. Wegen der Anschrift und der genauen Uhrzeit rufe ich Sie noch an.«

Babette trennte die Verbindung. »Sie ruft gleich wieder an und sagt Bescheid, ob es klappt. Jetzt muss ich mir nur noch eine passende Ablenkung für Hans ausdenken, dann kann nichts mehr schief gehen.«

Samantha war noch immer nicht hundertprozentig davon überzeugt. »Tja, ich müsste lügen, wenn ich sagen würde, dass ich ein gutes Gefühl dabei habe, aber eins muss ich zugeben: Wenn du schon was machst, dann machst du es richtig.«

»Ach, Sam.« Babette seufzte. »Wenn ich doch nur bei meinem eigenen Kram auch so tüchtig wäre!«

»Du bist die beste Anwältin weit und breit! Und nach allem, was ich so weiß, bist du auch diejenige, die am meisten verdient.«

»Ich rede ja gar nicht vom beruflichen Erfolg. Und auch nicht vom Geld. Du kannst dir nicht vorstellen, wie fertig ich bin. Mein Leben ist wie eine Müllhalde: Mir passiert nur lauter Schrott. Und dabei wollte ich immer so sein wie die Frau in der Lätta-Werbung.«

»Meinst du die Werbung, wo der Typ sich nackt am Strand sonnt? Und wo dann die Frau aus dem See kommt und den Mann mit eiskalten Wassertropfen besprenkelt? Oder die Werbung mit dem *Die-Lätta-ist-alle*-Spruch?«

»Nein, ich meine die, wo die Frau morgens nackt im Bett aufwacht und zwei Typen neben sich hat. Wie sie erst ein bisschen mit ihnen rumknutscht und dann aufsteht, in die Küche geht und nachschaut, ob sie noch Lätta im Kühlschrank hat.«

Samantha musterte ihre Freundin zweifelnd. »Du … äh, du willst zwei Männer gleichzeitig?«

»Nein, das war eher sinnbildlich. Wenn ich gerne was hätte, dann diese unglaubliche Coolness. Zwei Typen im Bett haben, aber dann doch lieber aufstehen und nach der Margarine schauen. So abgebrüht wäre ich nie. Ich meine, wenn ich schon zwei Kerle im Bett hätte, wäre es mir doch egal, ob ich noch Margarine im Kühlschrank habe, und wenn sie noch so wenig Kalorien hat.«

Babette spielte betrübt mit ihrem Cappuccinolöffel und wartete offensichtlich darauf, dass Samantha nähere Einzelheiten erfragte.

Die wiederum hatte daran kein besonders großes Interesse, denn sie ahnte schon, worum es ging. Aber hier galt natürlich der Grundsatz *quid pro quo*. Wenn Babette sich ihre Probleme zu Eigen machte, musste sie umgekehrt wohl dasselbe tun.

Sie gab sich interessiert. »Erzähl mal, was du auf dem Herzen hast.«

»Willst du es wirklich hören?«

»Selbstverständlich!«

»Es geht um Giovanni.«

»Das dachte ich mir schon. Hast du inzwischen rausgefunden, ob er … na ja, du weißt schon was ist?«

»Nicht hundertprozentig. Aber heute Mittag habe ich mich mit ihm zum Essen getroffen. Stell dir vor, was er mir erzählt hat! Er will sich allen Ernstes den Bauchnabel piercen lassen …«

*

Eddie legte bis zwei Uhr nachts im *Blue Gate* Musik auf. Anschließend war er zu erledigt, um auch nur eine Minute weiterzumachen. Unter der Woche hatte die Disco normalerweise bis drei Uhr früh geöffnet, aber meist war schon ab halb zwei nicht mehr allzu viel Betrieb. Der richtige Partytrubel ging erst Freitagnacht los. Heute war Montag – beziehungsweise inzwischen Dienstag –, und auf der Tanzfläche waren kaum mehr als zehn Leute. An der Bar hingen noch ein paar zugedröhnte Nachtschwärmer herum, aber auch die würden bald den Abflug machen.

Valerie stand hinterm Tresen und half dem Barkeeper beim Aufräumen und Saubermachen. Sie wartete nur darauf, dass Eddie endlich Feierabend machte.

Eddie speicherte ein paar Schmusesongs ein und überließ die Anlage einem Bekannten, der sich gut genug damit auskannte, um die eine Stunde bis zur Schließung des Lokals zu überbrücken. Anschließend ging er hinüber zu Valerie, die noch ziemlich unternehmungslustig wirkte. Eigentlich hatte er nur vorgehabt, sie nach Hause zu bringen, aber sie bestand darauf, noch mit zu ihm zu fahren.

»Ich bin aber total kaputt«, sagte Eddie auf dem Weg zum Auto vorsorglich. Das war die reine Wahrheit. Natürlich hätte er sich am frühen Abend noch für ein paar Stunden hinlegen können, aber ihm war mehr danach gewesen, sich richtig auszutoben. Vor der Wahl, entweder Hanteln zu stemmen oder eine nette kleine Stippvisite bei Valerie einzulegen, hatte er sich letztlich doch für die Hanteln entschieden. Aber es war ziemlich knapp gewesen. Nicht dass er es schon wieder so nötig gehabt hätte. Aber irgendetwas nagte an ihm und trieb ihn dazu, in Erfahrung zu bringen, ob es mit Samantha wirklich so viel anders gewesen war als mit anderen Frauen. Vielleicht war sie gar nicht so außergewöhnlich. Womöglich bildete er es sich nur ein. Und wenn dem so war, wollte er es so bald wie möglich wissen. Dann konnte er endlich aufhören, an sie zu denken. Er konnte seinen Ärger, seine

Enttäuschung und seine Verwirrung vergessen und auch alles andere, was mit ihr zusammenhing.

Er hatte wie ein Verrückter sein Krafttraining durchgezogen und sich anschließend noch auf dem Laufband abgearbeitet, bis er glaubte, die Lungen würden ihm platzen. Jetzt war er so müde, dass er das Gefühl hatte, eine Woche lang schlafen zu können, wenn man ihn nur ließe.

»Du kannst auch immer nur an Sex denken«, maulte Valerie.

Eddie hätte beim Ausparken um ein Haar einen anderen Wagen gerammt. »Wie kommst du jetzt darauf?«, fragte er verwirrt.

»Na, weil du gerade gesagt hast, dass du zu kaputt bist.«

»Ich habe nicht gesagt, dass ich *zu* kaputt bin, sondern nur, *dass* ich kaputt bin.«

»Das ist doch völlig egal. Wichtig ist nur, warum du es gesagt hast.«

»Aus keinem besonderen Grund«, sagte Eddie. »Ich habe es gesagt, weil es so ist.«

»Nein, du hast es gesagt, damit du nicht mit mir schlafen musst. Du bist davon ausgegangen, dass ich nur Sex von dir will, und deshalb hast du gesagt, dass du zu kaputt bist! Quasi zur Vorbeugung!«

Eddie konnte nicht mehr besonders gut denken. In den letzten beiden Tagen hatte er nicht viel Schlaf gehabt. Also tat er das einzig Vernünftige in dieser Situation: Er hielt den Mund.

Nicht so Valerie. »Das ist auch der Grund, warum ich meinte, dass du immer nur an Sex denkst«, hielt sie ihm vor. »Wir könnten ja theoretisch auch mal miteinander ins Bett gehen, *ohne* Sex zu haben. Einfach nur schön kuscheln und uns nette Dinge sagen.«

»Gute Idee«, sagte Eddie erleichtert. Er zweifelte daran, dass er gleich noch viel würde reden können. Aber kuscheln – das klang erfreulich. Nach Ruhe und Frieden und Schlaf. Genau das, was er jetzt brauchte.

Aus den Augenwinkeln sah er, dass Valerie ihn erbost anstarrte. Offenbar hatte er gerade wieder etwas gesagt, das ihr nicht passte.

»Warum gibst du nicht einfach zu, dass du nicht mehr auf mich abfährst?«, fuhr sie ihn an.

»Wie kommst du jetzt auf diese Idee?«, fragte Eddie konsterniert.

»Das merkt doch ein Blinder! Wenn du nur noch kuscheln und reden willst, ist es doch logisch, dass du nicht mehr scharf auf mich bist!«

Eddie biss die Zähne zusammen. Er konnte dem Gespräch definitiv nicht mehr folgen, ein sicheres Zeichen dafür, dass seine geistigen und körperlichen Reserven restlos aufgezehrt waren. Er versuchte, den logischen Bruch in ihrer Unterhaltung zu finden, und schaffte es nur mit äußerster Mühe.

»Es war doch deine Idee, dass wir kuscheln«, sagte er.

»Ja, aber nur, weil du gesagt hast, dass du zum Sex zu kaputt bist. Ich habe wirklich kein Problem damit, wenn du mal nicht kannst. Nur die ganz jungen Männer können immer. So ab Mitte zwanzig lässt das langsam nach, weißt du.«

Eddie gab es auf. Argumentativ würde er ihr nicht beikommen können. Es lag ganz einfach daran, dass er ein Mann und sie eine Frau war. In gewissen Bereichen waren Männer und Frauen kompatibel, aber in den meisten eben nicht. Das war ein Naturgesetz.

Ein paar Dinge hatte Eddie gut verinnerlicht, um dieses Problem zu meistern. Zum Beispiel die Sache mit den

Blumen. Er würde nie den Grund begreifen, aber Frauen standen darauf, dass man ihnen Blumen mitbrachte. Oder dass man ihnen süße E-Mails schrieb oder ihnen hin und wieder eine intime SMS schickte. Andere Dinge wiederum tat man besser nicht. Zum Beispiel Reizwäsche schenken (*»Was soll das? Meine Unterwäsche gefällt dir wohl nicht?«*) oder das Buch *Die perfekte Liebhaberin* von Lou Paget (*»Warum sagst du nicht gleich, dass meine Techniken dich anöden?«*). Er sollte auch nicht sagen: »Heute siehst du aber toll aus, Schatz!« (*»Wie sehe ich denn sonst aus???«*)

Und noch etwas sollte der Mann in Bezug auf Frauen tunlichst unterlassen: sich mit ihnen auf Gespräche über die Beziehung einlassen. Dabei konnte er nur den Kürzeren ziehen.

Vielleicht sollte Eddie es stattdessen mit Romantik versuchen? Darauf standen Frauen sowieso am meisten. An der nächsten Ampel beugte er sich vor und zog eine Kuschelrock-CD aus dem Handschuhfach. Er legte sie ein und suchte mit der Auswahltaste Valeries derzeitigen Lieblingssong heraus.

Valerie umklammerte erzürnt ihre Handtasche. »Das tust du immer.«

»Was?«, fragte Eddie perplex.

»Von den wichtigen Fragen ablenken!«

»Welche wichtigen Fragen?«

»Es ist normal, wenn Männer mit zunehmendem Alter Schwierigkeiten mit der Potenz haben, aber es ist typisch für dich, dass du nicht darüber reden kannst! Du willst das Problem einfach totschweigen. Als ob das eine Lösung wäre.«

»Ich habe kein Problem mit meiner Potenz!«, brüllte Eddie. »Wenn ich will, bin ich voll da! Immer und jederzeit! Wie kommst du auf die Idee, dass ich damit Schwierigkeiten haben könnte?«

Valerie hüllte sich in viel sagendes Schweigen.

*

Als Samantha am nächsten Abend von der Arbeit nach Hause kam, wurde sie von Hans mit einem vorzüglichen Menü empfangen. Es gab sahnige Kressesuppe mit Croûtons, in Knoblauch geröstete Garnelen auf Rucola und anschließend hauchzarte Saltimbocca, abgelöscht mit Marsala und angerichtet neben köstlichen Zuckererbsenschoten. Zum Nachtisch servierte Hans flambierte, in Himbeergeist geschwenkte Birnen auf Creme brûlée.

Beim nachfolgenden Espresso war Samantha nicht nur pappsatt, sondern auch hundertprozentig sicher, dass sie für den Rest der Ewigkeit in der Hölle schmoren würde. Nicht weil sie beim Essen über die Stränge geschlagen hatte, sondern weil sie vorhatte, Hans aufs Übelste zu hintergehen.

»Womit habe ich dieses herrliche Essen verdient?« Ihre Frage war rein rhetorisch, denn sie wusste schließlich genau, dass sie höchstens einen Tritt in den Hintern verdiente.

Doch Hans antwortete ihr trotzdem. Er – ausgerechnet er! – hatte ganz offensichtlich ein schlechtes Gewissen.

»Ich muss kommendes Wochenende wegfahren. Dieses Essen soll dich eigentlich nur ein bisschen gnädiger stimmen.«

Samantha gab sich unwissend.

»Wohin musst du denn, und warum sollte ich deswegen böse sein?«

»Zu einem Golfturnier. Und du bist bestimmt böse, weil

ich dir doch gesagt hatte, dass diesen Monat keine mehr stattfinden. Und weil ich dir versprochen hatte, dass wir am Wochenende etwas zusammen unternehmen.«

»Mach dir deswegen keine Gedanken.« Samantha lächelte fromm. »Ich muss sowieso arbeiten. Weißt du, ich stecke noch mitten in diesem Russenauftrag. Wird Zeit, dass ich das endlich zum Abschluss bringe. Die wollten noch ein paar wichtige Details ändern. Wenn du weg bist, habe ich Zeit, mich damit zu befassen. Fahr du nur und amüsiere dich gut.«

Sie hasste sich deswegen, aber sie sagte sich, dass es ja nur für ganz kurze Zeit war. Er würde die Nacht in einem First-Class-Hotel verbringen, anschließend gepflegt frühstücken und hinterher gemütlich wieder nach Hause zurückfahren. Vielleicht nutzte er auch die Gelegenheit, eine nette Runde Golf zu spielen. Immerhin verfügte das Hotel über einen erstklassigen Platz, darauf hatte Babette bei der Auswahl des Ziels geachtet. Und natürlich darauf, dass es weit weg war. Weit genug, um Hans davon abzuhalten, sofort wieder den Heimweg anzutreten, nachdem er gemerkt hatte, dass es gar kein Turnier gab.

»Es ist nur von Samstag auf Sonntag«, sagte Hans. »Sonntagmittag bin ich schon wieder da. Den Rest des Tages haben wir dann für uns.«

»Wo ist es denn?«

»In der Nähe von Freiburg. Ziemlich weit, ich weiß. Vor allem dafür, dass es so kurzfristig ist. Aber es lohnt sich bestimmt. Eine ganz neue Anlage, ich habe schon viel davon gehört. Alles vom Feinsten.« Hans geriet sichtlich in Begeisterung. »Und rate mal, wer an diesem Turnier als Ehrengast teilnimmt!«

»Tiger Woods?«

»Fast«, sagte Hans. »Bernhard Langer!«

»Wirklich?« Samantha biss sich auf die Lippe. Hatte Babette da nicht vielleicht ein bisschen übertrieben?

Hans holte die Einladung aus seinem Arbeitszimmer und zeigte sie Samantha. Es war eine protzig aufgemachte Karte im Vierfarbdruck. Babette hatte sie auf die Schnelle mit ihrem PC-Equipment selbst produziert, sie hatte ein Händchen für solche Dinge. Beigefügt war ein Flyer von dem Hotel, den Babette in ihrer unerschöpflichen Sammlung vorrätig gehabt hatte. In ihre Kanzlei kam anscheinend täglich kiloweise Werbepost.

Und noch eine Frage hatte sich zur allseitigen Zufriedenheit geklärt. Claire Weber hatte bei Babette angerufen und ihr mitgeteilt, dass Joseph Scheuermann am Samstagabend selbstverständlich zur Verfügung stand. Babette hatte daraufhin beim Koch eines renommierten Restaurants ein *Dinner-at-home* bestellt und hinterher freudestrahlend verkündet, nun sei alles geritzt. Samantha müsse sich nur noch um die blöden Lattenroste kümmern und diesen Joseph entsprechend in die Materie einführen, damit er ein paar Takte darüber erzählen konnte.

Alles in allem hätte Samantha also zufrieden sein können, dass die ganzen Vorbereitungen bis jetzt so unkompliziert vonstatten gegangen waren. Das von Babette angezettelte und von ihr unterstützte Intrigenspiel schien bestens zu funktionieren.

Allerdings war Samantha weit davon entfernt, dem Samstagabend hoffnungsvoll entgegenzublicken. Das krasse Gegenteil war der Fall. Da war zum einen die Sache mit Hans. Noch nie war sie sich so mies vorgekommen. Sie zerbrach sich bereits die ganze Zeit den Kopf, wie sie das wieder gutmachen konnte.

Zum anderen war die Tatsache zu bedenken, dass sie Eddie wiedersehen würde. Ihr war schon ganz flau bei dem Gedanken. Sie hatte keine Ahnung, wie sie sich verhalten sollte. Vertraulich? Freundlich? Geschäftsmäßig? Gleichgültig?

Am besten von allem etwas. Für ihn war es schließlich eine durch und durch professionelle Angelegenheit. Also sollte sie sich von Anfang an entsprechend darauf einstellen und genau wie er an die Sache herangehen. Cool, lässig und überlegen. In jeder Situation Frau der Lage bleiben. Samantha war wild entschlossen, sich nicht die geringste Blöße zu geben.

Natürlich musste sie bereits vor dem eigentlichen Treffen mit ihm sprechen, allein wegen der Lattenroste. Am besten war, er käme schon am späten Nachmittag vorbei, damit sie die wichtigsten Punkte mit ihm durchgehen konnte.

Logischerweise musste sie sich bis dahin erst einmal selbst schlau machen. Außerdem musste sie überlegen, was sie anziehen sollte, welche Musik sie auflegen sollte (wenn überhaupt) und welchen Wein sie zum Essen reichen sollte. Oder bestimmte das der Küchenchef, der für das *Dinner-at-home* zuständig war? Vielleicht sollte sie auf jeden Fall auch eine Kiste Bier besorgen. Oder lieber gleich zwei?

Von wegen alles geritzt, dachte Samantha mit wachsender Panik. Alles war total verfahren. Wieso hatte sie sich überhaupt darauf eingelassen? War ihr die Firma wirklich so wichtig, dass sie deswegen bereit war, zu lügen, zu betrügen und den armen, ahnungslosen Hans in die Pampa zu schicken?

Beschämt stellte Samantha fest, dass sie über diese Frage höchstens drei Sekunden nachdenken musste, um sie dann kategorisch und ohne jeden Zweifel mit *Ja* zu beantworten. Ja, die Firma war ihr so viel wert! Sie wollte den Geschäftsführerposten so sehr, wie sie noch nie etwas im Leben gewollt hatte. Niemals würde sie es zulassen, dass Georg ihr die Früchte jahrelanger, harter Arbeit wegschnappte. Bruckner-Bad verkörperte alles, was ihr je in beruflicher Hinsicht wichtig gewesen war. Wenn jemand die Firma in Zukunft leiten würde, dann sie. Und sie würde es schaffen. Mehr gab es darüber im Moment nicht zu sagen, es war entschieden.

Doch ihr Gewissen schien sich daran nicht sonderlich zu stören. Es zwickte und zwackte ohne Unterlass, da half kein Rechtfertigungsversuch. Sie kam sich vor wie ein richtiges Miststück.

An diesem Abend duschte Samantha besonders ausgiebig und rieb sich hinterher am ganzen Körper mit einer Bodylotion ein, von der es in der Werbung hieß, dass sie Männer willig und wehrlos machte. Sie zog auch wieder das heiße Nachthemd aus dem Sexshop an und brachte sich mental in Stimmung, indem sie sich vor dem Schlafzimmerspiegel hin und her drehte und mit verführerischer Stimme hauchte: »Ich bin eine geile Sexgöttin, und ich werde ihm die heißeste Nacht aller Zeiten verschaffen!«

Zu blöd, dass sie schon die ganze Zeit Bauchweh hatte. Kriegte sie etwa Magenbeschwerden, oder waren das nur Blähungen von den Zuckererbsenschoten?

»Hast du was gesagt, Liebes?« Hans kam gerade ins Zimmer. Er trug einen Bademantel und hatte eine Golfzeitschrift unterm Arm.

»Wie findest du mein Nachthemd?«, fragte Samantha, während sie überlegte, ob sie rasch etwas gegen die Blähungen einnehmen sollte.

»Nett«, sagte Hans, während er in der Zeitschrift blätterte. »Ich wollte noch ein bisschen ins Internet, wenn du nichts dagegen hast. Hier werden ein paar gute Seiten empfohlen, die ich noch nicht kannte. Außerdem gibt's unter *golf.de* ein Porträt von Bernhard Langer, das möchte ich mir noch anschauen.«

Samantha presste beide Hände gegen den Bauch. Vielleicht waren es doch keine Blähungen, sondern eher Durchfall.

»Geh ruhig schon ins Bett«, sagte Hans. »Es wird sicher später.«

Es war definitiv Durchfall!

»Du siehst übrigens in dem Nachthemd entzückend aus. Ist es neu?«

Doch die Sexgöttin war schon auf dem Weg zum Klo.

*

Eddie riss die Augen auf und starrte für ein paar Augenblicke ins Leere, bevor ihm klar wurde, dass er nicht im Auto saß, sondern im Bett lag. Er hatte geträumt, dass er mit seinem Wagen durch die Straße fuhr, in der Samantha wohnte. Unaufhaltsam war er mit dem Jeep auf die tolle Villa zugebrettert und hatte die Bremse nicht gefunden. Als er im letzten Augenblick das Steuer herumgerissen hatte, war er gegen den Porsche geknallt und hatte ihn auf die Größe und Form einer Ziehharmonika zusammenquetscht. Daraufhin kam Samanthas Freund aus dem Haus geschossen und zielte mit einer überdimensionalen Pumpgun auf ihn. In Eddies Traum war der Typ zwei Meter groß und hatte Muskeln wie Dolph Lundgren. In seinen Augen stand ein tückisches Funkeln.

»Das ist dafür, dass du sie flachgelegt hast, du Wichser!«, sagte er. Dann drückte er ab.

Eddie hatte den Einschlag der Geschosse genau gespürt. Das war der Moment gewesen, in dem er aufgewacht war und stöhnend seine Brust abtastete. Aber alles fühlte sich normal an. Keine Einschusslöcher oder blutigen Stellen. Bloß eine Hand, die ihn rüttelte.

»Eddie, draußen ist ein tierischer Lärm.« Valerie zerrte an seiner Schulter. »Hört sich an, als würde da jemand umgebracht! Wach auf! Sie sind unten an der Haustür!«

Eddie kämpfte sich ächzend hoch und taumelte zum Fenster. Neben seinem Jeep stand ein alter Kombi von stumpfgrauer Farbe. Leute waren nicht zu sehen. Dafür herrschte unten vorm Haus ein Höllenlärm. Ein Baby kreischte in höchsten Tönen, und zwei wütende Kleinkinder quengelten durcheinander, hin und wieder unterbrochen durch ein lautes *Lass das* oder *Ich zähle bis drei.*

»Das sind Iris und die Kinder«, sagte Eddie.

»Wer ist Iris?« Valerie stand ebenfalls auf. Wie Eddie war sie nackt.

»Die Frau, die auf Andi aufpasst.«

»Was will sie hier?«

Eddie fühlte sich nicht imstande, langatmige Erklärungen abzugeben. Er warf einen Blick auf seine Armbanduhr. Halb zehn. Noch nicht so spät, dass er wegen Andi ein schlechtes Gewissen haben musste. Er hatte mit Iris ausgemacht, dass er den Kleinen vormittags abholen würde. Der Vormittag dauerte auf jeden Fall bis zwölf Uhr. Mindestens. Beim letzten Mal hatte er Andi erst um halb eins bei ihr abgeholt, und es war völlig in Ordnung gewesen.

Eddie beeilte sich, in seine Jeans zu steigen.

»Zieh dir was an«, sagte er zu Valerie, während er zur Tür ging, um zu öffnen.

Iris stand unten an der Treppe. Rechts hatte sie das Baby unterm Arm, links eine große Tasche. Sie war viel größer als die, die Eddie gestern für Andi gepackt hatte. Um ihre Beine wuselten die beiden Jungs und stritten sich um Andis Schnuller.

»Mein«, brüllte Andi. »Leon Arsss!«

»Kannst du mir mal helfen?«, rief Iris. »Ich kann nicht alles gleichzeitig rauftragen!«

Was meinte sie mit *alles*? Beunruhigt ging Eddie nach unten, wo Iris ihm umgehend das Baby in die Arme drückte, sich ihren Sohn schnappte und ihn die Treppe raufschleppte. Andi starrte hinterher und schrie in höchsten Tönen. Leon hatte den Kampf um den Schnuller gewonnen.

Eddie klemmte sich Andi unter den freien Arm und folgte Iris nach oben in seine Wohnung. Valerie stand sprachlos mitten im Raum. Sie hatte sich Eddies Hemd übergezogen. Es reichte ihr bis zu den Knien, aber sie machte trotzdem keinen besonders angezogenen Eindruck, sondern wirkte wie die personifizierte Sünde.

Iris setzte ihren Sohn ab und warf die Reisetasche auf den Boden. Sie wirkte übernächtigt und vollkommen erschöpft. »Gut, dass du zu Hause bist«, sagte sie. »Ich hätte es keine Minute länger mehr ausgehalten.«

Eddie kam sich vor wie ein Schuft. Er hatte lange und hervorragend geschlafen, während die arme Frau sich vermutlich wieder die halbe Nacht mit Kindergeschrei und nassen Windeln herumgeplagt hatte. Er stellte seinen Neffen auf den Boden und gab Iris das Baby.

»Tut mir Leid, wenn es zu spät geworden ist«, sagte er. »Ich habe gestern Nacht noch lange gearbeitet.«

»Klar«, sagte Iris, während sie Valerie von oben bis unten musterte.

Valerie besaß den Anstand, rot zu werden.

»Ich war quasi gerade auf dem Sprung, Andi abzuholen«,

sagte Eddie. »Danke, dass du ihn hergebracht hast. Das wäre wirklich nicht nötig gewesen!«

»Ich habe nicht nur Andi hergebracht, sondern auch Leon und Evita.«

»Warum?«, fragte Eddie mit aufkeimendem Entsetzen.

»Ich muss dringend zum Arzt.«

Leon zog sich Andis Schnuller aus dem Mund. »Mama Aua. Mama Doktor.«

»Mir geht es nicht gut«, sagte Iris. »Ich habe schon den ganzen Morgen Kopfschmerzen und Fieber.«

»Oh«, sagte Eddie betroffen. Er schaute sie an. Sie sah wirklich sehr schlecht aus.

»Diana hat gesagt, es ginge klar, dass du mal ein paar Stunden auf die beiden aufpasst, wenn ich was Dringendes habe. Das macht sie auch immer.«

»Äh …«, machte Eddie, verzweifelt bemüht, sich eine passende Ausrede auszudenken. »Hast du nicht eine Nachbarin oder so? Ich glaube nicht, dass ich mit drei Kindern gleichzeitig klarkomme.«

»Ihr seid ja zu zweit«, meinte Iris.

»Ich muss zur Arbeit«, behauptete Valerie.

Eddie warf ihr einen anklagenden Blick zu. Das Café, in dem sie nachmittags jobbte, machte nicht vor zwei Uhr auf. Sie hatte noch stundenlang Zeit! Nachdem er zwei Nächte hintereinander seine allerletzten Reserven verbraucht hatte, um ihr seine uneingeschränkte Potenz zu beweisen, musste sie ihn ausgerechnet jetzt im Stich lassen!

Valerie sammelte ihre Klamotten vom Boden auf und verschwand im Bad. Andi und Leon folgten ihr augenblicklich, worauf hinter der Mauer ein ungleicher Wortwechsel einsetzte.

»Wollt ihr wohl abhauen, ihr kleinen Spanner? Husch!«

»Husch, husch«, sagte Leon.

»He, ich muss aufs Klo, zieht Leine!«

»Kacka?«, fragte Andi interessiert.

»Eddie!«, schrie Valerie Hilfe suchend.

Doch Eddie hatte alle Hände voll zu tun. Er musste das sich windende, strampelnde Baby festhalten, das Iris ihm soeben wieder in die Arme gedrückt hatte und das sich daraufhin binnen einer Sekunde in eine Art tragbare Feuerwehrsirene verwandelte.

»Sie schreit nicht lange«, sagte Iris. »Außerdem ist sie spätestens in einer Stunde wieder müde. Gib ihr einfach das Fläschchen. Ist bei dem anderen Kram in der Tasche. Dann schläft sie drei Stunden. Bis dahin bin ich locker wieder da. Für die Jungs habe ich Juniorgläschen eingepackt, die kennst du ja sicher. Mach sie einfach in der Mikrowelle warm, so in einer halben Stunde. Wiedersehen.«

Und schon war sie draußen.

»Nicht anfassen«, rief Valerie wütend hinter der Badezimmer-Mauer. Dann ertönte das Geräusch des Spülkastens, und eine Sekunde später kam Valerie mit hochrotem Gesicht wieder zum Vorschein. »Diese kleinen Ferkel! Von Intimsphäre haben die noch nie was gehört, oder? Und außerdem sind sie pervers veranlagt.«

Andi und Leon kamen hinter ihr hergedackelt. Beide hatten verdächtig nasse Händchen.

»Pipi«, sagte Andi fachmännisch.

Evita brüllte wie am Spieß. Valerie schnappte sich ihre Handtasche und war auf dem Weg zur Tür, bevor Eddie Einwände erheben konnte. »Bis bald«, rief sie.

»Tssüss«, rief Leon. Dann machte er sich daran, Eddies Wohnung näher zu erkunden. Andi half ihm dabei.

Eddie sah mit hilfloser Verzweiflung, wie die beiden zielstrebig auf seinen Computer zuhielten. Andi zerrte derweil etwas aus der Tasche seiner Latzhose, das verdächtig nach einem verdreckten, zerfledderten Bubu aussah. Anscheinend hatte Iris für Ersatz gesorgt.

Eddie legte Evita auf die Matratze und versuchte, das Schlimmste zu verhindern.

»Das darfst du auf keinen Fall da reinstecken. Nein, tu das nicht. Gib es mir. Komm, sei ein braver Junge.«

Andi wollte kein braver Junge sein und fing an zu heulen. Eddie fühlte sich dem Wahnsinn nahe. Wie konnte ein einziger Erwachsener das aushalten, und das womöglich über mehrere Stunden hinweg?

Wenigstens hatte das Baby aufgehört zu schreien. Es lag zufrieden gurgelnd auf dem Rücken, also war die größte Stressquelle schon mal abgeschaltet. Dann erkannte Eddie den Grund für die plötzliche Stille und gab einen entsetzten Aufschrei von sich. Evita hatte eine leere Kondompackung gefunden und war dabei, sie aufzuessen. Eddie warf sich mit einem Hechtsprung auf die Matratze und polkte der Kleinen das Ding aus dem Mund. Gerade noch rechtzeitig.

Gleichzeitig mit der erneut einsetzenden Feuerwehrsirene klingelte es an der Haustür.

*

Gott, lass es Iris sein, flehte Eddie im Stillen. Vielleicht hatte sie etwas vergessen! Eddie sprang auf und lief hoffnungsvoll zur Tür. Er würde ihr die Kinder wieder mitgeben, da konnte sie so krank sein, wie sie wollte!

Doch es war nicht Iris, sondern Joe. Er kam hereinspaziert, einen erstaunten Ausdruck im Gesicht. »Was ist denn hier los? Hast du einen privaten Kindergarten aufgemacht?« Er nahm das kreischende Baby von der Matratze und schaukelte es auf seinem Arm hin und her.

»Heididei, wer bist du denn? Du bist aber eine süße

Maus!« Evita hörte augenblicklich auf zu weinen und schaute Joe verblüfft an.

»Siehst du«, sagte Joe. »Alle Frauen mögen es, wenn man ihnen Komplimente macht. Sag ihnen was Nettes, und du hast sie für alle Zeiten im Sack.« Er setzte sich das Baby auf die Hüfte und kitzelte es am Ohr, was der Kleinen ein entzücktes Lachen entlockte.

»Ihr Racker da drüben, was habt ihr denn da?«, rief Joe. Eilig ging er zu Eddies Schreibtisch und nahm Leon den Brieföffner weg. »Messer, Gabel, Schere, Licht – sind für kleine Kinder nicht. Das ist ein Messer, klaro?«

»Klaro«, sagte Leon beeindruckt.

»Wie heißt du denn, mein Kleiner?«

»Leon«, sagte Leon.

»Und wie alt bist du?«

»Ssswei«, sagte Leon.

»Andi auch ssswei«, meldete Andi sich. »Andi Debutstag.«

»Gratuliere nachträglich. Euch beiden. Ihr seid tolle, große Jungs.« Er fuhr zuerst Andi, dann Leon durch die Haare.

»Du hast mir ja gar nicht gesagt, dass dein Neffe zu Besuch kommt«, sagte er dann zu Eddie.

»Ich wusste es ja selber nicht.«

»Und die beiden anderen? Sind echt goldige Mäuse. Wo hast du sie her?«

Eddie betrachtete ungläubig das fröhlich brabbelnde Baby und die Jungs, die auf einmal so brav wirkten wie zwei Chorknaben. »Sie gehören Iris, einer Freundin von Diana. Wie hast du das gemacht?«

»Wie habe ich was gemacht?«

»Dass sie auf einmal die Klappe halten und nichts kaputtmachen.«

Joe zuckte die Achseln. »Woher soll ich das wissen. Ich habe keinen Kurs belegt oder so.« Er ging in die Hocke und kramte ein paar Spielsachen aus der Reisetasche, die Iris mitgebracht hatte. Während Andi und Leon sich begeistert auf die Matchboxautos und die Duploklötze stürzten, ging Joe mit dem Baby zum Sofa. Er setzte sich und ließ die Kleine auf seinen Knien hopsen. »Ich brauche deine Hilfe. Am Samstagabend steht wieder ein Auftrag von der Agentur an.«

»Sekunde mal. Wir hatten ausgemacht, dass es nur ein einmaliger Einsatz war. Außerdem kann es nicht wegen Jenny sein. Sie ist für sechs Wochen nicht da. Warum kannst du das nicht selbst erledigen? Schließlich ist es *dein* Job!«

»Ich kann da unmöglich hingehen«, sagte Joe.

Eddie musterte ihn argwöhnisch. »Wieso nicht? Hast du etwa nach der kurzen Zeit schon 'ne andere?«

Joe war entrüstet. »Was glaubst du von mir? Du weißt genau, wie sehr ich Jenny liebe!« Er räusperte sich verlegen. »Es hat nichts mit Jenny zu tun, sondern mit dir. Die Frau von neulich hat bei Claire angerufen. Beziehungsweise ihre Sekretärin.«

Eddie starrte ihn an. »Was wollte sie?«

»Dich«, sagte Joe schlicht.

Eddie schluckte. »Sie will noch ein Date mit mir?«

»Sozusagen. Sie hat ausdrücklich nach Joseph Scheuermann verlangt. Und der war ja in diesem speziellen Fall niemand anderer als du.«

Eddie setzte ein Pokerface auf, obwohl er sich von einer eigentümlichen Hitze durchflutet fühlte. »Glaubst du, sie will noch mal …?«

»Da bin ich überfragt«, sagte Joe ehrlich. »Was sie aber auf jeden Fall will, ist deine Anwesenheit bei einem erneuten Dinner. Diesmal bei ihr zu Hause. Diese Russen kommen auch wieder. Wahrscheinlich sollst du deswegen dabei sein.«

»Das kannst du dir abschminken«, sagte Eddie kühl. »Einmal hat mir gereicht.«

»Das kannst du nicht machen!«, rief Joe erschrocken. »Ich habe schon zugesagt!«

»Wieso? Woher willst du wissen, ob ich nicht Samstag schon was anderes vorhabe?«

»Weil wir beide zufällig am Samstag in das U2-Konzert gehen wollten.«

»Eben«, sagte Eddie gelassen.

»Du kannst ein anderes Mal in ein Konzert von denen gehen. Ich ersetze dir auch die Karte.«

»Darum geht es nicht«, sagte Eddie eigensinnig.

»Worum geht es dann?«

»Darum, dass du nicht einfach über mein Leben verfügen kannst, wie es dir passt!«

»Eddie! Es ist nur für dieses eine Mal!«

»Das hast du neulich auch gesagt.«

»Ich verliere den Job, wenn du nicht einspringst!«, rief Joe. »Ich verstehe nicht, wieso du dich auf einmal so anstellst! Du kriegst auch wieder das Geld von mir!«

»Ich habe ja noch nicht mal das Geld von neulich.«

»Also hör mal. Du hast fünfhundert Euro kassiert! Das ist doch wohl mehr als genug! Und das auch noch dafür, dass du einen Wahnssinnspaß dabei hattest! Tu jetzt bloß nicht so, als hätte es dir nicht gefallen! Ich habe genau gemerkt, dass du ganz hin und weg warst!«

»Das ist nicht wahr«, widersprach Eddie hitzig. »Ich kann die Frau nicht leiden, klar? Ich will sie überhaupt nicht wiedersehen!«

»Stell dich doch nicht so an! Es ist nur ein Geschäftsessen! Das wirst du doch wohl hinkriegen!«

»Nein.«

»Was willst du?«, rief Joe empört aus. »Soll ich die Bezahlung verdoppeln? Mich vor dir auf die Knie werfen? Sag mir, was ich tun soll, und ich mach's, du Blödmann!«

Eddie war im Begriff, wütend aufzufahren, doch dann besann er sich. Er hob die Brauen und warf einen nachdenklichen Blick auf das Baby, das mit Joes Hemdknöpfen spielte und dabei stillvergnügt vor sich hinsabberte. Dann schaute er hinüber zu Andi und Leon, die sich wunderbarerweise immer noch mit dem Spielzeug amüsierten.

Joe war Eddies Blickrichtung gefolgt und schüttelte alarmiert den Kopf. »O nein. Nicht das. Bitte nicht.«

»Doch«, sagte Eddie.

»Ist das dein Ernst?«

»Worauf du dich verlassen kannst.«

»Wie lange?«

»Bis Iris wiederkommt. Und danach gehst du mit Andi noch mindestens für eine Stunde auf den Spielplatz. Samstag musst du ihn natürlich auch nehmen. Und auch immer, wenn ich arbeiten muss, jedenfalls solange Iris krank ist.«

»Aber ich muss für die Klausur nächste Woche lernen!«, wandte Joe ein.

»Kannst du doch. Abends schläft der Kleine ja.«

»Bist du sicher?«

Eddie zuckte die Achseln. »*Du* bist doch der Kinderexperte.«

»Na gut«, sagte Joe. »Aber es ist Erpressung.«

Eddie ging nicht darauf ein. Er fühlte sich auf einmal viel besser. Wie kam er überhaupt dazu, sich einen Kopf zu machen, nur weil er Samantha wiedersehen sollte? Bis jetzt hatte es noch keine Frau geschafft, dass er den Schwanz einkniff. Er würde am Samstagabend bei ihr in dieser angeberischen Prachtvilla auflaufen und von Anfang bis Ende absolut cool bleiben. Sie wollte ein Geschäftsdinner – sie sollte eins kriegen. Aber mehr auch nicht. Auch nicht, wenn sie diesmal einen Tausender schwenkte. Eddie schloss die Augen und malte sich aus, wie er ihr das Geld vor die Füße warf. Er würde sie von oben bis unten ansehen und dabei mit kalter Stimme sagen: *Sorry, Babe, aber bei so was bin ich eher wählerisch. Es gibt vielleicht Kundinnen, bei denen ich es öfter tue, aber du gehörst leider nicht dazu. Und weißt du auch warum? Du bist einfach nicht mein Typ!*

»Ist dir nicht gut?«, wollte Joe besorgt wissen.

»Keine Sorge«, sagte Eddie. »Ist alles im grünen Bereich. Ich bin gut drauf.«

*

»Das Kleid kann ich nicht anziehen«, sagte Samantha. Sie stand vor dem Spiegel in ihrem Schlafzimmer und betrachtete sich zweifelnd.

»Klar kannst du«, meinte Babette. Sie zupfte eine Falte an Samanthas Rücken gerade. »Du siehst klasse damit aus. Es ist genau das Richtige. Du hast selbst gesagt, dass diese Russen auf Figur abfahren.«

»Ich finde, ich sehe aus wie eins von diesen Pin-up-Girls, die Soldaten sich in den Spind hängen.«

»Eben«, sagte Babette. »Genau das finden die gut. Sie werden dir aus der Hand fressen. Was ist mit Hans? Hat alles geklappt?«

»Bis jetzt ja. Er hat vorhin von unterwegs angerufen. Wenn er gut durchkommt, ist er gegen halb acht da. Bis er dann merkt, dass dort nichts stattfindet, ist es sicher halb neun. Selbst wenn er dann doch noch zurückfährt, kann er nicht vor ein Uhr nachts hier sein. Und bis dahin ist auf jeden Fall alles gelaufen. Ist also alles im Zeitplan.«

»Wunderbar.«

Samantha fand es alles andere als wunderbar. Nicht nur, weil sie Hans auf so gemeine Weise hinterging, sondern weil sie davon überzeugt war, dass alles schief gehen würde. Sie war noch nie im Leben so nervös gewesen. Nicht mal im mündlichen Examen. Alles kam ihr so unwirklich vor wie ein Film. Babette war die Regisseurin und sie selbst die Hauptdarstellerin. Und zwar eine erbärmlich schlechte. Den Oscar würde sie niemals kriegen.

»Hast du mit dem Caterer gesprochen?«, wollte Babette wissen.

Samantha nickte. »Er kommt um sieben. Es ist alles so weit vorbereitet, er muss hier nur noch die letzten Handgriffe erledigen, dann ist das Essen fertig.«

»Okay. Wie schaut's mit den Lattenrosten aus?«

»Ganz gut.«

Samantha wusste inzwischen fast so viel über Lattenroste wie über Badezimmer. Sie hatte einen Sonderposten aus einem Konkurs an der Hand, den sie zu unglaublich günstigen Konditionen auf Abruf liefern lassen konnte. Blieb nur noch, Eddie mit den wichtigsten Einzelheiten vertraut zu machen. Schließlich sollte *er* etwas über Lattenroste erzählen.

»Dann helf ich dir jetzt beim Tischdecken«, sagte Babette.

»Ich habe ein komisches Gefühl«, meinte Samantha, während sie die Platzteller verteilte.

»Wieso?« Babette zog die Besteckschublade auf. »Gibt es Fisch oder Fleisch?«

»Fleisch«, sagte Samantha. In dem Punkt hatte sie kein Risiko eingehen wollen. Mit Fleisch lag sie auf jeden Fall richtig. Die Russen hatten ihre Steaks bis auf den letzten Zipfel verputzt. Also würde es heute wieder welche geben, nur mit ein paar anderen Zutaten.

»Wieso hast du ein komisches Gefühl?«, wiederholte Babette. Sie legte die Bestecke auf und dekorierte die Servietten. »Denkst du, es könnte schief gehen?«

»Ach, ich weiß auch nicht«, sagte Samantha.

In Wahrheit wusste sie es doch. Nichts würde klappen! Eddie sollte um sechs Uhr kommen, damit noch genug Zeit für die Vorbesprechung blieb. Genau um Viertel vor sechs begann Samantha, in der Halle auf- und abzutigern und darauf zu warten, dass er kam. Oder besser gesagt, sie wartete darauf, dass er *nicht* kam. Schon die ganze Zeit über war sie felsenfest davon überzeugt gewesen, dass er nicht auftauchen würde. *Das* war das komische Gefühl gewesen. Eine nervöse kleine Stimme in ihrem Kopf sagte ihr ständig, dass etwas bei diesem Treffen schief gehen würde. Also hatte Samantha das Naheliegende angenommen, dass nämlich Eddie die Verabredung nicht einhalten würde. Diese Vorahnung war so stark gewesen, dass sie fast überrascht war, als sie pünktlich um sechs durch das Dielenfenster den verbeulten Jeep vorfahren und Eddie aussteigen sah. Er trug diesmal nicht den schlecht sitzenden Smoking, sondern war eher schlicht gekleidet. Schwarze Jeans, dunkler Rolli, Lederschuhe.

Samantha atmete tief durch und machte ihm die Tür auf.

»Hallo«, sagte sie befangen.

»Hallo«, erwiderte Eddie, genauso cool und lässig, wie er es sich vorgenommen hatte. Leider erkannte er auf den ersten Blick, dass er jetzt ein Problem hatte. Er konnte zwar cool tun, aber er fühlte sich nicht so. Sie sah umwerfend aus. Wenn irgend möglich, sogar noch besser als beim letzten Mal.

Heute trug sie ein hochgeschlossenes Kleid, das bis auf die nackten Arme nicht besonders viel Haut sehen ließ. Doch dafür lag es so atemberaubend eng an, dass es jede Kurve und jede Ausbuchtung ihrer Stundenglasfigur betonte. Außerdem war es aus dunkelroter Seide. Eddie hatte schon immer eine Schwäche für rote Seide gehabt.

»Gut, dass du pünktlich bist«, sagte Samantha. »Wir müssen noch was besprechen. Außerdem musst du dich umziehen. In dem Zeug kannst du nicht bleiben.«

Eddie hatte seine besten Klamotten an. »Ich dachte, heute muss ich mich nicht so rausputzen, weil es doch bei dir zu Hause stattfindet.« Er schaute sich beiläufig um. Innen war dieser Protzbunker noch vornehmer als außen. Überall Edelholz und Marmor und an den Wänden jede Menge Bilder. Eddie hakte die Daumen in die Schlaufen seiner Jeans und fragte sich, wieso zum Teufel er sich von Joe hatte überreden lassen, diese blöde Show noch ein zweites Mal mitzumachen. Wie sollte er den Abend überstehen, wenn sie so aussah? Von ihrem Geruch ganz zu schweigen. Sie roch so gut wie beim letzten Mal. Wenn nicht noch besser.

Samantha bemerkte nichts von seiner Verunsicherung, dafür hatte sie zu viele eigene Probleme im Kopf. Sie holte Luft. Jetzt war es an der Zeit, Farbe zu bekennen. Es wäre ihr weit lieber gewesen, sie hätten einfach nur gemeinsam mit Dmitri und seinen Freunden zu Abend essen und dabei ganz zwanglos über Sanitärobjekte plaudern können. Doch da war noch die Sache mit den Lattenrosten und dem Haus. Nachdem sie mit der Schwindelei einmal angefangen hatte, musste sie wohl oder übel weitermachen, sonst hätte sie ebenso gut gleich Georg anrufen und ihm sagen können, dass sie kein Interesse mehr an der Firma hatte. Da sie sich selbst in diese dämliche Situation hineinmanövriert hatte, war es auch an ihr, alles so zu deichseln, dass die Intrige klappte.

Am besten fing sie mit dem Outfit an. Danach würde sie ihm dann die Geschichte mit den Lattenrosten erklären und ihn die Unterlagen lesen lassen. Und er musste, *last but not least*, natürlich erfahren, dass das Haus ab sofort ihm gehörte. Jedenfalls solange Dmitri und die anderen zu Besuch hier waren.

»Ich habe einen Anzug für dich besorgt«, sagte Samantha. Sie gratulierte sich immer noch im Stillen dazu, dass sie daran gedacht hatte. Und zwar von ganz alleine. Alles andere war auf Babettes Mist gewachsen; Samantha hatte nur treu und brav ihre Vorschläge befolgt.

Eddie glaubte, nicht richtig gehört zu haben.

»Einen Anzug?«

»Der vom letzten Mal hat dir nicht richtig gepasst. Dmitri ist es auch aufgefallen. Ich habe in deiner Wohnung ein Regal mit Klamotten gesehen, aber Anzüge waren nicht dabei. Außer dem, den du anhattest. Ich habe befürchtet …« Sie hatte befürchtet, dass er wieder in dem Ding erscheinen würde, hielt es aber für besser, nicht weiter darauf herumzureiten. »Ich habe dir halt einen besorgt. Für alle Fälle.«

»Ein Smoking für Eddie«, meinte er mit unüberhörbarem Sarkasmus.

»Nein, eigentlich eher ein ganz normaler Anzug.«

»Und du denkst, dass ich damit besser aussehe«, stellte Eddie ironisch fest.

Samantha verschränkte nervös die Hände. Das Ganze fing nicht gut an. Er nahm es weniger bereitwillig auf, als sie gedacht hatte.

»Ich habe ihn in meinem Schlafzimmer. Du kannst ihn da anziehen und ihn gleich anlassen.«

Eddie betrachtete sie skeptisch. »Woher willst du wissen, dass er mir passt?«

Weil ich deine Maße mit verbundenen Augen im Kopf habe, dachte Samantha. Ihre Wangen fingen an zu glühen. »Probier ihn einfach an. Er wird schon sitzen. Ein Hemd ist auch dabei.«

»Du hast einen Anzug ausgesucht, ohne meine Größe zu kennen?«

»Ich habe ein gutes Auge für Proportionen. Das bringt mein Beruf mit sich.«

Das war für Eddie ein Stichwort, bei dem er einhaken konnte. »Was machst du eigentlich beruflich?«

»Ich bin in der Sanitärbranche tätig. Bei Bruckner-Bad, vielleicht sagt dir das was.«

So viel hatte Eddie inzwischen auch schon herausbekommen.

»Ich wollte eher wissen, was genau du da tust.«

»Na ja, ich bin gelernte Betriebswirtin und mache alles, was in dem Beruf so anfällt. Marketing, Disposition, Akquisition – du weißt schon.«

Eddie wusste nicht, aber er hätte sich lieber die Zunge abgebissen, als es zuzugeben.

Samantha ging voraus und stieß die Tür zu ihrem Schlafzimmer auf. »Der Anzug liegt auf dem Bett. Wenn du dich umgezogen hast, müssen wir noch den Ablauf des Abends besprechen. Ich warte dann vorne im Salon.« Sie machte Anstalten, ihn allein zu lassen, doch Eddie hielt sie am Handgelenk fest. »Wieso im Salon?«, äffte er ihre vornehme französische Betonung des Worts nach. »Warum nicht hier? Hast du Angst, mich nackt zu sehen? Wir kennen uns doch ganz gut. Zumindest, was das angeht.« Er wusste selbst nicht, warum er auf einmal so wütend war. Lag es an ihrer Aufmachung, die unglaublich erotisch und dabei zugleich elegant war? An ihrem überheblichen Auftreten und den vielen Fremdwörtern? Oder an der unerwartet einfachen, aber rührend weiblichen Einrichtung ihres Schlafzimmers? Es hätte das Zimmer seiner Schwester sein können. Eine hell gemusterte Rosentapete, ein schmaler Sekretär aus wurmstichigem Holz, der aussah, als stammte er vom Trödel. Dazu ein selbst bemalter Bauernschrank, ein gedrechselter Klappspiegel aus den Fünfzigern und ein breites Bett mit einem weißen Himmel aus zartem Organza. Auf dem Kopfkissen saß ein ziemlich angeschmuddelter Plüschaffe. Er hatte ein eingerissenes Ohr und nur noch ein Auge.

Samantha war seinen Blicken gefolgt. Sie räusperte sich verlegen. »Den habe ich bekommen, als ich fünf war, von meinem Vater. Es war das letzte Geschenk von ihm. Er ist ein paar Monate später gestorben.«

Plötzlich glaubte Eddie, zumindest teilweise zu ahnen, was ihn so an ihr reizte. Es war die Widersprüchlichkeit, die er in ihrem Wesen erkannte. Auf der einen Seite wirkte sie tough und arrogant. Sie war klug und gebildet und besaß dieses gewisse kulturelle Flair, das Menschen in ihren Kreisen anscheinend angeboren war. Andere Frauen, die so groß waren wie sie, ließen meist ein wenig die Schultern nach vorn hängen. Nicht so Samantha. Sie hielt sich aufrecht und gerade, das Kreuz durchgedrückt und den Kopf stolz erhoben wie eine Königin.

Andererseits besaß sie auch verletzliche Züge. Diese glaubte Eddie gerade jetzt zu erkennen, nicht nur an diesem eher bäuerlich hübschen Schlafzimmer, sondern auch an dem Ausdruck in ihrem Gesicht. Sie sah ihn mit großen

Augen an, trotzig und mit einem Hauch von schlechtem Gewissen.

Es war dieser seltsame Gegensatz, der Eddie verärgerte und ihn gleichzeitig auf beunruhigende Weise anzog. Sie war nicht nur die Geschäftsfrau, sondern auch das kleine Mädchen, das in einem gerüschten Himmelbett schlief und ein abgeliebtes Kuscheltier auf dem Kopfkissen hatte.

Plötzlich erinnerte er sich an gewisse Einzelheiten ihrer gemeinsamen Nacht. Irgendwann während ihres zweiten Mals hatten sie voreinander gekniet, auf seiner Matratze, die Gesichter einander zugewandt. Sie hatte ihm das Haar aus dem Gesicht gestrichen und ihn angesehen, benommen und verstört – so als hätte sie ihn bis zu diesem Moment nicht richtig wahrgenommen. »Was machst du mit mir?«, hatte sie geflüstert. »Wer bist du?«

Eddie hatte nicht darauf geantwortet, weil er viel zu sehr darauf bedacht war, weiterzumachen. Berauscht vom Wodka und von der Begierde hatte er sie wortlos zurück auf die Matratze gedrängt und sie dazu gebracht, Dinge zu sagen und zu tun, die sie sich vermutlich vorher in ihren kühnsten Träumen nicht hatte vorstellen können.

»Lebt deine Mutter noch?«, fragte er.

»Ja. Sie ist noch keine sechzig und kerngesund.« Samantha verzog das Gesicht, woraus Eddie schloss, dass sie und ihre Mutter nicht gerade die allerbesten Freundinnen waren.

»Und deine Eltern?«, fragte sie.

»Sind beide tot.«

»Wie alt warst du?«

»Acht. Meine Mutter ist an Krebs gestorben, und mein Vater hat sich ein paar Monate später aufgehängt.«

Er sagte das mit einer seltsam emotionslosen Stimme,

doch als Samantha ihn erschrocken und mitleidig anschaute, zuckte er abfällig mit den Schultern. »War ganz gut so. Wenn er nicht gerade besoffen war, hat er Diana und mich verdroschen. Im Heim hat's uns besser gefallen.«

Und dann, ohne besondere Vorwarnung, zog er sich den Rolli über den Kopf und warf ihn aufs Bett. Er trug kein Unterhemd.

Samantha wich einen Schritt zurück und prallte mit dem Rücken gegen die Tür. »Ich schau dann mal, ob der Wein schon die richtige Temperatur hat«, stammelte sie.

»Wenn du willst, dass ich diesen Anzug anprobiere, bleibst du hier.« Eddie genoss plötzlich die Situation. Er mochte es, wenn sie diesen unsicheren Ausdruck in den Augen hatte.

»Es gefällt dir doch, mich anzusehen. Das hast du selbst gesagt.«

Hatte sie das? Samantha konnte sich nicht erinnern. Sie wusste zwar, dass sie ziemlich viel gesagt hatte in jener Nacht, aber davon war höchstens ein winziger Bruchteil jugendfrei gewesen.

Ihr Mund wurde trocken, als sie Eddie dabei zuschaute, wie er seinen Gürtel löste und die Hose abstreifte.

»Ich glaube nicht, dass ich hier bleiben möchte«, sagte sie.

»*Ich* möchte es aber.«

»Wir müssen noch ein paar wichtige Einzelheiten besprechen«, sagte Samantha nervös.

»Warum nicht hier?« Eddie setzte sich aufs Bett und zog sich die Schuhe aus. »Fang an.«

»Ich warte draußen, bis du fertig bist.« Samantha griff nach der Klinke.

Eddie sprang vom Bett auf. Er war mit drei Schritten

bei ihr und postierte sich so, dass sie die Tür nicht öffnen konnte. »Du hast mich falsch verstanden. Ich will jetzt mit dir reden. Hier.«

Samantha knetete ihre Finger. Seine Nähe war mehr als irritierend. Vor allem, wenn er dabei halb nackt war. »Die Sache ist die«, begann sie.

»He, meine Boxershorts passen farblich genau zu deinem Kleid«, sagte Eddie.

»Warum ziehst du nicht in der Zwischenzeit den Anzug an?«, schlug Samantha vor.

Eddie ging zum Bett zurück und besah sich die Neuerwerbung. »Armani«, sagte er. »Extra für einen Abend. Cool.«

»Du kannst ihn natürlich behalten«, sagte Samantha. Sie räusperte sich. »Wegen dieser Sache … Es ist ein bisschen unangenehm, und ich weiß nicht, wo ich anfangen soll.«

»Am besten am Anfang.« Eddie schüttelte das Hemd aus und betrachtete es von allen Seiten. »Nettes Teil. Hat sicher 'ne Stange gekostet.«

Darauf ging Samantha nicht ein. Sie hatte beschlossen, nicht länger um den heißen Brei herumzureden. »Das Treffen mit den Russen fand statt, weil ich hinter einem wichtigen Auftrag her bin. Sie planen in der Nähe von Moskau ein großes Luxushotel, und unsere Firma möchte dort die Bäder einbauen. Ich will diesen Auftrag unbedingt kriegen. Man könnte sagen, dass meine berufliche Zukunft davon abhängt.«

Eddie legte das Hemd zurück und setzte sich aufs Bett. Er hörte Samantha schweigend zu.

»Die Verhandlungen waren sozusagen ein bisschen ins Stocken geraten, weshalb ich Anfang der Woche auch Dmitri getroffen habe, um das Ganze voranzutreiben. Wir haben auch über dich gesprochen. Und da …« Samantha druckste herum und suchte nach den passenden Worten. »Es war eine Art Missverständnis. Ich habe eine Bemerkung über meinen Lebensgefährten gemacht, und da glaubte Dmitri natürlich, dass ich über dich spreche. Er denkt jetzt, dass das hier dein Haus ist.«

»Und wem gehört es nun wirklich?«

»Meinem Freund«, sagte Samantha mit abgewandtem Gesicht.

»Und wo steckt der?«

»Er ist zurzeit verreist.«

»Rein zufällig, hm?«

Samantha wurde rot. Sie zuckte die Achseln, sagte aber wohlweislich nichts. Das, was sie bis jetzt von sich gegeben hatte, reichte völlig. Sie hatte keine Lust, sich noch mehr zu blamieren.

»Also, wenn ich das jetzt richtig verstanden habe, soll ich mich heute Abend hier als Hausherr aufspielen«, sagte Eddie mit undeutbarem Gesichtsausdruck.

»Das wäre nett.« Samantha sammelte sich für ihr letztes Geständnis. »Dmitri wollte dann auch noch wissen, was du beruflich machst. Ich konnte ihm natürlich nicht sagen, dass du … dass du für Geld …«

»Frauen vögelst? Das sehe ich ein. So was konntest du deinen Geschäftspartnern schlecht erzählen.« Eddie hatte Mühe, seinen verbindlichen Tonfall beizubehalten. Siedend vor Zorn fragte er sich, wieso er überhaupt hier saß und sich diesen Mist anhörte.

»Also habe ich ein bisschen improvisiert«, fuhr Samantha fort. »Ich gebe zu, dass ich mich dabei vielleicht etwas dämlich angestellt habe. Ich habe ihm gesagt, dass du ein Lattenrostfabrikant bist.«

In Eddies Wut mischte sich Verblüffung. »Du hast *was?*«

»Es war keine absichtliche Lüge, sondern eher ein ganz spontaner Gedanke«, verteidigte Samantha sich. »Genau in dem Moment war mir nämlich eingefallen, was du über den Vorbesitzer der alten Fabrik erzählt hast, und bevor ich großartig darüber nachdenken konnte, war es mir auch schon herausgerutscht.«

»Ich fasse zusammen«, sagte Eddie. »Mir gehört das Haus hier. Und ich habe eine Fabrik, in der Lattenroste hergestellt werden.«

»Genau.« Samantha war erleichtert, dass es überstanden war. Sie hatte es ihm gesagt, und er hatte es mit bewundernswerter Fassung zur Kenntnis genommen.

»Das haut mich um«, sagte Eddie.

Samantha schaute ihn besorgt an. Er würde doch jetzt keinen Ärger machen, oder?

»Ich habe eine kleine Mappe zusammengestellt, da steht alles drin«, sagte sie eifrig. »Du musst es dir nur durchlesen. Die Sachen, die du dir einprägen musst, sind unterstrichen.«

»Warum das denn? So sehr müssen wir es doch auch nicht übertreiben, oder? Die werden mich bestimmt nicht deswegen löchern.«

»Doch«, sagte Samantha kläglich. »Ich hatte den Eindruck, dass Dmitri nicht nur an Badezimmern interessiert ist, sondern auch an Lattenrosten.«

»Für die Betten in dem russischen Hotel?«, vergewisserte Eddie sich.

Samantha nickte, während sie Eddie abwartend und ängstlich musterte.

Eddie nickte nachdenklich. »Das ist ein ganz schöner Hammer. Ich weiß nicht, ob ich das bringe.«

»Es ist wahnsinnig wichtig für mich«, betonte Samantha vorsorglich.

»Ist schon klar. Aber es ist … wie soll ich sagen. Ich weiß nicht, ob ich so gut lügen kann.«

»Du schaffst das auf jeden Fall«, sagte Samantha. Sie versuchte, zuversichtlich zu wirken, doch das war nicht leicht. Plötzlich hatte sich nämlich wieder ihr ungutes Gefühl eingestellt.

»Das gibt bestimmt Stress«, meinte Eddie. »Und wenn ich Stress habe, verkrampfe ich mich schnell.«

»Es ist alles halb so wild! Entspann dich einfach!« Samantha merkte, wie sich Verzweiflung in ihr breit machte. Sollten etwa all ihre Anstrengungen umsonst gewesen sein? So kurz vor dem Gelingen? Sie straffte sich entschlossen. So schnell gab sie nicht auf!

»Möchtest du vielleicht ein Bier?«

»Von Bier kann ich mich nicht entspannen«, sagte Eddie. »Da gibt es andere Sachen, die wesentlich besser funktionieren.«

In seinen Augen stand ein berechnendes kleines Glitzern.

Samantha stand im ersten Moment auf der Leitung, doch dann wurde ihr klar, was er meinte. Es war nicht zu übersehen. Seine Boxershorts saßen ziemlich knapp.

»Äh … das ist bestimmt keine gute Idee«, krächzte sie erschrocken.

»Wieso nicht?«

»Um sieben Uhr wird das Essen gebracht.«

»Bis dahin sind wir längst fertig.«

Samantha versuchte es mit einem letzten Strohhalm. »Ich habe nicht so viel Geld im Haus.«

Eddie hätte am liebsten seine Hände um ihren Hals gelegt und zugedrückt. Doch das musste warten. Im Augenblick war es viel wichtiger, ihr das Kleid vom Leib zu zerren und sie aufs Bett zu werfen. Dann würde sie für eine Weile die Klappe halten. Oder zumindest nur solche Dinge von sich geben, die ihm uneingeschränkt gefielen.

Er legte die Hand auf ihre Hüfte. »Habe ich dir schon gesagt, dass du toll aussiehst? Dieses Kleid – es ist echt scharf.«

Samantha fühlte, wie ihr Herz zu rasen begann. Sie konnte sich nicht bewegen. Sogar das Atmen fiel ihr schwer. Es wurde auch nicht besser, als seine Hand sich langsam über ihren Rücken nach oben tastete und mit einem zielsicheren Griff den verdeckten Reißverschluss fand. Ein langsames Abwärtsgleiten, und das Kleid war offen. Es rutschte mit seidigem Rascheln nach unten und fiel als rot schimmernde Pfütze um ihre Füße.

Eddie sog scharf die Luft durch die Zähne, als er sah, was sie darunter trug. Viel war es nicht, nur ein paar winzige Spitzendreiecke an den strategisch wichtigen Stellen. Und sie waren genauso sündig rot wie das Kleid.

Samantha konnte nicht mehr klar denken. Sie konnte nicht mal mehr richtig sehen. Ihr Gesichtsfeld hatte sich auf eine Art Tunnelblick verengt. Das Einzige, was sie noch mit einiger Klarheit fokussieren konnte, war Eddies breite Brust.

Sie merkte nicht, dass sie ein leises Stöhnen von sich gab, als er sie an sich zog und ihren BH aufhakte. Wie unter Hypnose streckte sie die Hände aus. Nicht um sich an ihm festzuhalten, sondern um seine nackte Haut zu fühlen.

Es ergab sich wie von selbst, dass Eddie den Kopf senkte und ihn zwischen ihren Brüsten vergrub. »Himmel, du riechst schon wieder so wahnsinnig gut«, murmelte er. »Wie heißt noch gleich das Parfum, das du benutzt?«

»Ich nehme gar keins«, erwiderte Samantha keuchend. »Du riechst übrigens auch gut.« Sie bekam die Worte kaum heraus. Dann konnte sie für eine ganze Weile nicht sprechen, weil er sie küsste. Wild und hart und mit besinnungsloser Gier.

Samantha klammerte sich an ihn und ergab sich seinen zügellosen Zärtlichkeiten. Sie konnte an nichts anderes mehr denken als daran, wie wunderbar er küsste und wie perfekt seine Hände ihre Brüste umschlossen.

Eddie rang nach Luft. Sein Herz raste wie ein Presslufthammer, und in seinen Ohren rauschte das Blut. Er fühlte sich zugleich besessen und entrückt, und er würde sterben, wenn er sie nicht sofort haben konnte.

Sie landeten auf dem Bett, und dann ging ihnen für eine Weile jegliches Zeitgefühl verloren.

*

Als Samantha wieder zu sich kam, galt ihr erster Blick seinem Gesicht. Er hatte die Augen geschlossen, und seine Züge waren in träumerischer Selbstvergessenheit entspannt.

Sie ließ es zu, dass ihr Inneres sich für einen Augenblick in schmerzhafter Sehnsucht zusammenzog.

Wie schön er ist, dachte sie.

Samantha gab dem Bedürfnis nach, ihn zu berühren, einfach um der reinen Freude willen, seine Reaktion zu sehen. Die blonden Härchen auf seiner Brust – es gab nicht allzu viele davon – richteten sich wie von Zauberhand auf, als sie mit den Fingerspitzen sanft über seine Haut fuhr. Eddie seufzte genießerisch, dann öffnete er die Augen und schaute Samantha direkt an.

»Mach das noch mal«, flüsterte er.

Sie tat es. Wieder und wieder. Sie sahen sich die ganze Zeit an, stumm, betört, fragend.

Irgendwann hielt Eddie ihre Hand fest und küsste sacht ihren Daumenballen.

Samantha spürte, dass sie anfing zu zittern. »Eddie«, sagte sie leise und hilflos.

Er nahm ihren Kopf in beide Hände und küsste sie. »Du bist wunderbar«, murmelte er an ihrem Mundwinkel.

Samantha entgegnete nichts auf diese Plattitüde. Natürlich sagte er das zu jeder Frau, vermutlich war es im Preis inbegriffen. Genau wie alles andere. Zum Beispiel die erstaunliche und erschreckende Tatsache, dass die Welt hinterher immer noch Kopf stand. Und dass sich irgendwie ihr Inneres nach außen gekehrt hatte und bei jedem Atemzug schmerzte. Warum sonst hatte sie auf einmal das Bedürfnis zu weinen?

»Wir sollten das öfter tun«, meinte Eddie leise. Seine Stimme war wie rauer Samt, und seine Hände, die auf ihrem Rücken lagen, waren warm und fest.

Samanthas Herz zuckte kurz und setzte für einen Schlag aus, als er sie enger an sich zog. Sie holte Luft und zwang sich zu einer leichtherzigen Erwiderung.

»Das würde ich gern tun, aber ich fürchte, ich kann es mir nicht leisten.«

Eddie erstarrte, dann ließ er sie abrupt los und setzte sich auf. »Sind wir schon wieder bei dem Thema? Hör zu, du eingebildete Gans, jetzt lass dir mal was sagen …«

»Schsch!« Samantha hob besorgt den Kopf. »Ich habe was gehört!« Sie schaute auf die Uhr. »Es ist erst halb sieben. Ob das schon der Caterer ist?«

»Es ist mir scheißegal, wer das ist. Du und ich, wir reden jetzt ein paar Takte! Das heißt, du bist still, und ich rede! Und danach machen wir da weiter, wo wir vorhin aufgehört haben!«

»Später.« Samantha glitt aus dem Bett und ging eilig zum

Fenster, um hinter der vorgezogenen Gardine hervor nach draußen zu spähen.

»Ach du liebe Zeit«, sagte sie.

»Was ist«, spottete er. »Muss ich jetzt aufstehen und mich im Schrank verstecken?«

»Nein. Beweg dich nicht von der Stelle. Ich bin gleich wieder da.« Sie schnappte sich einen Morgenmantel und rannte aus dem Zimmer.

*

Hans war bis auf die Knochen erschöpft. Er fühlte sich vom Pech verfolgt, und das seit Stunden. Am Anfang hatte sich alles sehr viel versprechend angelassen. Er war bei bestem Wetter losgefahren, und seine Laune war so strahlend gewesen wie die Sonne. Die Autobahn war frei gewesen, und ein herrliches Golf-Event hatte in greifbarer Nähe vor ihm gelegen.

Dann, aus heiterem Himmel, war der Unfall passiert. Vor ihm hatten sich zwei Laster verkeilt, und ein weiterer Wagen war mit hohem Tempo in die Unfallstelle gekracht. Hans hatte sofort eine Vollbremsung eingeleitet und den Porsche fast zum Stehen gebracht. Aber eben nur fast.

Zum Glück gab es bei dem Unfall keine Personenschäden zu beklagen. Die beiden Brummifahrer waren wohlauf, und auch dem Fahrer des anderen Wagens war bis auf eine kleine Schramme an der Stirn nichts passiert.

Hans hatte dank ABS und Airbag ebenfalls nichts weiter abbekommen. Lediglich sein Selbstwertgefühl war ein wenig angeschlagen. Wenn er nicht in Gedanken so stark mit seiner verbesserungswürdigen Technik im Bunker beschäftigt gewesen wäre, hätte er früher bremsen können.

Der Wagen war ihm egal. Er war vollkaskoversichert, und außerdem hatte er noch den BMW.

Richtig ärgern konnte er sich nur wegen des verpassten Turniers. Er hatte in dem Hotel angerufen, wo man ihm mitgeteilt hatte, dass ihm für die Nichtinanspruchnahme des Zimmers achtzig Prozent in Rechnung gestellt werden würden. Auf seine Frage, ob Bernhard Langer und die anderen Teilnehmer bereits eingetroffen seien, wurde er höflich informiert, dass ein Herr Langer zurzeit nicht eingetragen sei. Es laufe zwar gerade ein größeres Turnier, aber das sei schon fast zu Ende, die Anreise lohne daher sowieso nicht mehr.

Hans hatte sich wohl oder übel von seinen Wochenendplänen verabschiedet und sich vom Pannendienst in die nächstgrößere Stadt kutschieren lassen, wo er sich einen Mietwagen besorgt hatte. Mittlerweile hatte es angefangen zu regnen. Es goss wie aus Kübeln, und Hans tröstete sich mit dem Gedanken, dass das Golfspiel sowieso ins Wasser gefallen wäre. Umso mehr freute er sich auf zu Hause. Einem schönen, entspannten Wochenende mit Samantha stand nun nichts mehr im Wege. Sie war bestimmt froh, dass er heute schon zurückkam. Vielleicht könnten sie zusammen ins Kino gehen. Er war zwar kein sonderlich begeisterter Kinogänger, aber Samantha liebte es, sich mit Popcorn, Cola und Breitwandtechnicolor den Abend zu vertreiben. Warum sollte er ihr also nicht den Gefallen tun?

Seine zwischenzeitlichen Versuche, Samantha anzurufen, waren jedes Mal fehlgeschlagen. Entweder war sie nicht da oder hatte sich hingelegt. Ihr Handy war ebenfalls abgeschaltet. Während der Rückfahrt hatte er es einmal bei ihrer Mutter, einmal bei ihrem Bruder und einmal bei Babette versucht, in der Hoffnung, sie vielleicht dort zu erreichen – Fehlanzeige. Babette hatte eigentümlich nervös geklungen, als er ihr gesagt hatte, dass er sich auf dem Rückweg befand. Und auch Benedikt hatte sich komisch angehört. Hans machte sich darüber seine Gedanken, wollte sich aber auf keinen Fall allzu sehr hineinsteigern. Wenn er erst nach Hause kam, würde sich alles aufklären.

*

Samantha riss die Haustür auf. »Was machst du hier?«

Babette fegte an ihr vorbei ins Haus. »Das ist ja gerade noch mal gut gegangen. Er ist noch nicht da, oder?«

»Doch«, sagte Samantha.

Babette war erschrocken. »Wo?«

»Er ist ... Er macht sich frisch.« Samantha zerrte den Morgenmantel, den sie gerade in aller Eile übergeworfen hatte, fest vor der Brust zusammen. .

Babette atmete erleichtert auf. »Du redest von Joseph.«

»Von wem sonst?«

»So, so, er macht sich frisch.« Babette musterte sie von oben bis unten. »Und was ist mit dir? Musst du dich auch noch frisch machen? Ich dachte, das wäre schon passiert. Jedenfalls sah es für mich vor einer Stunde so aus. Da hattest du nämlich noch ein Kleid an.«

Samantha lief knallrot an und machte sich gar nicht erst die Mühe, eine Ausrede zu erfinden. Im Dielenspiegel war nur zu genau zu erkennen, dass sie aussah wie Lady Chatterley, nur ohne Pferd.

»Da habt ihr ja keine Zeit verloren«, stellte Babette fest. »Wie war es diesmal? Wieder so gut?«

»Was hast du überhaupt hier zu suchen?«, lenkte Samantha ab.

»Feuerwehr spielen. Hans hat angerufen. Er ist auf dem Rückweg. Dauert bestimmt keine zehn Minuten mehr, bis er hier ist.«

Samantha unterdrückte nur mit Mühe einen entsetzten Aufschrei. »Warum sagst du das jetzt erst! Was ist passiert?«

»Er wurde in einen Unfall verwickelt.«

»O Gott.« Samantha presste die Hand vor den Mund. Das war allein ihre Schuld! Er hatte einen Unfall gehabt, weil sie ihn auf widerwärtige, verlogene Art von zu Hause weggelockt hatte!

»Ihm ist nichts passiert«, beruhigte Babette sie. »Bloß der Porsche hat ein paar Schrammen abgekriegt. Also reg dich jetzt bitte nicht künstlich auf.«

»Du hast Nerven!« Samantha lief mit flatterndem Morgenmantel und wehenden Haaren auf und ab. »Was mach ich jetzt bloß?«

»Als Erstes musst du diesen Joseph rausschmeißen. Ich decke in der Zwischenzeit den Tisch ab. Dann rufst du die Russen an und verlegst den Termin. Sag denen, dass du Grippe hast oder so.«

In diesem Moment klingelte es an der Haustür.

»Das ist Hans!«, zischte Samantha zu Tode erschrocken.

Babette behielt die Nerven. »Er hat doch einen Schlüssel, oder?«

»Dann der Typ vom Restaurant.«

»Schau doch einfach nach.« Babette besann sich und schüttelte den Kopf. »Nein, besser nicht. Nicht in dem Aufzug. Ich gehe hin.«

Sie huschte zur Haustür und äugte durch den Spion. »Dein Bruder«, sagte sie.

»Hi, ich bin's nur«, meinte Benedikt, nachdem Babette ihm die Tür geöffnet hatte. Er sah viel besser aus als in der vergangenen Woche. Von dem Ausschlag war nicht mehr viel zu sehen.

»Hans hat bei mir angerufen«, sagte er eilig. »Er ist auf dem Weg hierher. Wenn du irgendetwas vor ihm zu verbergen hast, dann solltest du es tun. Und zwar am besten jetzt gleich, bevor es zu spät ist.«

»Was bringt dich eigentlich zu dieser Annahme?«, wollte Babette neugierig wissen.

»Ich habe eine gute Intuition.«

Damit regte er Babette zum Nachdenken an. »Das ist für einen Mann sehr ungewöhnlich«, meinte sie. »Ob es was damit zu tun hat, dass du schwul bist?«

»Nein, ich glaube es hängt eher damit zusammen, dass Sam meine Schwester ist.«

»Dein Ausschlag ist schon fast weg. Hast du deine Beziehungsprobleme inzwischen bereinigt?«

»Könntet ihr eure Unterhaltung vielleicht vertagen?«, mischte Samantha sich ein. Dann zuckte sie zusammen. »Ich glaube, ich habe eben einen Wagen gehört! O Gott, ich muss Eddie Bescheid sagen!«

»Wir halten hier die Stellung!«, rief Babette ihr nach.

Benedikt hatte sich an der Haustür postiert und drückte ein Auge gegen den Spion. »Hans ist da! Er ist schon ausgestiegen!«

Samantha flog förmlich in ihr Schlafzimmer. Eddie lag auf dem Bett, genauso nackt wie vorhin. »Endlich. Wurde aber auch Zeit.«

»Du musst verschwinden«, sagte Samantha. Ihr Gesicht war heiß. »Mein Freund ist zurückgekommen.«

Sie riss entsetzt sie Augen auf, als sie im nächsten Moment Hans' Stimme draußen auf dem Gang hörte.

»Was soll das heißen: Es geht ihr nicht gut? Was macht ihr beiden überhaupt hier? Samantha? Bist du da drin?«

Eddie hatte sich endlich aus dem Bett geschwungen und stand mitten im Zimmer. Samantha handelte rein instinktiv. Sie riss die Fenstertür auf, die in den Garten hinausführte, und schubste Eddie hinaus. »Verschwinde. So schnell wie möglich!«

»He, meine Klamotten! Wie stellst du dir das vor? Ich habe nichts an!«

Samantha schlug ihm die Tür vor der Nase zu und zerrte die Übergardinen zusammen. Eddie hämmerte von außen gegen die Scheibe. Zeitgleich klopfte Hans an die Zimmertür.

»Samantha? Liegst du im Bett?«

Beidseitiges Klopfen.

»Ja«, rief Samantha. Ihr Gesicht war noch heißer als vorhin. Es glühte wie Feuer. »Ich bin krank!«

Sie riss den Vorhang kurz zur Seite und warf Eddie einen beschwörenden Blick zu. Zum Glück hörte er sofort auf mit der Klopferei. Sie ließ die Gardine wieder zufallen und sah sich hektisch um.

Eddies Klamotten lagen überall auf dem Fußboden verstreut. Mit ein paar Fußtritten beförderte Samantha sie unters Bett, dann warf sie sich auf die Matratze und riss die Decke über sich, den neuen Anzug sowie Eddies und ihre verräterische Unterwäsche, die dort ebenfalls noch herumlag.

Die Bettdecke bis zum Kinn, setzte sie einen möglichst gequälten Gesichtsausdruck auf – was ihr ausgesprochen leicht fiel – und rief mit leidender Stimme: »Komm rein.«

Hans öffnete die Tür und kam ins Zimmer. »Was fehlt dir denn, mein armer Schatz?«

»Ach, ich weiß nicht. Ich fühle mich irgendwie … abgeschlagen. Wieso bist du schon wieder da? Was ist mit dem Golfturnier?«

»Unterwegs gab es einen Unfall. Der Wagen hat ein bisschen was abbekommen, und als ich anschließend bei dem Hotel anrief, hieß es, dass das Turnier schon so gut wie zu Ende war.«

»Es sollte doch erst morgen früh anfangen.«

Hans zuckte die Achseln. »Muss wohl alles ein kleines Missverständnis gewesen sein. Vielleicht ein Druckfehler auf der Einladung. Und Bernhard Langer war auch nicht da. Wer weiß, welche Leute sich da mit der Organisation befasst haben.«

Samantha lag wie auf heißen Kohlen. Die Knöpfe des Armani-Jacketts drückten sich durch den Morgenmantel in ihren Oberschenkel und brannten wie geschmolzenes Metall.

Babette und Benedikt kamen ebenfalls ins Schlafzimmer.

»Du armes Ding«, sagte Babette mit heuchlerischem Mitleid. »Soll ich einen Arzt rufen?«

»Was genau fehlt dir denn?« Hans beugte sich über das Bett.

Samantha zog vorsorglich die Decke ein Stück höher. »Komm nicht zu nahe, sonst steckst du dich am Ende noch an!«

»Kann ich was für dich tun?«, wollte Benedikt wissen.

Samantha nickte eilig. »Ich habe vorhin im Wohnzimmer die Terrassentür offen gelassen. Du kannst mal eben nachsehen, ob alles in Ordnung ist. Am Ende treiben sich noch Einbrecher im Garten herum.«

Sie hätte die Worte *im Garten* nicht besonders betonen müssen, denn Benedikt hatte auch so begriffen, worum es Samantha ging.

»Ich kümmere mich darum«, sagte er, schon auf dem Weg zur Tür.

»Ist dir heiß?«, fragte Hans. »Du bist so rot im Gesicht.«

Babette beeilte sich, das zu bestätigen. »Du siehst aus wie eine Tomate. Wie eine Tomate, die in die kochende Suppe gefallen ist, um genau zu sein.«

Diese Beschreibung kam Samanthas Zustand bedenklich nahe. Sie fühlte sich tatsächlich wie ein Stück siedendes Gemüse. Schwach, heiß und durchgeweicht. Ihr Gesicht stand in Flammen und hatte zu allem Überfluss begonnen, schrecklich zu jucken.

»O-Oh«, sagte Babette besorgt. »Du hast es auch. Jetzt ist es nicht mehr zu übersehen!«

»Was hat sie auch?«, erkundigte Hans sich besorgt.

»Den Ausschlag. Denselben wie Benedikt neulich. Mein Gott, sieht das übel aus! Da sind ja überall Pusteln!«

Hans wich einen Schritt vom Bett zurück. »Dann ist es doch etwas Ansteckendes! Ich rufe den Arzt!« Und schon war er auf dem Weg zum nächsten Telefon.

Er hatte kaum das Zimmer verlassen, als Samantha auch schon wie von der Tarantel gestochen aus dem Bett sprang und zum Fenster rannte. Draußen im Garten spielte sich ein denkwürdiges Schauspiel ab, und sie konnte nur beten, dass Hans es nicht zufällig mit ansah. Es stand fifty-fifty dafür beziehungsweise dagegen, je nachdem, ob er im Wohnzimmer oder im Arbeitszimmer telefonierte.

Eddie hopste von einem Fuß auf dem anderen und mühte sich dabei ab, in Benedikts Jeans zu steigen. Er kriegte sie kaum über die Hüften, aber immerhin war er jetzt nicht mehr nackt. Dann reichte Benedikt ihm mit ritterlicher Geste sein Sweatshirt und schaute anschließend interessiert dabei zu, wie Eddie es sich überstreifte.

Babette stand neben Samantha am Fenster und gab ein erstauntes Geräusch von sich. »He, den Typ kenne ich doch! Das ist derselbe, den wir neulich im *Battista* gesehen haben! Kannst du dich nicht erinnern?«

»Nein«, behauptete Samantha.

»Aber ja! So einen Typ vergisst man doch nicht! Er war mit dieser schnuckligen kleinen Dunkelhaarigen da! Sie war höchstens achtzehn oder so. Wie alt ist er? Zwanzig? Zweiundzwanzig?«

»Sechsundzwanzig«, sagte Samantha mit zusammengebissenen Zähnen.

»Wieso hast du gerade Eddie zu ihm gesagt? Ich dachte, er heißt Joseph.«

»Eddie ist sein Spitzname.«

»Er sieht toll aus«, meinte Babette. »Echt lecker. Nun schau dir deinen Bruder an. Ich glaube, er ist ebenfalls scharf auf ihn!«

Benedikt, nun seinerseits ziemlich spärlich bekleidet, schaute in ihre Richtung. Er hob die Hand, Daumen und Zeigefinger zum fröhlichen Okay-Zeichen gekrümmt. Eddie blickte ebenfalls zu ihr herüber, doch Samantha war sicher, dass er sie nicht sehen konnte. Sie hatte wohlweislich die Vorhänge nur einen winzigen Schlitz geöffnet. Schließlich konnte Hans jeden Augenblick zurückkommen.

»Meine Güte, dich hat es schlimm erwischt«, sagte Babette.

Samantha starrte nach draußen. Sie ließ Eddie nicht aus den Augen.

»Findest du?«, fragte sie geistesabwesend.

»Und ob. Guck dich mal im Spiegel an.«

Daran hatte Samantha im Augenblick kein Interesse. Nicht, solange nicht geklärt war, was dort draußen weiter passierte. Doch zum Glück schien sich alles auf unspektakuläre Art zum Guten zu wenden. Benedikt und Eddie schlichen gemeinsam über den Rasen, passierten den Brunnen und ein paar Rosenbeete und verdrückten sich in Richtung Straße. Sie sahen verboten aus. Benedikt trug nichts weiter als eine knallgelbe Unterhose und ein dazu passendes Unterhemd sowie seine Schuhe. Eddie, dessen Blöße nur unzureichend von Benedikts Klamotten bedeckt wurde, hatte die Hose im Schritt offen stehen, und das Shirt reichte ihm höchstens bis zum Nabel. Benedikt war zwar nicht viel kleiner als Eddie, aber mindestens um zehn Kilo Muskelmasse leichter.

»Ich glaube, Hans kommt zurück«, sagte Babette.

Samantha schnappte sich alle verräterischen Gegenstände, die noch sichtbar herumlagen, und stopfte sie eilig zu dem anderen Kram unters Bett.

»Genau wie in einer von diesen idiotischen Sitcoms«, sagte Babette. »Hätte ich nie gedacht, dass ich so was mal live erlebe. Wollte ich aber immer schon.«

Hans kam ins Zimmer. »Der Arzt ist unterwegs. Was wolltest du immer schon live erleben?«

»Wie du Golf spielst. Samantha erzählt mir so oft davon, wie sagenhaft gut du bist.«

»Ach, es gibt bessere Spieler«, wehrte Hans bescheiden ab. »Es war übrigens sehr lieb von dir, dass du gleich hergekommen bist, als es Samantha schlecht ging. Und von Benedikt natürlich auch. Wo ist er überhaupt?«

»Er musste dringend weg«, sagte Samantha.

»Warum hast du mich nicht auf meinem Handy angerufen und mir gesagt, dass du krank bist? Ich wäre doch sofort umgekehrt!«

»Du bist ja auch so umgekehrt. Und so krank bin ich auch wieder nicht. Es ist nur so eine Art … Allergie.«

»Wogegen?«

»Äh … Gegen Stress. Ich kriege das manchmal in schwierigen Situationen.«

»Welche Situationen meinst du damit genau?«

»Diese Russen von neulich hatten sich kurzfristig bei Sam zum Abendessen angesagt«, mischte Babette sich ein. Samantha warf ihr einen entsetzten Blick zu, doch Babette hob nur kurz eine Braue und signalisierte damit, dass sie wusste, was sie tat.

»Das hast du mir gar nicht gesagt«, meinte Hans.

»Weil es eben kurzfristig war«, erklärte Babette.

»Ich habe einen Caterer bestellt«, sagte Samantha, bloß um auch etwas von sich zu geben.

»Warum hast du dich nicht wieder mit ihnen in einem Restaurant zum Essen verabredet?«

»Ich … äh, ich dachte, es wäre eine gute Idee, dem Ganzen einen etwas privateren Rahmen zu geben.«

»Babette, kannst du das noch absagen?«, fragte Hans. »Samantha ist viel zu krank für ein Geschäftsdinner.«

»Klar«, sagte Babette. »Das regle ich schon. Ich rufe auch die Russen an. In dem Zustand kann Sam ihnen unmöglich vor die Augen treten.«

»Du armer Liebling«, sagte Hans. »Das muss wirklich ein schlimmer Stress für dich gewesen sein. Wenn man bedenkt, wie viel von dem Auftrag für dich abhängt … Und ich war schon wieder nicht da.«

»Jetzt bist du ja hier«, meinte Samantha lahm.

»Du hättest mich wirklich anrufen sollen.«

»Ich wollte dir nicht das Wochenende verderben.«

»Bist du sicher, dass es eine Allergie ist?«, fragte Hans. »Vielleicht sind es ja auch Masern oder Windpocken.« Sein Fuß stieß gegen etwas Raschelndes, und er bückte sich, um es aufzuheben. »Schau mal, da ist dir was runtergefallen.«

Samantha war einer Ohnmacht nahe. »Was denn?«, fragte sie heiser.

Hans hielt den Gegenstand mit spitzen Fingern hoch.

»Wenn mich nicht alles täuscht, sind das fünfhundert Euro.«

*

Eddie war Benedikt durch den Garten bis hinüber zur Einfahrt gefolgt, wo Benedikt mit Samanthas Schlüssel eine Seitentür im Zaun öffnete.

»Das ist ja gerade noch mal gut gegangen«, sagte Benedikt, während sie über eine kurz geschnittene Hecke stiegen und rasch die restlichen Schritte bis zur Straße zurücklegten.

Der Meinung war Eddie ganz und gar nicht. Zugegeben, er hätte schlechter dran sein können. Er musste zwar barfuß durch die Regenpfützen patschen, aber immerhin hatte er eine Hose an, die ihm fast bis zu den Knöcheln reichte, sowie ein Hemd, in dem er beinahe wie ein normaler Passant wirkte, vorausgesetzt, er zerrte aus Leibeskräften an dem Saum, damit niemand bemerkte, dass die Hose offen stand. Der andere Typ sah in der gelben Unterwäsche ziemlich schräg aus, wie ein großer schlaksiger Kanarienvogel mit Sandalen.

»Danke für die Klamotten«, sagte er. »Ich kann sie dir im Moment nicht zurückgeben.«

»Das hat Zeit«, sagte Benedikt.

»Wohin soll ich das Zeug bringen?«

»Du kannst es Sam geben.«

»Ich glaube nicht, dass ich sie jemals wiedersehe«, sagte Eddie kalt. »Wenn, dann nur, um sie zu erwürgen.«

»Oh. Na ja. Also dann: Benedikt Kästner, Kastanienallee siebzehn. Ich bin übrigens Sammys Bruder.«

Damit war auch geklärt, warum der Typ Eddie so bekannt vorgekommen war. Er ähnelte Samantha wie ein Ei dem anderen.

Eddie schwang sich in seinen Wagen. »Ciao«, sagte er.

Benedikt blieb noch für ein paar Augenblicke stehen und schaute dem ratternden Jeep hinterher. »Mann«, sagte er. »Was für ein Typ.«

Als er zu seinem eigenen Wagen ging, kam ihm eine ältere Dame im Trainingsanzug entgegen. Sie joggte an ihm vorbei, blieb vor einem der Nachbarhäuser stehen und drehte sich um. Benedikt duckte sich in Erwartung eines empörten Kommentars wegen seines Aufzugs.

Die Frau grinste ihn breit an. »Cooles Outfit«, sagte sie.

Benedikt beeilte sich, von der Bildfläche zu verschwinden.

*

Eddie fuhr derweil auf direktem Wege nach Hause. Er konnte sich nicht erinnern, je so wütend gewesen zu sein. Er durfte gar nicht darüber nachdenken, was geschehen war, denn sonst wäre er in seinem Zorn wahrscheinlich gegen die nächstbeste Leitplanke gedonnert. Oder zumindest über ein paar rote Ampeln gefahren.

Seine Hände umklammerten das Lenkrad, und er stellte sich vor, es wäre Samanthas Hals. Für ein paar Sekunden half das, aber länger auch nicht. Er hatte das Bedürfnis, nach härteren Maßnahmen zu greifen. Welche das sein mochten, fiel ihm auf die Schnelle nicht ein. Er hatte noch nie eine Frau geschlagen und war außerstande, auch nur daran zu denken. Also begnügte er sich für den Augenblick damit, seinem Unmut verbal Luft zu machen. Er stieß eine Reihe gotteslästerlicher Flüche aus, die allesamt diese *bescheuerte Tussi* zum Gegenstand hatten – das war noch der mildeste Ausdruck, der Eddie einfiel.

Als er nach Hause kam, saßen Joe und Andi auf dem

Fußboden. Auf den ersten Blick sahen die beiden aus wie zwei Anstreicher, die versehentlich in ein paar Farbtöpfe gefallen waren.

»Keine Sorge«, sagte Joe. »Ich habe Folie ausgelegt. Außerdem ist die Farbe abwaschbar und ungiftig.«

Auf Andis Gesicht zeigte sich eine bunte Mischung aus Rot, Blau, Gelb und Grün. Seine Ärmchen und sein Bauch waren ähnlich verkleckst, sodass erst bei genauerem Hinsehen festzustellen war, dass er bis auf seine Pampers nackt war.

Er schenkte Eddie ein glückliches Grinsen. »Malen«, sagte er. Er drückte seine gelb gefärbte Handfläche auf eine Tapetenrolle und bewunderte anschließend den Abdruck. »Hand«, sagte er stolz.

»Sollte er nicht schon im Bett sein?«, fragte Eddie schlecht gelaunt. Ihm war nicht danach, die Kunstwerke seines Neffen zu bewundern. Geschweige denn, den Kleinen noch zu baden und ihm Gutenachtliedchen vorzusingen. Normalerweise ließ Andi sich ohne großes Brimborium zu Bett bringen, aber unter einer halben Stunde ging die vollständige Prozedur selten ab.

Das Einzige, wonach Eddie im Moment der Sinn stand, war Musik. Hardrock, Techno, HipHop. Er wollte sich richtig zudröhnen damit. Vielleicht könnte er dann für eine Weile aufhören, an diese … zu denken.

»Was ist los?«, fragte Joe erstaunt. »Fällt das Dinner aus?« Jetzt erst registrierte er Eddies Aufzug und erstarrte. »Was hast du da an?«

»Ich habe jetzt keine Lust, darüber zu reden.«

»Okay«, sagte Joe überraschend verständnisvoll. »*Pas devant les enfants*. Ich bringe ihn rasch ins Bett.»

Eddie war zwar in Französisch immer eine ziemliche Niete gewesen, aber so viel verstand er gerade noch. »Ob *sans* oder *avec* spielt in dem Fall keine Rolle, denn ich will überhaupt nicht darüber reden.«

»O nein«, sagte Joe. »So geht das nicht. Es ist immerhin *mein* Job!« Er stand auf und klemmte sich Andi unter den Arm. »Ich wasche ihn schnell und lege ihn hin. Er ist sowieso schon ziemlich müde.«

»Andi nich müde!«, protestierte Andi lautstark.

»Doch, bist du wohl. Morgen malen wir weiter.«

»Will *gezz* malen«, jammerte Andi.

»Wenn du jetzt lieb bist und dich schön ins Bett bringen lässt, zeige ich dir nachher noch ein Monster.«

»Vielleicht möchte Andi ja mit zu dir«, meinte Eddie. »Was hältst du davon, Andi? Würdest du gern dein Bett mitnehmen und bei Joe übernachten?«

»Ja!«, rief Andi begeistert. »Joe lieb!« Er patschte mit beiden Händen gegen Joes Wangen und verteilte eine großzügige Portion Fingerfarbe. »Joe Monster!«

»Also ich denke nicht …«, begann Joe.

»Du sollst nicht denken, sondern ihn mitnehmen. Nur für diese Nacht. Ich muss jetzt 'ne Weile allein sein.«

»Dann bringe ich ihn aber sofort nach dem Frühstück zurück. Und du musst ihn vorher noch wickeln, er hat gerade eben was abgelegt.«

»Kacka«, sagte Andi hilfreich.

»Ich frage mich, warum er das nicht vorher sagen kann«, meinte Eddie verdrossen. Er holte eine frische Windel und die Schachtel mit den Öltüchern. »Dann könnte man ihn aufs Klo setzen. Mit dem Teil hat er es doch sowieso, ständig planscht er darin rum. Warum sollte er es nicht mal dafür benutzen, wofür es gedacht ist?« Er öffnete Andis Pampers und drehte den Kopf zur Seite. »Uähhh! Was hat er gegessen?«

»Das Gläschen mit dem Junior-Menü.«

»Was war da drin? Senfgas mit Schwefelsäure?«

»Ich glaube, Hühnchen mit Reis und Karotten.«

»Morgen kaufen wir ein Töpfchen«, sagte Eddie entschieden. »Und dann wird geübt. So lange, bis es klappt.«

»Er ist erst zwei« widersprach Joe. »Damit würdest du ihn vielleicht für lange Zeit blockieren. Manche Kinder werden zwar schon so früh sauber, aber das ist die echte Ausnahme. Meist schaffen das in dem Alter auch nur die kleinen Mädchen. Die Jungs brauchen oft ein halbes Jahr länger. Oder noch mehr.«

»Woher weißt du das?«

»Hab ich gelesen.«

»Was du alles so liest.« Eddie beendete das Wickelmanöver, dann stand er auf, um die ungewohnt engen Klamotten loszuwerden. Mit wütenden Bewegungen zerrte er sich die Jeans vom Körper und streifte anschließend das Sweatshirt ab.

»Pimmel«, sagte Andi, der mit einem Blick das Wesentliche erfasst hatte.

Joe drückte es mit anderen Worten aus. »Wo ist deine Unterhose, Mensch?«

»Da, wo der Rest von meinen Klamotten auch ist. Und es heißt nicht *Pimmel*, sondern *Penis*. Wie oft soll ich dir das noch sagen? Diana reißt mir den Kopf ab, wenn sie wiederkommt!« Eddie grabschte sich frische Boxershorts aus dem Wäscheregal und zog sie an.

»Ich habe gar nicht *Pimmel* gesagt«, verteidigte Joe sich.

»Pimmelimmelimmel«, krähte Andi und patschte gegen seine Pampersfront, auf die Stelle, wo er sein eigenes Zubehör vermutete.

»Von mir hat er das Wort nicht«, fügte Joe hinzu.

»Hab ich das behauptet?«

»Ach so«, sagte Joe. »Hätt ich mir denken können. Wo waren wir stehen geblieben?«

»Du wolltest ihm gerade die Farbe abwaschen, ihm frische Sachen anziehen, das Reisebettchen und die Windeltasche ins Auto laden und verschwinden. Zusammen mit Andi natürlich.«

»Na gut. Wir kommen ins Geschäft, wenn du mir endlich sagst, was los war. Muss ich mit Ärger rechnen, wenn ich das nächste Mal mit Claire spreche?«

»Weiß ich nicht«, knurrte Eddie.

Joe wollte aufbegehren, aber dann fügte er sich den Umständen, zumindest für den Moment. Wenn Eddie in dieser Stimmung war, konnte man bei ihm nicht viel erreichen. Er machte dann einfach dicht. Dass er überhaupt noch mit Joe sprach, grenzte an ein Wunder.

Wenn er ihn nicht noch wegen Andi hätte einspannen wollen, wäre Joe vermutlich längst achtkantig rausgeflogen.

»Ich rufe dich an, sobald er schläft«, meinte Joe, um Geduld bemüht. »Dann können wir darüber reden. Wäre das für dich in Ordnung?«

Eddie zuckte die Achseln und ging zu seiner Stereoanlage. Drei Sekunden später dröhnte ohrenbetäubendes Technogehämmer aus den Boxen und machte jede weitere Unterhaltung unmöglich.

*

Samantha lag an diesem Abend im Bett und wünschte sich, nicht geboren zu sein.

Sie hatte den ersten Blick in den Spiegel so lange wie möglich hinausgeschoben, doch spätestens beim nächsten Gang zur Toilette war es dann so weit gewesen. Vor lauter Entsetzen über den Anblick dieser pustelübersäten, zottelhaarigen Schreckschraube war sie rückwärts gegen die Tür der Duschkabine gewankt und hatte sich an dem garantiert stoß-, schlag- und kratzfesten Spezialkunststoff eine gewaltige Beule am Hinterkopf geholt.

»Tomate ist noch gar nichts«, stöhnte sie. »Wenn überhaupt, dann Killertomate!«

Kämmen brachte auch nicht viel. Davon gingen zwar die Zotteln weg, aber nicht die Pusteln.

Der Arzt verschrieb ihr eine milde antiallergische Salbe und empfahl ihr, sich zu schonen.

»Keine Sonne«, sagte er. »Sonne ist bei solchen Ausschlägen ganz schlecht. Zumindest die nächsten drei Tage. Dann möchte ich mir Ihr Gesicht gerne noch mal anschauen.«

Draußen schüttete es immer noch wolkenbruchartig. In den Wetternachrichten hatten sie für die nächsten drei Tage Regen vorausgesagt. Samantha schaute aus dem Fenster und versprach dem Arzt, auf jeden Fall so lange die Sonne zu meiden.

»Ich verstehe das nicht«, sagte Hans, nachdem der Arzt wieder gegangen war. »Du hattest doch hin und wieder schon Stress, seit wir uns kennen. Ich erinnere mich zum Beispiel, wie fertig du mit den Nerven warst, als dieser Penner dir letztes Jahr in Rom die Handtasche geklaut hatte. Oder als die Kosmetikerin dir im Januar alle Wimpern abgebrochen hatte. Da hast du auch keinen Ausschlag gekriegt.«

»Da war ich aber kurz davor«, log Samantha. Inzwischen hatte sie alles, was unter ihrem Bett herumgelegen und dort nichts verloren hatte, aufgesammelt und in den Schrank gestopft. Einschließlich des völlig verkrumpelten Anzugs. Wegen Eddies Sachen würde sie noch etwas unternehmen müssen. Vor allen Dingen, was das Geld betraf.

Es musste ihm aus der Tasche gefallen sein. Fragte sich nur, ob er immer so viel Bares bei sich hatte. Samantha konnte sich nur einen einzigen Grund vorstellen, warum er diesen großen Geldschein mit sich herumschleppte, noch dazu in der Hosentasche. Wahrscheinlich hatte er ihn kurz vorher erst dort hineingesteckt. *Sehr* kurz vorher. Von wem er ihn wohl hatte?

Samantha musste nicht lange überlegen. Gleich darauf lautete die Frage nicht mehr *von wem*, sondern wie diejenige aussah. War sie groß oder klein, dick oder dünn? Ob sie mehr Busen hatte als sie selbst?

Wobei sich sofort die Frage stellte, ob Eddie überhaupt wählerisch war. Immerhin stimmte die Kasse. Da konnte man(n) durchaus mal die Vorhänge beziehungsweise die Augen zumachen.

Immerhin, bei ihr war beides offen gewesen.

Ob er bei den anderen auch diese erregenden, erotischen Äußerungen von sich gab oder ob er da eher stumm zu Werke ging?

Samantha lag im Bett und biss sich die Fingerknöchel wund. Himmel, wie sie diesen Burschen verabscheute! Er war ein berechnender, geldgieriger, sexgeiler Widerling! Ein schleimiger Gigolo, ein aalglatter Filou, ein skrupelloser Parvenü, ein blond gefärbter Belami!

Ah, dachte Samantha, die Franzosen! Sie hatten immer noch die besten Worte für solche abartigen Mistkerle! Doch ihre Befriedigung über die passenden Beschimpfungen wich rasch erneuter Niedergeschlagenheit. Sie erkannte, dass sie sich etwas vormachte. Seine Haare waren genauso wenig gefärbt wie ihre eigenen, und schleimig oder aaglatt war er auch nicht. Na gut, skrupellos vielleicht. Möglicherweise sogar geldgierig. Und auf jeden Fall sexgeil. Einmal reichte ihm nicht, er wollte es ständig tun. Während ihrer ersten gemeinsamen Nacht war es so oft passiert, dass Samantha irgendwann ihre innere Strichliste aus dem Auge verloren hatte. An diesem Samstag hatte die Zeit nur für ein einziges Mal gereicht, aber Eddie war für die nächste Runde mehr als bereit gewesen, das war Samantha keineswegs entgangen.

Und das, nachdem er vermutlich noch am selben Nachmittag eine andere Kundin beglückt hatte. Und zwar so sehr, dass es ihr einen fetten Fünfhunderter wert gewesen war.

Samantha erkannte, dass ihre Gedanken sich im Kreis drehten. Es wurde Zeit, dass sie sich auf etwas anderes besann. Zum Beispiel auf …

O Gott! Sie erstarrte. Bei all den Dingen, die sie vorhin in ihren Schrank geworfen hatte, war ihr eines aufgefallen. Oder besser, es war ihr *nicht* aufgefallen, weil es nämlich gar nicht da gewesen war. Sie hatte alle möglichen Sachen in der Hand gehabt. Unterhose, Pulli, Hose, Socken, Schuhe, Gürtel … Alles, was der Mann für einen netten Abend brauchte.

Aber kein Kondom!

Samantha dachte fieberhaft nach. Sie versuchte, sich daran zu erinnern, ob er überhaupt eins benutzt hatte. Dabei kamen ihr immer nur die Bilder der ersten Nacht in den Sinn. Da hatte es unendlich viele Kondome gegeben. Volle, leere, benutzte, unbenutzte – die Dinger hatten praktisch überall herumgelegen, wo immer sie und Eddie sich gerade aufgehalten hatten. Er schien einen unerschöpflichen Vorrat davon zu besitzen.

Hatte er heute Abend auch eins dabei gehabt? Und wenn ja – wo war es dann geblieben?

Sie konnte nicht mehr richtig denken. Ihr Hirn war gähnend leer.

Samantha änderte ihre Taktik. Sie konzentrierte sich weniger auf ihren armen, überstrapazierten Kopf als auf ihre Befindlichkeiten weiter südlich. Genauer gesagt, auf das klebrige Gefühl dort. Als Nächstes fing sie an zu rechnen. Und dann zu beten.

*

»Sie sehen aus, als hätten Sie Scharlach oder so was Ähnliches«, sagte Erika von Sontenburg.

»Es sind die Windpocken« behauptete Samantha.

»Dürfen Sie denn damit überhaupt unter Leute?«

»Der Arzt sagt, dass es nicht mehr ansteckend ist.«

»Sind Sie sicher?«

»Nein«, sagte Samantha, in der Hoffnung, dass Erika von Sontenburg es vorzog, rasch wieder zu verschwinden. Doch den Gefallen tat sie ihr nicht.

»Windpocken sind harmlos«, sagte Erika. »Außerdem hatte ich sie schon.«

Wenigstens schien das Thema damit erledigt zu sein. Samantha hing es zum Hals heraus, sich für ihre Pusteln eine Erklärung ausdenken zu müssen. Jedes Mal, wenn sie sagte, dass es sich um eine Allergie handelte, war sie die nächste Viertelstunde damit beschäftigt, alle möglichen guten Tipps zu hundert Hausmittelchen über sich ergehen zu lassen. Onkel Herberts Sekretärin hatte sie heute Morgen sogar eine geschlagene halbe Stunde aufgehalten. Sie hatte gekochte Kartoffeln, rohe Zwiebeln und durchgeseihten Quark empfohlen, zur Hälfte inwendig, zur Hälfte als Maske anzuwenden. Frau Sindelmann von der Buchhaltung hatte so abstruse Vorschläge wie getragene Herrensocken und tagelang abgestandenes Bier parat gehabt, wobei die Socken in dem Bier eingeweicht wurden und selbiges anschließend getrunken werden musste.

Darüber, was sie sich später noch von ihrer Mutter würde anhören müssen, wagte Samantha gar nicht erst nachzudenken. Sie hatte sich für elf Uhr angesagt, und jetzt war es schon Viertel vor. Erika von Sontenburg hatte sich einmal mehr als echte Landplage erwiesen. Sie saß seit einer Stunde in Samanthas Büro, und ein Ende war nicht in Sicht. Sie hatte sich Samanthas neue Berechnungen und die diversen Layouts angesehen und war dann völlig unerwartet von einem japanischen Bad auf ein viktorianisches umgeschwenkt.

»Das habe ich neulich in einem Prospekt gesehen. Es war herrlich nostalgisch. Mit wunderbar geschwungenen Wasserhähnen. Und die Badewanne stand frei im Raum, auf solchen komischen Tierfüßen, so wie man es früher hatte.« Sie dachte kurz nach. »In dem Prospekt war auch eine Holzbadewanne. Die sah toll aus. So ein Mittelding aus rustikal und futuristisch.«

»Das ist ganz neu«, bestätigte Samantha. »Diese Wannen werden aus roter Zeder hergestellt und mit Naturharz versiegelt. Außerdem sollen sie sehr gut riechen. Allerdings kann ich Ihnen darüber noch nicht viel sagen. Wir haben in dem Bereich nicht genügend Erfahrungswerte. Holz ist ein natürliches Material, kein Mensch kann voraussagen, wie die Wanne in ein paar Jahren aussieht.«

»Also kennen Sie sich mit Holz nicht besonders gut aus?«

»Nein«, sagte Samantha mit zusammengebissenen Zähnen.

»Dann bleiben wir halt beim Email«, sagte Erika gnädig.

»Sehr schön.« Samantha machte sich ein paar Notizen.

»Viel Zeit habe ich allerdings nicht mehr. Um elf Uhr habe ich noch einen anderen Termin. Aber ich kann Ihnen bis nächste Woche gern einen kleinen Entwurf erarbeiten. Ich suche Ihnen verschiedene Modelle heraus und mache ein paar schöne Layouts am Computer. Dieselben Maße, dasselbe Budget?«

»Ich sehe schon, das wird eine schwere Geburt«, sagte Erika ungnädig. »Ich will mir das Bad ja auch nur von Ihnen machen lassen, weil Sie eine Bekannte von Hans sind.«

Das klang ganz so, als würde Samantha Hans gelegentlich beim Bäcker treffen.

Sie war drauf und dran, dieser Ziege mal so richtig die Meinung zu sagen, aber Geschäft war Geschäft.

»Bis nächste Woche dann«, sagte sie mit ausgesuchter Höflichkeit.

Als ihre Mutter ein paar Minuten später hereinschneite, fiel es Samantha nicht mehr so leicht, die Fassung zu bewahren. Ihre Mutter war fast einen Kopf kleiner als sie und sah aus wie eine nette, freundliche Frau in mittleren Jahren, aber Samantha war davon überzeugt, dass sie es lediglich blendend verstand, sich zu tarnen. In Wahrheit war sie eine Art moderner Zerberus, doch außer Samantha und Benedikt merkte es kaum jemand.

»Ich weiß gar nicht, was du willst«, hatte Babette einmal zu ihr gesagt. »Wenn man einmal mit deiner Mutter gesprochen hat, muss man sie einfach mögen! Sie ist doch wirklich nichts weiter als eine nette, freundliche Frau in mittleren Jahren!«

An diesem Vormittag bestand die Mimikry ihrer Mutter in einem geschmackvoll geschnittenen, gedeckt anthrazitfarbenen Kostüm mit kleinem Stehkragen und Trachtenknöpfen. Ihr Haar war frisch gewellt, ihr Make-up dezent und der Ausdruck in ihren Augen gnadenlos. Sie warf nur einen Blick auf Samanthas Gesicht und nickte grimmig.

»Du hast den Ausschlag«, stellte sie fest. »Ich wusste schon beim letzten Mal, als ich dich sah, dass etwas nicht stimmt.«

»Es geht mir ausgezeichnet, Mutter.«

»Wenn du schon *Mutter* zu mir sagst, willst du mir etwas verheimlichen. Es geht um einen Mann, so viel ist klar. Du hast diese komischen Pusteln und das rote Gesicht immer nur gekriegt, wenn du eine Krise wegen eines Mannes hattest. Genau wie Benedikt.« Sie nahm auf dem Besucherstuhl Platz, auf dem vorhin noch Erika von Sontenburg gesessen hatte. »Wer ist es? Brauchst du Abwechslung, oder warum hast du es getan?«

»Was getan?«, stellte Samantha sich dumm.

Ihre Mutter ließ sich nicht täuschen. »Hast du die Nase voll von Hans? Was stimmt nicht mit ihm? Ist er zu reich? Zu nett? Zu gebildet?«

»Also wirklich, Mutter ... – *Mama* –, wenn du nur hergekommen bist, um mich zu schikanieren, muss ich dir leider sagen, dass meine Zeit dafür zu kostbar ist.«

Samanthas Mutter platzierte ihre Handtasche auf dem Schreibtisch und schlug die Beine übereinander. »Du wirst bald alle Zeit der Welt haben, um dich von mir schikanieren zu lassen«, erklärte sie.

Samantha betrachtete sie argwöhnisch. »Wie meinst du das?«

»Ich war vorhin im Krankenhaus und habe mit deinem Onkel gesprochen.«

»Wie geht es ihm?«

»Er hat die Operation sehr gut überstanden. Anscheinend funktionieren seine neuen Bypässe bereits hervorragend. Bevor ich ging, nahm mich die Stationsschwester zur Seite und meinte, wenn er das nächste Mal beim Rauchen auf dem Klo erwischt wird, würde er auf die psychiatrische Abteilung verlegt. Georg war übrigens auch da, ich soll dich schön grüßen.«

Ein ungutes Gefühl machte sich in Samantha breit. »Worüber habt ihr gesprochen?«

»Unter anderem über diesen Russenauftrag. Es steht nun wohl definitiv fest, dass sie die Einrichtung der Bäder einer anderen Firma übergeben. Wenn ich mich recht erinnere, heißt der Laden Miesmüller oder so ähnlich.«

Samantha sprang erregt auf und stützte sich mit beiden Händen auf dem Schreibtisch ab. »Breumüller am Friedensplatz?«

»Genau die. Komischer Laden, wenn du mich fragst. Ein richtiger Billigheimer. Ich kenne ihn nur vom Vorbeifahren. Sei froh, dass es so gekommen ist. Diese Russen wollen nicht investieren, sondern rationieren.« Ihre Mutter musterte sie aufmerksam. »Natürlich weißt du, was das heißt, nicht wahr?«

Samantha zog es buchstäblich den Boden unter den Füßen weg. Sie ließ sich schwer wieder auf ihren Stuhl zurückfallen.

»Georg sagte zum Abschied zu mir, du könntest schon den Schampus kalt stellen, dann würde er später mit dir auf seine neue Geschäftsführerschaft anstoßen. Fürs Erste lässt er dir auch ausrichten, dass du es sportlich nehmen sollst. Für Frauen gebe es wichtigere Dinge im Leben. Vor allem, wenn sie gewisse einschlägige sexuelle Interessen hätten.« Ihre Mutter warf ihr einen scharfen Blick zu. »Was genau meinte er damit? Was weiß dieser fette Volltrottel über deine sexuellen Interessen?«

Samantha fehlte die Kraft zum Antworten.

»Nimm es als Wink des Schicksals«, riet ihre Mutter ihr.

»Heirate Hans. Krieg endlich ein Kind. Du wirst nicht jünger.«

»Sekunde mal«, wandte Samantha mit schwächlicher Stimme ein. »Steht denn schon fest, dass Georg den Laden übernimmt?«

»So habe ich es verstanden«, meinte ihre Mutter. »Und Herbert hat es so gemeint. Ich war ja dabei.«

»Und er hat dich beauftragt, es mir schonend beizubringen«, schloss Samantha mit dumpfer Stimme.

»Ich bin gekommen, weil es meine Pflicht als Mutter ist, dich aufzurichten.«

Samantha fühlte sich nicht aufgerichtet, sondern niedergewalzt.

»Wenn du das Gefühl hast, du müsstest unbedingt berufstätig sein, mach doch eine Boutique auf. Du stellst dir ein paar Mädels in den Laden und schaust nur zwischendurch mal rein. Schließlich wärst du dann die Chefin, und zwar ganz allein. Du könntest den ganzen Vormittag shoppen gehen. Niemand würde dir reinreden.«

Samantha ließ den Kopf auf die Schreibtischplatte sinken und wünschte sich weit weg. Am besten auf den Mond. Zum Beispiel ins Mare Crisium, das passte zu ihr.

»Er wird die Firma ruinieren«, flüsterte Samantha.

»Natürlich wird er das«, sagte ihre Mutter leichthin. »Er war schon als Kind ein Versager. Er konnte ja nicht mal richtig Dreirädchen fahren. Elfriede ist weiß Gott mit ihm geschlagen. Aber sie musste ja diesen degenerierten, mit Warzen behafteten Alfons heiraten. Ein Wunder, dass er überhaupt einen Sohn zeugen konnte.« Sie stand auf, nahm ihre Handtasche und ging zur Tür. »Nun, meinen Teil habe ich erledigt. Jetzt bist du an der Reihe.«

*

Samantha hatte die Worte ihrer Mutter noch im Ohr, als sie nach Hause kam. Womit war sie an der Reihe? Mit Heulkrämpfen? Wutanfällen? Bauchschmerzen? Die Entscheidung war nicht leicht, aber eins von alledem würde sicherlich heute Abend noch fällig werden. Sie fühlte sich alt, ausgelaugt, nutzlos – fast so wie ein kaputtes Auto in der Schrottpresse. Jetzt musste nur noch jemand auf den richtigen Knopf drücken, und sie wäre endgültig platt.

Hans versuchte alles Mögliche, um sie aufzumuntern. Er kochte aus dem Stand ein viergängiges Menü und schlug anschließend vor, ins Kino zu gehen. Doch Samantha hatte weder Lust auf Essen noch auf Kino. Sie saß apathisch im Wohnzimmer und zappte mit der Fernbedienung durch die Programme.

»Du darfst dich davon nicht so runterziehen lassen«, sagte Hans. »Mit deinen Fähigkeiten kannst du jederzeit und überall eine leitende Tätigkeit übernehmen.«

»Aber nicht in meiner eigenen Firma.«

»Dann mach doch eine auf«, schlug Hans vor. »Fang klein an und expandiere dann.«

»Zum Beispiel eine Boutique?«

Hans lächelte erfreut. »Warum nicht? Du wärst dort ganz allein die Chefin, und niemand könnte dir reinreden.«

Ja klar, dachte Samantha. Und dann stelle ich mir ein paar Mädels in den Laden und gehe shoppen.

An diesem Abend versuchten sie, miteinander zu schlafen. Genauer gesagt, Hans versuchte es. Samantha hatte keine Lust. Hans merkte es ziemlich schnell, weil ihre einzige Reaktion auf seine Hand unter ihrem Nachthemd ein heftiges Magenknurren war.

»Kann es sein, dass du Hunger hast?«

»Ich weiß nicht.«

»Du hättest doch etwas essen sollen.«

»Mir ist nicht nach Essen zumute.«

»Wie steht's mit Sex?«, versuchte Hans erneut sein Glück. »Hättest du eventuell darauf Lust?«

»Nicht wirklich«, sagte Samantha. Dann merkte sie, was sie gesagt hatte, und verbesserte sich rasch. »Ich meine, nicht ausgerechnet heute. Es war ein bisschen viel für mich.«

»Wir haben es schon ziemlich lange nicht mehr getan«, sagte Hans. »Liegt es an mir? War ich in der letzten Zeit zu oft weg?«

»Nein. Ich glaube, ich habe PMS.«

»Hattest du nicht erst vor zwei Wochen deine Tage?«

»Ich hab's vergessen.« In Wahrheit wusste sie es hundertprozentig. Sie hatte es erst am Samstag aus gegebenem Anlass auf den Tag genau ausgerechnet, hier in diesem Bett. Jetzt war eine zweiwöchige Zitterpartie angesagt, während der definitiv die Möglichkeit bestand, dass sie für geraume Zeit kein prämenstruelles Syndrom mehr kriegen würde, geschweige denn ein menstruelles. Sie würde diese ungewisse Situation auf keinen Fall weiter verschlimmern, indem sie sich zusätzlich mit der Frage belastete, wer sie wohl von diesem Leiden befreit haben mochte.

»Na gut, aufgeschoben ist ja nicht aufgehoben«, sagte Hans.

*

Dasselbe sagte Samantha sich am nächsten Tag auch. Nicht in Bezug auf ihre sexuellen Aktivitäten – in dieser Richtung hatte sie nicht die geringsten Ambitionen –, sondern in Bezug auf ihre Stelle bei Bruckner-Bad. Sie machte sich klar, dass sie dort keine Sonderstellung innehatte. Sie war eine Angestellte, nichts weiter. Eine Diplomkauffrau, die dort seit sieben Jahren beschäftigt war und jetzt den Zenit ihrer Karriere überschritten hatte. Sie hatte in dieser Firma sozusagen ihr Verfallsdatum erreicht.

»Bist du sicher, dass du diesen Schritt gehen willst?«, fragte Hans sie beim Frühstück.

Samantha nickte nur. Sie hatte sich alles sorgfältig überlegt. Heute Morgen war sie mit der Gewissheit aufgewacht, dass es keinen anderen Schritt gab. Für sie war bei Bruckner-Bad kein Platz mehr. Wenn Georg erst anfing, sich dort als Chef aufzuspielen, würde sie die Wände hochgehen. Oder ihm ins Gesicht springen. Oder beides. Was auch immer künftig dort laufen würde – es würde nur zu vorzeitiger Faltenbildung beitragen. Bei ihr, nicht bei Georg. Also war es besser, sie räumte vorher das Feld. Georg hatte völlig Recht. Das Beste war, sie nahm es sportlich.

»Ich melde mich arbeitslos«, sagte Samantha. »Dann werde ich mich in Ruhe umtun. Vielleicht mache ich was ganz anderes. Es muss ja nicht dieselbe Branche sein.«

Sie gab sich zuversichtlich, aber sie wusste genau, dass die Wirtschaftslage dazu keinen Anlass gab. Freie Stellen waren dünn gesät, vor allem die besser bezahlten Positionen. Erschwerend kam hinzu, dass sie eine Frau war und damit zweite Wahl. Die Zahlen der einschlägigen Statistiken sprachen für sich. Personalchefs besetzten Führungspositionen immer noch zu achtzig Prozent mit Männern.

»Du musst überhaupt nicht mehr arbeiten«, sagte Hans. »Ich habe genug Geld für uns beide.«

»Das weiß ich doch, du Lieber.«

»Ich wollte es dir nur noch einmal sagen.«

Ihr Abschied bei Bruckner-Bad wurde zu einer peinigenden Angelegenheit für Samantha.

»Das hätte ich nie vom Alten erwartet«, sagte Frau Sindelmann. Sie tupfte sich die nassen Augen und überreichte Samantha im Namen der übrigen Belegschaft ein Geschenk. Es war ein Buch mit dem Titel *Wie werde ich mein eigener Chef*, das nett auf einem Fresskorb dekoriert war.

Onkel Herberts Sekretärin vertraute Samantha an, dass sie starke Zweifel an Georgs Chefqualitäten habe. »Stellen Sie sich mal vor, was er macht, wenn er denkt, dass er alleine ist«, flüsterte sie.

»In der Nase bohren?«

»Nein, er liest diese versauten Heftchen und spielt unterm Schreibtisch an sich selber rum.«

»Haben Sie das gesehen?«

»Ich nicht, aber die Putzfrau. Zweimal. Sie hat gesagt, wenn es noch mal vorkommt, wird sie wegen unhaltbarer Zustände am Arbeitsplatz bei der Geschäftsleitung vorsprechen. Das ist natürlich jetzt besonders blöd, denn ab demnächst ist er ja selber die Geschäftsleitung. Ich habe ihr gesagt, sie soll ihn wegen exhibitionistischer Übergriffe anzeigen, vielleicht hilft das.«

Die Genugtuung, die Samantha bei dieser Aussicht fühlte, hielt nur kurz vor. Wenn sie in dieser Situation überhaupt etwas als tröstlich empfand, dann höchstens die Gewissheit, dass Georg sich nächste Woche mit Erika von Sontenburg herumplagen und die roten Zahlen aus dem Corelli-Projekt vor Onkel Herbert verantworten musste.

Samantha beendete ihren Rundgang durch die Firma, schüttelte Hände, bedankte sich für das Geschenk und versprach, niemanden zu vergessen. Die ganze Zeit hatte sie Mühe, nicht in Tränen auszubrechen. Sie schaute sich ein letztes Mal die Ausstellungsräume an, die sie selbst mit so viel liebevoller Gründlichkeit entworfen hatte, und anschließend fuhr sie heulend durch die Gegend und fragte sich, mit welcher Missetat sie sich diesen Schicksalsschlag verdient hatte. Lange musste sie nicht überlegen. Alles hatte damit angefangen, dass sie Hans betrogen hatte. Mit einem Callboy, der fünfhundert Euro dafür kassiert hatte.

Der liebe, wunderbare Hans! Sicher saß er in diesem Moment zu Hause und wartete mit einem köstlichen Essen auf sie.

Spontan entschied Samantha, dass sie im Augenblick auf keinen Fall nach Hause fahren wollte. In den letzten Tagen hatte sie sowieso ständig das Gefühl, an ihrem schlechten Gewissen ersticken zu müssen.

Also machte sie einen Abstecher in Babettes Kanzlei. Dort musste sie fünf Minuten im Vorzimmer warten, weil Babette mitten in einem Mandantengespräch steckte.

»Stell dir vor«, sagte Babette anschließend, »ich habe gerade mit einer Frau gesprochen, die ihren Vorgesetzten beim Wichsen erwischt hat. Er tut es gewohnheitsmäßig im Büro, und sie hat den Verdacht, dass er es absichtlich macht, um sie in Verlegenheit zu bringen.«

»Das kommt öfters vor«, sagte Samantha. »Ich habe erst heute von einem ähnlichen Fall gehört. Männer sind anscheinend so.« Sie warf sich in den Besuchersessel und fing an zu heulen.

Babette schob ihr eine Kleenexbox über den Schreibtisch zu und bedachte sie mit mitfühlenden Blicken. Als Anwältin hatte sie viele Scheidungsfälle zu bearbeiten. Sie war an den Anblick heulender Frauen in ihrem Büro gewöhnt.

»Ist es so schlimm? Du findest garantiert schnell was Neues! Das waren doch nur Wannen, Duschen und Klos! Ganz normale, blöde Badezimmer! Es gibt noch andere Dinge im Leben!«

»Es ist ja nicht nur die Firma«, schluchzte Samantha. »Es ist auch wegen Hans!«

Damit war es heraus. Sie hatte vorher nicht geplant, das zu sagen. Sie hatte ja nicht mal daran gedacht. Bis zu diesem Moment war es ihr nicht richtig bewusst gewesen.

»Wieso? Er hält doch zu dir, oder nicht?«

»Das ist es ja gerade! Er ist so lieb, dass es schon fast unheimlich ist! Er kocht wie ein Gott und geht mit mir ins Kino! Er fragt mich neuerdings jeden Abend, ob ich Lust auf Sex habe!«

»Und er geht nicht fremd, sieht gut aus und ist mindestens dreißig Millionen schwer«, fügte Babette hinzu. »Man sollte meinen, dass das nicht zu toppen ist. Wo ist dein Problem, Sam?«

»Ich kann nicht den Finger darauf legen.« Samantha rupfte eine Hand voll Kleenex aus der Box und wischte sich die verheulten Augen ab. »Das ist ja das Schlimme! Er ist perfekt! Ich habe keine Ahnung, warum ich so fertig bin!«

»Aber ich«, sagte Babette. »Es ist dieser Joseph.«

Samantha war entsetzt. »Wie kommst du auf die Idee?«

»Ich habe neben dir gestanden, als du aus dem Fenster geschaut hast.«

»Wann?«, wollte Samantha stirnrunzelnd wissen.

»Als er nackt im Garten herumturnte. Du hast dich in ihn verknallt.«

»Du bist verrückt«, sagte Samantha im Brustton der Überzeugung. »Er ist ein Callboy. Wie könnte ich mich in so einen verknallen? Außerdem stehe ich überhaupt nicht auf blonde Männer. Du weißt genau, dass mich eher solche Typen anmachen wie William Baldwin oder …«

»Ben Affleck, ich weiß«, ergänzte Babette. »Wenn das so ist, hast du sicher nichts dagegen, dass ich diesen niedlichen Joseph auch mal ausprobiere. Ich habe überhaupt nichts gegen blonde Männer.«

»Wenn du es so nötig hast.« Samantha lächelte lässig, während sie krampfhaft den Drang unterdrückte, über den Schreibtisch zu hechten und ihre Fingernägel in Babettes Gesicht zu krallen.

Babette vertiefte das Thema zum Glück nicht weiter. »Was hast du jetzt vor?«

»Ich weiß nicht.« Samantha stand auf. Ihr Bedürfnis, sich bei Babette auszuheulen, hatte sich schlagartig verflüchtigt. »Mal sehen. Ich muss jetzt los. Bis dann.«

»Du solltest mit Hans reden«, rief Babette ihr nach. »Reden kann nie schaden!«

*

Samantha wusste selbst, dass eine klärende Aussprache mit Hans irgendwann fällig war, doch sie sagte sich, dass sie erst den Tag abwarten wollte, den sie im Kalender rot angekreuzt hatte. Mit jeder Stunde, die bis dahin verging, wurde sie nervöser. Obwohl sie nicht mehr arbeiten musste, war sie wenig zu Hause, um Hans nicht mehr als nötig über den Weg zu laufen. Stattdessen besuchte sie Babette, ihren Bruder, machte ein paar halbherzige Versuche, wieder regelmäßiger zu joggen, oder ging in die Stadt zum Bummeln. Zweimal stand sie kurz davor, ihren Onkel zu besuchen, doch dann entschied sie sich dagegen. Möglicherweise würde sie sich so weit vergessen, dass sie ihm Vorwürfe machte, und ihn damit so sehr aufregen, dass seine neuen Bypässe nicht hielten, und dann würde man ihr dafür die Schuld geben. Außerdem konnte Bruckner-Bad ihr sowieso gestohlen bleiben. In der Firma ließ sie sich nicht mehr blicken, auch nicht, um mal eben

Hallo zu sagen oder nachzufragen, wie die Geschäfte ohne sie liefen. Zum einen verkniff sie es sich, weil sie keinen Wert darauf legte, Georgs höhnisch-mitleidiges Lächeln zu sehen, und zum anderen fürchtete sie zu hören, dass es ohne sie so gut klappte wie noch nie.

Sie hatte sich noch in der Woche ihrer Kündigung arbeitslos gemeldet, doch der zuständige Sachbearbeiter machte ihr wenig Aussichten, rasch eine vergleichbare Stelle zu finden. Was sie denn von örtlicher Veränderung hielte? Es stellte sich heraus, dass er einen miserabel bezahlten Job irgendwo an der polnischen Grenze anzubieten hatte, wo der Geschäftsführerposten einer maroden Mittelstandsfirma zu vergeben war. »Die haben neulich Konkurs angemeldet, aber dem Insolvenzverwalter ist es gelungen, die Kredite für drei Jahre zu verlängern. Es wäre sogar im entferntesten Sinne Ihre Branche, also quasi sanitäre Installationstechnik. Wäre das nichts für Sie?«

»Was machen die denn da?«

»Sie bauen und warten Kläranlagen.«

Samantha zog es ernsthaft in Erwägung, schon um der großen Entfernung willen, doch es sollte nicht sein. Drei Tage später war die Stelle anderweitig vergeben.

Hans merkte nach ein paar Tagen, dass Samantha wenig Wert auf Gesellschaft legte. Er fing wieder an, häufiger Golf zu spielen, was Samantha der Notwendigkeit enthob, sich ständig über ihre akuten Beziehungsprobleme Gedanken zu machen – zumal diese ja allem Anschein nach nur in ihrer Fantasie existierten. Hans gab ihr nicht den kleinsten Anlass, an der Aufrichtigkeit seiner Gefühle zu zweifeln. Er verwöhnte sie nach Strich und Faden. Es verging kein Tag, an dem er nicht für sie kochte oder ihr Blumen mitbrachte. Samantha wäre am liebsten jedes Mal vor lauter verzweifelter Scham in die Besenkammer gerannt.

Oder an einen vergleichbar dunklen und abgeschiedenen Ort, wo sie sich vor seiner liebevollen Aufmerksamkeit verstecken konnte.

Alles in allem hatte Samantha seit jenem denkwürdigen Samstag das Gefühl, als sei ihr Leben langsam, aber sicher in Auflösung begriffen. Nichts schien mehr, wie es war. Ihre Karriere hatte sich mit einem Schlag in nichts aufgelöst, und ihr Privatleben war ein einziges emotionales Chaos.

Es gab nur eine unverrückbare Sicherheit in ihrem Leben. Ein stets und verlässlich wiederkehrendes Ereignis von irritierender, aber unleugbarer Konstanz: Sie konnte nicht aufhören, an Eddie zu denken.

Er war ihr erster Gedanke, wenn sie aufwachte, und der letzte, bevor sie einschlief. Sie dachte an ihn, wenn sie auf den Kalender schaute, sie dachte an ihn, wenn sie sich auszog, sie dachte an ihn, wenn sie unter die Dusche ging und sich an gewissen Stellen einseifte, sie dachte an ihn, wenn sie im Supermarkt einen größeren Geldschein aus ihrer Börse zog, und sie dachte jedes Mal an ihn, wenn sie in ihren Wagen stieg.

Letzteres tat sie schon deshalb, weil die Tüte auf dem Rücksitz lag. Genau da, wo Samantha sie immer sofort vor Augen hatte, sobald sie einstieg oder in den Rückspiegel schaute.

Es war eine unauffällige braune Papiertüte, wie es sie in jedem Supermarkt an der Kasse zu kaufen gab. Das, was sich darin befand, war allerdings nicht im Supermarkt erhältlich. Es waren ein Rolli, eine Unterhose, eine Jeans, ein Gürtel, ein Paar Socken und ein Schuh, Größe vierundvierzig. Den zweiten Schuh hatte Samantha trotz mehrfacher Suche – sie hatte auch gründlich im Garten nachgeschaut – nicht gefunden. Eddie musste ihn bei seiner Flucht mitgenommen haben. Vielleicht hatte er noch versucht, in die Schuhe zu schlüpfen, kurz bevor sie ihn rausgeschubst hatte. Dabei musste er dann den einen verloren haben – den, der jetzt in der Tüte steckte.

Eine seltene Duplizität der Ereignisse, wenn man bedachte, dass sie ebenfalls einen Schuh in seiner Wohnung liegen gelassen hatte. Ob sie ihn je wiederbekommen würde? Oder ihren Slip?

Vielleicht hing das davon ab, dass sie ihm endlich *seine* Klamotten zurückgab.

Sie hatte es die ganze Zeit vorgehabt, aber immer war etwas dazwischengekommen. Einkaufen, ein Friseurbesuch, ein lange aufgeschobenes Frühstück mit einer alten Schulfreundin – diese Dinge hatten sich in den letzten Tagen auf eigenartige Weise gehäuft. Irgendwie hatte sie es nie hingekriegt, bei ihm vorbeizufahren. Einmal hätte sie es fast geschafft, aber dann war ihr auf halben Weg eingefallen, dass sie keine Briefmarken mehr zu Hause hatte. Sie schrieb so gut wie keine Briefe mehr, weil sie ihre gesamte Privatpost inzwischen per E-Mail abwickelte, aber man konnte ja nie wissen. Vielleicht ging ihr Modem mal kaputt, und dann saß sie ohne Briefmarken da.

Dabei wäre es im Grunde kein großer Akt gewesen, ihm rasch die Sachen zu bringen. Sie hätte ja nicht mal bei ihm klingeln müssen. Ganz sicher erwartete er nicht von ihr, dass sie ihm seinen Kram persönlich in die Hand drückte. Es reichte völlig, wenn sie ihm die Tüte vor die Tür stellte. Er hatte weder Nachbarn noch Mitbewohner, folglich würde niemand das Zeug klauen.

Zwischendurch hatte sie die geniale Idee, dass Benedikt ihm die Sachen geben könnte, weil er ja ohnehin noch seine eigenen Sachen von Eddie zurückbekäme. Auf diese Weise könnten die beiden das sozusagen im Austausch erledigen, und alle Beteiligten waren zufrieden. Natürlich musste sie Eddie noch irgendwie seine fünfhundert Euro zukommen lassen, aber das ließ sich genauso gut per Post erledigen. Wozu hatte sie jetzt die Briefmarken?

Aber Benedikt winkte ab, als sie ihn deswegen anrief.

»Er hat mir die Sachen gleich am nächsten Tag gebracht.«

»Wirklich? Was hat er gesagt?«

»Nichts. Ich war in der Stadt, und als ich nach Hause kam, hing eine Tüte an der Tür. Wie geht's deinem Ausschlag?«

Am Ende nahm Hans ihr die Entscheidung aus der Hand. »Da liegt schon seit Tagen eine Papiertüte bei dir im Wagen. Hast du sie nach dem Einkaufen da vergessen?«

»Nein, es sind ein paar aussortierte Klamotten drin. Ich werfe sie in den Altkleidercontainer, wenn ich das nächste Mal dran denke.«

»Soll ich das für dich erledigen? Ich will später noch leere Flaschen wegbringen, es wäre also ein Weg.«

»Nein!«, rief Samantha aus. »Ich muss sowieso gleich in die Stadt, ich habe einen Termin beim Friseur!«

»Warst du da nicht erst letzte Woche?«

»Ja, aber ich war diesmal nicht so überzeugt von dem Schnitt.«

Sie hatte ihr Haar wie alle sechs Wochen drei Zentimeter kürzen lassen und war wie immer vollauf mit dem Ergebnis zufrieden, doch eine bessere Ausrede war ihr auf die Schnelle nicht eingefallen.

An diesem Tag blieb ihr also nichts anderes übrig, als es endlich zu erledigen.

Nachdem sie sich einmal klar gemacht hatte, dass es überhaupt nicht schlimm war, fand sie es ganz einfach. Sie fuhr spornstreichs zu der alten Fabrik, parkte ihren

Wagen hinter dem verbeulten Jeep, nahm die Tüte vom Rücksitz und stieg aus.

Bis hierher war es wirklich ein Kinderspiel gewesen. Der Rest schien dann mit einem Mal nicht mehr ganz so problemlos zu klappen. Ihre Füße wurden immer schwerer, als sie über die Betonbrocken und die alten Holzstapel stieg, die in der Nähe der Eingangstür herumlagen. Es war nicht mehr ganz so viel Schrott wie noch vor ein paar Wochen, aber man musste immer noch aufpassen. Ein paar der morschen Holzbretter sahen aus wie Teile von Lattenrosten. Samantha dachte unwillkürlich an ihre ungeheuer dämliche Intrige und krampfte die Faust fester um die ohnehin schon zerknitterte Tüte. Bevor sie losgefahren war, hatte sie noch den Anzug dazugepackt. Im letzten Moment war ihr eingefallen, dass Hans es sicher sehr merkwürdig finden würde, falls er jemals das gute Stück zufällig in ihrem Kleiderschrank entdecken sollte. Sie konnte sich schwerlich damit herausreden, ihn für sich selbst gekauft zu haben. Und Hans passte er genauso wenig. Also war es nur folgerichtig, wenn sie den Anzug demjenigen zukommen ließ, für den sie ihn angeschafft hatte. Diese Entscheidung war ihr allerdings nicht ganz leicht gefallen, denn es lag schließlich auf der Hand, bei welchen Gelegenheiten Eddie ihn tragen würde. Wahrscheinlich würde er sich vor Wiederholungsbuchungen kaum retten können.

Grimmig drückte sie den Klingelknopf. Es dauerte eine Weile, bis der Türsummer ertönte, und noch länger dauerte es, bis Samantha anschließend die Treppe erklommen hatte. Irgendwie schienen ihre Füße an den dämlichen, gelochten Metallstufen festzukleben. Sie kam kaum von der Stelle. Dadurch hatte sie genug Zeit, sich das Treppenhaus anzusehen. Es war grob gemauert und mit weißer Farbe übertüncht. Durch eine große Glasscheibe konnte man in die alte Fabrikhalle schauen, wo eine Menge Maschinen und Geräte stumm vor sich hinrosteten. Der Anblick weckte in Samantha wieder das Bild von dem Schrottauto in der Presse. In diesem Moment fühlte sie sich, als steckte sie mittendrin, und der Zerquetschungsprozess war in vollem Gange. Sie war zwar endlich oben auf der letzten Stufe angekommen, hatte aber plötzlich akute Atemprobleme. Ihr Herz raste wie eine alte Dampfmaschine, und ihre Pulse tuckerten wie morsche Leitungen.

Dann wurde die Wohnungstür aufgerissen, und Samantha verwandelte sich von einer kaputten Maschine in eine Statue.

Eddie stand vor ihr, nackt und zerzaust und mit Farben beschmiert wie ein prähistorischer Krieger.

Samantha wollte einen Schritt zurückweichen und wäre dabei um ein Haar die Treppe hinabgestürzt. Sie konnte sich gerade noch am Geländer festklammern.

»Hallo«, stammelte sie. »Ich bin's.«

»Das sehe ich.« Eddies Miene war nicht zu deuten. Möglicherweise lag das an den vielen bunten Farbflecken, die sich von seiner Stirn über seine Wangenknochen bis hin zu seinem Kinn ausbreiteten. Immerhin war er nicht nackt, wie Samantha zunächst angenommen hatte, sondern trug eine von seinen Boxershorts. Auch sein Körper war über und über mit Farbe bekleckst.

»Wir haben gemalt«, meinte er, während er die Tür weiter öffnete. »Komm rein.«

Samantha betrat hinter ihm das Loft und stolperte nach zwei Schritten über einen Schnuller, der knirschend unter ihrem Absatz entzweibrach.

Der dazugehörige kleine Junge hockte ein paar Meter

weiter auf einer ausgebreiteten Plastikplane, den nackten Hintern auf einem Töpfchen. Er war genauso verschmiert wie Eddie, von seinem Blondschopf bis hin zu seinen Füßchen.

»Das ist Andi«, sagte Eddie. »Andi, das ist Samantha.«

Andi hatte keinen Sinn für Höflichkeiten. Er warf einen entsetzten Blick auf die Reste seines Schnullers und fing an zu weinen.

»Du lieber Himmel«, sagte Samantha bestürzt. »Es tut mir wahnsinnig Leid!«

»Reg dich nicht auf«, sagte Eddie zu dem Kleinen. »Wir wollten das blöde Teil sowieso abschaffen.« Zu Samantha sagte er: »Schließlich ist er kein Baby mehr. Er muss es nur noch selber merken. Das Nuckeltuch brauchen wir auch nicht mehr. Und wir schaffen es auch ohne Schnuller. Stimmt's, Kumpel?«

Andi war völlig anderer Ansicht. »Nulli«, heulte er. »Andi Nulli putt!«

Samantha brauchte keinen Dolmetscher, um das zu verstehen. Sie ging vor dem Kleinen in die Hocke, während sie hastig in ihrer Handtasche kramte. »Schau mal«, sagte sie. »Ich habe was viel Besseres. Wie findest du das hier?«

Das hier war ein schöner, großer, fetter Schokoriegel. Samanthas eiserne Notration für besonders schwierige Lebenslagen. Sie brauchte jeden Tag ungefähr drei bis fünf Stück von den Dingern, um ihren Seelenfrieden einigermaßen in der Waage zu halten, versuchte aber regelmäßig, sich auf zwei zu beschränken. Anderenfalls hätte sie möglicherweise zwar sehr bald eine positivere Gemütsverfassung, aber auch mindestens zehn Pfund Übergewicht.

Sie zog das Papier ab und hielt Andi den Riegel hin. Er riss ihn ihr aus der Hand und fing gierig an zu kauen.

Speichel tropfte ihm aus den Mundwinkeln, und er verdrehte die Augen vor reiner Wonne.

Samantha war entzückt und gerührt. »Es schmeckt ihm! Wie süß! Ein richtiger kleiner Schokoholic!«

»Natürlich schmeckt es ihm«, sagte Eddie ärgerlich. »Alle kleinen Kinder mögen Schokolade! Aber es ist schlecht für die Zähne!«

»Hat er denn schon welche?«

Diese Frage entlockte Eddie ein verächtliches Schnauben.

»Ich bin der Meinung, in gewissen Lebenslagen haben Menschen ein Grundrecht auf Schokolade«, sagte Samantha bestimmt. »Und es ist völlig egal, wie alt sie sind. Beziehungsweise ob sie Zähne haben oder nicht. Zähne kann man putzen. Er kann ja außerdem zum Abendessen wieder Karotten oder Spinat essen.«

Sie hatte keine Ahnung, wo sie plötzlich diese Entschiedenheit hernahm. Sie wusste nur, dass dieser kleine Junge genau diesen Schokoriegel brauchte. Und zwar jetzt. Bis zum letzten Bissen. Sie richtete sich auf und bezog Stellung vor dem Kleinen, für den Fall, dass Eddie vorhatte, die Schokolade zu konfiszieren.

»Und ich finde es auch nicht gut, dass er die ganze Zeit hier mitten in dem zugigen Zimmer auf dem Töpfchen hocken muss. Er ist doch noch so klein! Warum ziehst du ihm nicht einfach eine Windel an?

»Weil er es sonst nie lernt.« Eddie stemmte die Hände in die Hüften und betrachtete Samantha abwägend. »Was willst du überhaupt hier?«

Sie schluckte, und der Anflug von Selbstsicherheit zerstob von einem Augenblick auf den nächsten zu einem kläglichen Nichts.

»Ich bringe dir deine Sachen zurück.« Sie hielt ihm die

Tüte entgegen, die er mit unergründlichem Gesichtsausdruck entgegennahm und achtlos hinter sich auf den Boden warf.

»Danke«, sagte er. Nichts weiter.

»*Ich* habe zu danken, dass du … dass du so nett warst … dass du freundlicherweise …«

Sie verstummte. Was hätte sie auch sagen sollen? *Dass du mir zuliebe mit nacktem Hintern raus in den Regen gerannt bist?*

Sie atmete tief durch und beendete schließlich den Satz. »Dass du mir eine peinliche Situation erspart hast.«

Eddie erwiderte nichts, und Samantha suchte krampfhaft nach einer unverfänglichen Bemerkung, mit der sie die einmal begonnene Unterhaltung fortsetzen konnte.

»Der Kleine ist dir übrigens wie aus dem Gesicht geschnitten. Hast du ihn oft zu Besuch hier?«

»Hin und wieder. Immer, wenn seine Mutter wichtige Termine hat.«

»Ich finde es toll, dass du dich um ihn kümmerst.« Samantha dachte an den rot markierten Freitag. »Ist er … Ist er dein einziges Kind? Oder hast du … ähm, noch andere?«

»Wozu willst du das wissen?«

»Nur so«, sagte Samantha sofort. Sie merkte, dass sie glühend rot wurde. »Aus keinem besonderen Grund, wirklich nicht. Ähm … Ist er von einer Kundin?«

Eddie hatte nicht vor, darauf zu antworten. Samantha überbrückte die verlegene Pause damit, ihre Blicke ziellos durch den Raum schweifen zu lassen. Die Hantelbank, der Sandsack, der Schaukelstuhl, das Sofa. Das Wäscheregal, der Schreibtisch, die Stereoboxen, die Matratze. Von dort aus irrte ihr Blick ab, fiel auf eine farbverschmierte, breite Brust und wanderte nach unten, über einen stahlharten

Bauch. Sixpack, so nannte Babette scherzhaft diese Partie zwischen unterem Rippenbogen und Hosenbund. Drei massive Doppelreihen perfekt ausgebildeter Waschbrettmuskeln. Es sah genau so gut aus, wie es sich anfühlte. Samantha merkte, wie sich in ihren Kniekehlen wieder dieses besondere Schwächegefühl ausbreitete, das sie immer in seiner Gegenwart überkam.

»Ist was?«, fragte Eddie.

Erschrocken blickte sie auf. Direkt in seine blauen Augen. Und verlor sich darin.

»War das alles?«, wollte Eddie wissen.

Samantha starrte ihn an. Ihr Herz schlug so laut wie Donner. Ein Wunder, dass er es nicht hören konnte. »Wie bitte?«, stotterte sie, als sie gewahr wurde, dass er etwas zu ihr gesagt hatte.

»Ob das alles war«, wiederholte er ungeduldig.

»N-nein«, sagte sie mit zittriger Stimme. »Ich habe noch was für dich.« Sie begann, erneut in ihrer Handtasche zu wühlen.

Irgendwo klingelte ein Telefon. Eddie wandte sich ab und ging zu seinem Schreibtisch.

»Leg es einfach irgendwohin und verschwinde«, sagte er zu ihr, bevor er den Hörer nahm und sich meldete. Samantha schaute blicklos auf seinen nackten, muskulösen Rücken. Irgendetwas kam ihr komisch vor, sie fühlte sich wie in einem surrealen Film. Hinter ihr ein Schokoriegel kauendes, über und über mit Farbe beklecksstes Kleinkind auf einem Töpfchen, dort drüben ein ebenfalls farbverschmierter, nahezu nackter junger Mann am Telefon, um sie herum die weite, weiße, karg gestaltete Umgebung dieses merkwürdigen Lofts, in dem das Badezimmer hinter einer Trennwand lag und kein einziger Teppich das helle, blank gescheuerte Schiffsplankenparkett zierte.

Ein paar Bilder könnten nicht schaden, dachte sie zusammenhanglos. Ihre Finger in der Handtasche fühlten sich taub an, doch sie fand den Geldschein trotzdem. Erst heute Mittag hatte sie ihn in ein Seitenfach gesteckt, um ihn gleich zur Hand zu haben. In ihrer Verwirrung hatte sie es nur für einen Moment vergessen.

Auch der Rest ihres Körpers kam ihr seltsam taub vor, während sie sich bückte, den Schein sorgfältig glatt strich und ihn dann gut sichtbar auf dem Boden liegen ließ. Dann drehte sie sich zu Andi um und fuhr ihm sacht mit dem Zeigefinger über die rosa und gelb gefleckte Wange.

»Wiedersehen, kleiner Mann«, flüsterte sie.

Ein paar Atemzüge später war sie draußen und in ihrem Wagen. Sie startete den Motor, hieb den ersten Gang hinein und raste davon wie der Teufel.

*

Im selben Moment, als die Tür hinter ihr ins Schloss fiel, ließ Eddie den Hörer fallen und schlug seine Stirn gegen die Wand.

»Scheiße«, fluchte er. »So ein blöder, verdammter Scheiß!«

»Ssseiße dammt«, bekräftigte Andi mit etlichen Spucke- und Schokoladespritzern. Er hatte den Riegel restlos vertilgt, bis auf ein paar unbedeutende, matschige Reste, die er über seinen Bauch und seine Beine verteilt hatte und die jetzt ein hübsches Muster mit den Fingerfarben bildeten. Inzwischen kaute er auf etwas anderem herum, das ihm anscheinend weniger gut schmeckte, denn er zog es kurz zwischen seinen Zähnen hervor und betrachtete es zweifelnd, bevor er es sich erneut in den Mund stopfte.

Eddie dachte zuerst, es wäre die Verpackung von dem

Schokoriegel. Er zerrte Andi das vollgespeichelte, schokoladetriefende Papier aus dem Mund – und stieß abermals einen bösartigen Fluch aus.

Andi legte den Kopf in den Nacken und starrte ihn sprachlos an. Eddie konnte nur hoffen, dass das Verständnis des Kleinen nicht ausreichte, um sich derart viele schlimme Worte auf einmal zu merken. Doch er hatte sich getäuscht. Andi brauchte nur einen Moment, um sich zu sammeln. Dann gab er eine kleinkindgemäße Version dessen von sich, was Eddie gerade gesagt hatte.

»Wenn du das im Beisein deiner Mutter wiederholst, wird sie mich kastrieren.« Eddie faltete den Fünfhunderter auseinander, nur um ihn gleich darauf wieder zu einem schmierigen Knäuel zu zerdrücken. Die Flüche, die sich auf seiner Zunge drängten, ließ er diesmal lautlos explodieren. Es ging nicht an, dass er vor einem unschuldigen Kind dermaßen aus der Rolle fiel!

Unterdessen stieß er mit dem Fuß die Papiertüte an. Als er den Anzug sah, war es um seine guten Vorsätze geschehen, und der nächste Fluch war fällig. Andi wiederholte ihn fröhlich. Für ihn war das ein nettes, abwechslungsreiches Spiel. Viel besser, als ewig auf diesem blöden Topf zu hocken, von dem sein Onkel irgendwie zu erwarten schien, dass er sich auf wundersame Weise füllte.

Eddie leerte die Tüte vollständig aus. Es war alles da, bis auf seinen zweiten Schuh. Wo hatte sie den gelassen? War er ihr aus der Tüte gerutscht? In ihrem Auto liegen geblieben? Oder hatte sie ihn absichtlich nicht mit eingepackt, quasi als Revanche dafür, dass er ihr ebenfalls noch einen Schuh schuldete?

Eddie ärgerte sich. Was sollte das sein, eine Art Cinderella-Nummer? Er hätte ihr den Schuh längst wiedergegeben, wenn Andi ihn nicht zufällig letzte Woche dazu benutzt hätte, Wasser aus der Toilette zu schöpfen. Eddie hatte den Schuh am nächsten Tag zum Schuster gebracht, der allerdings seine Zweifel hatte, ob er wieder herzurichten war. »Es ist eine sehr gute Marke, aber die Farbe ist nicht besonders haltbar. Schauen Sie, wie es hier am Rand verlaufen ist. Und die Form ... Ich muss ihn mindestens eine Woche auf dem Spanner lassen. Und ihn auf jeden Fall neu einfärben. Das wird nicht ganz billig. Sind Sie sicher, dass es gemacht werden soll?«

Eddie war sicher. Auf keinen Fall wollte er das Ding behalten. Der Schuh gehörte Samantha, und er würde ihn ihr zurückgeben, möglichst im Urzustand. Genau so wie den Slip. Natürlich würde er damit so lange warten, bis der Schuh wieder in Ordnung war, dann wäre es ein Aufwasch.

Einstweilen weigerte er sich, darüber nachzudenken, was ihn dazu trieb, gelegentlich den Slip aus seiner Wäscheschublade zu ziehen und daran zu schnuppern. Vermutlich der Beginn einer schleichend einsetzenden Perversion oder so. Aber auf keinen Fall so wichtig, dass er sich deswegen länger als eine Minute den Kopf zerbrach.

Eddie hockte sich neben Andi auf den Fußboden und betrachtete seine Füße, die ebenfalls den einen oder anderen Farbspritzer abgekriegt hatten. Nachdenklich schüttelte er den Kopf. Sie hatte allen Ernstes angenommen, dass Andi sein Sohn wäre. Das war nicht weiter verwunderlich, denn das glaubte so ungefähr jeder, der ihn mit dem Kleinen zusammen sah und nicht über die wahren Umstände im Bilde war. Was Eddie jedoch erstaunte, war Samanthas spontane Bereitschaft, sich sofort auf den Knirps einzulassen. Sie hatte ihn nicht nur getröstet, sondern auch seine Partei ergriffen. Und Andi hatte sie auf

Anhieb gemocht, was bisher von all seinen Bekannten nur Joe für sich in Anspruch nehmen konnte.

Aus dem Telefonhörer, der immer noch neben seinem Schreibtisch auf dem Boden lag, quäkte es laut. Eddie erhob sich seufzend und ging hinüber.

»Was ist los?«, rief Valerie wütend. »Wieso hängst du mich einfach ab?«

»Andi war gerade dabei, was zu verschlucken.«

»Andi, Andi, Andi«, schimpfte sie. »In letzter Zeit gibt es für dich nur noch diesen kleinen Sabberfratz. Ich verstehe dich nicht. Du rufst mich pausenlos an und laberst mit mir über irgendwelchen Mist. Aber wir unternehmen überhaupt nichts mehr zusammen!«

»Wir waren letzte Woche zweimal zusammen weg.«

»Ja, einmal auf dem Spielplatz und einmal im Schwimmbad. Wir haben die ganze Zeit am Planschbecken gehockt und aufgepasst, dass er nichts von dem verpissten Wasser trinkt.«

»Er bleibt nur noch ein paar Tage, so lange wirst du es ja wohl noch aushalten, oder?«

Valerie legte ohne ein weiteres Wort auf. Eddie rieb sich die Stirn. Diese Samantha hatte es mal wieder geschafft. Mit ein paar Blicken und Bewegungen hatte sie es hingekriegt, dass sein Leben schon wieder innerhalb von wenigen Sekunden völlig auf den Kopf gestellt wurde. Und dabei war er so sicher gewesen, dass die ganze Sache für ihn ausgestanden war. Bis jetzt war er bestens klargekommen, jedenfalls war das seine Meinung. Immer, wenn er das Gefühl hatte, zu oft an sie denken zu müssen, rief er einfach Valerie an. Oder er schnappte sich Andi und hockte sich mit ihm zusammen auf die Plane, um zu malen.

Eddie warf einen düsteren Blick auf die endlosen Rollen

von Papier, die sie bereits in gemeinsamer künstlerischer Aktion produziert hatten und die er an der rückwärtigen Wand des Raums gestapelt hatte. Er würde bald losziehen und neue Tapetenreste besorgen müssen. Joe hatte zweimal welche mitgebracht und bereits angekündigt, dass seine Vorräte an Malpapier damit erschöpft waren.

Eddie ballte die Fäuste. Zum Teufel, was war so besonders an ihr? Nichts, verdammt noch mal. Sie roch vielleicht besser als andere Frauen, aber damit hatte es sich auch schon. Er musste nichts weiter tun, als sie sich endlich aus dem Kopf zu schlagen.

Spontan beschloss er, dass es Zeit für einen kleinen Ortswechsel war.

»Wie sieht's im Topf aus, Alter?«, fragte er. »Ist was drin?«

Andi spreizte die Beine und lugte an seinem Schniedel vorbei ins Topfinnere.

»Nix dinn«, sagte er bedauernd.

»Irgendwann kriegst du's schon hin«, meinte Eddie. »Also, dann ab in die Wanne, Kollege. Wir gehen noch eine Runde auf den Spielplatz.«

*

Als Samantha nach Hause kam, saß Hans im Kaminzimmer. Er hatte die Beine übergeschlagen und die Arme vor der Brust verschränkt.

»Ich dachte, du wolltest noch Golf spielen«, sagte Samantha.

»Eigentlich wollte ich lieber mit dir reden.«

Seine Stimme war ernst. Nicht der Hauch eines Lächelns zeigte sich in seinem Gesicht.

Im nächsten Augenblick erkannte Samantha auch den

Grund dafür. Vor ihm auf dem Couchtisch stand ein einzelner Herrenschuh, Größe vierundvierzig. Das Gegenstück davon hatte Samantha vorhin bei Eddie abgeliefert.

»Wo hast du den gefunden?« Ihre Stimme klang eigentümlich heiser. Es hörte sich an, als hätte sie den Mund voller rostiger Nägel.

»Unter deinem Bett.«

»Aber …« Samantha beendete den Satz nicht. Es hätte sich zu dämlich angehört, wenn sie jetzt gesagt hätte: *Ich habe doch überall nachgeschaut* oder *Ich habe doch alles in den Schrank gesteckt*.

»Ich habe ihn schon vorletzten Samstag gefunden. Du hast an dem Abend allein geschlafen, wegen des Ausschlags. Als ich den Geldschein aufhob, habe ich Klamotten unterm Bett gesehen, mir in dem Moment aber nichts weiter dabei gedacht. Später, als du schon schliefst, habe ich noch einmal nach dir geschaut. Die Sachen unter deinem Bett waren weg, nur der Schuh lag noch dort. Du hattest ihn wohl in der Eile vergessen.« Hans räusperte sich. »Ich gehe mal davon aus, dass er nicht deinem Bruder gehört, obwohl mir jemand von den Nachbarn erzählt hat, dass er zusammen mit einem anderen Mann bei uns im Garten herumlief. Nackt.«

Samantha überlegte für den winzigen Bruchteil einer Sekunde, ob sie nicht einfach behaupten könnte, ihr Bruder und sein neuer Lover hätten sich ihr Zimmer als vorübergehendes Liebesnest erkoren. Aber ein Blick in Hans' Gesicht reichte, um zu wissen, dass er auf diese plumpe Story nicht hereinfallen würde.

Hans stieß den Schuh mit dem Fuß an. »Die Anzeichen waren da, die ganze Zeit schon. Es lief schon seit Monaten nicht mehr richtig gut zwischen uns, stimmt's?«

Samantha sagte nichts. Sie schaute starr zu Boden. In

ihren Augen brannten Tränen, und in ihrem Magen rumorte es heftig vor Übelkeit.

»Vor drei Wochen hast du ihn das erste Mal getroffen, bei diesem Geschäftsdinner im *Chez Ludovic*, nicht wahr? Und Samstag vor acht Tagen auch wieder. In meinem Haus. Und in meinem Bett.

Samantha räusperte sich vorsichtig. »Eigentlich ist es *mein* Bett.«

Hans machte sich nicht die Mühe, auf diesen kläglichen Einwurf einzugehen. »Die Versuche von Babette und deinem Bruder, das Ganze zu vertuschen, waren zwar sehr ehrenwert, aber nicht besonders überzeugend. Und mit deinem Ausschlag verhält es sich so, dass du ihn immer nur in besonders schweren Beziehungskrisen bekommst.«

Samantha konnte es schlecht abstreiten. Wahrscheinlich hatte er ihre Mutter danach gefragt.

»Mir war gleich klar, was da lief, aber ich hatte die optimistische Vorstellung, es wäre vielleicht nur eine unbedeutende Episode gewesen. Ich hatte gedacht, wir könnten es noch mal versuchen. Aber ich habe mich getäuscht. Wir hatten zu dem Zeitpunkt schon keine Chance mehr.«

Samantha hätte alles Mögliche dafür gegeben, wenn es anders gewesen wäre. Aber es war nun mal so, wie es war, und es ließ sich nicht mehr ändern. Falls sie daran noch irgendwelche Zweifel gehabt haben sollte, so waren sie spätestens heute Nachmittag verflogen, in dem Moment nämlich, als sie Eddie wiedergesehen hatte. Es hatte sie getroffen wie ein Donnerschlag, als er die Tür aufgemacht hatte. Sie hätte nie geglaubt, dass das, was zwischen ihnen war, sich auf solche Weise verselbstständigen könnte, aber es war passiert. Sie hatte sich in einen Mann verknallt, den jede Frau haben konnte – für Geld.

»Vielleicht hängt es auch damit zusammen, dass du dir ein Kind gewünscht hast«, sagte Hans.

Samantha blickte ihn befremdet an. »Aber du wolltest es doch auch!«

»Zuerst dachte ich, dass es eine gute Idee wäre, aber dann war ich mir nicht mehr sicher. Ich glaube, ich möchte lieber doch nicht mehr Vater werden. Eigentlich bin ich schon vor Monaten zu dieser Entscheidung gekommen. Das hat aber nichts mit dir zu tun, Sam. Es ist einfach eine Frage der inneren Einstellung.«

»Du hättest mit mir darüber reden können, anstatt immer auf den Golfplatz zu verschwinden!«

»Das hätte ich tun können. Zum Beispiel an dem Samstag, als ich zu dem angeblichen Golfturnier nach Freiburg eingeladen war.« Er schüttelte den Kopf. »Vergessen wir das. Ich vermute sowieso, dass es Babettes Idee war. Dein Stil ist das eigentlich nicht.«

Samantha gab keine Antwort.

»Wir haben eine Zeit lang sehr gut zusammengepasst«, sagte Hans. Er sprach betont sachlich, obwohl Samantha an dem Ausdruck seiner Augen sehen konnte, dass ihm diese Aussprache nicht leicht fiel. »Aber ich glaube, auf lange Sicht waren wir einfach nicht verschieden genug. Es lief alles zu glatt.«

Als sie ihn erstaunt anschaute, nickte er. »Es hört sich vielleicht komisch an, aber ich glaube, wenn zwei Menschen einander in ihrer Lebensart und Einstellung zu ähnlich sind, fehlt der Beziehung etwas Wichtiges. Eine gewisse … Reibung. Ein Minimum an Konfliktpotenzial. Ecken und Kanten.« Er zuckte die Achseln. »Wir haben uns in den ganzen zwei Jahren nicht ein einziges Mal gestritten.«

»Mit dir kann man sich doch gar nicht streiten«, sagte Samantha, halb lachend, halb weinend.

»Da täuschst du dich. Frag mal meine Ex. Wir haben so laut gestritten, dass die Nachbarn einmal sogar die Polizei geholt haben.« Er stand auf. »Ach Sam, nicht weinen. Mach es uns nicht noch schwerer.«

Samantha schluchzte laut auf. »Es tut mir so Leid. Ich habe alles kaputtgemacht!«

»Nicht doch, dazu gehören immer zwei. Oder in dem Fall vielleicht eher drei. Du, ich und der andere. Wie ist er überhaupt?«

»Ein arroganter, ungehobelter, ungebildeter, opportunistischer Muskelprotz.«

»Also das krasse Gegenteil von mir.« Hans räusperte sich. »Ich nehme an, er hat noch andere Qualitäten, aber das will ich jetzt nicht vertiefen. Für mich ist das hier sowieso nicht besonders einfach, weißt du.«

Samantha stand mit hängenden Armen vor ihm.

»Ich verstehe nicht, wie du in dieser Situation noch so ruhig sein kannst!«

»Was soll ich denn machen? Den Schuh gegen die Wand werfen? Ihn verbrennen? Dich anschreien oder dich mit Vorwürfen überhäufen? Das würde doch nichts ändern.«

Nein, dachte Samantha. Ändern würde es vielleicht nichts. Aber es würde ihr zeigen, dass sie ihm mehr bedeutete als nur ein paar warme, entsagende Abschiedsworte. Falls er wirklich je um sie gekämpft hatte, so war es ihr völlig entgangen.

»Ich ziehe morgen aus«, sagte sie. »Spätestens übermorgen.«

Hans hob die Schultern. »Wie du willst. Es ist sicher am besten so.«

*

»Also einfach so, Knall auf Fall«, sagte Babette. »Und wie stellt er sich das vor? Wo sollst du denn auf die Schnelle hin?« Sie nahm Samantha die Packung mit den Schokoriegeln weg. »Hör auf damit, sonst wird dir übel. Du hast schon sechs Stück von den Dingern gegessen. Das sind mindestens dreitausend Kalorien. In weniger als einer halben Stunde!«

»Es war ja nicht so, als hätte er mich gezwungen, sofort auszuziehen. *Ich* habe es ihm vorgeschlagen, und das finde ich nach wie vor völlig korrekt. Jeder Tag, den ich jetzt noch bei ihm wohnen bleibe, wäre doch die reinste Zumutung für ihn.«

»So, wie du es mir geschildert hast, wandelt er nicht gerade im Tal der Tränen.«

»Weil er sich mir zuliebe beherrscht«, sagte Samantha würdevoll. »Er ist und bleibt eben ein echter Gentleman.«

»Meine Rede. Du bist so was von hirnlos, dass du ihn dir durch die Lappen rutschen lässt. Und das alles wegen diesem ...«

Samantha räusperte sich warnend.

»Na gut, ich sag ja nichts mehr. Und wo willst du jetzt hin?«

Samantha schaute sie groß an, worauf Babette zusammenzuckte und sich Hilfe suchend umschaute.

»Also ich weiß nicht«, sagte sie zweifelnd. »Gut, wir kennen uns lange, und ich weiß, dass du regelmäßig das Klo sauber machst und so, aber ...«

»Falls du es vergessen haben solltest – wir haben bis vor zwei Jahren hier drinnen zusammen gewohnt, und es hat super geklappt. Diese Wohnung hat vier Zimmer, und ein Zimmer steht komplett leer. Es wäre ja auch nur vorübergehend, bis ich was Eigenes gefunden habe.«

»Und was ist mit deiner Mutter? Sie hat ein großes Haus.«

»Das willst du mir doch wohl nicht ernsthaft vorschlagen?«, entrüstete Samantha sich.

»Warum nicht? Sie ist eine so nette, zuvorkommende …«

»Nervensäge«, fiel Samantha ihr ins Wort. »Also, kann ich jetzt bei dir einziehen oder nicht?«

Babette seufzte. »Meinetwegen. Aber wenn Giovanni kommt, musst du in deinem Zimmer bleiben. Und ich kann dir beim besten Willen nicht versprechen, dass wir leise sein werden.«

*

Samanthas Auszug aus der Villa ging problemlos vonstatten und war eine stumme, traurige Angelegenheit. Sie hatte einen Umzugsdienst bestellt, der Freitagvormittag vorfuhr und alles erledigte. Samantha besaß nicht viele Möbel, lediglich die Dinge, die sich in ihrem Schlafzimmer befanden. Die Möbelpacker schleppten alles bei strömendem Regen aus dem Haus. Den Rest von Samanthas Habseligkeiten packten sie in Kisten, die sie ebenfalls in den Wagen luden. Samantha stand fröstelnd daneben und wartete, dass sie fertig wurden. Hans war nicht da. Er hatte es vorgezogen, den Tag im Golfclub zu verbringen. Sie hatten nicht mehr viel miteinander gesprochen.

Kurz nach dem Frühstück war Benedikt aufgetaucht, um ihr Gesellschaft zu leisten.

»Irgendwie ist es uns nicht gegeben, nach bürgerlichen Konventionen zu leben«, seufzte er.

»Mir ist es durchaus gegeben«, widersprach Samantha. »Nur weil ich mich von Hans trenne, heißt das noch lange nicht, dass ich beziehungsunfähig bin oder sonst wie auf dem absteigenden Ast!«

In Wahrheit hatte sie den dringenden Verdacht, dass sie genau das war. Mit fast zweiunddreißig Jahren hatte sie nichts weiter aufzuweisen als eine kaputte Ehe, etliche gescheiterte Beziehungen, eine verkrachte Karriere und einen krankhaften Hang zu käuflichen Männern. Und ein rotes Kreuz im Kalender, das immer noch wie ein Damoklesschwert über ihr hing. Bis jetzt hatte sich nichts getan. Na gut, der Tag war noch nicht zu Ende, und sie war niedergeschlagen und fertig mit den Nerven. Theoretisch könnte es PMS sein – aber genauso gut auch nur eine schlichte, handfeste Trennungsdepression.

Benedikt stand neben ihr auf dem Bürgersteig und schaute den Möbelpackern zu.

»Zwei Jahre«, sagte er wehmütig.

»Ich weiß selber, dass es zwei Jahre waren«, versetzte Samantha gereizt.

»Willst du wissen, was ich mich gerade frage?«

»Nein, und es interessiert mich auch nicht sonderlich.«

»Ich frage mich, ob es für dich verplemperte Zeit war oder ob es dir in irgendeiner Weise genützt hat.«

»Inwiefern genützt? Indem ich mietfrei wohnen konnte?«

»Nein, nicht finanziell oder so. Einfach nur allgemein. Zum Beispiel, ob du für dich jetzt sagen kannst, dass es dich in irgendeiner Form weitergebracht hat und deshalb wertvoll für dich war. Dass du dich glücklich schätzt, ihn gekannt zu haben.«

Samantha verdrehte die Augen. »Wo hast du denn dieses Gesülze schon wieder her? Aus einem Buch? Vielleicht eins mit dem Titel: *Wenn aus Liebe Freundschaft wird*?«

Benedikt war erstaunt. »Woher weißt du das?«

»Ich hab's neulich bei dir rumliegen sehen.«

Benedikt seufzte abgrundtief. »Ich muss zu meiner Schande sagen, dass ich das nicht kann.«

»Was kannst du nicht?«

»Von Liebe zu Freundschaft übergehen. Entweder ist ein Typ ein solcher Mistkerl, dass ich ihn nicht wiedersehen will.«

»Oder?«, fragte Samantha.

»Wie?«

»Du hast *entweder* gesagt. Dann musst du auch *oder* sagen.«

Benedikt lächelte schief. »Oder er ist ein solcher Mistkerl, dass ich ihn nicht wiedersehen will. Was mich betrifft, so will ich nur, dass er aus meinem Leben verschwindet, sobald es vorbei ist. Und glaub mir, so ist es am gesündesten.«

»Spielt es denn keine Rolle, wer wen verlässt?«

»Nein«, sagte er.

Samantha dachte kurz nach. »Was ist, wenn aus der Liebe schon vorher Freundschaft wird? Ganz schleichend, ohne dass man es mitkriegt?«

»Dann war es keine richtige Liebe«, sagte Benedikt schlicht.

*

»You're the one that I want, uh, uh, uuuh«, trällerte Babette, während sie durch die Wohnung hopste und eine frische Parfümwolke hinter sich herzog. Sie hatte eine Stunde gebraucht, um sich aufzubrezeln, und sah aus wie eine Discoqueen aus den Siebzigern, mit engem Glitzertop, Strassjeans und üppig gestylten Locken. Giovanni wollte mit ihr auf eine Nostalgieparty gehen, wo den ganzen Abend Oldies von solchen Gruppen wie Abba und Fleetwood Mac gespielt werden sollten.

»Wieso gehst du nicht mit?«, wollte sie von Samantha wissen.

Samantha hockte in trübseliger Stimmung auf dem Sofa und betrachtete das Gebirge von zerknülltem Schokoriegelpapier neben sich. Wie viele von den Dingern hatte sie seit heute Mittag gegessen? Sechs? Sieben? »Meine Sachen passen mir nicht mehr. Ich bin fett.«

»Ach komm, das sind doch nur faule Ausreden dafür, dass du zu Hause hocken und die Wände anstarren willst. Davon wird es auch nicht besser. Geh unter die Dusche, wasch dir die Haare, zieh dir was Fetziges an! Jetzt bist du frei, das musst du ausnutzen! Da gibt es sicher jede Menge hochinteressanter Typen!«

»Gleich kommt *Sliver*, den will ich mir angucken.«

»Den hast du schon dreimal gesehen! Und außerdem spielt William Baldwin da einen kranken Spanner!«

»Man kann aber seinen nackten Hintern sehen«, sagte Samantha störrisch. In Wahrheit hatte sie weder Lust zum Fernsehen noch auf den nackten Hintern von William Baldwin, obwohl er ihr in einem früheren Leben Seufzer des Entzückens entlockt hatte. Alles, was sie im Moment interessierte, war das Kreuz. Sie hatte den Kalender vor dem Umzug ins Altpapier entsorgt, weil sie das Ding sowieso nicht leiden konnte. Es war ein geschmackloser, mit Blumenmotiven bedruckter Werbekalender von ihrer Hausbank, den sie Anfang des Jahres nur in ihrem Zimmer aufgehängt hatte, weil er gerade da gewesen war. Im Prinzip brauchte sie gar keinen Wandkalender, höchstens den Abfalljahresplaner der Gemeinde, um die Abfuhrzeiten für die gelben Säcke, die Biotonne und den Restmüll nicht durcheinander zu werfen. Ansonsten reichte ihr völlig der kleine Taschenkalender, den sie in ihrer Handtasche hatte.

Leider war das fette rote Kreuz nicht zusammen mit dem Kalender im Altpapier verschwunden. Es hatte sich quasi verselbstständigt und sich in ihr Gehirn eingebrannt. Sie konnte unmöglich auf eine Discoparty gehen, wenn sie ständig aufs Klo rennen musste, um nachzuschauen, ob sich etwas tat.

»Warum machst du dir nicht einen vergnügten Abend mit Joseph?«, fragte Babette unvermittelt. Sie lächelte vergnügt. »Ich habe bei der Agentur angerufen. Er wäre heute verfügbar.«

Samantha fuhr zusammen und blickte verstört auf.

»Du hast *was?*«

»Na, ich dachte, ich treffe ihn vielleicht mal«, sagte Babette leichthin. »Aber dann kam Giovannis Einladung zu dieser Wahnsinnsparty dazwischen.« Ihr Lächeln wurde breiter. »Gönn dir ruhig mal was. Buch ihn für heute Abend, das täte dir gut, nach all dem Trennungsstress.«

In Samantha brodelte es wie in einem Vulkan. Es fehlte nicht viel, und sie würde bersten und bis in den letzten Winkel der Wohnung Feuer und glühende Asche spucken. Und sie würde Babette dabei zu einem winzigen, verkohlten Nichts abfackeln.

»Das ist mir im Moment viel zu teuer«, sagte sie mit mühsam beherrschter Stimme.

Damit lag sie nicht einmal so sehr neben der Wahrheit. Sie hatte ein paar Euro gespart, aber die Welt war es nicht, vor allem nicht in Anbetracht der Tatsache, dass sie arbeitslos war und eine neue Wohnung brauchte. Natürlich hätte sie in den vergangenen Jahren bescheidener leben können, doch an Hans' Seite war es nicht weiter schwierig gewesen, sich seinem eher aufwändigen Lebensstil anzupassen. Dabei war es keineswegs so, dass er alles bezahlt hatte. Samantha hatte von Anfang an Wert darauf gelegt, ihre finanzielle Unabhängigkeit zu demonstrieren. Für ihre Bedürfnisse war sie fast ausschließlich selbst aufgekommen, und dabei war sie nicht eben geizig gewesen. Sie hatte sich gern gute und teure Kleidung gekauft, interessante Fernreisen gebucht und fuhr einen ziemlich kostspieligen Wagen, dessen Anschaffung letztes Jahr einen beträchtlichen Teil ihrer Ersparnisse verschlungen hatte. Häufige Besuche beim Friseur und bei der Kosmetikerin waren für sie ebenso selbstverständlich gewesen wie diverse Wochenendtrips nach Rom, Paris, London oder New York. Kurz: Sie hatte gelebt wie eine dieser modernen Karrierefrauen, bei denen alles stimmte. Der Job, das Outfit, das Ambiente und der Lover.

Von alledem war ihr nur das Outfit geblieben, und wenn sie Pech hatte, würde ihr davon bald kein einziges Teil mehr passen. Entweder wegen des Kreuzes oder wegen der Schokolade.

Sie stand auf, um zur Toilette zu gehen.

»Was ist los, wieso rennst du ständig ins Bad, hast du Durchfall?«, wollte Babette wissen.

»Keine Sorge«, meinte Samantha patzig, »ich putz hinterher das Klo.«

Sie verschwand im Badezimmer und betrachtete ihr hohläugiges Spiegelbild. Irgendwann im Laufe der letzten beiden Wochen hatte sie sich von einer hübschen, vollschlanken Blondine in einen großen, fetten Bauerntrampel verwandelt. Ihre Haare hingen an den Seiten zottelig herab. Am Hinterkopf beulten sie sich zu filzigen Bergen auf. Das war die Stelle, auf der sie die ganze Zeit gelegen hatte, seit sie hier eingezogen war. Abgesehen von den ungefähr fünfzig Malen, die sie aufgestanden war, um aufs

Klo zu gehen oder sich frische Schokolade aus dem Kühlschrank zu holen. Und dem einen Mal, als sie Giovanni beim Aufbauen der Möbel zur Hand gegangen war. Er war ein gut aussehender Sizilianer mit schwarz blitzenden Augen, der einen unverwüstlichen Optimismus verströmte und ein Faible für modisch ausgeflippte Kleidung hatte.

Es klingelte an der Wohnungstür, und Samantha hörte Giovannis Stimme. Er machte Babette Komplimente über ihr Outfit.

»Eh, das ist echte eine Wahnsinnsbluse! Wo hast du die gekauft?«

»Du könntest auch mal sagen, dass *ich* toll aussehe, nicht immer nur meine Klamotten!«, beklagte Babette sich.

»Tolle Titten«, sagte Giovanni bereitwillig.

»Warum hast du dieses Hemd an? Ich habe dir schon mal gesagt, dass Rosa dir nicht steht.« Pause, dann: »Lieber Himmel, was hast du denn da am Fingernagel?«

»Ist eine Brilli«, sagte Giovanni stolz. »Und gucke ma hier. Hab auch eine da auf de Zahn!«

Babette stöhnte entsetzt auf. »Meine Güte, welcher Mann lässt sich denn heutzutage einen Brilli auf den Fingernagel oder die Zähne kleben?

»Mein Bruder hat zufällig auch einen auf dem Fingernagel«, rief Samantha durch die geschlossene Badezimmertür.

»Dein Bruder?«, schrie Babette. »Wieso sagst du das jetzt in diesem Zusammenhang? Willst du damit vielleicht etwas Bestimmtes zum Ausdruck bringen?«

»Hallo, Sam«, rief Giovanni. »Gehst du auch mitte auf de Party?«

»Nein«, murmelte Samantha vor sich hin. »Ich kann nicht mehr auf Partys gehen. Ich bin fett, verzottelt und schwanger.«

Doch mit Letzterem lag sie definitiv falsch, wie sie zehn Sekunden später endlich feststellte. Das rote Kreuz war von ihr genommen. Es hatte sich in einen roten Fleck verwandelt. Vor lauter Erleichterung fing sie an zu heulen. Dann ließ sie sich ein schönes, heißes Bad ein.

*

Valerie drückte sich von hinten gegen Eddie und zog den Kopfhörer von seinem linken Ohr weg. »Was ist? Willst du nicht ins Bett kommen?«

»Eine Minute noch«, sagte Eddie, ohne aufzublicken. Er saß vor dem Keyboard, das er an den PC angeschlossen hatte, und probierte verschiedene Tonfolgen aus. Auf dem Monitor tauchten Akkorde auf und verschwanden wieder, gleichzeitig mit den Klängen in seinem Kopfhörer.

»Das sagst du schon seit einer Stunde. Der Kleine ist längst eingeschlafen, aber du hockst immer noch hier und vergnügst dich mit deinem Computer statt mit mir.«

»Das ist kein Vergnügen, sondern Arbeit. Ich mach es ja auch für dich. In zwei Wochen habe ich einen Termin bei Thomas.«

Valerie quietschte aufgeregt. »Mit mir?«

Eddie nickte und schob ihre Hand von seinem Kopfhörer, um ungestört weitermachen zu können.

»Wie weit bist du?«, wollte Valerie wissen. »Gibst du mir was zum Einsingen mit nach Hause? Hast du schon einen Text?«

Doch Eddie hörte sie nicht mehr. Er war weit weg, eingetaucht in die Musik. Seine Augen hingen am Bildschirm, und seine Hände huschten abwechselnd über die Tastatur des Keyboards und diejenige des PC, und zwischendurch glitt seine rechte Hand zur Maus, um Sequenzen zu verschieben oder zu löschen. Irgendwann merkte er, dass er nicht mehr weiterkam, und beschloss, es für diesen Abend gut sein zu lassen. Er stand auf, gähnte und streckte sich. Dabei fiel sein Blick auf die Matratze, und er zuckte zusammen, als er Valerie dort sah. Splitternackt und verführerisch hingegossen lag sie da und betrachtete ihn mit schmachtendem Augenaufschlag.

»Kommst du endlich?«, hauchte sie.

»Ich muss noch Zähne putzen«, murmelte er.

»Weißt du, Eddie, ich finde es super von dir, dass du dich so für meine Karriere einsetzt. Du und ich, wir sind ein Spitzenteam. Findest du nicht?«

Sie sprang aus dem Bett und folgte ihm mit schwingenden Hüften ins Bad.

Wieder drückte sie sich von hinten an ihn, wobei sie ihre nackten Brüste besonders gekonnt zum Einsatz brachte.

»Na, wie gefällt dir das?«, gurrte sie.

Eddie spuckte eine Ladung Zahnpastaschaum ins Waschbecken und spülte sich den Mund aus. Dabei fragte er sich, wann es angefangen hatte, dass er sich wünschte, lieber allein ins Bett zu gehen. Valerie war so süß wie immer. Sie sah toll aus, hatte eine Wahnsinnsstimme und war gut im Bett. Alle Männer, die er kannte, beneideten ihn, weil er mit ihr zusammen war. Gut, sie konnte ihm manchmal den letzten Nerv rauben, aber meist hörte sie sofort damit auf, wenn er sie küsste oder sich sonst wie in angemessener Form um sie kümmerte.

»Es ist halb elf«, lockte Valerie, während sie um ihn herumgriff und mit beiden Händen an dem Reißverschluss seiner Jeans herumfummelte. »Zeit, ins Bettchen zu kommen!«

»Stimmt«, sagte Eddie und gähnte. »Echt spät. Ich bin

auch wirklich reichlich kaputt. Du hast Recht. Lass uns pennen.«

Valerie erstarrte und zog die Hände zurück. »Was soll das denn? Sind wir jetzt wieder bei *dem* Thema?«

»Bei welchem Thema?« Eddie stellte sich blöd.

»Tu doch nicht so! Du kriegst ihn nicht mehr hoch! Glaubst du, ich merke es nicht? Wie oft haben wir's denn letzten Monat getan? Na?«

»Woher soll ich das wissen? Glaubst du, ich zähle mit?«

»*Ich* habe mitgezählt«, fauchte Valerie. »Es waren genau eins Komma fünf Mal.«

An das halbe Mal konnte Eddie sich dunkel erinnern. Andi war mittendrin wach geworden und hatte lauthals nach Schokolade gebrüllt. Danach war es schlagartig mit Eddies Lust vorbei gewesen.

»Das ist der Stress«, sagte er. »Wird alles besser, wenn Andi morgen abgeholt wird.«

»Du hast letztens schon gesagt, dass er abgeholt wird.«

»Da wusste ich nicht, dass meine Schwester noch für eine Woche nach Paris muss.«

Valerie betrachtete ihn unversöhnlich, die Augen erbost zusammengekniffen. »Weißt du, was ich glaube?«

Eddie zuckte die Achseln. »Nein.« Er stieg aus seiner Hose, warf sie über den Schaukelstuhl und knöpfte sein Hemd auf.

»Dass du pervers bist und deshalb nicht mehr auf normalen Sex stehst.«

Eddie verzog ärgerlich das Gesicht. »Wie kommst du auf die Idee?«

Valerie streckte die Hand aus und zupfte ein seidiges Etwas aus der Tasche seiner Jeans. »Vielleicht deshalb.«

Eddie wurde glühend rot. »Ich … uhhh … Das ist …«

»Ein Slip«, soufflierte Valerie. »Aber nicht meiner. Ich

habe vierunddreißig-sechsunddreißig. Der hier ist Größe achtunddreißig-vierzig. Er muss also irgendeiner fetten Kuh gehören. Einer *reichen* fetten Kuh. Denn er ist nicht von H&M oder Tchibo, sondern von Cacharel. Hundertprozentig echte Seide. Original aus Paris.«

Eddie erkannte, dass sie das Ding schon vorher hier gesehen haben musste, da sie anderenfalls mit Sicherheit vorhin einen Tobsuchtsanfall gekriegt hätte.

»Ich kann das erklären«, sagte er, während er krampfhaft nach einer plausiblen Begründung suchte, warum er dieses Teil in der Hosentasche stecken hatte. Es fiel ihm keine ein.

Doch Valerie überraschte ihn. Sie straffte sich und blickte ihn tapfer an. »Schon gut. Lass nur. Ich weiß, was los ist. Armer Eddie.«

»Wieso arm?«, fragte Eddie perplex.

»Na ja, aus deiner Sicht vielleicht nicht unbedingt«, schränkte Valerie ein. »Für dich ist es eher etwas Normales.«

»Wovon redest du überhaupt?«, wollte Eddie wissen. Eine ungute Vorahnung hatte sich seiner bemächtigt.

»Na, von deinem Fetischismus natürlich. Du bist so eine Art Freak, weißt du. Ein Unterwäschefetischist. Dachtest du etwa, es wäre mir nicht aufgefallen, dass du ständig an dem Ding rumfummelst, wenn du glaubst, es merkt niemand? Wo hast du ihn her? Hast du ihn im Fitnesscenter gefunden?«

»Äh … ja.« Eddie schluckte hart und schaute zu Boden. Er kam sich vor wie der letzte Idiot. Natürlich war er pervers! Hatte er es nicht gleich gewusst? Wieso hatte er das eigentlich nicht wahrhaben wollen?

Valerie trat auf ihn zu und legte ihm die Hand auf die Wange. »Es ist schon okay. Wirklich. Ich mache dir keinen Vorwurf. Weißt du, Männer sind halt manchmal so. Ich kannte beispielsweise mal einen Typ, der konnte nur, wenn ihm sein Wellensittich dabei zusah. Und eine Freundin von mir hatte mal was mit einem, bei dem sie sich als Kellnerin verkleiden musste.« Sie lächelte Eddie verständnisvoll an. »Wenn es dich schärft, dann tu es ruhig. Hauptsache, du bringst es überhaupt, denn sonst wäre es wirklich jammerschade. Ich denke mal, ich kann mich dran gewöhnen. Schließlich bin ich ein aufgeschlossener Mensch.«

Sie warf den Slip hinter sich auf den Boden, dann wühlte sie in ihren eigenen Klamotten herum, die auf dem Sofa lagen.

»Hier. Nimm den.« Sie hielt Eddie ihren Spitzentanga entgegen und strahlte erwartungsvoll. »Den hatte ich sogar zwei Tage hintereinander an. Na, macht dich das scharf?«

Eddie ließ sich von ihr den Slip in die Hand drücken und starrte ihn blicklos und mit halb geschlossenen Augen an. Er kam sich vor wie in einem schrägen, bescheuerten Film der Marke *Die nackte Kanone* oder so. Irgendjemand hatte ihn ohne sein Zutun als Knallchargen gecastet, und jetzt stand er da, als unfreiwilliger Fetischist mit einem getragenen Tanga in der Hand. Er horchte kurz in sich hinein. Dies war eine Damenunterhose, die seit zwei Tagen in Gebrauch war und daher in die Wäsche gehörte. Eddie verspürte nicht das geringste Bedürfnis, das Ding in die Hosentasche zu stecken oder es sonst wie in seiner Nähe zu behalten. Erleichtert ließ er den Slip zu Boden fallen.

»Was ist?«, fragte Valerie stirnrunzelnd. »Wirkt es nicht richtig?«

Eddie räusperte sich mühsam. »Ich denke, ich kriege es auch ohne solche Hilfsmittel noch ganz gut hin.«

»Wirklich?«

Anstelle einer Antwort packte Eddie Valerie bei den Hüften und schob sie zum Bett. Sie kicherte entzückt und ließ sich auf die Matratze fallen. »Du süßes, wildes Tier! Wer sagt's denn? Es geht doch!«

Eddie rückte die Trennwand zurecht, die er eigens mit Rücksicht auf Andi angeschafft hatte. Dann legte er sich zu Valerie ins Bett, schloss die Augen und versuchte, seinen kaum vorhandenen Enthusiasmus durch ein paar schmutzige Gedanken anzufeuern. Aber alles, was er vor sich sah, waren lange, blonde Haare und Augen, die so blau schimmerten wie Lapislazuli.

Inzwischen wusste er, dass dies der Name des Edelsteins war. Vor einer Weile hatte er es im Internet nachgeschlagen, während er ein paar Arien von Giuseppe Verdi heruntergeladen hatte. Inzwischen kannte er alle Opern von ihm, ebenso wie jede Menge Stücke von anderen bekannten Komponisten.

»Eddie?« Valerie ließ von ihm ab und richtete sich auf. »Da tut sich nix mehr. Soll ich doch lieber meinen Slip holen?«

Eddie stöhnte und griff sich mit beiden Händen an den Kopf, um sich die Haare zu raufen.

Doch das Schicksal meinte es gut mit ihm. Sein Retter hatte die quengelnde, verschlafene Stimme eines zweijährigen Kleinkindes.

»Eddiiieeee!«, jammerte Andi. »Andi will Mama! Andi will Nulli! Andi will Lokelaaade!«

Sein Reisebettchen stand in der am weitesten entfernten Ecke des Raums, aber sein Geschrei war so laut, als säße er bei ihnen auf der Matratze. Braver, guter Junge!

Eddie sprang erleichtert aus dem Bett und warf in seiner Eile beinahe die Trennwand um.

»Ich komme!«, schrie er. »Ich bin gleich da!«

Valerie starrte ihm hinterher. »Früher hast du dasselbe zu mir gesagt!«, meinte sie giftig. »Sogar mehrmals in einer Nacht!« Dann stand sie auf und stolzierte wutentbrannt zum Sofa, schnappte sich ihre Klamotten und begann, sich anzuziehen.

*

Zwei Monate später hatte Samantha zum ersten Mal das Gefühl, sich an ihr neues Leben gewöhnen zu können. Im Prinzip war es gar nicht so übel, in einem kleinen Apartment zu wohnen. Sie hatte sich kaum Möbel anschaffen müssen, und die fehlenden Teile hatte sie günstig bei Ikea erstanden, wie zum Beispiel die Kücheneinrichtung, das Sofa und die neuen Regale. Ihren Kleiderschrank und den Sekretär hatte sie behalten, dafür hatte sie das Bett verkauft, weil es viel zu groß gewesen war. Anfangs war ihr die Decke auf den Kopf gefallen, doch nach einer Weile hatte sie sich eingelebt und fand ihre neue Behausung inzwischen sogar richtig gemütlich. Vielleicht lag es auch daran, dass sie mittlerweile wieder öfter rauskam als zu Anfang, als sie nur untätig auf ihrem neuen schmalen Bett herumgelegen und sich selbst Leid getan hatte. Irgendwann hatte sie es satt gehabt, nur Schokolade zu essen und sich die Videos mit Ben Affleck und William Baldwin zum dreißigsten Mal anzusehen. Sie hatte kurzfristig auf ein Inserat hin einen Job in einer Schreinerei angenommen, wo sie halbtags die Buchhaltung und alle anderen anfallenden Büroarbeiten erledigte. Ihre Vorgängerin befand sich im Mutterschutz und war für mindestens ein Jahr beurlaubt.

Die Arbeit war sowohl von den Anforderungen als auch

von der Bezahlung her Äonen von dem Managerposten entfernt, den Samantha bei Bruckner-Bad innegehabt hatte, doch die Kollegen waren nett, und Samantha mochte den Geruch von frisch gesägtem Holz, der immer dort in der Luft lag. Die Handwerker hatten immer ein paar Witzchen auf Lager, und ihr Chef, Alexander Damaschke, war ein gutmütiger, bodenständiger Mensch, der heilfroh war, dass ihm jemand die verflixte Arbeit am Computer abnahm. Kurzum – Samantha mochte ihren neuen Job. Er bedeutete keine große Herausforderung, aber es ließ sich dort angenehm arbeiten.

Auch andere Dinge hatten sich in ihrem Leben verändert. Sie hatte ihren Wagen abgeschafft und ihn gegen ein kleineres Modell eingetauscht. Seitdem waren ihre Tankrechnungen nur noch halb so hoch, und bei der Versicherung ließ sich ebenfalls die Hälfte sparen.

Samantha kaufte sich immer noch regelmäßig neue Klamotten, aber sie hatte entdeckt, dass man sich bei H&M fast genauso vortrefflich einkleiden konnte wie in einer Designerboutique. Außerdem legte sie keinen besonderen Wert darauf, an ihrem neuen Arbeitsplatz im Armani-Kostüm aufzulaufen.

Die wohl augenfälligste Veränderung hatte sie an ihrem Äußeren vorgenommen: Eine Woche, nachdem sie bei Hans ausgezogen war, hatte sie sich die Haare schneiden lassen. Sie hatte seit ihrem sechsten Lebensjahr eine hüftlange Wallemähne getragen und fand, dass es höchste Zeit war, sich einen neuen Look zuzulegen. Sie hatte es ganz einfach radikal kurz schneiden lassen. Ihre Mutter war nur einen Atemzug von einer Ohnmacht entfernt gewesen, und ihr Bruder hatte behauptet, jetzt sähe sie aus wie jemand, auf den er stehen könnte, wenn sie nicht zufällig seine Schwester wäre.

Inzwischen war das Haar wieder etwas nachgewachsen und kringelte sich in kurzen Locken um ihr Gesicht. Samantha empfand es als Wohltat, nach dem Waschen nur kurz mit der Bürste durchfahren zu müssen, für eine Minute den Föhn draufzuhalten und dann der Natur ihren Lauf zu lassen. Es wellte sich von allein und brauchte keine großartige Pflege, weder Haarspitzenkuren gegen Spliss noch Spezialpackungen für bessere Kämmbarkeit.

Und um den Hals herum fühlte sie sich wunderbar leicht und frei. Es war ein angenehmes Gefühl, nicht immer den schweren Zopf im Nacken zu fühlen, vor allem beim Joggen.

Von dort kam sie eines Nachmittags Ende Oktober, als sie jemand vor ihrer Wohnungstür stehen sah, den sie schon lange nicht mehr gesehen hatte.

»Onkel Herbert!«, sagte sie verblüfft. »Wo kommst du denn her?«

»Von der Arbeit, woher sonst?« Er war immer noch blass und schmal, sah aber wesentlich besser aus als noch vor ein paar Monaten. Anscheinend war die Operation ihm gut bekommen.

»Komm rein. Aber schau nicht so genau hin, ich habe nicht aufgeräumt.«

Herbert folgte ihr in die Wohnung und starrte sie an. »Du hast ja die Haare ab! Wie ist das denn passiert?«

Samantha lachte. Sie schnappte sich ein Handtuch und rieb sich den verschwitzten Nacken trocken. »Ich war beim Friseur.«

»Warum das denn?«

»Manchmal muss man alte Zöpfe abschneiden«, sagte Samantha einfach.

»Du siehst aus wie ein Schulmädel. Aber es gefällt mir.« Er nahm sie in die Arme und drückte sie kurz an sich.

»Meine Güte, bist du dünn geworden, Kind! Isst du nichts mehr?«

Samantha nahm ihm die Jacke ab und hängte sie an die Garderobe. »Ich bin nicht dünn, sondern schlank. Ich esse genauso viel wie vorher, nur mit der Schokolade nehme ich mich in Acht. Außerdem gehe ich fast jeden Tag joggen.«

Herbert verzog das Gesicht. »Hätte ich vielleicht in deinem Alter auch mit anfangen sollen. Dann wär's sicher noch für eine Weile ohne die Bypässe gegangen.«

Er räusperte sich. »Ich war in Kur. In der Firma bin ich erst seit einer Woche wieder. Und ich wünschte, ich wäre nie hingegangen.«

»In Kur oder in die Firma?«

»Beides.«

»Ist es so schlimm?«

Herbert gab keine Antwort, aber sein sorgenvolles Gesicht sprach Bände. Er setzte sich auf den angebotenen Stuhl und schaute zu, wie Samantha in der kleinen Küche Kaffee kochte. »Nette Wohnung«, sagte er.

»Danke.«

»Nicht ganz das, was du die letzten Jahre gewöhnt warst.«

»Es geht mir gut«, betonte Samantha, und in diesem Augenblick meinte sie es auch so.

»Hast du die Trennung einigermaßen überstanden?«

Samantha nickte wortlos. Sie dachte noch häufig an Hans, aber sie empfand nichts dabei außer leisem Bedauern. Sie waren einfach nicht die Richtigen füreinander gewesen. Wenn sie überhaupt etwas verbunden hatte, dann allenfalls Freundschaft. Mehr als einmal waren ihr in diesem Zusammenhang die Worte von ihrem Bruder durch den Kopf gegangen. *Dann war es keine richtige Liebe …*

»Ich habe gehört, dass du jetzt bei Damaschke arbeitest. Ein guter Mann.«

Samantha nickte abwartend, und Herbert fuhr fort: »Ich kenne ihn persönlich. Wusstest du, dass wir uns damals im selben Jahr selbstständig gemacht haben? Hin und wieder treffe ich ihn im Gebirgsverein, und dann jammert er über die Konjunktur und behauptet jedes Mal, dass er kurz vor dem Bankrott steht.«

Samantha war sich darüber im Klaren, dass die Auftragslage bei ihrem neuen Arbeitgeber tatsächlich alles andere als ergiebig war. Er hatte im Vorjahr drei Leute entlassen müssen, und Samantha hatte ihn mehr als einmal sagen hören, dass er lieber heute als morgen in den Ruhestand gehen würde. Aber wie jeder andere im Betrieb wusste Samantha genau, dass er dafür nicht der Typ war. Er liebte seine Arbeit viel zu sehr, auch wenn die Umsätze zeitweilig gegen null tendierten.

»Ich arbeite da nur aushilfsweise«, sagte Samantha, während sie zwei Tassen aus dem Küchenschrank nahm. »Außerdem ist es nur halbtags. Übers Arbeitsamt suche ich immer noch eine richtige Stelle.«

»Du könntest schneller eine haben, als du glaubst«, sagte Herbert unumwunden.

Samantha verschüttete um ein Haar den Kaffee. Sie hatte die ganze Zeit, seit er aufgekreuzt war, so etwas kommen sehen. Hin und wieder traf sie Kollegen von früher in der Stadt, und das, was sie bei diesen Gelegenheiten gehört hatte, deutete nicht gerade darauf hin, dass Georg die Firma zu Ruhm und Ehren führte. Im Gegenteil. Frau Sindelmann hatte ihr erzählt, dass Corelli Konkurs angemeldet hatte. Ein weiteres Großprojekt, das noch vor ein paar Monaten kurz vor dem Abschluss gestanden hatte, war ebenfalls geplatzt. Auch Luxuskunden gab es längst nicht mehr so viele wie früher. Für Bruckner-Bad sah es alles andere als rosig am Markt aus. Natürlich war schwer zu sagen, ob es an der neuen Geschäftsleitung oder einfach nur an der allgemein kränkelnden Wirtschaft lag.

Wie es aussah, war Herbert heute nicht nur hier, um ihr einen Verwandtenbesuch abzustatten und ihre neue Frisur zu bewundern.

Samantha versuchte, das Thema zu wechseln. Behutsam goss sie Kaffee in die beiden Tassen. »Danke übrigens für deine Postkarte. Wie war's denn so in Bad Wörishofen? Hast du gekneipt?«

»Falls du darauf hinaus willst, ob ich mir da den einen oder anderen hinter die Binde gekippt habe, lautet die Antwort Ja«, sagte Herbert. »Und geraucht habe ich auch. Wie ein Schlot. Ich fühle mich großartig. Das heißt, ich könnte mich großartig fühlen, wenn Georg nicht gerade dabei wäre, die Firma zu ruinieren.«

»Die Geschäfte gehen überall schlecht«, gab Samantha zu bedenken. Sie konnte ihren Cousin nicht besonders gut leiden, aber es war denkbar, dass er ausnahmsweise nicht an allem schuld war.

»Darum geht's nicht mal«, sagte Herbert. »Während meiner Abwesenheit hat er sich unmöglich benommen. Wie eine offene Hose. Buchstäblich.«

Samantha wurde rot. »Ich habe so etwas gehört«, sagte sie vorsichtig.

»Hast du auch gehört, dass eine ehemalige Putzfrau uns deswegen verklagt hat? Sie hat Schmerzensgeld in unbestimmter Höhe verlangt und ihn außerdem wegen Beleidigung und sexueller Nötigung angezeigt.«

»Äh … tatsächlich?« Samantha erinnerte sich dunkel, dass Babette einen vergleichbaren Fall erwähnt hatte.

Vermutlich handelte es sich um ein- und dieselbe Frau. Samantha konnte es ihr nicht verdenken.

Herbert rührte ergrimmt seinen Kaffee um. »Das mit dem Ruhestand kann ich mir getrost aus dem Kopf schlagen. Sonst hätten wir in sechs Monaten kein Personal mehr. Meine Sekretärin hat bereits mit Kündigung gedroht.«

Samantha gab es auf, länger um den heißen Brei herumzureden. »Was genau möchtest du von mir, Onkel Herbert? Willst du jetzt deine Entscheidung wieder rückgängig machen?«

Er war erstaunt. »Welche Entscheidung?«

Samantha runzelte die Stirn. »Na, dass du Georg die Firmenleitung übertragen hast!«

An seiner Schläfe schwoll eine Ader. »Wer hat behauptet, dass ich das getan habe?«

»Aber …« Samantha fuhr mit einer Hand entnervt durch ihr Haar. »Ich dachte, das wäre klar. Nachdem der Auftrag der Russen uns durch die Lappen gegangen ist, hast du dich für Georg entschieden.«

Herberts Faust landete krachend auf dem kleinen Küchentisch und brachte die Kaffeetassen zum Hüpfen. »Das habe ich nie getan!«, rief er erbost aus. »Im Gegenteil! Deine Mutter kam zu mir ins Krankenhaus und sagte, dass du ein Kind bekommen willst und deshalb mit der Arbeit aufhören würdest, um dich körperlich zu schonen. Es wäre dir aber peinlich, darüber zu sprechen, deshalb sollte ich dich möglichst in Ruhe lassen.« Er zuckte die Achseln. »Ich wusste nicht recht, ob du zum Zeitpunkt der Kündigung schon schwanger warst oder es noch werden wolltest, aber auf jeden Fall wollte ich dir nicht reinquatschen, denn du hast wirklich ziemlich unter Stress gestanden. Keiner hat dort je so viel geschuftet wie du. Ich dachte einfach, es wäre dir alles zu viel geworden.«

Samantha war die Kinnlade herabgefallen. »Deshalb hast du auf die Karte geschrieben, dass ich keine schweren Kisten heben und mich beim Bücken in Acht nehmen soll!«

»Ich dachte, dass das bei schwangeren Frauen so ist.« Herbert blickte düster drein. »Deine Mutter war schon als Kind ein durchtriebenes Biest. Ich hätte sie doch an diese Polen verkaufen sollen.«

»Dem will ich nicht widersprechen«, sagte Samantha. »Wann erfahre ich eigentlich diese merkwürdige Geschichte?«

»Wahrscheinlich nie. Aber vielleicht tun wir deiner Mutter auch Unrecht. Hast du ihr eventuell Grund zu der Annahme gegeben, dass du eine Familie gründen wolltest?«

»Keine Spur«, beteuerte Samantha. »Sieht es vielleicht für dich danach aus?«

Herbert musterte flüchtig ihre schmale Taille und blickte sich dann in ihrer kleinen Singleküche um. »Eher nicht. Zum Glück.«

»Was meinst du damit?«

»Da du dir anscheinend doch keine Kinder zulegen willst, kann alles wieder so werden wie früher. Komm zurück in die Firma, und gemeinsam bringen wir den Laden wieder hoch.«

»Du willst also weitermachen?«

Herbert seufzte. »Wie könnte ich nicht? Ich werde sonst wahnsinnig. Wenn ich den Rest meines Lebens nur kneipen und kuren und mit alten Leuten durch den Park tapern muss, kann ich mich genauso gut gleich aufhängen.«

»Also soll im Prinzip alles so weiterlaufen wie vorher?«

»Warum nicht? Es hat doch glänzend geklappt. Bis der blöde Infarkt dazwischen kam. Waren wir nicht eine gute Truppe?« Er nahm die Warmhaltekanne und schenkte ihnen beiden Kaffee nach. »Natürlich würde ich verfügen, dass du im Falle meines Ausscheidens Alleingesellschafterin wirst. Wie kann ich jemandem die Firma übergeben, der sich vor den weiblichen Angestellten einen runterholt? Es wäre also völlig klar, wo du in Zukunft stehst. Ich bin bald siebzig, sehr lange wäre ich sowieso nicht mehr dabei, ganz egal, was ich jetzt sage. Außerdem räume ich dir ab sofort eine Geschäftsbeteiligung ein. Sagen wir, zehn Prozent für den Anfang. Natürlich zusätzlich zu deinem regulären Gehalt. Was hältst du davon?«

Noch vor zwei Monaten hätte Samantha vor Freude über dieses Angebot auf dem Tisch getanzt. Jetzt war ihr nicht nach Tanzen zumute. Sie lehnte sich zurück und verschränkte die Hände auf dem Tisch. »Du wirst das vielleicht nicht verstehen, aber ich kann das nicht *ad hoc* entscheiden, Onkel Herbert.«

»Bin ich zu spät gekommen?«

Samantha spreizte die Finger. »Früher hätte ich sonst was gegeben, um das aus deinem Mund zu hören. Aber die Verhältnisse haben sich geändert. *Ich* habe mich geändert. Ich habe mein Leben von Grund auf neu definiert.« Sie holte Luft. »Ich gebe zu, es ist eine gewaltige Verlockung, was du mir da anbietest. Ein großes, gut eingeführtes Unternehmen mit Millionenumsätzen und einem hervorragenden Renommee, und all das würde ich quasi geschenkt bekommen.«

»Du müsstest schon dafür arbeiten«, hob Herbert hervor. »Und zwar sehr hart. Vielleicht noch mehr als vorher. Außerdem ist es keine Schande, ein bestehendes Geschäft zu übernehmen.«

»Nein, ganz sicher nicht. Aber ich weiß nicht mehr, ob es noch das ist, was ich will. Ich lebe jetzt … einfacher. Dadurch habe ich mehr Zeit für ganz normale Dinge.

Kino, Lesen, Sport, Freunde besuchen. Ich fühle mich fit und gesund und bin die meiste Zeit des Tages gut drauf. In letzter Zeit koche ich sogar hin und wieder. Und was soll ich dir sagen – es macht richtig Spaß!«

»Ich gebe zu, dass du mit einem Managerposten bei Bruckner-Bad dafür nicht viel Zeit hast. Deine Mutter hatte vielleicht doch Recht. Mit der Familie, meine ich.«

»Ach, ich weiß nicht. Momentan habe ich ja nicht mal einen Mann. Was sollte ich da wohl mit einem Kind?« Samantha wollte nicht darüber nachdenken, warum sie sich auf einmal so frustriert fühlte. Natürlich hatte die Geschichte mit dem roten Kreuz sie geschlaucht, und letzten Endes war sie erleichtert gewesen. Aber nur mal angenommen ... Manchmal träumte sie davon, dass es anders gekommen wäre, und wenn sie danach wach wurde und in die Realität zurückkehrte, fühlte sie hin und wieder einen winzigen Stich des Bedauerns.

»Das wird sich alles schneller wieder ändern, als du denkst«, sagte Herbert. Er stand auf. »Danke für den Kaffee, Kind. Wann kann ich mit deiner Entscheidung rechnen?«

»Nächste Woche«, sagte Samantha.

Er gab ihr einen Kuss auf die Stirn. »Mach's gut. Und vergiss nicht, ab und zu auch Dinge zu essen, die du nicht selber gekocht hast, sonst fällst du mir noch völlig vom Fleisch. So, wie du aussiehst, kommt es mir nicht so vor, als würde dir dein Essen besonders gut schmecken.«

Samantha grinste, als sie ihren Onkel zur Tür brachte. Wenn man ihn so reden hörte, konnte man fast sicher sein, dass er wieder ganz der Alte war. Wahrscheinlich würde er noch mit achtzig seine Angestellten durch die Gegend scheuchen, ob es sein Herz nun zuließ oder nicht. Und Georg würde zähneknirschend, aber ansonsten treu und brav alles tun, was sein Onkel ihm antrug, ohne Rücksicht darauf, ob er sich dabei gelegentlich einen Zacken aus der Krone oder gar einen Arm brach. Wäre vielleicht ganz interessant, dann noch da zu sein und sich das aus der Nähe anzusehen, dachte Samantha. Aber wirklich nur vielleicht …

*

Am darauf folgenden Samstag war sie auf ihrer üblichen Joggingrunde im Park, als sie abermals jemandem begegnete, den sie lange nicht gesehen hatte. Sie traf völlig unvorbereitet mit ihm zusammen – und zwar im wahrsten Sinne des Wortes. Es wäre nichts passiert, wenn sie nicht gerade von einem halbwüchsigen Fahrradfahrer abgelenkt worden wäre, der in halsbrecherischem Tempo an ihr vorbeigeprescht kam und sie zwang, ein Stück zur Seite zu springen. Samantha wandte den Kopf und rief über die Schulter zurück: »Rad fahren ist hier verboten, du Rüpel!«

Dabei war sie weitergelaufen, ohne langsamer zu werden – ein fataler Fehler, wie sich gleich darauf herausstellte, denn im nächsten Moment prallte sie hart gegen ein Hindernis.

»Hoppla! Samantha?«

Samantha wich verwirrt einen Schritt zurück. »Entschuldigen Sie bitte … Guten Tag, Dmitri!«

»Samantha!« Er musterte sie bewundernd. »Sie haben eine schöne neue Frisur!«

Sie hatte den Eindruck, dass sie ihm mit langen Haaren und dickem Hintern wesentlich besser gefallen hatte. Er selbst war völlig unverändert und trug wie beim letzten Mal Kordhose und Tweedjacke, nur in gefütterter Ausführung.

»Haben Sie die schreckliche Krankheit gut überstanden?«, fragte er höflich.

Einen Augenblick lang hatte sie keine Ahnung, wovon er redete, aber dann fiel ihr ein, dass Babette damals telefonisch das Dinner abgesagt hatte. Wahrscheinlich hatte sie ihm eine üble Räuberpistole aufgetischt, irgendetwas, das ihn annehmen ließ, sie stünde kurz vor dem Exitus.

»Es geht mir sehr gut«, sagte sie.

»Ah ja, aber Sie sind so dünn«, meinte Dmitri besorgt.

»Bis Weihnachten bin ich wieder fett«, behauptete Samantha. »Und wie gehen Ihre Geschäfte? Ich dachte, Sie wären längst wieder zurück in Russland.«

»Wir waren da und sind wieder hier«, fasste Dmitri zusammen. »Sergej ist mitgekommen, die anderen arbeiten in Moskau.« Unvermittelt fragte er: »Wie geht es Eddie?«

»Oh, gut«, behauptete Samantha.

»Wir waren bei seinem Haus. Da war ein Mann, aber es war nicht Eddie.«

»Na so was.« Samantha zerbrach sich den Kopf nach einer plausiblen Erklärung. »Das ist der neue Besitzer. Er hat das Haus übernommen. Wir sind da ausgezogen.«

»Ich muss mit Eddie sprechen. Über die Lattenroste.«

»Vielleicht kann ich Ihnen da weiterhelfen. Beziehungsweise Eddie kann es, ich werde ihn fragen.« Samantha wusste selbst nicht genau, warum sie das gesagt hatte. Es war draußen gewesen, bevor sie großartig darüber hatte nachdenken können.

»Das wäre wunderbar«, sagte Dmitri. »Ich suche einen – wie sagt man – potenten Mann.«

Samantha schluckte. »Äh … potent?«

»Ja, einen potenten Partner. Ist das ein falsches Wort?«

»Nein, es passt gut.« Und wie, dachte Samantha. Vor allem in Bezug auf Eddie. Allein seinen Namen zu hören brachte ihre Magennerven zum Kribbeln. Bitter erkannte sie, dass all ihre Bemühungen umsonst gewesen waren. Sie hatte sich mit solchem Eifer eingeredet, wie gleichgültig er ihr war, dass sie es am Ende beinahe selbst geglaubt hatte. Und dann kam dieser Russe daher, sprach nur ein paar beiläufige Worte über ihn, und sie fing an zu zittern wie ein alberner Teenager.

»Ich habe viel Holz«, sagte Dmitri.

Samantha runzelte verständnislos die Stirn. »Was für Holz?«

»Einen ganzen Wald. Ich habe einen Wald, und Eddie soll für mich Lattenroste machen.«

»Für das Hotel?«

Dmitri lachte. »Nicht für ein Hotel. Für viele, viele Leute, die keine Lattenroste haben. In Russland. Ich bringe das Holz, Eddie macht die Lattenroste, und die kommen nach Russland.«

»Eine Art Joint Venture«, sagte Samantha. In ihrem Gehirn hatten einige länger nicht benutzte Windungen angefangen, zu arbeiten. Sie waren ein bisschen eingerostet, weshalb sich auch keine klaren Gedanken einstellen wollten. Es waren nur schwache Ansätze von eher unausgegorenen Ideen, aber Samantha war sicher, da noch Konturen hineinbringen zu können.

»Genau«, sagte Dmitri. »Ein Joint Venture. Schönes Wort für eine schöne Sache. Wann sehen wir Eddie?«

»Ich regle das.« Samantha kramte ihren Taschenkalender aus ihrer Gürteltasche, kritzelte ihre Telefonnummer auf ein leeres Blatt und riss es heraus. »Das ist meine Nummer. Wo kann ich Sie erreichen?«

Dmitri nannte ihr den Namen des Hotels. »Ich freu mich«, sagte er zum Abschied, genau wie sie selbst bei ihrer letzten Begegnung mit ihm.

Samantha war nicht ganz sicher, ob sie dasselbe auch von sich sagen konnte. Dmitri war kaum davonspaziert, als sie auch schon anfing, sich selbst zu beschimpfen.

Du blöde Kuh, dachte sie, während sie weiterjoggte. Wieso musstest du schon wieder lügen? Warum konntest du nicht einmal die Wahrheit sagen? Aus welchem gottverdammten Grund musst du immer noch so tun, als wäre Eddie mit dir zusammen? Und was soll der Mist mit den Lattenrosten?

Immerhin gelang es ihr nach einer Weile angestrengten Nachdenkens, wenigstens der letzten Frage auf den Grund zu gehen.

Eddie hatte eine Fabrik, und dort standen Maschinen, mit denen man Lattenroste herstellen konnte. Samantha hatte sie selbst gesehen. Vielleicht waren einige davon etwas überholungsbedürftig, aber das war sicher kein großes Problem. Und sie selbst arbeitete in einer Schreinerei, wo an manchen Tagen die Hälfte der Belegschaft untätig herumhockte, weil es keine Aufträge gab. Alexander Damaschke war damit der perfekte Subunternehmer für dieses Joint Venture. Samantha sah schon alles halbwegs vor sich. Wozu hatte sie BWL studiert? Prinzipiell waren alle erforderlichen Komponenten für ein gutes Geschäft da. Der Rohstoff, die Produktionsstätte, die Arbeitskräfte. Zumindest in der Theorie hatte sie alles beisammen. Im Grunde musste sie nur dafür sorgen, dass alles koordiniert und optimiert wurde. Womit sie wieder bei dem Punkt ankam, der dieses seltsame, ärgerliche Schwächegefühl in ihr auslöste. Eddie. Ohne seine Mitwirkung würde bei dieser Sache nichts laufen. Sie würde mit ihm sprechen müssen. Bald.

Während sie nach Hause trabte, fragte sie sich, ob diese ganze aberwitzige Idee mit den Lattenrosten nicht letztlich allein deswegen ihrem Hirn entsprungen war, weil sie ihn wiedersehen wollte.

*

Eddie saß im Technikraum des Tonstudios und sah durch die große Scheibe, wie Valerie sich im schalldichten Aufnahmeraum bewegte, während sie sang. Sie wiegte sich im Takt und hatte die Augen geschlossen. Die Hände hatte sie an den Kopfhörern, als könnte sie so die Musik daran hindern, hinauszudringen und sich zu verflüchtigen. Sie sang den Titelsong des Albums, *That's me, Tiffany.* Es war eine sanfte, zu Herzen gehende Ballade mit ein paar rockigen Einsprengseln, und sie handelte von einem armen, reichen Mädchen, das zwar viel Geld hatte, aber trotzdem keine Liebe finden konnte. Eddie hatte das Lied vor genau zwei Monaten geschrieben, im Laufe einer einzigen Nacht. Es war in jeder Beziehung etwas Einmaliges für ihn, denn von allen Songs des Albums war dieser der einzige, den Eddie selbst betextet hatte.

Das Stück war zu Ende, und Valerie schaute fragend durch die Scheibe zu ihnen hinüber.

Eddie war nicht ganz sicher, ob es wirklich perfekt gewesen war, aber der Produzent gab dem Tontechniker das Okay-Zeichen.

»Besser kriegt sie's nicht hin, Mann. Das war erste Sahne. Dieses Lied – es hat was. Ich lass mich totschlagen, wenn das nicht nächsten Monat in den Charts ist.« Der Produzent hieß Thomas und war zwei Jahre älter als Eddie. Er war ein eher unauffälliger Typ, und wer ihn nicht kannte, hätte ihn auf den ersten Blick für einen schüchternen Computerfreak oder einen braven Abiturienten gehalten. Aber wenn man genau hinschaute, sah man in seinen Augen die Dollarzeichen nur so blinken. Er hatte ziemlich viel Geld von seinem Vater geerbt und das meiste davon in seinen Lebenstraum gesteckt – ein Tonstudio vom Feinsten. Außerdem war er dabei, sich als Musikproduzent einen Namen zu machen. Er verstand einiges vom Geschäft, kannte die richtigen Leute, und den nötigen Ehrgeiz hatte er allemal. Möglicherweise fehlten ihm eine Spur Konzilianz und die Bereitschaft, mehr auf die Wünsche anderer einzugehen, aber daran arbeitete Eddie noch. Anfangs war Eddies Zusammenarbeit mit Thomas nicht gerade einfach gewesen, was vor allem daran lag, dass Thomas zwar gleich nach der ersten Probeaufnahme spontan bereit gewesen war, mit Valerie ein Album zu produzieren und es entsprechend zu promoten, aber nicht für eine Koproduktion mit Eddie zu haben war. Eddie seinerseits weigerte sich, einem Buy-out zuzustimmen, denn er war kein Neuling im Musikgeschäft und wusste genauso gut wie Thomas, was seine Arbeit wert war. Nachdem er es geschafft hatte, Thomas auf eine vernünftige vertragliche Beteiligung festzunageln, klappte es ganz gut, und sie standen kurz davor, ihr erstes gemeinsames Projekt auf den Markt zu bringen. Eddie hatte wochenlang Tag und Nacht wie ein Verrückter gearbeitet und ein Stück nach dem anderen geschrieben und arrangiert, fast so viel, wie im Laufe der letzten beiden Jahre zusammen. Nachdem es ihn einmal richtig gepackt hatte, war es wie ein Virus gewesen, mit dem er sich infiziert hatte – Heilung ausgeschlossen.

»Diese Scheibe wird ein Knaller«, sagte Thomas. »Ich bin gespannt, wie der Titel im Ausland einschlägt, vor allem in Russland. Wie weit ist dieser Sergej?«

»Wir können im Februar in Moskau die Promotion-Tour starten.«

Thomas nickte zufrieden. »Das Mäuschen wird noch viele Stunden nehmen müssen, von ihrem Stimmpotenzial nutzt sie höchstens die Hälfte. Aber allein schon damit wird sie Geld ohne Ende scheffeln. Und wir auch.«

»Außerdem sieht sie aus wie Britney in Brünett«, warf der Tontechniker ein.

»Besser«, sagte Thomas. Etwas in seinem Tonfall veranlasste Eddie dazu, sich zu ihm umzudrehen. Diesmal sah er in Thomas' Augen etwas aufblinken, das weniger mit Dollarzeichen zu tun hatte als mit ganz normaler Verknalltheit. Eddie hatte schon die ganze Zeit so etwas kommen sehen.

»Frag sie doch mal, ob sie mit dir ausgehen will«, sagte Eddie.

»Wirklich? Ich dachte ... du und sie ... Dass du mit ihr ...«

Seit dem Debakel mit dem Slip ganze drei Mal, und jede einzelne Begegnung hatte Eddies Wunsch vertieft, es möglichst nicht mehr so oft wiederholen zu müssen. Es war nicht so, dass er sie nicht mehr mochte, im Gegenteil. Aber mittlerweile kam sie ihm fast vor wie eine Schwester oder jemand anderer aus der Familie, und wenn er eins verabscheute, so war es Inzest. Außerdem trieb sie ihn jedes Mal schon allein dadurch zum Wahnsinn, dass sie ständig seine Wohnung nach fremder Damenwäsche durchsuchte, weil sie ihm nach wie vor einen Hang zu Perversitäten unterstellte. Außerdem hielt sie ihm vor, dass er sich benahm wie ihr Opa, was sie in erster Linie damit begründete, dass er ihr in letzter Zeit immer aus der Jacke half und ihr im Lokal den Stuhl zurechtrückte. Und sie sprach ständig davon, sich einen OP-Termin für eine Busenaugmentation zu beschaffen. Sie kannte sogar das Fremdwort dafür, was Eddie als untrügliches Anzeichen dafür wertete, dass sie längst einen Termin hatte und nur noch auf das nötige Kleingeld wartete.

»Wir sind gute Freunde, viel mehr nicht.« Vorsorglich setzte Eddie hinzu: »Sie ist ja quasi meine Entdeckung.« Und für den Fall, dass Thomas nicht wusste, worauf er hinauswollte, ergänzte er: »Ich habe sie immerhin exklusiv unter Vertrag. Sie singt nur meine Sachen.«

»Ich weiß«, sagte Thomas. »Für die nächsten drei Jahre.«

»Was aber nicht heißt, dass du nicht mit ihr ausgehen kannst. Vielleicht kannst du ihr ja auch die Sache mit dem Silikonbusen ausreden.«

Valerie kam in den Aufnahmeraum und grinste die Männer über die mit komplizierter Elektronik überladenen Boards hinweg unbeschwert an. »Wie war ich?«

»Ein bisschen schwach in den Höhen, aber das kriegen wir noch hin«, sagte Thomas. »Wenn du nachher Zeit hast, kann ich dir noch ein paar Sachen erklären.« Er legte Valerie einen Arm um die Schultern und ging mit ihr nach draußen. »Hab ich dir eigentlich schon gesagt, dass du eine Wahnsinnsfigur hast …?«

*

Samantha dachte das ganze darauf folgende Wochenende darüber nach, wie sie es am besten anstellen sollte, Kontakt mit Eddie aufzunehmen.

Seine Telefonnummer kannte sie natürlich längst auswendig. Sie hatte schon ungefähr hundert Mal den Hörer in der Hand gehabt, um ihn anzurufen, aber jedes Mal hatte sie gleich nach dem ersten Freizeichen der Mut verlassen, und sie hatte wieder aufgelegt.

Mittlerweile tendierte sie dazu, lieber gleich zu ihm hinzufahren. Wenn sie persönlich bei ihm erschien, hatte sie zum einen das Überraschungsmoment auf ihrer Seite, und zum anderen würde er sich schwerer tun, sie abzuwimmeln. Letzteres war natürlich nicht völlig auszuschließen, vor allem, wenn man sein Benehmen bei ihrer letzten Begegnung in Betracht zog. Da hatte er nicht gerade den Eindruck gemacht, als hätte er sich gefreut, sie wiederzusehen. Im Gegenteil. Wenn sie ihn also einfach nur anrief, würde er womöglich gleich auflegen. Nein, es war auf jeden Fall besser, sie ging persönlich zu ihm.

Am Sonntag drehte sie ihre übliche Laufrunde durch den Park und überlegte dabei, was sie anziehen sollte, wenn sie zu ihm fuhr. Ein Kleid? Es war noch einmal ziemlich warm geworden an diesem Wochenende, es würde also theoretisch ohne weiteres gehen. Oder doch lieber Jeans und Turnschuhe? Egal. Sie würde es einfach spontan entscheiden. Und zwar noch an diesem Nachmittag, denn da würde sie es in Angriff nehmen. Endgültig und unwiderruflich. Sie hatte es lange genug vor sich hergeschoben.

Wie es wohl dem Kleinen ging? Ob er inzwischen aus den Windeln herausgewachsen war? Samantha musste oft an den Knirps denken. An sein strahlendes Lächeln, als er die Schokolade gefuttert hatte, und die Ernsthaftigkeit, mit der er versucht hatte, sein großes Geschäft in den Topf zu praktizieren. Eddie konnte sich glücklich schätzen, einen solchen Sohn zu haben, und Andi wiederum konnte froh sein, dass er Eddie zum Vater hatte. Mochte Eddie auch sonst einen eher unsoliden Lebenswandel pflegen – seine Vaterpflichten nahm er allem Anschein nach sehr ernst. Zweifellos eine Eigenschaft, die für ihn sprach. Zusätzlich zu den anderen Pluspunkten, die ihr bei näherem Nachdenken immer wieder einfielen.

Im selben Moment, als sie das dachte, sah sie ihn. Er hockte unmittelbar zu ihrer Rechten im Sandkasten und hielt ein Baby im Arm. Neben ihm knieten zwei Knirpse und buddelten im Sand. Einer davon war Andi, den anderen hatte Samantha noch nie gesehen.

Außer Eddie waren weit und breit keine Eltern in Sicht, lediglich ein paar größere Kinder, die sich in einiger Entfernung am Klettergerüst und an der Rutsche vergnügten.

Samantha zog für einen panischen Augenblick in Erwägung, einfach weiterzujoggen. Ihre Haare waren nicht gewaschen, sie war ungeschminkt, rettungslos verschwitzt und hatte sich nach dem Frühstück noch nicht die Zähne geputzt.

Doch genau in diesem Augenblick schaute er auf und sah sie.

Eddie zwinkerte gegen die warme Sonne und glaubte für einen Moment, eine Vision vor sich zu haben. Dann schüttelte er den Kopf. Er hatte doch tatsächlich für den Bruchteil einer Sekunde diese große Blondine für Samantha gehalten. Doch die Frau konnte nicht Samantha sein, sie hatte kurze Haare und war um einiges schmaler.

Gleich darauf zwinkerte er erneut und erkannte, dass sein erster Eindruck ihn nicht getrogen hatte. Sie war es tatsächlich. Er war mehr erschrocken als verärgert, als er feststellte, dass sich sein Puls bei ihrem Anblick heftig beschleunigte. Sie musste lange gelaufen sein, ihr T-Shirt war schweißdurchtränkt und ihr Gesicht nass und hochrot. Ihr kurzes lockiges Haar wehte im Wind, und ihre Augen leuchteten so blau wie der Herbsthimmel über ihr. Sie war hinreißend schön.

Eddie öffnete den Mund, um sich bemerkbar zu machen, doch dann wurde er gewahr, dass sie ihn schon gesehen hatte und, wie ihm schien, mit kaum merklichen Zögern auf ihn zukam.

Schwer atmend blieb sie am Rand des Sandkastens

stehen, beugte sich vor und stützte die Hände auf den Knien ab.

Eddie hatte mit einem Mal ohne ersichtlichen Grund das Bedürfnis, ähnlich schnell zu atmen. Stattdessen setzte er Evita neben sich in den Sand. »Nicht wieder essen«, mahnte er. Dann wandte er sich Samantha zu. »Sie stopft sich alles in den Mund, wenn man nicht aufpasst. Hallo. Lange nicht gesehen.« Er stand auf, klopfte sich ein halbes Pfund Sand vom Hosenboden und streckte Samantha die Hand hin. Befangen lächelnd erwiderte sie seinen Händedruck und zeigte dann auf Evita und Leon. »Du hast ja doch noch mehr. Ein richtiger kleiner Kindergarten. Sie haben aber verschiedene Mütter, oder? Die von den beiden da muss eher ein dunkler Typ sein, die Kids scheinen mehr nach ihr zu kommen. Andi gleicht eher dir.«

Eddie wusste im ersten Augenblick nicht, wovon sie sprach. Er war viel zu sehr damit beschäftigt, sie anzustarren. Erst mit ein paar Sekunden Verzögerung begriff er, was sie meinte.

»Gott, sind die süß!« Samantha war begeistert. »Wie alt ist die Kleine? Ein Jahr?«

»Neun Monate«, stotterte Eddie.

»Wie heißt sie?«

»Evita.«

»Und der kleine Mann hier?«

»Leon. Er ist genauso alt wie Andi. Sie sind im selben Monat geboren.«

Samantha warf ihm einen kurzen, aber deutlich vorwurfsvollen Blick zu, und Eddie verfolgte sprachlos, wie sie neben den Kindern in die Hocke ging und mit ihnen redete. »Na, ihr Zwerge? Nutzt ihr noch mal richtig das schöne Wetter aus, hm? Nicht doch, das gehört nicht in den Mund.« Sie zupfte Evita ein Stück Rinde aus dem

Mund und drückte ihr ein Förmchen in die Hand. »Hier, nimm lieber das. Ist zwar auch nicht ganz sauber, aber schmeckt bestimmt besser.«

»Sssokolade«, sagte Andi, der inzwischen gelernt hatte, das Wort besser auszusprechen.

Samantha kicherte erfreut. »He, du erinnerst dich an mich! Leider hab ich heute keine dabei. Vielleicht beim nächsten Mal. Na, bist du inzwischen sauber? Oder brauchst du noch eine Windel?«

»Andi Kacka Topf«, verkündete Andi stolz.

Samantha lachte entzückt und fuhr ihm durch die Haare.

Eddie betrachtete stumm Samanthas schmalen Nacken und fragte sich, woher auf einmal dieses Gefühl der Enge kam, das ihm die Kehle zusammenzog und ihm das Atmen erschwerte.

Sie richtete sich auf und drehte sich zu ihm um.

»Sie sind wunderbar. Alle drei. Du musst sehr stolz auf sie sein.«

»Na ja«, sagte Eddie. »Eigentlich ist es so ... Ihre Mütter haben heute Nachmittag so eine Art Kaffeeklatsch, und leider ist die Babysitterin krank geworden, deshalb ...«

»Lass nur«, sagte Samantha. »Ich sehe doch, wie wichtig es dir ist, mit den Kindern zusammen zu sein. Das ist einfach ein toller Zug an dir. Du bist noch sehr jung, deswegen ist es umso bemerkenswerter.«

Das wiederum ärgerte Eddie aus unerfindlichen Gründen, weshalb er ihren Irrtum auch nicht richtig stellte. Wieso spielte sie auf sein Alter an? Hielt sie ihn für einen grünen Jungen, nur weil sie zufällig zwei oder drei Jährchen älter war als er?

Samantha sah die unausgesprochene Frage in seinen Augen. »Ich bin letzten Monat zweiunddreißig geworden.«

Falls sie erwartet hatte, dass Eddie schreckensbleich zusammenzucken würde, so hatte sie sich getäuscht. Er verzog keine Miene.

»Wie ist es dir ergangen?«, fragte er.

»Ach, es hat sich vieles verändert in meinem Leben«, meinte sie.

»Das sehe ich.« Mit flüchtigen Blicken streifte er ihre kurzen Haare und die langen, schlanken Beine. »Es ist nicht so, als würdest du nicht toll aussehen, aber mit ein paar Pfund mehr hast du mir auch sehr gut gefallen.«

»Na toll«, sagte Samantha leicht verdrossen. »Dann hätten wir das ja geklärt.« Wozu sollten Frauen eigentlich so verbissen auf ihre Linie achten, wenn es den Männern sowieso egal war, ob sie fett oder schlank waren?

»Wie geht es deinem … wie hieß er gleich?«

»Hans? Wir sind nicht mehr zusammen. Ich wohne jetzt alleine.«

Eddie hatte Mühe, seinen stoischen Gesichtsausdruck beizubehalten. Warum, um Himmels willen, fühlte er plötzlich diesen albernen Trieb, triumphierend zu grinsen?

»Es ist übrigens sehr praktisch, dass ich dir hier treffe«, sagte Samantha. »Ich wollte mich schon längst bei dir gemeldet haben.«

Jetzt konnte Eddie den Drang zu lächeln nicht länger unterdrücken. »Ich mich auch bei dir«, sagte er. Sein Herz klopfte schneller. Sie hatte ihn wiedersehen wollen! Und er selbst war ganz wild darauf gewesen, sie ebenfalls wiederzusehen, auch wenn er es nie hatte wahrhaben wollen. Was hatte er sich eigentlich die ganze Zeit vorgemacht? Er brauchte sie ja nur anzuschauen und bekam schon zittrige Knie!

Samantha wischte sich eine Haarsträhne aus der Stirn.

»Ich habe neulich Dmitri getroffen, und er ist immer noch an der Sache mit den Lattenrosten interessiert.«

»Wolltest du dich deshalb bei mir melden?«, fragte Eddie.

»Ja, natürlich. Und warum wolltest du dich bei mir melden?«

»Weil ich immer noch deinen Schuh habe«, sagte Eddie prompt. Er hatte wieder sein Pokerface aufgesetzt.

»Mit den Lattenrosten ist es folgendermaßen …«, begann Samantha.

»Ich weiß nicht, ob das was für mich ist«, fiel Eddie ihr ins Wort.

»Doch, bestimmt!«, rief Samantha eifrig aus. »Lass mich dir erst mal alles erzählen!«

Mit unbewegter Miene und vor der Brust verschränkten Armen hörte Eddie sich ihren Vortrag an. Gestenreich und mit leuchtenden Augen erzählte sie von russischem Holz, arbeitslosen deutschen Schreinern und einer unbenutzten Fabrikhalle, die zufällig ihm gehörte. Sie sprach von einem internationalen Joint Venture, Lieferverträgen, Zollvorschriften, Handelsabkommen und Qualitätszertifikaten.

»Die Frage ist natürlich, ob wir uns von Anfang an nur auf ein Modell konzentrieren oder gleich eine ganze Produktpalette in Angriff nehmen«, meinte sie. »Vom Holz her müssen dieselben Anforderungen erfüllt sein, das spielt keine große Rolle dabei. Wichtig ist, dass wir nur gute, hochverdichtete Hölzer nehmen, die nicht zu spröde und gut spannbar sind, das müssen wir natürlich vorher entsprechend testen. Die preiswertere Variante wäre ein Rost mit Federholzleiste, die fest auf einen Rahmen montiert wird. Jede Latte ist aus mehreren Holzschichten verleimt und in beweglichen Trägerelementen aufgehängt …«

»Seit wann verstehst du so viel von Holz?«

»Ich habe mich informiert«, sagte Samantha achselzuckend. »Also, was jetzt die verschiedenen Variationen betrifft, wäre vorab klarzustellen, ob wir auch das Segment mit den verstellbaren Ausführungen bedienen wollen oder ob wir beispielsweise auch Mittelzonenverstärkungen anbieten.«

»Warte mal«, sagte Eddie langsam. »Du sagst immer *wir*. Was genau müsste ich bei der ganzen Sache machen?«

»Äh … ich dachte, das hätte ich dir gerade erklärt.«

»Erklär es mir noch mal, und vergiss dabei nicht, dass ich im Vergleich zu dir ein Blödmann ohne Abitur und Studium bin.«

Es machte Samantha zornig, dass er so von sich sprach. In ihren Augen hatte er keinen Grund, sich für irgendetwas zu schämen. Sie hatte in ihrem Leben nur wenige Menschen kennen gelernt, die sie für echte Persönlichkeiten hielt. Eddie war einer davon. Samantha hätte ihm gern gesagt, wie sie ihn sah, doch sie war ziemlich sicher, dass er nichts davon hören wollte. Er war ebenso dickköpfig wie empfindlich.

»Du musst nichts dabei tun«, sagte sie ehrlich. »Außer die Halle zur Verfügung zu stellen. Und ein, zwei Gespräche mit Dmitri führen, weil du ja quasi der Fabrikant bist und die wichtigsten Produktionsmittel stellst. Um alles andere würde ich mich kümmern. Gewerbeschein, Ausfuhrerklärungen, behördliche Genehmigungen, Verträge und so weiter. Mit Alexander Damaschke habe ich schon alles besprochen, er ist begeistert von der Idee. Es wäre natürlich für ein paar Stunden jeden Tag ziemlich laut bei dir im Loft, wegen der Maschinen. Aber von dem Geld, das die ganze Sache dir einbringt, könntest du bequem irgendwo anders wohnen, wenn du willst.«

»Wenn ich will«, echote er, während er sie eingehend betrachtete.

Samantha sah seinen Gesichtsausdruck und konnte seine Skepsis fast mit Händen greifen.

Ich tu das nur für dich!, hätte sie am liebsten gerufen, doch sie verkniff es sich im letzten Moment.

»Es wäre eine Chance«, sagte sie ruhig.

»Für dich oder für mich?«

»Ich denke, es ist für uns beide eine.«

Eddie musterte sie spöttisch. »Willst du das jetzt unbedingt durchziehen, weil du das mit den Pissoirs nicht hingekriegt hast? Ich dachte, du wolltest diese Bäder-Firma übernehmen.«

Samantha holte Luft. »Ich arbeite seit Monaten nicht mehr dort.«

Eddie nickte, als hätte er es gewusst. »Also hast du was Besseres aufgetan – die Sache mit den Lattenrosten. Darauf warst du ja neulich schon so scharf.«

»Eddie, diese Gelegenheit kommt für dich vielleicht nicht so schnell wieder«, sagte Samantha eindringlich. »Du musst auch an deine Kinder denken! Sie werden größer, und was sie erst kosten, wenn sie ihre Schuhe selbst aussuchen können, kannst du dir jetzt vielleicht noch gar nicht vorstellen! Ganz zu schweigen von einer vernünftigen Ausbildung! Du musst nicht nur an deine, sondern auch an ihre Zukunft denken! Sicher, du sorgst gut für sie, und vielleicht kannst du das noch ein paar Jahre durchhalten, wenn du gesund bleibst und äh … aufpasst.«

»Was meinst du damit?«, wollte Eddie stirnrunzelnd wissen.

Samantha hob ergrimmt die Hände. »Du weißt genau, wovon ich rede! Dein Beruf ist mit einem eingebauten Verfallsdatum behaftet! Wusstest du, dass über dreißig

Prozent aller Männer um die vierzig erste unverkennbare Anzeichen von Impotenz aufweisen? Es kann auch schon wesentlich früher anfangen! Und die Kinder werden irgendwann alt genug sein, um zu merken, womit du ihren Unterhalt finanzierst! Was glaubst du, was sie zu einem Vater sagen werden, der sein Geld damit verdient, dass er …« Sie stockte. Nein, sie konnte es nicht aussprechen. Nicht das. Egal wie sehr es sie erboste, dass er offenbar so leichtfertig die ihm angebotene Chance ausschlagen wollte. Sie ließ den Kopf hängen und schaute auf die Kappen ihrer Turnschuhe.

Eddie starrte sie an. Er hätte sie einmal mehr erwürgen mögen. Wie konnte es immer nur passieren, dass sie jedes Mal an diesen Punkt kamen?

»Okay«, hörte er sich sagen. Er blickte auf ihren gesenkten Scheitel und fragte sich, welcher Teufel ihn gerade ritt, dass er bei diesem hirnverbrannten Blödsinn mitspielte. Er wusste nicht, warum er es tat; er spürte nur, dass er etwas herausfinden musste, und das ging nur auf diesem Wege.

Samantha hob den Kopf und schaute ihn ungläubig an.

»Du bist dabei?«

»Sag ich doch, oder?«

»Dann gehen wir Samstagabend essen«, rief sie erleichtert aus. »Ich werde Dmitri gleich nachher anrufen und ihm Bescheid sagen! Und ich lasse dir natürlich noch heute alle Unterlagen zukommen. Lies es dir einfach durch. Die wichtigen Sachen sind unterstrichen.«

»Wieder mal«, konstatierte er.

Samantha lächelte reumütig, dann nickte sie. »Du wirst es nicht bereuen, Eddie!«

In dem Punkt irrte sie sich höchstwahrscheinlich, aber

Eddie hatte im Augenblick keine Lust, darüber nachzudenken. Dazu blieb später noch genug Zeit.

Wütendes Babygezeter riss ihn aus seinen düsteren Gedanken.

»Ich glaube, deine Söhne versuchen gerade, deine Tochter einzugraben«, sagte Samantha. »Nicht doch, ihr kleinen Monster, sie erstickt, wenn ihr so viel Sand über ihren Kopf schaufelt!«

»Leon Monster«, behauptete Andi. Leon wollte das nicht auf sich sitzen lassen und donnerte Andi sein Eimerchen auf den Kopf. Beide fingen an zu heulen und ließen sich nur mühsam beruhigen. Immerhin hatte Evita aufgehört zu schreien. Dafür hatte sie den Mund voller Laub und kaute angeregt darauf herum.

Samantha half Eddie dabei, die Kleine vom Sand zu befreien, und spendierte ein Papiertaschentuch zum Wegwischen der Tränen und des Drecks.

»Ich mach mich auf die Socken«, sagte Eddie, während er Evita in ihren Buggy hievte und das Sandspielzeug zusammenpackte. »Es wird langsam kühl.«

»Wir sehen uns dann ja spätestens Samstag«, meinte Samantha, eine winzige Spur von Unsicherheit in der Stimme.

Worauf du dich verlassen kannst, dachte Eddie.

»Klar«, sagte er. »Ich ziehe auch den Anzug an.«

*

Den Kopf voller Gedanken, joggte Samantha anschließend auf direktem Wege zurück zu ihrer Wohnung. Drei Kinder, dachte sie. Er hat drei Kinder!

Wieder kam ihr das fette Kreuz aus dem längst entsorgten Kalender in den Sinn. Es hätte nicht viel gefehlt, und es hätte sich noch ein vierter Zwerg dazugesellt. Ob Eddie den dann auch mit auf den Spielplatz genommen und ihm beigebracht hätte, aufs Töpfchen zu gehen? Wie auch immer, wenn er jedes Mal so sorglos zu Werke ging, würde er in ein paar Jahren wahrscheinlich eine ganze Grundschulklasse mit seinen Abkömmlingen bestücken können.

Eine weitere Frage nagte an Samantha. Ob Leon und Evita dieselbe Mutter hatten? Sie sahen einander recht ähnlich, aber Evita war definitiv dunkler als Leon, was eher dafür sprach, dass noch ein weiterer Elternteil im Spiel war. Davon abgesehen schien es ganz so, als hätten die Mütter – ob es nun zwei oder drei waren – ein recht gutes Verhältnis zueinander, da sie ein- und denselben Kaffeeklatsch besuchten. Komische Verhältnisse. Viele Mütter, viele Kinder und ein Vater. Aber wie man es auch drehte und wendete – sie gingen alle sehr erwachsen miteinander um, und das musste Samantha bewundern, auch wenn sie lieber laut aufgeschrien hätte vor Ärger über so viel Unverstand.

Zu Hause stellte sie die erforderlichen Unterlagen für Eddie zusammen. Damals, nach der Katastrophe im August, hatte sie alles weggeworfen, was sie vorbereitet hatte, doch gleich nach ihrer letzten Begegnung mit Dmitri hatte sie das nötige Material erneut am PC bearbeitet und ausgedruckt. Sie fuhr zu der alten Fabrik und warf den Umschlag mit den Unterlagen in den Briefkasten. Eddie war nicht zu Hause; sein Wagen stand nicht vor der Tür. Samantha sagte sich, dass es so besser war. Sie sollte künftig darauf achten, ihre Kontakte auf einer rein geschäftlichen Basis abzuwickeln. Er selbst hatte ja ganz offensichtlich dasselbe Anliegen, nachdem er sie sowieso nur wegen ihres dämlichen Schuhs hatte wiedersehen wollen. Wenn überhaupt.

Noch am selben Tag rief Samantha ihren Onkel an und eröffnete ihm, dass sie nicht wieder bei Bruckner-Bad anfangen würde. Sie war erleichtert, dass er es mit Fassung aufnahm. Es schien, als hätte er damit gerechnet. Samantha fiel eine Last vom Herzen, nachdem die Entscheidung nun endgültig gefallen war. Dieses Kapitel ihres Lebens war abgeschlossen. Was auch immer der Deal mit den Lattenrosten bringen würde – sie wollte sich kein Hintertürchen offen halten. Falls es schief ging, würde sich etwas anderes finden. Und wenn auch das nicht klappte, dann das, was danach kam.

Diese plötzliche Gewissheit verschaffte Samantha eine Erkenntnis, die schon die ganze Zeit in ihrem Hinterkopf rumort hatte und die sich ihr jetzt mit einem Mal in völliger Klarheit offenbarte. Es war eher ein Gefühl als ein Wissen, und es gehörte zu den köstlichsten Dingen, die Samantha je erfahren hatte. Es war das Gefühl, frei zu sein.

*

Diesmal wollte sie von Anfang an alles richtig machen. Sie bestellte keinen Tisch im überkandidelten *Chez Ludovic*, sondern im *Battista*. Letzteres bot nicht nur den Vorteil, dass man dort ausgezeichnet und dabei recht preisgünstig essen konnte, sondern war auch deshalb praktisch, weil Giovanni dort arbeitete. Er hatte einen ganz persönlichen Spezialservice versprochen, und wie Samantha ihn kannte, würde er alle Register ziehen.

Was ihre Kleidung für den Abend betraf, so hatte Samantha ihre Wahl ebenfalls schnell getroffen. Wenn Eddie sich einbildete, sie wäre mager und ausgemergelt, sollte er am Samstagabend sein blaues Wunder erleben. Sie hatte sich einen hautengen Rock gekauft, und dazu ein elastisches Top, in dem jeder Zentimeter ihrer Oberweite deutlich zu sehen war.

Am Nachmittag vor dem großen Ereignis führte sie Babette ihre Neuerwerbung vor.

»Wenn ich nicht wüsste, dass du es wirklich bist, würde ich glauben, du wärst eine Mutation«, sagte Babette.

»Inwiefern?« Samantha musterte sie argwöhnisch. »Jetzt sag ja nicht, dass ich zu dünn bin!«

»Nein«, jammerte Babette neidisch. »Ich bin zu fett!«

»Wenn es dir hilft: Alle Männer, die ich kenne, fanden mich fett besser«, meinte Samantha.

»Wirklich? Sagst du das nicht nur so?«

»Nein, Ehrenwort. Hoch und heilig.«

Babette war besänftigt. Dafür bereitete eine andere Sache ihr Kopfzerbrechen. »Es gefällt mir nicht, dass du wieder mit diesem Joseph rummachen willst.«

»Ich will ja nicht mit ihm rummachen. Ich brauche seine Maschinen, um das Geschäft mit den Russen einzufädeln. Es kann gut sein, dass da ein wirklich guter Deal läuft. Und es ist kaum ein Risiko dabei.«

»Außer dass du vielleicht noch mal zehn Kilo abnimmst, weil dieser Gigolo dir wieder das Herz aus der Brust reißt.«

»Das kann er nicht«, behauptete Samantha leichthin.

»Bist du sicher? Nach allem, was ich weiß, ist er genau die Sorte Mann, die einmal nett mit ihrem Schwänzchen wedelt, und die Frauen fallen reihenweise um.«

Hitze stieg in Samanthas Wangen. So ist er nicht!, wollte sie rufen. Er ist nur ein Opfer ungünstiger Umstände! In Wahrheit ist er liebevoll, fürsorglich, zärtlich, leidenschaftlich und großzügig! Und sein Gesicht ist wie ein offenes Buch, wenn er Musik hört!

Doch stattdessen sagte sie betont gleichmütig: »Begreif es endlich. Ich hatte meinen Spaß mit ihm, und mehr war nicht.«

»Ach, Sammy, wem willst du eigentlich was vormachen? Mir oder dir? Glaubst du, ich hätte nicht gemerkt, wie du mir die Augen auskratzen wolltest?«

Samantha zog es vor, sich dumm zu stellen. »Wann soll das gewesen sein?«

»Als ich dir vorgeflunkert habe, dass ich ihn für eine nette Nummer buchen wollte. Das war nur ein Test, du Lämmchen. Und du hast ihn nicht bestanden. Du hast wochenlang nur geheult. Dachtest du, ich wäre so naiv zu glauben, dass es wegen Hans war?«

Samantha setzte sich auf den nächstbesten Sessel, weil sie mit einem Mal das Gefühl hatte, einen besseren Halt zu benötigen. »Scheiße«, sagte sie mit plötzlicher Beklommenheit. »Du hast Recht. Ich sollte es lieber lassen.«

»Aber du lässt es nicht.«

»Nein. Das heißt, ja. Ach, ich weiß auch nicht. Es ist … irgendwie stärker als ich.«

»Das kenne ich«, seufzte Babette. »Was glaubst du, wie es mir mit Giovanni geht. Vorgestern hat er sich die Haare hellblond färben lassen, und die Sache mit dem Bauchnabelpiercing hat er sich auch nicht aus dem Kopf geschlagen.« Sie hob die Hand, als Samantha etwas einwerfen wollte. »Jetzt sag bloß nicht, dass dein Bruder auch eins hat. Das ist nämlich ein Riesenunterschied.«

»Warum? Er hat übrigens seit kurzem eins, aber ich sehe nicht, weshalb da andere Maßstäbe gelten sollen, nur weil er zufällig schwul ist.«

»Versteh doch!« Babette war sichtlich frustriert. »Ich bin mir bei Giovanni eben immer noch nicht sicher! Neulich hat er nach einem fremden Rasierwasser gerochen. Nicht nach Parfum wohlgemerkt, sondern nach *Aftershave*. Ist doch wohl logisch, dass ich gleich an so was denke!«

»Was meinst du mit *so was*?«

»Was wohl?«, schnaubte Babette.

»Babette, findest du nicht, dass du in manchen Dingen zu hart urteilst? Wenn er die eine oder andere Schwäche hat, kannst du doch einfach darüber hinwegsehen! Es ist ja schließlich nicht so, als würde er dich mit irgendwelchen unerträglichen Eigenschaften vor den Kopf stoßen.«

»Ich rede hier weder von Mundgeruch noch von Schweißfüßen, sondern von bisexuellen Neigungen!«

»Du weißt doch gar nicht, ob er die überhaupt hat!«

»Eben! Das ist es ja, was mich wahnsinnig macht! Du hast es viel einfacher! Du weißt haargenau, dass dein Loverboy andere Frauen gleich scharenweise vögelt, da kannst du dich wenigstens darauf einstellen!«

Kann ich das?, dachte Samantha. Sie stand auf und seufzte. »Ich muss los. Morgen ruf ich dich an und erzähle dir, wie es gelaufen ist.«

»Wehe, wenn nicht«, sagte Babette. »Und für den Fall der Fälle – ich habe noch eine Großpackung Kleenex im Schrank.«

*

Als Samantha abends ins *Battista* kam, war Eddie schon da. Er saß am selben Tisch wie damals im Sommer, als sie ihn das erste Mal gesehen hatte – nur dass er diesmal allein war. Er stand auf, als Samantha hereinkam, und die Art, wie er ihr aus dem Mantel half, ließ auf einige Übung schließen. Samantha sagte nichts, auch nicht, als er ihr den Stuhl zurückzog und artig wartete, bis sie Platz genommen hatte.

Doch im nächsten Augenblick war er wieder ganz der alte Eddie. »Geiles Outfit«, sagte er grinsend. »Sieht aus, als wäre alles, was wichtig ist, noch an der richtigen Stelle.«

Samantha reckte sich unbewusst und war glücklich, dass sie ihm gefiel. »Du siehst aber auch gut aus. Der Anzug passt tadellos.«

»Die Schuhe auch.« Eddie grinste noch breiter. »Sie sind neu.«

Samantha lachte. »Meine auch.«

Sie sahen sich an, und für einen Augenblick blieb die Zeit stehen. Samantha atmete scharf ein und dachte: Mist, es hat mich total erwischt. Kann es so was geben? Jemanden nur ein paar Mal sehen, ein paar Mal mit ihm schlafen – und ihn mit Leib und Seele und Haut und Haaren zu wollen?

Eddie dachte dasselbe. Er sah den Glanz ihrer Augen, den sanften Schimmer ihrer Haut, und vor allem nahm er ihren Duft wahr, der ihn aus dieser geringen Entfernung fast erschlug. Wenn sie jetzt allein gewesen wären, hätte er seine Hände nicht bei sich behalten können.

Wäre er bloß nicht so jung, dachte Samantha in einer Mischung aus Frustration und Erregung. Ich bin viel zu alt für ihn!

Eddie für seinen Teil verschwendete keinen Gedanken an ihr Alter. Als sie ihm vor ein paar Tagen gesagt hatte, dass sie zweiunddreißig war, hatte das kaum mehr als beiläufiges Interesse bei ihm bewirkt. Er hatte nicht das Gefühl, dass sie älter war als er, und sein Gefühl war das Einzige, worauf er in solchen Punkten etwas gab. Und dieses Gefühl war im Augenblick sehr handfest. Egal, wie lange das Essen oder die anderen geselligen Aktivitäten dauern würden, die Samantha für diesen Abend noch geplant hatte – es stand bereits jetzt für ihn fest, wo und wie er den Rest der Nacht verbringen würde. Und spätestens morgen früh würde er wissen, was er wissen wollte.

Samantha erstarrte und schaute über Eddies Schulter zur Tür. Ihre Augen rundeten sich erschrocken, und Eddie drehte sich automatisch um.

Ein gut gekleideter Mann hatte das Restaurant betreten, gefolgt von einer aufgetakelten Blondine. Beide waren um die vierzig.

»Kennst du die Leute?«, wollte Eddie wissen.

Samantha holte Luft. »Das ist … das ist mein Ex.«

»Bist du geschieden?«

»Ja. Das sind wir beide, er und ich, aber nicht voneinander. Ich war früher schon mal verheiratet, aber nicht lange. Das da drüben ist Hans. Wir haben zwei Jahre zusammengelebt.«

»Ist er der Typ, der ….?« Eddie ließ das Ende der Frage offen, aber Samantha wusste auch so, was gemeint war. Sie nickte betreten.

Hans war nicht der Typ, der einem zufälligen Treffen feige aus dem Weg ging. Sie hatten sich seit ihrem Auszug nicht gesehen, aber das hinderte ihn nicht daran, an ihren Tisch zu kommen und sie zu begrüßen.

»Hallo, Samantha.« Wohlerzogen gab er ihr die Hand und hauchte einen Luftkuss an ihrer Wange vorbei.

»Du siehst wunderbar aus. Geht es dir gut?«

»Danke. Und dir?«

»Bestens.«

»Das ist übrigens Eddie. Eddie, das ist Hans.«

»Angenehm«, sagte Hans. Eddie beschränkte sich auf ein Nicken. Samantha sagte gar nichts mehr. Ihre Unterhaltung war damit beendet. Was hätten sie auch sonst sagen sollen? Samantha hätte zum Beispiel fragen können, seit wann er mit Erika zusammen war – sie war nämlich offensichtlich die neue Frau an seiner Seite –, oder sie hätte sich nach Hans' Fortschritten beim Putten erkundigen können. Aber ihr war nicht danach, und zwar ganz einfach deshalb nicht, weil es sie nicht interessierte.

Hans wiederum hätte danach fragen können, wie es beruflich für sie lief oder wie es ihr in dem Stadtteil gefiel, in dem ihre Wohnung lag. Doch auch er hatte offenbar kein besonderes Interesse an ihrem neuen Leben. Samantha empfand deswegen ein vages Bedauern, aber mehr auch nicht. Es war, als wäre sie jemandem begegnet, den sie irgendwann mal flüchtig gekannt hatte.

»Woran hat es gelegen?«, fragte Eddie, während Hans Erika zu einem Tisch in der gegenüberliegenden Ecke begleitete.

»Was? Die Trennung?« Samantha spielte verlegen mit der Speisekarte. »Er hat deinen Schuh gefunden.«

Eddie lachte. »Also deshalb habe ich nur einen zurückgekriegt.«

Samantha betrachtete ihn hingerissen. Wenn er lachte, tauchten winzige Fältchen um seine Augen herum auf, und man konnte sehen, dass zwei seiner hinteren Backenzähne plombiert waren. Bei diesen kleinen Anzeichen seiner Sterblichkeit wallten undefinierbare Gefühle in Samantha auf. Sie wollte ihn berühren, sein weiches Haar streicheln, ihren Kopf an seine Halsbeuge betten, seinen Geruch einatmen, ihm nah sein.

»Hat er dich rausgeworfen?«, wollte Eddie wissen.

»Nein, ich wollte weg. Der Schuh war im Grunde nur der Auslöser.«

»Anscheinend hat er sich schnell getröstet.«

»Gott sei Dank.«

»Vermisst du nicht ein bisschen diesen Luxusschuppen?«

»Überhaupt nicht. Ich habe was Besseres gefunden.«

Anscheinend hatte sie damit etwas Falsches gesagt, denn Eddies Lächeln verblasste. »Ach so. Klar. Für die Prinzessin nur das Beste. Frühstück bei Tiffany und so weiter.«

Samantha wollte ihn gerade fragen, wovon zum Teufel er redete, doch dazu kam sie nicht mehr, denn im nächsten Augenblick tauchten Dmitri und Sergej auf.

Dmitri kam mit ausgestreckten Armen an ihren Tisch, küsste Samantha schallend auf beide Wangen und schüttelte anschließend überschwänglich Eddies Hand. Sergej ließ ihnen eine ähnliche Begrüßung zuteil werden.

»Endlich sind wir wieder zusammen!«, rief Dmitri begeistert. Er war allem Anschein nach wirklich mehr als erfreut, Eddie wiederzusehen. Doch nach einem vorsichtigen Schnüffeln keimte in Samantha der vage Verdacht, dass Dmitris Enthusiasmus vielleicht mit dem einen oder anderen kleinen Wodka zu tun hatte, den er an diesem Abend bereits zu sich genommen hatte.

»Wir waren auf Party«, sagte Sergej leutselig. Seit dem letzten Mal hatten sich seine Deutschkenntnisse entschieden verbessert. »Du gutt, Eddie?«

»Ja, mir geht's gut. Und dir? Bist du auch gut drauf?«

»Supper«, sagte Sergej. »Du gutt Musik wie in Mail?«

»Ja. Es ist fertig. Ich schicke dir demnächst eine CD.« Eddie wandte sich zu Samantha um. »Sergej und ich mailen uns ab und zu«, erklärte er.

»Wegen Fußball und Musik«, sagte Sergej, und Dmitri nickte nachdrücklich. »Wir machen gute Geschäfte heute Abend. Alles. Lattenroste. Musik. Aber vorher essen wir.«

Diesmal überließ Eddie es Samantha, für sie beide das Essen auszuwählen, aber dafür riss Dmitri unaufgefordert die gesamte Getränkebestellung an sich.

Giovanni nahm die Bestellung auf und lächelte Samantha Beifall heischend an, als er die randvollen Rotweingläser servierte. Es verstand sich von selbst, dass Samantha mit allen anstoßen musste. Seit jener denkwürdigen Nacht im Sommer hatte sie keinen Tropfen Alkohol getrunken, und sie spürte sofort, wie ihr der Wein zu Kopf stieg. Wenn es ihr möglich gewesen wäre, hätte sie versucht, diesen Teil irgendwie zu umgehen, doch Dmitri und Sergej hätten das fraglos als schweren Verstoß gegen jede nur denkbare russische Etikette aufgefasst. Womöglich sogar als tödliche Beleidigung. Dmitri merkte sofort, dass Samantha nur nippte, und in der Folge stieß er so oft mit ihr an, dass sie wohl oder übel das Glas bis zur Neige leeren musste.

Mit dem Hauptgang kamen das nächste Glas und weitere Trinksprüche.

»Ah!«, rief Dmitri begeistert aus, während er eine Gabel voll von seinem Ossobuco aufspießte. »Die Italiener kochen wunderbar! Alles perfekt!«

Als das Gespräch dann endlich auf die Lattenroste kam, war Samantha bereits so angeheitert, dass sie Mühe hatte, sich zu konzentrieren. Von den Dingen, die sie heute Nachmittag allesamt auswendig hätte herbeten können, fielen ihr nur noch Bruchstücke ein. Erst nach einer Weile merkte sie, dass Eddie den größten Teil der Unterhaltung allein bestritt.

»Die automatische Schulterabsenkung wäre eher was für die gehobene Kundschaft«, sagte er. »Natürlich auch härteregulierbar, seitlich kippbar und stufenlos verstellbar. Das wäre im Idealfall eine Konstruktion mit Gasfederdruck oder Hydraulik.«

»Was ist mit Elektromotor?«, fragte Dmitri.

»Ausgefallen, aber machbar. Natürlich noch teurer. Für

Leute mit Geld und Rückenproblemen. Wichtig ist nur, dass das ganze System aufeinander abgestimmt ist.«

»Die Matratzen«, sagte Dmitri.

»Genau«, bestätigte Eddie. »Für solche Spezialrahmen eignet sich Federkern eher weniger. Latexmaterialien sind eigentlich in dem Fall die beste Lösung.«

Samantha war der Unterhaltung sprachlos gefolgt. Sie konnte sich des Eindrucks nicht erwehren, dass Eddie da einige Dinge von sich gab, die überhaupt nicht in den Unterlagen gestanden hatten.

Nach dem Ossobuco servierte Giovanni eine Runde Grappa auf Kosten des Hauses. Danach noch eine auf Dmitris Rechnung. Und anschließend eine Zabaione, die auf der Zunge zerging – und die Samantha zusammen mit dem dazu gereichten Amarettolikör den Rest gab. Das weitere Gespräch plätscherte irgendwie an ihr vorbei. Es ging um Lattenroste und Holz und Maschinen und Musik-CDs, und als Dmitri und Sergej nach einem weiteren Likörchen aufstanden und ihr mit wohlwollender Freundlichkeit zum Abschied die Hand schüttelten, konnte sie nur verwirrt blinzeln.

»Waren wir schon fertig?«, flüsterte sie Eddie zu. Die Eingangstür fiel hinter den beiden zu, also mussten sie wohl fertig sein. »Haben wir denn alles besprochen? Ich m-meine, hat es geklappt?«

»Ist alles gut gegangen«, beruhigte Eddie sie. »Den Rest wickeln sie über ihre Anwälte ab, aber es läuft in etwa so, wie du es dir vorgestellt hast.« Er legte seine Hand in ihren Nacken, und Samantha erschauerte. »Kann es sein, dass du beschwipst bist?«, fragte er.

»Wie kommst d-du auf diese Idee?«, verwahrte sie sich würdevoll. »Woher wusstest d-du all diese Sachen über Betten?«

»Das erzähle ich dir morgen. Komm, lass uns gehen.«

Er winkte Giovanni und ließ sich die Rechnung bringen. Während Samantha noch murmelnd und mehr oder weniger ziellos in ihrer Handtasche nach ihrem Portemonnaie wühlte, hatte Eddie bereits gezahlt, einschließlich eines großzügigen Trinkgelds.

Auf dem Weg zur Tür klammerte Samantha sich an Eddies Arm fest und kicherte, als sie Erikas missfälligen Blick bemerkte. Der Weg zum Ausgang führte direkt an dem Tisch vorbei, an dem Hans mit seiner neuen Flamme saß, und Samantha konnte nicht umhin, direkt neben ihnen stehen zu bleiben und in Erikas Nachtisch zu starren, während Eddie ihren Mantel von der Garderobe holte.

Erika saß keine fünfzig Zentimeter von ihr entfernt und gab sich keine Mühe, ihre Abneigung zu verbergen. »Wie geht es Ihnen?«, fragte sie mit dünnlippigem Lächeln. »Ich hörte, Sie machen jetzt in Holz? Und dabei sagten Sie doch, Sie hätten keine Ahnung davon.«

Samantha hob die Hand an den Mund, um das Kichern zu ersticken, das plötzlich in ihr hochgluckste. »In Holz. Ja, in Holz. Holz wie Holzbadewanne.« Sie zwinkerte Hans zu, der verlegen zur Seite schaute. »Oder Holz wie Holzkopf.«

Sie hörte abfälliges Getuschel von Erika (»... *schon immer so viel getrunken?*«) und freute sich, dass Eddie endlich wieder auftauchte. Er half ihr in den Mantel, nahm ihren Arm und leitete sie vor die Tür.

»Er ist ein Snob«, vertraute Samantha Eddie an. »Früher ist es mir nicht so aufgefallen, aber er ist einer. Man m-merkt es, wenn er m-mit Erika zusammensitzt. Irgendwie passen die beiden gut zusammen, glaube ich.«

»Hast du Lust, noch mit zu mir zu kommen?«

Samantha hörte nicht die schmerzliche Anspannung in

seiner Stimme, weil ihr Herz auf einmal so laut klopfte, dass sie Mühe hatte, überhaupt irgendetwas zu verstehen.

»Ja«, sagte sie schlicht, viel zu aufgeregt, um sich eine lockere, coole Antwort auszudenken.

»Du kannst dir schon denken, was ich da mit dir vorhabe, oder?«, fragte er. »Ich meine, außer Musik mit dir zu hören.«

Sie nickte nur.

Eddie zog sein Handy hervor und rief ein Taxi.

*

Als Samantha am nächsten Morgen aufwachte, war das Déjà-vu-Gefühl so heftig, dass sie im ersten Moment dachte, die vergangenen Monate nur geträumt zu haben. Sie hatte einen ähnlichen Brummschädel wie beim letzten Mal, und sie lag neben Eddie auf seiner Matratze.

Außerdem war die letzte Nacht ähnlich verlaufen wie die erste, bis auf einen entscheidenden Unterschied: Samantha konnte sich an die meisten Einzelheiten sehr gut erinnern. Sie wurde rot. Dann wandte sie den Kopf zur Seite, um Eddie anzusehen.

Er lag auf dem Bauch und schlief wie ein Murmeltier, das Gesicht ihr zugewandt, den Mund leicht geöffnet. Seine Augäpfel bewegten sich unruhig unter seinen Lidern; anscheinend hatte er einen lebhaften Traum. Im Schlaf wirkte er verletzlich wie ein kleiner Junge, und dieser Gegensatz zu seinem äußeren Erscheinungsbild und seinem Auftreten im Wachzustand machte ihn erst recht begehrenswert. Samantha konnte all die Frauen, die ihn für ihre öde und einsame Freizeit engagieren wollten, nur zu gut verstehen. Er war kein Mann für eine Frau, sondern für eine Nacht. Das musste sie wohl oder übel akzeptieren.

Einen Seufzer unterdrückend, schob sie sich vorsichtig aus dem Bett, um zur Toilette zu gehen. Auf dem Weg dahin sammelte sie ihre Kleidungsstücke ein und achtete diesmal darauf, dass nichts fehlte. Zuletzt schnappte sie sich ihre Handtasche und öffnete sie, um ihr Schminktäschchen herauszunehmen. Darin hatte sie alles, was frau für solche Fälle überlebensnötig brauchte. Einen Kamm, eine Reisezahnbürste, eine frische Slipeinlage und ein Minideo. Und natürlich solche unverzichtbaren Dinge wie Kompaktpuder, Eyeliner und Rouge. Sie klappte ihren Spiegel auf und warf probehalber einen Blick hinein. Das hätte sie besser nicht getan. Sie sah aus wie ein Wischmopp, der die Nacht in einem Eimer voller Alkohol zugebracht hatte.

»Was hast du vor?« Eddie hatte sich auf einen Ellbogen aufgestützt und lächelte sie verschlafen und zärtlich an.

Samantha hockte auf dem Boden, drückte schuldbewusst ihre Handtasche an die Brust und schob den Spiegel unauffällig wieder in die Tasche. Zum Glück hatte sie eine passende Erklärung parat. Sie musste Eddie noch seine Auslagen für das gestrige Abendessen im *Battista* erstatten. Sehr praktisch, denn dadurch hatte sie einen Grund, mit der Hand in der Tasche auf dem Boden zu sitzen. »Ich … äh, mir fiel gerade ein, du kriegst ja noch Geld von mir, und ich will es dir geben, bevor ich es vergesse …«

Er richtete sich auf, das Gesicht plötzlich eine undurchdringliche Maske. »Tatsächlich. Muss mir wohl über Nacht entfallen sein. Gut, dass du mich dran erinnerst. Sagen wir die Hälfte, okay? So quasi als Mengenrabatt. Leg es einfach auf den Boden und verschwinde.« Er sprang auf und stolzierte nackt hinter die Badezimmerwand. Drei Sekunden später hörte Samantha das Rauschen der Dusche. Exakt so lange brauchte sie, um zu begreifen, was er gerade eben gemeint hatte. Drei weitere Sekunden später war ihr Gesicht tränenüberströmt, und ihre Finger zitterten so sehr, dass sie fast eine Minute benötigte, um einen Scheck auszustellen. Erschwert wurde das Ganze dadurch, dass sie die Kosten für das Abendessen noch dazuschlagen musste und eine Ewigkeit brauchte, bis sie es ausgerechnet hatte. Als der Scheck endlich fertig ausgefüllt war, konnte sie vor lauter Tränen kaum noch etwas sehen. Ob er von den anderen Frauen auch Schecks nahm? Immerhin, er war gedeckt, also konnte Eddie kaum etwas dagegen sagen. Sie hatte es sich abgewöhnt, so viel Bargeld mit sich herumzutragen, hauptsächlich natürlich deswegen, weil sie nicht mehr so viel zum Ausgeben zur Verfügung hatte. Das Abendessen hatte sie mit ihrer Kreditkarte bezahlen wollen, aber die ließ sich hier schlecht verwenden.

Das Anziehen brachte Samantha in Rekordzeit hinter sich. Sie konnte nur noch daran denken, von hier verschwunden zu sein, bevor Eddie vom Duschen zurückkam. Die eisige Herbstluft traf sie wie ein Schlag, als sie vor die Tür trat. Es waren höchstens acht Grad, und dazu nieselte es heftig. Doch Samantha spürte die Kälte nicht, denn innerlich war sie ohnehin zu Eis erstarrt. Sie war kaum draußen, als sie auch schon ihre Schuhe auszog und zu rennen begann. Nun wusste sie, wozu manche Dinge gut waren. Zum Beispiel das Lauftraining der letzten Monate. Sie flog mit dem Wind die Straße entlang und achtete nicht auf den Regen, der sich mit den Tränen auf ihren Wangen mischte. Unter ihren nackten Füßen wuchs die Entfernung zu Eddie, und Samantha rannte, als wäre der Teufel hinter ihr her. Sie achtete nicht sonderlich auf den Weg oder auf die Schmerzen an ihren Fußsohlen. Sie lief mit großen, ausgreifenden Schritten, genauso, wie sie es immer tat. Nur mit dem Unterschied, dass sie dabei weinte.

Irgendwann glaubte sie, seine Stimme zu hören. Er rief ihren Namen, kaum mehr als der Fetzen einer Illusion, die ihr vom Herbstwind und vom Regen zugetragen wurde. Samantha lief weiter, ohne sich umzudrehen.

*

»Samantha!«, schrie Eddie abermals. Doch sie war zu weit weg und konnte ihn nicht mehr hören. Und im nächsten Augenblick war sie auch schon abgebogen und hinter einem der weiter entfernten Fabrikgebäude verschwunden.

Eddie schlug die Faust gegen die raue Außenwand der Fabrik und fluchte in allen Tonlagen. Anschließend ging er frierend und durchnässt bis auf die Haut zurück nach oben und zerriss den Scheck in winzige Fetzen.

Kapier es endlich, dachte er in jähem Zorn. Du bist niemand für sie. Nur ein bezahlter Schwanz. Ein netter Spaß für die Prinzessin, ein gutes Mittel gegen die kleine Langeweile zwischendurch. Er hatte herausgefunden, was er wissen wollte, und dieses Wissen brannte wie die Hölle.

Nachdem er mindestens zehn Minuten wie ein Wilder auf den Sandsack eingedroschen hatte, ging er steifbeinig und mit gesenktem Kopf zu seinem Keyboard, warf den PC an und zerrte sich den Kopfhörer über die Ohren. Seine zitternden Finger fanden den ersten Akkord, und Eddie ließ es mit sich geschehen. Etwas von seinem Schmerz und seiner Wut floss in die Tasten, dann etwas mehr und noch etwas, und schließlich fanden auch seine Tränen den Weg in die Musik.

*

Samantha versuchte, irgendwie klarzukommen, doch diesmal war es anders als beim letzten Mal. Anstatt Schokolade zu futtern, verlegte sie sich aufs Laufen, jedenfalls als sie sich wieder vor die Tür trauen konnte. Es dauerte eine Weile, denn der Ausschlag war diesmal so schlimm wie nie zuvor und hielt fast eine Woche an.

Danach joggte sie in jeder freien Minute und versuchte, dabei an nichts zu denken. Leider half das nur bedingt. Obwohl sie sich ein paarmal bei Babette ausheulte, wollte der Stein in ihrer Brust nicht kleiner werden, und es gab auch wieder ein rotes Kreuz im Kalender. Als nach vier Wochen und drei positiven Tests klar war, dass es nicht verschwinden würde, wusste sie, dass sie etwas unternehmen musste.

Babette erfuhr als Erste davon. Sie schien nicht sonderlich überrascht zu sein. »Ich habe schon nach dem letzten Mal so was erwartet«, sagte sie. »So, wie du die ganze Zeit mit diesem Taschenkalender hantiert und ewig rumgerechnet hast, war das nur eine Frage der Zeit, bis es dir wieder passiert.«

»Du meinst, dass ich irgendwie anfällig dafür war?«

»Nicht anfällig, sondern fällig.« Babette seufzte. »Ich verstehe dich. Meine biologische Uhr tickt inzwischen so laut, dass ich manchmal glaube, alle im Gerichtssaal müssten es hören. Willst du das Kind denn haben?«

»Ja«, sagte Samantha fest.

Sie dachte daran, wie Eddie mit Andi, Evita und Leon zusammen im Sandkasten gesessen hatte. Das Herz schnürte sich ihr zusammen. Ihr Kind würde in eine große und ziemlich merkwürdige Familie hineingeboren werden. Aber es würde einen liebevollen Vater haben. Und eine Mutter, die es nicht minder liebte, sogar schon jetzt. Was konnte ein Kind heutzutage mehr verlangen?

Eltern, die zusammen waren? Das gab es doch nur noch im Märchen.

»Ziemlich mutig von dir«, befand Babette. »Hast du es schon deiner Mutter gesagt?«

Samantha duckte sich. »Bist du verrückt? Das hat Zeit. Mindestens neun Monate. Mit Ben rede ich demnächst schon noch. Aber zuerst mit Eddie. Schließlich ist es ja seins.«

»Na ja, immerhin hast du die Gewissheit, dass er ein guter, erfahrener Vater ist«, meinte Babette lakonisch. »Übrigens redet Giovanni in letzter Zeit auch öfter von kleinen Kindern. Sein Bruder hat zwei, und seine Schwester erwartet im Januar ihr drittes. Er ist verrückt nach *Bambini.*«

»Und was denkst du darüber?«

»Ich würde der Sache aufgeschlossener gegenüberstehen, wenn ich nicht ständig die Vision hätte, dass ich einen Sohn kriegen könnte, der zur Einschulung ein Kleidchen anziehen möchte.« Sie betrachtete Samantha forschend. »Wann sprichst du mit Eddie-Joseph?«

»So bald wie möglich.«

Ein offizieller Grund dafür hatte gestern in ihrem Briefkasten gelegen. Dmitris Anwälte hatten die ersten Vertragsentwürfe geschickt. Noch vor Ende des Jahres sollten alle Verträge unterzeichnet sein und bereits im Januar mit der Produktion begonnen werden. Samantha musste sich also wohl oder übel daran machen, zumindest die Produktionsstätte näher in Augenschein zu nehmen und eventuell nötige Vorbereitungen in Auftrag zu geben. Außerdem musste sie Zubehörteile bestellen und den Einsatz der Arbeitskräfte koordinieren. Zuallererst musste sie jedoch abklären, ob Eddie überhaupt noch an der Durchführung des Projekts interessiert war. Und bei dieser Gelegenheit konnte sie ihn auch gleich fragen, ob er sich vorstellen konnte, bei der Geburt anwesend zu sein. Es hieß, dass Väter auf diese Weise eine wesentlich bessere Verbindung zu ihren Kindern aufbauen konnten.

Bevor sie an diesem nasskalten, diesigen Nachmittag Ende November zu Eddie fuhr, stellte sie sich vor den Spiegel und sprach sich Mut zu.

»Du liebst ihn nicht«, sagte sie gelassen zu ihrem Spiegelbild. »Du musst lediglich ein gutes Verhältnis zu ihm pflegen, weil er der Vater deines Kindes ist. Du musst von Anfang an hinterher sein, dass er mit deinem Baby genau so oft zum Spielplatz geht wie mit Andi und den beiden anderen. Du musst darauf achten, dass er nicht zu früh mit der Sauberkeitserziehung anfängt, das kann zu lebenslanger Verstopfung führen.«

Samantha betrachtete prüfend ihr Äußeres. In den Augenwinkeln hatten sich ein paar winzige Fältchen eingenistet, die im Sommer noch nicht da gewesen waren. Samantha redete sich ein, dass das vom vielen Laufen an der frischen Luft herrührte, aber ab und zu argwöhnte sie dann doch, dass sie allmählich alt wurde.

Abgesehen davon fand sie nichts an sich auszusetzen. Die beginnende Schwangerschaft ließ ihre Haut klarer und durchscheinend rosig wirken, und in ihren Augen stand ein besonderes Leuchten, das sie selbst in dieser Form bisher nie an sich wahrgenommen hatte.

»Du stehst mir gut«, sagte sie mit großer Entschiedenheit zu ihrem ungeborenen Kind.

Vor dem Fabrikgebäude verließ sie dann doch beinahe wieder der Mut, zumal der Jeep nicht draußen parkte, sondern zwei alte Kombis, die sie vorher noch nicht gesehen hatte.

Hatte Eddie sich einen anderen Wagen zugelegt? Samantha blieb unschlüssig vor der Tür stehen. In jedem Fall war er nicht allein, sondern hatte Besuch. Vielleicht sollte sie lieber ein anderes Mal wiederkommen.

Doch die Entscheidung wurde ihr abgenommen. Gerade, als sie zu ihrem Wagen zurückgehen wollte, wurde die Haustür aufgerissen, und eine aufgebrachte Blondine schrie sie an.

»Das wurde aber auch Zeit! Wo warst du so lange?«

Samantha prallte zurück. »Ich … äh … Entschuldigung, aber ich …«

»Oh, tut mir Leid«, sagte die Blonde reumütig, »ich hatte jemand anders erwartet.« Über die Schulter rief sie nach oben: »Iris, es ist gar nicht Eddie!«

Oben an der Treppe erschien eine andere Frau. Sie hatte dunkle Haare, und auf ihrer Hüfte saß ein Baby. Seit dem letzten Mal war es ein bisschen gewachsen, aber Samantha sah sofort, dass es Evita war. Folglich war die Frau mit den dunklen Haaren ihre Mutter. Die Blondine musste Andis Mutter sein, die Ähnlichkeit war unverkennbar. Sie war so hübsch, dass es Samantha vor Neid den Atem verschlug. Immerhin sah die Dunkelhaarige nicht ganz so toll aus. Durch die offene Wohnungstür drang Kindergebrüll nach unten.

»Ich wollte eigentlich zu Eddie«, stammelte Samantha.

»Dann stellen Sie sich mal hinten an«, sagte die Blondine. »Wir warten schon seit einer Stunde auf ihn. Eigentlich wollte er für heute Nachmittag die Kinder nehmen.«

»Dann geh ich mal wieder«, sagte Samantha eilig.

»Soll ich ihm was ausrichten?«

»Nicht nötig. Ich komme ein anderes Mal wieder.«

»Am besten rufen Sie vorher an. Momentan hängt er viel im Studio rum, man weiß nie, ob er zu Hause ist. Nicht mal, wenn man fest mit ihm verabredet ist. Haben

Sie seine Nummer? Ich glaube, er steht nicht im Telefonbuch.«

»Doch. Ich meine, nein, danke. Wiedersehen!« Samantha zog sich fluchtartig zu ihrem Wagen zurück und sah zu, dass sie Land gewann. Mit einem Mal waren ihre ganzen Vorsätze ins Wanken geraten. War es wirklich eine so gute Idee, Eddie unbedingt mit einbeziehen zu wollen? Sie würde auch allein zurechtkommen. Es gab Kindertagesstätten, Freunde, einen Bruder, eine Großmutter. Letztere wusste zwar noch nichts von ihrem Glück, aber wenn sie als Oma nur halb so vereinnahmend war wie sonst, würde Samantha vermutlich alle Mühe haben, ihr Kind zwischendurch überhaupt einmal zu Gesicht zu kriegen.

Doch dann sagte sie sich, dass sie kein Recht dazu hatte, Eddie auszuschließen. Nicht seinetwegen, sondern um des Kindes willen. Folglich zögerte sie nicht, noch am selben Abend bei Eddie zu Hause anzurufen. Er meldete sich sofort.

»Scheuermann?«

»Eddie?«, fragte Samantha irritiert. Seine Stimme klang ganz anders als sonst.

»Nein, hier ist Joseph Scheuermann.«

»Den wollte ich ja auch sprechen«, sagte Samantha.

»Vielleicht eine Verwechslung«, meinte der fremde Mann.

»Entschuldigen Sie bitte.« Samantha legte auf. Da hatte sie schon vor Monaten eine Telefonnummer herausgesucht und mindestens ein Dutzend Mal ganz knapp davor gestanden, dort anzurufen, und nun stellte sich heraus, dass es gar nicht Eddies Nummer war!

Im Telefonbuch gab es nur einen einzigen Joseph Scheuermann. Er stand ohne Adressangabe dort, weshalb der Irrtum überhaupt erst möglich gewesen war. Folglich hatte Andis Mutter doch Recht gehabt. Eddie stand nicht im Telefonbuch.

Samantha rief kurz entschlossen bei Claire Webers Begleitagentur an.

»Ich habe … ich möchte … Ich war neulich mit Joseph Scheuermann aus«, platzte sie heraus.

»Hoffentlich waren Sie zufrieden«, sagte Claire Weber höflich, aber leicht reserviert.

»Sehr. Ich meine, er ist toll … ähm, sehr männlich und äh … einfach toll. Ich brauche seine Telefonnummer.«

»Warum?«

»Ich muss mit ihm sprechen. Es geht um eine wichtige geschäftliche Angelegenheit.«

»Wir geben die privaten Nummern von unseren Mitarbeitern nicht ohne Rücksprache heraus. Außerdem sehen wir es nicht gern, wenn die jungen Männer außer der Reihe … hm, geschäftliche Arrangements treffen.«

»Es ist nicht diese Art von Geschäft!«, rief Samantha empört.

Claire Weber blieb unerbittlich. »Welches Geschäft auch immer.«

Samantha zählte im Stillen bis drei und bezwang ihren Ärger. »Dann möchte ich hiermit offiziell eine Buchung tätigen. Ich brauche ihn für heute Abend acht Uhr, im *Battista.* Für exakt eine Stunde. Es ist nur eine Besprechung. Geht das in Ordnung?«

Es ging in Ordnung.

Nicht in Ordnung ging, dass Eddie nicht auftauchte. Es kamen etliche Leute ins *Battista*, die alle nach und nach die umliegenden Tische bevölkerten, aber Eddie war nicht darunter. Kurz nach acht kam ein nett aussehender junger Mann an Samanthas Tisch und lächelte sie schüchtern an. »Samantha?«

Sie nickte verdutzt. »Ja, warum?«

»Entschuldigen Sie, dass ich Sie einfach so anspreche, aber ich glaube, wir sind verabredet. Mein Name ist Joseph Scheuermann.« Er gab ihr die Hand. »Nennen Sie mich einfach Joe.«

Im selben Augenblick erkannte Samantha seine Stimme wieder. Er war der Mann, mit dem sie telefoniert hatte.

»Sie arbeiten für die Agentur?«

Als er mit schuldbewusster Miene nickte, schrillten in ihrem Kopf sämtliche Alarmsirenen auf einmal los.

»Darf ich mich zu Ihnen setzen?«

Samantha nickte wohl oder übel, und Joseph brachte rasch seine Jacke weg. Giovanni zog neugierig fragend die Brauen hoch, als er ihre Essensbestellung aufnahm, doch Samantha bedeutete ihm wortlos, sich so schnell wie möglich wieder zu verziehen. Sie mochte Babettes kleinen Italiener von Herzen gerne, aber es ließ sich nicht leugnen, dass er tatsächlich ein paar eher weibliche Eigenschaften aufwies. Unter anderem war er der neugierigste Mensch, den sie je kennen gelernt hatte.

»Ich dachte nicht, dass ich Sie wirklich mal kennen lerne«, meinte Joe. Er lächelte unsicher und nickte Giovanni dankend zu, als dieser die Getränke servierte.

»Und ich dachte eigentlich, dass wir uns schon kennen.« Samantha räusperte sich und senkte die Stimme, weil Giovanni wie unbeabsichtigt in Hörweite stehen geblieben war und so tat, als müsste er das Blumenarrangement am Nachbartisch ordnen. »Aber Sie sind nicht der, für den ich Sie gehalten habe. Beziehungsweise, der, den ich für Sie gehalten habe, ist es nicht. Nicht Sie, meine ich.« Sie stockte, weil ihr klar wurde, welchen Blödsinn sie von sich gab. »Sie sind nicht Eddie«, schloss sie.

»Es gibt für alles eine einfache Erklärung«, sagte Joe.

»Ich höre.«

»Eddie ist mein bester Freund. Wir sind schon zusammen zur Schule gegangen.«

Samantha nickte. Dagegen gab es nichts einzuwenden.

»Ich studiere noch. Gelegentlich wird es bei mir finanziell etwas eng, deswegen jobbe ich für die Agentur.«

»Sie meinen, Sie machen … Sie tun es …« Samantha holte tief Luft. »Für Geld?«

»Natürlich für Geld«, sagte Joe erstaunt. Dann bemerkte er ihren empörten Gesichtsausdruck und lächelte begütigend. »Du liebe Zeit, nicht das, was Sie denken! Es ist völlig seriös, ehrlich. Opern, Galadinners, Empfänge, Vernissagen – solche Sachen. Es ist niemals auch nur in geringster Weise anstößig! Glauben Sie mir bitte.« Er drehte sein Glas in den Händen. »Ich könnte das gar nicht, müssen Sie wissen. Ich habe eine Freundin, die ich sehr liebe. Wir wollen nächstes Jahr heiraten, gleich nach meinem Examen.« Joe seufzte. »Jenny ist auch der Grund für dieses ganze Durcheinander. Jedenfalls indirekt. Sie musste im Sommer zu einer sechs Wochen langen Fortbildung ins Ausland, und der Abend, an dem Sie mich damals gebucht hatten, war die letzte Möglichkeit, sie vor dem Abflug noch einmal zu sehen.« Er blickte Samantha traurig an. »Also habe ich Eddie gebeten, für mich einzuspringen. Es tut mir sehr Leid.«

Samantha starrte ihn an, außerstande, die Tragweite dieser Enthüllung auf Anhieb zu begreifen.

»Es lief wohl alles in allem nicht so gut«, fuhr Joe fort. »Eddie war ziemlich fertig. Er ist … na ja, er ist ein wunderbarer Mensch und der beste Freund, den man sich vorstellen kann, aber in manchen Punkten ist er vielleicht etwas zu empfindlich.«

»In welchen Punkten?«

Joe zuckte die Achseln. »Er hat ein paar Komplexe, weil er die Schule geschmissen hat. Das macht sich nicht oft bemerkbar, nur in bestimmten Situationen. Zum Beispiel wenn …« Joe brach ab, weil Giovanni in diesem Augenblick das Essen servierte. Er wieselte dabei ununterbrochen um den Tisch herum und fragte mehrfach, ob auch alles recht sei.

»Giovanni, du kannst gehen«, sagte Samantha schließlich verärgert. »Ruf Babette an und sag ihr, dass sich gerade in diesem Moment alles aufklärt.«

Er hob auf seine unnachahmlich freche Art eine Braue und verzog sich.

»Der gute Freund einer guten Freundin«, sagte Samantha erklärend zu Joe.

Joe nickte und spielte unschlüssig mit seinem Besteck. Ihm war anzumerken, dass er keinen besonders großen Hunger hatte.

»Zum Beispiel wenn …?«, griff Samantha ihre vorhin unterbrochene Unterhaltung wieder auf.

»Mir war schon seit Monaten aufgefallen, dass er etwas mit sich rumschleppt, aber er ist nicht der Typ, der damit hausieren geht. Er hat mir erst letzte Woche die ganze Geschichte erzählt. Von daher ist es gut, dass Sie mir heute die Gelegenheit verschafft haben, Sie zu treffen, sonst hätte ich Sie irgendwann nächste Woche wohl angerufen.« Joe machte eine bedeutsame Pause. »Sie haben ihn schrecklich gekränkt.«

»Ich habe … *was?*«, fragte Samantha entgeistert.

Joe nickte tadelnd. »Sie haben ihm Geld gegeben. *Dafür.* Sogar mehrmals.«

Samantha wurde puterrot. »Das war doch, weil ich dachte, dass er … Dass das sein Job ist! Ich meine, er lebt doch schließlich davon! Wie soll er auch sonst den vielen Unterhalt zusammenkriegen? Drei Kinder sind schließlich kein Pappenstiel!«

Joes Mund klappte auf. »Welche Kinder?«

»Andi, Leon und Evita!«

»A… Andi«, stotterte Joe.

»Und Leon und Evita. Sie müssen die Kinder doch kennen, wenn sie sein bester Freund sind!«

Joe nickte. »Natürlich kenne ich sie. Alle drei. Bis in den kleinsten Zipfel ihrer voll geschissenen Windeln.« Er besann sich. »Verzeihen Sie den Ausdruck.«

»Andi ist inzwischen sauber«, verkündete Samantha stolz. »Er hat es mir selbst gesagt!«

»Wer? Eddie?«

»Nein, Andi natürlich. Er macht jetzt ins Töpfchen.«

»Ach so. Na ja, Eddie hat den armen kleinen Burschen ja auch wochenlang damit getriezt. Nun, er ist sein Neffe.«

»Wer?«, fragte Samantha töricht.

»Andi ist Eddies Neffe. Und Leon ist Andis kleiner Freund, weil Diana – das ist Eddies Schwester – mit Iris befreundet ist. Iris ist Leons und Evitas Mutter.«

»Und der Vater?«

»Andis Vater ist tot.«

»Oh, das tut mir Leid. Aber ich meinte eigentlich Leons und Evitas Vater.«

»Väter«, korrigierte Joe. »Es sind zwei, und soweit ich weiß, ist der eine in Australien und der andere in Pakistan.« Joe beäugte sie neugierig. »Ich rekapituliere mal. Sehe ich es richtig, dass Sie ihn für eine Art Callboy gehalten haben, der sich um der angemessenen Alimentierung seiner nicht ehelichen Abkömmlinge willen unermüdlich und tapfer prostituiert?«

Samantha hörte nicht hin. Sie saß wie erschlagen da

und versuchte, diese erschütternden Neuigkeiten irgendwie zu verdauen. Eddie hatte überhaupt kein Kind! Er war gar nicht Vater!

Irrtum, zischte ein höhnisches Stimmchen in Samanthas Kopf, er ist einer! Und zwar ein werdender! Da guckst du, was? Und was glaubst du wohl, wie *er* erst guckt, wenn du es ihm sagst!

»O nein, das kann ich ihm nicht sagen!«

»Was können Sie ihm nicht sagen?«

Samantha erkannte, dass sie in ihrer Aufregung laut gesprochen hatte. »Nichts«, erwiderte sie geistesabwesend.

»Nach allem, was ich von Eddie gehört habe, hat er Ihnen nie einen Grund zu einer solchen Annahme gegeben. Ich meine, dass er …« Joe ließ den Rest des Satzes viel sagend offen.

»Er hätte nur ein paar Worte sagen müssen, um das alles aufzuklären«, protestierte Samantha. »Stattdessen hat er kein einziges Mal widersprochen, als ich ihm … als ich ihm Geld gegeben habe!« Sie hielt inne, weil ihr wieder einfiel, dass er den Scheck nicht eingelöst hatte. Vielleicht hätte ihr das zu denken geben sollen, aber sie hatte genug andere Dinge um die Ohren gehabt. Zum Beispiel mehrere positive Schwangerschaftstests.

»Sie müssen zugeben, dass Sie ihn von Anfang behandelt haben wie einen billigen … Na ja.«

»Billig war es nicht gerade!«, sagte Giovanni empört. Er hatte sich hinter Joe aufgebaut, die Hände in die Hüften gestemmt. »Für fünfhundert ich mache es ganze Nacht! Sogar mit dir Typ, eh!«

Es *war* ja die ganze Nacht, hätte Samantha um ein Haar gesagt.

»Lass so was besser nicht Babette hören«, meinte sie.

»Wie ich das sehe, seid ihr beide an diesem blöden

Missverständnis schuld«, sagte Joe, ganz zwanglos zum *du* übergehend. »Du hast ihm unterstellt, dass er es für Geld macht, und er hat dich in dem Glauben gelassen.«

»Aber warum nur?«, rief Samantha verzweifelt.

»Ganz einfach. Er hat dich für eine reiche Tussi gehalten, die sich mal eben für ein paar Scheinchen einen Lover kauft. Und genauso hast du dich ja auch benommen.«

»Guck sie dir an!«, donnerte Giovanni empört. »Meinste du, dass diese Frau das nötig hat oder was? Sie kanne die Besten haben, wenn sie will!« Bei dem Wort *Besten* hob er die Stimme um eine Oktave und schlug sich gleichzeitig mit beiden Händen an die Brust. »Sogar umsonste!«

»Ich sehe, was er meint«, gab Joe zu. Dann schüttelte er den Kopf. »Aber du musst zugeben, dass die Nummer damals bei dir in deinem Schlafzimmer nicht gerade vertrauensfördernd war. Wenn mich eine Frau mit nacktem Hintern in den Regen schubsen würde, fände ich das auch nicht besonders toll. Damit hast du ihn ziemlich verletzt.«

»Dasse war ein Fehler«, räumte Giovanni ein.

»Ja, das war es«, meinte Samantha düster.

»Und am schlimmsten war es, dass du ihm beim letzten Mal schon wieder Geld gegeben hast. Da *musste* er ja glauben, dass alles, was sich zwischen euch abgespielt hatte, für dich nichts weiter als eine bezahlte Dienstleistung gewesen war!«

»Das war ein Missverständnis«, widersprach Samantha sofort. »Er hatte ziemlich viel fürs Abendessen ausgelegt, und das wollte ich ihm zurückgeben. Aber er hat mich ja gar nicht richtig zu Wort kommen lassen. Als ich von Geld anfing, blaffte er mich nur an, dass ich es auf den Boden legen und abhauen soll.«

»Oje«, sagten Giovanni und Joe wie aus einem Mund.

»Du musste zu ihm gehen, *cara*«, sagte Giovanni emphatisch.

»Keine Sorge, das mach ich schon noch«, sagte Samantha zerstreut. Natürlich nur, um das Geschäft mit den Russen auf die Beine zu stellen, aus keinem anderen Grund. Als Vater konnte sie ihn auf keinen Fall aktivieren. Er war viel zu jung, und nachdem sich herausgestellt hatte, dass sein lukrativer Job nur in ihrer Fantasie existiert hatte, musste sie folglich auch in diesem Punkt gründlich umdenken. Mit Alimenten konnte sie wohl kaum rechnen. Überhaupt würde sie einige Zeit brauchen, um das, was sie heute erfahren hatte, Revue passieren zu lassen und alles bis ins letzte Detail zu begreifen.

»Wie ist er eigentlich an die Fabrik gekommen?«, wollte sie wissen.

»Das ist eine längere Geschichte.«

Giovanni setzte sich kurzerhand zu ihnen an den Tisch, um nichts zu verpassen.

»Eddies Mutter hatte einen Liebhaber, einen Lattenrostfabrikanten«, erzählte Joe. »Ihm gehörte die Fabrik. Sie sind miteinander durchgebrannt und haben fast zwei Jahre zusammengelebt. Alle vier.«

»Vier?«, fragte Samantha.

»Eddies Mutter, der Fabrikant, Eddie und Diana. Eddies Vater war ein ziemlicher Saufbold und Schwerenöter, sie waren froh, ihn los zu sein. Aber er hat vor Gericht durchgesetzt, dass ihm das Sorgerecht für die Kinder übertragen wurde. Von wegen wilde Ehe und lockere Verhältnisse und so weiter. Damals wurden diese Dinge noch ziemlich streng gehandhabt. Eddies Mutter war also gezwungen, mit den Kindern zu ihrem Mann zurückzugehen. Sie wurde krank und starb ein paar Monate später. Danach dauerte es nicht lange, bis Eddies Vater sich das Leben nahm. Die Kinder kamen ins Heim.«

Giovanni seufzte laut auf, einen betroffenen Ausdruck in den Augen. »*Dio*, wie schrecklich!«

»Der Fabrikant hat sich, so gut es ging, um Diana und Eddie gekümmert. Er hätte sie sogar adoptiert, aber die Behörden haben es nicht zugelassen, weil er zu alt war und allein lebte. Doch er hat all die Jahre den Kontakt mit den beiden aufrechterhalten. Eddie hat dann später öfter bei ihm in der Fabrik gejobbt, aber da war der Laden schon auf dem absteigenden Ast.«

»Sie haben zusammen Musik gemacht«, sagte Samantha, die sich gerade dunkel daran erinnerte, wie Eddie davon gesprochen hatte.

Joe nickte. »Ich war auch dabei. Wir waren damals siebzehn oder achtzehn und hatten eine Band. Oder das, was wir dafür hielten. Was uns an Virtuosität fehlte, machten wir durch Lautstärke wett. Der einzig wirklich gute Spieler war unser Keyboarder, und das war Eddie. Wilhelm – so hieß der Alte – war ein ganz passabler Posaunist. Das Ganze hat ihm einen Heidenspaß gemacht. Er hat uns damals einen Lagerraum in der Fabrik zum Üben zur Verfügung gestellt. Damit wir nicht irgendwann rausgeschmissen werden konnten, hat er kurzerhand alles Eddie vererbt. Er hat ihn sehr gern gehabt, wie einen Sohn.«

Damit war auch geklärt, wie Eddie an die Fabrik gekommen war. Und an seine unbestreitbaren Kenntnisse über alles, was mit Lattenrosten zusammenhing.

»Eine traurige Geschichte aus der Vergangenheit«, sagte Giovanni.

»Und ein ganzer Berg von Missverständnissen in der Gegenwart«, ergänzte Joe. »Anscheinend gibt es tatsächlich so etwas wie eine Inkompatibilität der Geschlechter.«

»Was heißte das?«, wollte Giovanni wissen.

»Es heißt so viel wie: Verstehe einer die Männer«, sagte Samantha.

*

Eddie fuhr zweimal an dem Gebäude vorbei, weil er es nicht glauben konnte. Doch es war dieselbe Adresse wie auf dem Visitenkärtchen, das ihm der Firmeninhaber neulich in die Hand gedrückt hatte. Eine kleine, staubige Klitsche von Schreinerei, die schon weit bessere Tage gesehen hatte. In nichts zu vergleichen mit dem noblen Geschäftshaus voller Chrom, Email und Marmor, in dem Bruckner-Bad residierte. Vor dem Tor der Arbeitshalle parkten ein paar Pritschenwagen älterer Bauart, und als Eddie die verblassten Schriftzüge des Firmenaufdrucks sah, waren auch seine letzten Zweifel zerstreut. *Alexander Damaschke, Bau- und Möbeltischler* stand dort zu lesen. Kaum zu glauben, dass Samantha seit Monaten in dieser Bruchbude arbeitete. Aber ihren Ehrgeiz schien sie nicht verloren zu haben, denn das Russlandgeschäft war offensichtlich nach wie vor ihr erstes Anliegen.

Eddie stellte den Jeep in einer Parklücke ab und erklomm die schmale Stahltreppe zu den Büroräumen. Die Tür war offen und führte in einen von Lärm und Sägestaub erfüllten Raum, in dem zwei Schreibtische standen. Der eine war unbesetzt, und hinter dem anderen erhob sich der Firmeninhaber, als Eddie hereinkam. Alexander Damaschke war ein untersetzter Typ Ende fünfzig, mit einem eisengrauen, borstigen Haarschopf und einem dazu passenden Schnäuzer. Eddie hatte ihn inzwischen zweimal getroffen, einmal in der Stadt beim Mittagessen und das zweite Mal in der alten Fabrikhalle, wo er sich die Maschinen angeschaut hatte.

Damaschke streckte Eddie eine schwielige Hand entgegen. »Leider ist Samantha heute nicht da. Ich wollte Sie noch deswegen anrufen, aber ich hatte den Kopf zu voll.« Er deutete mit komischer Verzweiflung auf den Schreibtisch, der von unbearbeiteten Bestelllisten und Auftragszetteln überquoll. »Das erste Mal, dass sie fehlt, und schon bricht das Chaos aus.«

»Ja«, sagte Eddie langsam. »Sie ist eine tüchtige Person. Warum ist sie heute nicht gekommen??«

»Sie muss zum Arzt. Es bringt sicher nicht viel, wenn wir das alles ohne sie besprechen, weil sie viel besser mit dem ganzen Projekt vertraut ist. Sie wollte sich sowieso noch wegen der Maschinen mit Ihnen in Verbindung setzen.«

»Die sind startklar«, sagte Eddie. »Wenn Sie wollen, können wir mit Ihren Männern nächste Woche schon einen Probelauf starten. Mitte Dezember erwarte ich dann die erste Holzlieferung, sodass wir Anfang kommenden Jahres loslegen können.«

»Das wäre wunderbar! Aber reden Sie auf jeden Fall noch mit Samantha darüber.«

»Keine Sorge«, sagte Eddie, während er aufstand und dem Schreinermeister die Hand drückte, »genau das habe ich vor.«

Anscheinend war es wirklich höchste Zeit, dass er das tat. Nicht nur, weil er es langsam satt hatte, ständig Geschäftsbriefe, Gesprächsprotokolle und Produktionsvorschläge, die sich mit dem Projekt *Lattenroste für Russland* befassten, aus seiner Mailbox oder seinem echten Briefkasten zu fischen, sondern weil Joe ihm dieser Tage eine haarsträubende Geschichte von Missverständnissen und tragischen Fehlurteilen aufgetischt hatte, die ihn zum Grübeln gebracht hatte.

»Versteh doch«, hatte Joe gesagt. »In ihren Augen hat nicht sie dich beleidigt, sondern du sie. Für sie hat es so ausgesehen, als könntest du es nur für Geld mit ihr machen. Weil sie so alt ist.«

»Sie ist nicht alt«, hatte Eddie wütend erwidert.

»Frauen sind in diesem Punkt komisch. Sie finden sich entweder zu fett oder zu alt oder beides. Immer.«

Eddie musste zugeben, dass Joe in diesem Punkt Recht hatte.

Kurz darauf war er zum zweiten Mal an diesem Tag davon überzeugt, dass er sich in der Adresse geirrt hatte. Die Anschrift stimmte mit dem Absender auf ihren Briefen überein, aber es war nicht der schicke Bungalow oder die noble Villa, die er erwartet hatte, sondern ein ziemlich schäbiges, abgewohntes Mietshaus mit fünf Stockwerken.

Eddie starrte sekundenlang auf das Klingelschild mit ihrem Namen, bis er es wirklich glaubte. Ihr Apartment befand sich im ersten Stock. Als Eddie klingelte, wurde sofort der Türsummer gedrückt, fast so, als hätte sie ihn erwartet. Er stieg die ausgetretene Treppe zu ihrer Wohnung hoch und sah, dass die Tür nur angelehnt war. »Komm rein«, hörte er sie rufen. »Ich wasch mir gerade die Haare!«

In diesem Augenblick stellte Eddie zweierlei fest: Erstens klang sie nicht besonders krank, und zweitens klopfte sein Herz so schnell, dass er ernsthaft um *seine* Gesundheit fürchtete.

Er stieß die Tür auf und betrat die Wohnung. Hinter der ebenfalls angelehnten Badezimmertür rauschte das Wasser, und Eddie nutzte die Zeit, um sich umzuschauen. Ein Blick reichte, um festzustellen, dass hier keine Prinzessin lebte, sondern eine ganz normale junge Frau. Er erkannte ein paar Stücke aus ihrem früheren Schlafzimmer wieder, zum Beispiel den Bauernschrank, den Sekretär und den Drehspiegel. Der Rest stammte von Ikea, Obi und vom Möbelmarkt um die Ecke. Das einzige Anzeichen von Luxus, das Eddie bei näherem Hinsehen ausmachen konnte, war ein Paar sehr guter, sehr teurer Joggingschuhe, die in der Ecke des ziemlich unordentlichen Zimmers zusammen mit ein paar anderen Sportsachen auf dem Boden lagen.

Sie hatte sich ein neues Bett zugelegt; es war spartanisch schmal und hatte keinen Himmel, aber auf dem Kopfkissen saß nach wie vor der abgeschabte, einäugige Affe.

Auf dem Schreibtisch stand ein Computer, und daneben häuften sich stapelweise Papiere, Bücher, Prospekte und Zeitschriften. Hier herrschte ein ähnlich kreatives Chaos wie bei ihm zu Hause, nur dass er wesentlich mehr Platz zum Stapeln hatte. Eddie sah Unterlagen von dem Russlandgeschäft, Bücher über Holzverarbeitung und ein paar Illustrierte. Eine davon trug befremdlicherweise den Titel *Schwangerschaft und Geburt.*

Samantha kam ins Zimmer, ein Handtuch um den Kopf und nackt bis auf einen winzigen Slip. »Sorry, ich bin noch nicht so weit. Du könntest schon mal …« Der Satz erstarb ihr auf den Lippen, und sie starrte Eddie mit weit aufgerissenen Augen an.

»Du«, sagte sie. Das Blut war aus ihrem Gesicht gewichen; sie war so weiß wie ein Laken.

»Anscheinend hast du jemand anderen erwartet.«

»Mein Bruder wollte kommen«, sagte Samantha nervös. »Er ist sicher gleich hier.«

Sie grapschte nach dem nächstbesten Gegenstand, um sich zu bedecken. Es war die Tageszeitung. Sie ließ eine Doppelseite auseinander fallen und hielt sie sich vor den Körper.

»Ich dachte, du bist krank.«

»Wer sagt das?«

»Dein Chef meinte, dass du zum Arzt muss.«

»Man kann auch zum Arzt gehen, ohne krank zu sein«, konterte sie.

Dem konnte Eddie schlecht widersprechen. Er schaute sie von oben bis unten an, zumindest das, was oberhalb und unterhalb der Zeitung zu sehen war. Sie hatte ein wenig zugenommen seit dem letzten Mal, und jedes einzelne Gramm war eine einzige Versuchung. Unter dem Handtuch kringelten sich nasse Haarsträhnen hervor. Sie endeten etwa zehn Zentimeter oberhalb der geschwungenen Wölbung ihrer wundervollen Brüste, die nur knapp vom Rand der Zeitung bedeckt waren. Eddie konnte nicht aufhören zu starren und musste sich ein wenig bequemer hinstellen, um die schmerzhaften Anzeichen einer gewissen körperlichen Verspannung zu lindern. Sein Herz klopfte, wenn überhaupt möglich, noch ein paar Takte schneller. Vielleicht waren das die ersten Verfallszeichen, von denen sie gesprochen hatte. Er ging zwar noch nicht auf die vierzig zu, aber bei manchen Männern fing es ja angeblich früher an.

»Du siehst gut aus«, sagte er mit belegter Stimme.

»Du auch«, antwortete Samantha überrumpelt. Seit sie ihn so unvermutet hier hatte stehen sehen, konnte sie keinen klaren Gedanken mehr fassen. In ihrem Kopf drehte sich alles. Ihr fielen nur Dinge ein wie: *Scheiße, ich habe seit Wochen meine Beine nicht rasiert!* und: *Gott, muss ich mit dem Handtuch um den Kopf bescheuert aussehen!* und: *Lieber Himmel, sieht er toll aus!*

»Äh … Du hast ja Besuch.« Benedikt stand in der Tür. »Hallo Sam, hallo Eddie.«

»Hallo«, sagten Samantha und Eddie einstimmig.

Benedikt erfasste mit einem Blick die Lage. »Mir fällt gerade ein, dass ich was Wichtiges zu Hause vergessen habe.«

»Dann geh doch wieder«, sagte Eddie.

»Gute Idee. Sam?«

Sie zuckte die Achseln, während ihre Blicke auf Eddie ruhten. »Wenn du etwas vergessen hast, musst du wohl nach Hause.«

»Na dann – schönen Tag noch!« Im nächsten Moment fiel die Tür hinter ihm ins Schloss.

Eddie räusperte sich. »In der letzten Zeit hab ich ab und zu Post von dir gekriegt. Das Geschäft geht trotzdem gut voran.«

»Wieso trotzdem?«, fragte Samantha misstrauisch.

»Trotz der Tatsache, dass du alles über Zettel und E-Mails und andere schriftliche Mitteilungen abwickelst. Du hast nie angerufen.«

»Ich wusste deine Nummer nicht«, sagte Samantha lahm. »Außerdem hast du auch nicht angerufen.«

Eddie überging ihren Einwand. »Und komischerweise warst du bei den geschäftlichen Besprechungen zwischen deinem Chef und mir immer verhindert.«

»Ich … ähm, ich hatte Termine.«

Für den heutigen Tag traf das durchaus zu. Was konnte sie dafür, dass die Sprechstundenhilfe den Termin für die Vorsorgeuntersuchung ausgerechnet auf diesen Nachmittag gelegt hatte?

»Samantha«, sagte Eddie weich. »Es hat lange gedauert.«

Samantha spürte das vertraute Schwächegefühl in den Kniekehlen und ließ sich rücklings auf einen Sessel plumpsen. »Was hat lange gedauert?«, fragte sie. Es klang, als ob sie durch ein rostiges, seit Jahren verstopftes Ofenrohr sprach.

»Die Sache mit dem Schuh. Er war schon längst fertig, aber ich habe verpennt, ihn abzuholen. Heute habe ich es endlich getan. Jetzt müssen wir nur noch sehen, ob er passt.«

Eddie holte einen eleganten, azurblauen Damenschuh aus seiner Jackentasche. »Zieh ihn mal an.«

»Nein«, krächzte Samantha. Verschreckt drückte sie sich die Zeitung gegen den Körper und stellte dabei entsetzt fest, dass die Rinnsale, die aus ihren Haaren über ihren Hals und ihre Schultern liefern, die Zeitung zum größten Teil aufgeweicht hatten. Sie bestand nur noch aus ein paar nassen Fetzen.

»Dann werde ich das übernehmen.« Eddie kniete vor ihr nieder, und wie der schöne Prinz aus *Aschenputtel* zog er ihr den Schuh an. »Passt wie angegossen«, sagte er zufrieden, die Hand an ihrem Knöchel.

»Und, heiratest du mich jetzt, oder was?« Samantha versuchte, spöttisch zu lachen, aber mehr als ein missratenes Kichern brachte sie nicht zustande.

Er blickte zu ihr auf. »Würdest du mich denn wollen, Cinderella?«

»Eddie, was soll das?«

Er schaute sie lange an. Seine Hand wanderte von ihrem Knöchel aufwärts, hoch über ihre Wade und die Außenseite ihres Knies. Samantha spürte, wie sämtliche Härchen an ihrem Körper sich aufstellten. Auch die an ihren Beinen. *Vor allem* die an ihren Beinen! Samantha warf einen Blick nach unten und unterdrückte nur mühsam ein entsetztes Stöhnen. Wie konnte dieser göttlich aussehende Mann ein Frauenbein streicheln, das aussah wie die Extremität eines Stachelschweins?

Eddie deutete ihre verkrampfte Haltung falsch, wenn auch nur geringfügig.

»Samantha«, sagte er mit fester Stimme. »Du bist *nicht* fett!«

Überrascht erwiderte sie seinen Blick. »Das weiß ich«, sagte sie. »Es wird noch Monate dauern, bis ich richtig dick bin.«

»Und du bist auch nicht alt«, fügte Eddie entschieden hinzu.

Samantha betrachtete ihn mit einer Mischung aus Unsicherheit und Wehmut. »Ich bin sechs Jahre älter als du.«

»Wen interessiert das schon? Mich jedenfalls nicht. Ich reite ja auch nicht darauf herum, dass du schlauer bist als ich.«

»Das stimmt überhaupt nicht«, widersprach sie mit flammenden Blicken.

»Doch. Aber es ist mir egal. Mir ist alles egal. Bis auf eins.«

»Bis auf was?«, fragte sie.

»Dass du die Richtige bist. Und weißt du auch, warum?« Eddie beugte sich vor und pflückte ihr mit ein paar gezielten Bewegungen die in Auflösung begriffene Zeitung vom Leib. »Weil nackte Frauen mit nur einem Schuh mich total schärfen.«

Samantha begann zu zittern. »Eddie …«

»Jetzt nicht«, sagte er. »Reden können wir hinterher immer noch. Und wenn's nach mir geht, hast du den Rest deines Lebens Zeit, mir die Ohren vollzuquatschen. Ich lerne gern dazu, und es kommt mir so vor, als könntest du mir eine ganze Menge beibringen.«

»Oh, Eddie.« Samantha fing an zu weinen und warf die Arme um ihn. »Du hast mir ja so gefehlt!«

Er wiegte und küsste sie gleichzeitig. »Hinterher, habe ich gesagt. Nicht heulen und nicht reden, ja?«

Und tatsächlich, eine ganze Weile sprachen sie tatsächlich so gut wie gar nicht, bis auf die eine oder andere gestammelte und völlig unzusammenhängende Bemerkung, die beide in der Hitze des Gefechts von sich gaben.

Als sie wieder eine richtige Unterhaltung in Gang bringen konnten, war es draußen dunkel. Eddie lag neben Samantha auf dem Bauch, einen Arm auf ihrem Rücken, ein Bein über ihren Kniekehlen.

Im Hintergrund lief das Radio. Die sanfte, klare Stimme einer Frau sang den Refrain eines Liedes, das Samantha nicht zum ersten Mal hörte. Leise summte sie den Text mit.

»*So hopeless, love and tears in my eyes, I never forgot your breathless voice* … Ist das nicht schön? So traurig und dabei gleichzeitig irgendwie voller Zorn. Hab ich mir vor ein paar Tagen aus dem Internet runtergeladen.«

»Warum gehst du nicht in den Plattenladen und kaufst die Scheibe?«, brummte Eddie. Kein Wunder, dass die Produzenten heute auf keinen grünen Zweig mehr kamen, dachte er.

»Wozu denn, wenn ich's umsonst aus dem Netz holen kann«, sagte Samantha. »Ich hab auch das erste Album. Es heißt *It's me, Tiffany.* Toll, wirklich. Die Sängerin heißt Valerie, schon mal was von ihr gehört?«

»Hm«, machte Eddie. Ihm war gerade etwas in den Sinn gekommen, das er vorhin nicht ganz verstanden hatte.

»Sag mal, wie meintest du das eigentlich vorhin mit dem Dickwerden?«

»Ach so, das.« Samantha seufzte schläfrig. »Das erzähle ich dir morgen.«

Die perfekte Urlaubslektüre – nicht nur für den Florida-Trip!

Für Lena kommt es knüppeldick: Die Hochzeitsringe sind schon ausgesucht, die dreistöckige Torte bestellt – wirklich ein äußerst ungünstiger Zeitpunkt für die angehende Braut, den Bräutigam mit der besten Freundin gemeinsam unter der Dusche zu erwischen! Immerhin ist Lenas steinreiche Großtante Mae so zuvorkommend, am selben Tag in Florida das Zeitliche zu segnen und Lena ihr gesamtes Hab und Gut zu hinterlassen. Grund genug für Lena, nicht nur ihren Verlobten in den Wind zu schießen, sondern auch ins sonnige Florida überzusiedeln. Doch Tante Maes noble Villa entpuppt sich als wurmstichige Hütte und das Aktienpaket als Windei. Und dann taucht zu allem Überfluss dieser undurchsichtige, breitschultrige Amerikaner auf ...

ISBN 3-404-16239-0

BASTEI LÜBBE

Ein wunderbar leichter Chat-Roman, der zeigt:
Lügen machen lange Beine.

»Niemand pfeift zwei wandelnden Litfasssäulen hinterher«, sagt Hanna und denkt dabei an ihre Beine. Dass sie mit einer eher pummeligen Figur ausgestattet ist, hat die sechsundzwanzigjährige Frohnatur bisher wenig gestört. Schließlich war sie zu sehr damit beschäftigt, ihren Traumjob zu ergattern und ihren Freundinnen, die ständig in Schwierigkeiten stecken, zu helfen. Für Männer hat sie sich bisher nicht die Bohne interessiert. Das wird schlagartig anders, als sie beim Chatten im Internet »Boris« kennenlernt, den Mann, der all das zu haben scheint, was Hanna sich wünscht. Nur hat Hanna leider nicht das, was »Boris« vorschwebt – zum Beispiel die Figur von Julia Roberts ... Zum Glück kann man sich beim Chatten aber schnell mal eine solche Figur andichten. Dabei ahnt sie natürlich nicht, dass sie für »Boris« längst keine Unbekannte mehr ist ...

ISBN 3-404-16236-6

BASTEI LÜBBE

»Selten habe ich mich so amüsiert.«
Marian Keyes, Autorin von SUSHI FÜR ANFÄNGER

Lydia ist im siebten Himmel: Zum ersten Mal in ihrem Leben passt sie in Größe 38, hat die richtige Haarfarbe, und ihr Freund hat sie nicht drei Tage vor Ferienbeginn versetzt. Darum ist es auch unwichtig, dass die Karibikinsel ein wenig schäbig aussieht und Abe auch nicht der Mann ihrer Träume ist. Bis Abe von einem Tauchgang nicht zurückkehrt und Lydia entdeckt, dass mit ihm drei Millionen Dollar aus dem Familienvermögen verschwunden sind. Lydias einzige Chance, Abe und die Millionen wiederzufinden, ist Liam, ein ehemaliger Rettungstaucher. Liam will eigentlich nur seine Ruhe, doch Lydia ist hartnäckig ...

3-404-15044-9

BASTEI LÜBBE